HEYNE <

Das Buch

Als ihre Freundin Annabel wegen Mordes verhaftet wird, bricht für die Journalistin Inka Mayer eine Welt zusammen. Es kann unmöglich sein, dass die warmherzige Annabel ihren geliebten Ehemann Jannis kaltblütig umgebracht hat, noch dazu direkt nach einer fröhlichen Party bei Inka und ihrem Mann. Für Inka steht fest, dass sie die Wahrheit herausfinden muss – auf eigene Faust. Bereits kurz nach diesem Entschluss wird sie selbst zur Zielscheibe mysteriöser Drohungen, und es scheint, als wolle jemand sie in ein perverses Spiel verwickeln. Allerdings gibt es keine Zeugen, und als niemand ihr glaubt, beginnt Inka, an ihrem Verstand zu zweifeln. Sie begibt sich bei Annabels Schwager, dem hoch angesehenen Doktor Brinkhus, in Hypnosetherapie, doch dann kommt ihr ein schrecklicher Verdacht – haben die Drohungen und der Mord etwas mit seinen Hypnosekünsten zu tun?

Die Autorin

Sina Beerwald, 1977 in Stuttgart geboren, studierte Wissenschaftliches Bibliothekswesen und hat sich bislang mit ihren erfolgreichen historischen Romanen einen Namen gemacht. Jetzt legt die Autorin ihren ersten Thriller vor. 2011 wurde die Autorin Preisträgerin des NordMordAward, des ersten Krimipreises für Schleswig-Holstein. Mehr über die Autorin erfahren Sie unter www.sina-beerwald.de.

Lieferbare Titel

Die Goldschmiedin – Die Herrin der Zeit – Das blutrote Parfüm – Das Mädchen und der Leibarzt

SINA BEERWALD

HYPNOSE

Thriller

WILHELM HEYNE VERLAG
MÜNCHEN

MIX
Papier aus verantwortungsvollen Quellen
FSC® C014496

Verlagsgruppe Random House FSC-DEU-0100
Das für dieses Buch verwendete
FSC®-zertifizierte Papier *Holmen Book Cream*
liefert Holmen Paper, Hallstavik, Schweden.

Originalausgabe 09/2012

Redaktion: Eva Philippon
Printed in Germany 2012
Umschlagfotos: Corbis © Erik P./Corbis;
© Marie-Thérèse Guihal/Fotolia
Umschlaggestaltung: yellowfarm GmbH, s. freishem
Satz: Leingärtner, Nabburg
Druck und Bindung: GGP Media GmbH, Pößneck
ISBN: 978-3-453-43636-7

www.heyne.de

Die Erinnerung kehrt zurück wie ein Feind,
den man nie besiegt.

Rafael Chirbes

Keine Emotion beraubt den Geist so vollständig
von seinen Möglichkeiten zu handeln und zu denken
wie die Angst.

Edmund Burke

PROLOG

»Machen Sie es sich im Sessel bequem. Lassen Sie Ihre Gedanken kommen und gehen. Sie brauchen jetzt an nichts Bestimmtes zu denken. Suchen Sie sich irgendwo im Raum einen Punkt, und während Sie Ihren Blick darauf ruhen lassen, folgen Sie weiterhin meinen Worten. Sie hören meine Stimme, und nach einiger Zeit bemerken Sie, wie das Bild vor Ihnen unscharf wird und die Konturen verschwimmen. Sie können Ihre Augen schließen, dann auch wieder für einen kurzen Moment öffnen. Ganz wie Sie wollen. Versichern Sie sich ruhig, dass alles in Ordnung ist. Schauen Sie nun auf meinen Finger … immer nur schauen, nichts denken, nichts wollen, nichts tun. Sie werden allmählich müder und müder … bis das Bild meines Fingers unschärfer wird. Ihre Augenlider sind schwer, sie werden schwerer und schwerer … Irgendwann fallen Ihnen die Augen ganz von selbst zu. So ist es gut. Und nun lassen Sie sich, ganz wie es Ihnen angenehm ist, mit jedem Atemzug tiefer und tiefer sinken. Ja, so ist es gut …

Vor Ihnen taucht eine Treppe auf, die Stufen führen nach unten. Zehn Stufen sind es insgesamt. Sie kommen näher und gehen die erste hinunter. *Eins.* Ihre Gedanken können weiterhin kommen und gehen, wie sie wollen, und während Sie meine Stimme hören, bemerken Sie, wie sich Ihre Anspannung langsam löst. Die nächste Stufe. *Zwei.* Allmählich lockern sich Ihre Muskeln, werden weich, anfangs vielleicht nur unmerklich, doch dann fühlen sie sich deutlich schwerer an als zuvor, oder auch leichter, das ist ganz unterschiedlich. *Drei.* Jeder Mensch reagiert auf seine ganz persönliche Art und Weise, denn jeder trägt seine eigenen Erfahrungen mit sich, seine ihm eigene Geschichte, jeder Mensch ist so einzigartig wie sein Fingerabdruck. Aufmerksam verfolgen Sie die Veränderungen in Ihrem Körper. *Vier.* Ich weiß nicht, wie sich Ihre Hände nun anfühlen, schwerer oder leichter als vorher, ob Sie die Lehne in Ihrem Rücken intensiver spüren als zuvor, aber sicher ist, dass sich der Rhythmus Ihrer Atmung verändert hat, auch der Ihres Herzschlags. Sie nehmen all diese Vorgänge bewusst wahr.

Fünf. Sie sind nun auf der Mitte der Treppe angelangt und können noch tiefer gehen. Noch tiefer in die Entspannung hinein. *Sechs.* Sie hören meine Stimme, fühlen Ihren Körper, und zur selben Zeit beschäftigen sich Ihre Gedanken mit etwas anderem, und Ihr Unterbewusstsein öffnet Ihnen den Zugang zu einem riesigen Schatz an Erfahrungen, zu verborgenem Wissen und Fähigkeiten, die sich Ihrem Bewusstsein bisher noch nicht offenbart haben. Einzig Ihr Unbewusstes entscheidet, auf welche Weise Sie diesen Reichtum nutzen. *Sieben.* Ihr Körper ruht entspannt, und Sie genießen den angenehmen Zustand wie ein warmes Bad, während Ihre Gedanken kommen und gehen. Ihr Unterbewusstsein kennt diesen Ort der Ruhe und der Kraft, Ihre innere Mitte, diesen persönlichen Ort der Erholung, den niemand außer Ihnen betreten kann. Niemand verlangt dort etwas, niemand fordert etwas von Ihnen an diesem Ort, wo es nur Ruhe und Gelassenheit gibt. *Acht.* Vielleicht hören Sie ein Rauschen, wie das Geräusch eines Wasserfalls, vielleicht sehen Sie Farben oder riechen einen bestimmten Duft. *Neun.* Es ist der Ort, wo Sie sich wohlfühlen, wo Sie Kräfte sammeln und sich für die nächste Herausforderung stärken, Ihr persönlicher Ort, wohin Sie sich immer wieder zurückziehen können, hier sind Sie sicher.

Zehn. Sie sind angekommen. An diesem für Sie reservierten Ort gibt es keine Ängste und keine Zwänge. Es existiert kein Leid. Sie spüren tiefen Frieden in sich, aber dennoch werden Sie keine Ruhe finden, solange *sie* lebt.

Es sei denn, Sie töten diese Inka.

Ich habe Ihnen erklärt, wie Sie das machen müssen. Können Sie sich an das Stichwort erinnern? Wenn ja, heben Sie kurz den Zeigefinger Ihrer rechten Hand. So ist es gut, Sie können sich also erinnern.

Wenn das Stichwort fällt, wissen Sie, dass Sie diese Inka töten müssen.

Es ist Ihr fester Wille, und es wird ganz einfach sein. Und danach werden Sie sich ruhig und entspannt fühlen. So wie in diesem Moment. Ruhig und entspannt, mit einem tiefen inneren Frieden.

Und jetzt genießen Sie diesen angenehmen Zustand noch eine Weile. Sie können jederzeit wieder an diesen schönen Ort zurückkehren. Wann immer Sie wollen. Sie wissen, wann es an der Zeit ist, und Sie kennen das Stichwort.

Sie werden diese Inka töten.

Ich zähle nun rückwärts. Wenn ich bei *Eins* ankomme, werden Sie wieder ganz da sein, in den normalen Wachzustand zurückkommen. Sie werden sich aber so entspannt haben, dass Sie es schwierig finden werden, sich an irgendetwas zu erinnern. Die Dinge, die ich Ihnen gesagt habe, wissen Sie nicht mehr. Sie werden es sogar sehr mühsam finden und überhaupt keine Lust haben, sich zu erinnern. Sie werden es als angenehm und einfach empfinden, alles zu vergessen. Sie vergessen alles, bis ich Ihnen sage, dass Sie sich wieder erinnern sollen. Sobald Sie Ihre Augen geöffnet haben, verabschieden wir uns, und Sie kehren wieder in Ihren Alltag zurück.

Und wenn das Stichwort fällt, werden Sie diese Inka für mich töten.

KAPITEL 1

Es tut noch weh,
wieder neuen Platz zu schaffen,
mit gutem Gefühl
etwas Neues zuzulassen.
In diesem Augenblick
bist Du mir wieder nah,
wie an jenem so geliebten vergangenen Tag.

UNHEILIG, »Geboren um zu leben«

Komme ich zu spät?«, fragte Rebecca.

Inka schaute auf ihre Armbanduhr und dann amüsiert auf ihre atemlose Freundin. »Es ist halb acht. Wie immer eine halbe Stunde zu *früh*! Aber komm doch rein. Schön, dass du da bist.« Rebecca war grundsätzlich immer der erste Gast und hatte dabei stets Angst, zu spät zu kommen.

Inka freute sich unbändig auf ihre Party. Das vergangene Halbjahr war ziemlich heftig gewesen, aber jetzt ging es ihr langsam wieder besser. Auch wenn sie seelisch noch angeschlagen war, fühlte sie sich dem Leben wieder gewachsen. Deshalb hatte sie sich auch entschieden, eine Party zu geben, und sie konnte es kaum erwarten, endlich wieder ihre Freunde um sich zu haben, ausgelassen zu feiern und spannende Neuigkeiten zu hören.

»Hübsch geworden!«, rief Rebecca und sah sich im renovierten Wohnzimmer um. »Der afrikanische Stil gefällt mir richtig gut.« Sie setzte sich auf die große hellbeige Couch und ließ anerkennend den Blick schweifen. Die Wände waren in spezieller Rauputztechnik gearbeitet und terrakottafarben gestrichen, dazu ein dunkler Esstisch, an dem sechs Personen Platz fanden. Das Schmuckstück aber war der Couchtisch mit der bunten Mosaikplatte.

»Die Deko ist cool«, sagte Rebecca und zeigte auf die hüfthohe Giraffe, den Tiger und den Elefanten aus Holz. »Und wie schön mit den vielen Teelichtern und Kerzen überall … Viel gemütlicher als bei mir.«

»Ach komm!«, wiegelte Inka ab. »Eure Villa ist doch wohl nicht zu verachten.«

»Wenn ich dort nur nicht wie ein Mauerblümchen leben würde … Aber lassen wir das. Soll ich dir noch was bei den Vorbereitungen helfen?«

Inka winkte ab. »Nicht nötig. Was möchtest du trinken? Eine Eisschokolade vielleicht? Mit einem Schuss Rum und viel Sahne?«

»Wow, das hört sich sehr lecker an. Perfekt!«

Inka freute sich, den Geschmack ihrer Freundin genau getroffen zu haben, und ging in die Küche. Dort zündete sie sich eine Zigarette an, die sie sogleich im Aschenbecher ablegte, und machte sich an die Zubereitung der Eisschokolade. Kopfschmerzen krochen hinter ihrer Stirn entlang. So als ob sich schwere Gedanken zusammenballten und mit aller Gewalt den Weg nach draußen suchten. Ausgerechnet jetzt. Aber davon würde sie sich nicht den Abend vermiesen lassen.

Als sie den Oberschrank aufmachte, stieß sie anstelle der Gläser auf Suppenvorräte, Zucker und Mehl. Inka erkannte ihren Irrtum und öffnete seufzend den richtigen

Schrank. Seit der Komplettrenovierung fühlte sie sich wie in einer fremden Wohnung, nichts fand sich mehr an seinem angestammten Platz, stattdessen suchte sie unentwegt etwas. Sie wusste, Peter hatte es mit seinem Renovierungsvorschlag gut gemeint, und für den afrikanischen Stil hatten sie sich schließlich beide entschieden, weil es eine Erinnerung an die fantastische Hochzeitsreise durch den Krüger Nationalpark war. Dennoch fühlte sich Inka in ihren eigenen Räumen wie in einem Möbelhaus beim Probesitzen. Dafür erinnerte in der Wohnung tatsächlich nichts mehr an die Zeit vor dem 22. Dezember. Nur in ihrem Kopf waren die Spuren auch sechs Monate später noch nicht verwischt.

»Wo ist denn dein Mann?«, hörte sie Rebecca aus dem Wohnzimmer fragen.

Inka stellte die fertige Eisschokolade sowie etliche Gläser und Teller auf ein Tablett. »Peter macht Überstunden«, rief sie zurück. *Aber ich hoffe, er kommt rechtzeitig*, setzte sie in Gedanken hinzu. Er hat es versprochen. Sie drückte die heruntergebrannte Zigarette aus.

Rebecca entgegnete nichts. Es gab auch nichts dazu zu sagen. Peter machte seit einem halben Jahr bei der Kripo zusätzlich zu seinen Bereitschafts- und Nachtdiensten regelmäßig jede Menge Überstunden.

»Wo bleiben denn Annabel und Jannis?«, fragte Rebecca.

Wahllos drückte Inka auf dem Display des neuen Herdes herum, um den Backofen für die Bruschette vorzuheizen, und hoffte, mit etwas Glück die richtige Temperatureinstellung zu finden. Wenn nur diese Kopfschmerzen nicht wären! Sie fühlten sich anders an als sonst, wenn sich eine Migräne ankündigte. Ein gewisses Unwohlsein begleitete sie schon seit zwei Stunden, obwohl ihr die Therapiesitzung am Nachmittag gutgetan hatte. Nun ja, auch dieser Zustand würde vorübergehen. Es gab Tage, an denen man sich einfach merkwürdig fühlte, befand Inka, und heute war vielleicht ein solcher Tag.

»Es ist doch erst Viertel vor acht!«, rief sie mit Blick auf die Digitaluhr am Backofen. »Die beiden sind sicher pünktlich!« Ein liebevoller Seitenhieb auf die Überpünktlichkeit ihrer Freundin.

»Was gibt's denn zu feiern?«, fragte Rebecca, als Inka mit dem Tablett ins Wohnzimmer trat.

Sie sah in ihrem schwarzen Strickkleid einfach umwerfend aus. *So etwas könnte ich nie tragen*, dachte Inka mit gewohntem neidvollem Blick auf Rebeccas endlos lange Beine bis hinunter zu den lachsfarbenen Ballerinas. Zudem betonte das eng anliegende Kleid Rebeccas vollen Busen und ihre sonst schlanke Figur an den richtigen, wohlgeformten Stellen, hingegen würde es über ihrem burschikosen Knochengerüst eher sackartig wirken. Rebeccas hübsches Gesicht wurde noch dazu von wilden dunklen Naturlocken umrahmt, über die sie sich immer aufregte und die Inka liebend gerne gegen ihren hellen Kurzhaarschnitt getauscht hätte. Warum ihre Freundin keinen Mann fürs Leben fand, war ihr ein Rätsel. Auf ihre Umwelt mochte sie vielleicht wie ein Mauerblümchen wirken, weil sie als Bibliothekarin arbeitete und bei ihren pflegebedürftigen Eltern in der Villa am Killesberg lebte, aber Rebecca war eine, mit der man die berühmten Pferde stehlen konnte. Mit ihrer Meinung hielten sie gegenseitig nie hinterm Berg, und was hatten sie schon nächtelang dagesessen und über Gott, die Welt und die Männer diskutiert …

Inka stellte das Tablett auf den Couchtisch und grinste. »Warum ich eingeladen habe? Tiramisu, Tiramisu, Tiramisu. Das sind schon drei gute Gründe für eine Party, oder nicht?«

Rebecca fiel in ihr Lachen mit ein und strich sich eine widerspenstige Lockensträhne hinters Ohr. »Endlich mal wieder dein megagutes Tiramisu! Was habe ich das vermisst … Und die Eisschokolade sieht verdammt lecker aus, danke!«

Es war ein so schönes Gefühl, anderen mal wieder eine Freude zu machen und selbst dabei Glück zu empfinden. »Na ja, ich dachte, wir machen eine kleine Einweihungsparty und stoßen darauf an, dass es mir wieder besser geht.«

Kaum ausgesprochen, wurden ihre Kopfschmerzen noch drückender. Inka versuchte, sich nicht davon beeinflussen zu lassen, und stellte Sektgläser und Tellerchen auf den Mosaik-Couchtisch.

»Geht es dir wieder richtig gut? Kannst du wieder schreiben?«, fragte Rebecca und griff ohne eine Antwort abzuwarten nach einem Magazin in der Ablage neben der Couch, auf dessen Titelseite es Inka mit einer Reportage geschafft hatte. »Das war bestimmt lukrativ.«

»Nein. Der Artikel zu *Stuttgart 21* ist schon ein gutes halbes Jahr alt und war ein gewisser Erfolg, ja. Aber *lukrativ*?« Inka musste lächeln. Falls es dieses Wort in ihrer Branche überhaupt noch gab, so galt es nicht für ihre Aufträge als freie Journalistin. Wäre da nicht Peters Beamtenjob als Kriminaltechniker, sie hätten sich dieses Reihenhäuschen am Botnanger Sattel und jetzt die teure Renovierung bestimmt nicht leisten können.

Rebecca band ihre Mähne zu einem Pferdeschwanz, schlug den Artikel auf und begann zu lesen.

Inka nutzte die Gelegenheit, ging durch die offene Terrassentür nach draußen und zündete sich wieder eine Zigarette an.

Die Nächte waren hell zu dieser Jahreszeit. Anfang der Woche war Sommersonnenwende gewesen. Inka schaute in den Himmel. Ob sie ihren kleinen Stern heute sehen würde? Ein Kloß füllte ihre Kehle. Niemand, der das Drama im Hause Mayer vor einem halben Jahr, zwei Tage vor Weihnachten, in irgendeiner Form mitbekommen hatte, sprach das Wort Baby in ihrer Gegenwart aus. Und wenn sie jetzt weiter daran dachte, würden sich ihre latenten Kopfschmerzen doch noch zu einer Migräne auswachsen.

Ob Peter wie versprochen rechtzeitig nach Hause kam? Aber selbst wenn nicht, dann bräuchte er sie nur mit seinen unverschämt tollen bernsteinfarbenen Augen anschauen, ihr über die Wange streicheln, sich entschuldigen und ihr mit sanfter Stimme ins Ohr flüstern, wie sehr er sein kratzbürstiges Igelchen liebte und den ganzen Tag vermisst hatte, und schon würde sie ihm nicht mehr gram sein können. *Igelchen*, so nannte er sie. Nicht nur, weil der Spitzname zu ihren blonden abstehenden kurzen Haaren und ihrer Stupsnase passte – sondern auch zu ihrem Wesen. Sie war nachtaktiv, eher ein Einzelgängertyp, der sich auf wenige Freundschaften beschränkte, und obwohl sie friedliebend war, zeigte sie in Bedrängnis gerne mal ihre Stacheln. Das Gefühl von Freiheit brauchte sie wie die Luft zum Atmen, darin bestätigte sich auch ihr Sternzeichen Schütze. Und wäre sie nicht eine Kämpfernatur, wäre sie heute wahrscheinlich gar nicht mehr am Leben.

Beim Blick auf den Aschenbecher bemerkte Inka, dass die Zigarette dort klemmte und sie nach dem Anzünden keinen einzigen Zug mehr genommen hatte. Sie hatte den

Glimmstängel tatsächlich vergessen. Verblüffend, wie diese Therapie wirkte, dachte Inka, und fühlte sich zufrieden.

Als Inka ins Wohnzimmer zurückkam, legte Rebecca die Zeitschrift beiseite und fragte: »Und was gibt es sonst so Neues?«

»Oh, da wüsste ich schon etwas. Aber das erzähle ich erst später, wenn alle da sind«, sagte Inka.

Rebecca hob die Augenbrauen. »Warum erst später? Sag doch bitte gleich. Bitte, bitte, bitte.«

Inka lächelte, weil sie wusste, wie sehr sie die Neugier ihrer Freundin strapazierte, blieb aber konsequent.

Offenkundig war das Rebecca schnell klar und sie suchte sich ein neues Thema: »Übrigens hat Annabel vorgeschlagen, morgen Vormittag zusammen bummeln zu gehen. Sie hat sich in den letzten Monaten auch ganz schön rar gemacht. Magst du mitkommen? Ich habe morgen Spätdienst in der Bibliothek und muss deshalb erst mittags anfangen, und Annabel hat ohnehin frei.«

»Hat sie immer noch keinen neuen Job gefunden?«

»Als Reiseverkehrskauffrau ist das heutzutage nicht mehr so einfach, die Leute buchen ja meistens selbst übers Internet. Also, bist du dabei morgen?«

Inka überlegte. Ein paar Schuhe könnte sie immer gebrauchen. Und mit ihren Freundinnen zu shoppen wäre ein Vergnügen, das sie schon lange nicht mehr gehabt hatte. »Ich habe nur um ein Uhr einen wichtigen Termin am Killesberg.«

»Wir könnten noch durch den Schlossgarten spazieren«, sagte Rebecca ohne auf ihren Einwand einzugehen, »und anschließend fahren wir zum kleinen Teehaus rauf und genießen die Aussicht auf Stuttgart. Ich muss wirklich mal wieder raus, mir wächst langsam alles über den Kopf.

Meine Mutter im Rollstuhl braucht schon viel Hilfe bei der Pflege, aber seit mein Vater im Dezember den Schlaganfall hatte, ist es richtig schwer geworden.«

»Ganz schön hart für dich, die beiden zu pflegen und deinem Job nachzugehen. Warum bekommst du nicht endlich Unterstützung durch die häusliche Krankenpflege?«

»Denk dran, wie sehr meine Eltern fremde Leute im Haus hassen. Es ist ja alles rollstuhlgerecht umgebaut, aber bei der Pflege meines Vaters braucht meine Mutter jetzt Unterstützung. Bislang kommt die Nachbarin regelmäßig vorbei, und ich habe einen Antrag auf Beurlaubung ohne Bezüge gestellt – wenn der durchgeht, dann nehme ich meinen Resturlaub und bin erst mal weg aus der Bibliothek … Dann also um neun Uhr bei Annabel? Von dort sind wir zu Fuß ja gleich in der Innenstadt.«

Inka seufzte verhalten. *Neun Uhr.* Für ihre Langschläfer-Verhältnisse und die anstehende Party heute Abend ziemlich früh, aber angesichts des Programms wohl angebracht.

»Gib dir einen Ruck, Inka. Den gemeinsamen Vormittag mit leckerem Frühstück haben wir uns doch verdient, oder? Joghurtmüsli und O-Saft, wie klingt das?«

»Für mich Butterbrezel und um die Uhrzeit Kaffee intravenös, aber okay. Ich freu mich sehr drauf.«

Es klingelte, und als Inka an die Tür ging, breitete sich ein solcher Schmerz hinter ihrer Stirn aus, dass ihr einen Augenblick schwarz vor Augen wurde und sie sich am Türgriff festhalten musste. Erst nachdem sie ein paarmal geblinzelt und tief durchgeatmet hatte, konnte sie öffnen.

Annabel und Jannis kamen mit großem Hallo herein. Die beiden passten einfach gut zusammen. Er, der lebensfrohe gebürtige Grieche, und sie, die blonde, langhaarige Annabel, die jeglichen Genüssen des Lebens sehr zugetan war.

»Inka, wie schön!«, sagte Jannis und begrüßte sie mit Küsschen auf die Wangen. Annabel hatte mit diesem Mann wirklich einen guten Fang gemacht, das gestand sie ihrer Freundin neidlos zu. Obwohl beide schon vor ihrem Kennenlernen im Stuttgarter Olgaviertel gewohnt hatten, musste Annabel vor vier Jahren erst eine Singlereise nach Kreta unternehmen, wo sich Jannis als Reiseleiter in die füllige und ebenfalls sehr lebenslustige Frau verliebte. Er hatte sein Glück kaum fassen können, weil Annabel es tatsächlich ernst mit ihm meinte und sie keine dieser Frauen war, die es nur auf ein Urlaubsabenteuer abgesehen hatten. Jannis hatte einen südländischen Charme, dem sich auch Inka nicht immer entziehen konnte, besonders wenn seine Umarmung mal wieder etwas länger dauerte.

»Na, na«, schimpfte Annabel gespielt eifersüchtig und drängte sich zur Begrüßung vor. »Lass dich umarmen, meine Süße. Ich freu mich so auf den Abend!«

Auf den ersten Blick war Annabel im Vergleich zum letzten Winter auffallend schlank geworden – augenscheinlich zeigte dieses Mal eine ihrer Diäten doch ihre Wirkung. Dabei passten die Rundungen zu Annabel, und sie war mit ihrem hübschen bunten Oberteil und dem Rock wie immer sehr gut angezogen. Niemand konnte sich erinnern, sie je in einer Hose oder gar in einem Jogginganzug gesehen zu haben. Weil sich Annabel jedoch nichts sehnlicher wünschte, als endlich schwanger zu werden, hatten ihr die Ärzte dringend dazu geraten, ihr Gewicht zu reduzieren. Offensichtlich war ihr Kinderwunsch dieses Mal ein großer Ansporn gewesen.

»Ich darf doch wohl die Gegenwart von drei gut aussehenden Mädels genießen, solange ich hier der Hahn im Korb bin«, warf Jannis ein und umarmte Rebecca. Danach wandte er sich wieder Annabel zu und gab ihr einen Kuss. »Von denen du mir allerdings die Liebste bist.« Auch wenn er es etwas ungeschickt formuliert hatte, so wusste doch jeder, dass Jannis eine treue Seele und kein Schürzenjäger war, sehr wohl aber die Gesellschaft hübscher Frauen schätzte.

Rebecca, Annabel und Inka – das gefürchtete Dreiergespann, dem schon in der Schulzeit kein Lehrer gewachsen war. Vor gut fünf Jahren hatten sie sich beim zehnjährigen Abitreffen wiedergefunden, festgestellt, dass sie nach Studium und Ausbildung alle wieder in derselben Stadt lebten und immer noch auf einer Wellenlänge lagen, und seither trafen sie sich so oft wie möglich. Da Inka im vergangenen halben Jahr jedoch nicht der Sinn nach Besuch gestanden hatte und die Wohnung ohnehin eine Baustelle gewesen war, war es für ein Wiedersehen nun höchste Zeit geworden.

»Schaut mal, wie ich abgenommen habe!«, rief Annabel. Sie drehte sich um ihre eigene Achse, ließ ihre Hüfte kreisen und machte mit den Händen Bewegungen wie ein Cheerleader-Girl. Bei ihrer üppigen Figur mutete das befremdlich an, obwohl Annabel wirklich einige Kilos verloren hatte.

»Ich fühle mich wie neugeboren! Ich passe jetzt in Größe 44!« Wieder eine von tausend Diäten, die Annabel vom Jammertal des Hungerns auf den Siegesolymp erhoben und zurück ins tiefe Verlies bei Wasser und Brot stießen – und das mit der Geschwindigkeit eines Achterbahnwagens. Für Inka war es leidvoll mit anzusehen, doch Annabel sprang trotzdem immer wieder auf den Zug auf – in der Hoffnung, eines Tages Größe 38 tragen zu können.

»Ich weiß schon, was ihr denkt, aber dieses Mal habe ich sechzehn Kilo abgenommen und durch die Hypnosetherapie halte ich mein Gewicht ohne Probleme!«

»*Hypnose*?« Jannis legte die CD, die er aus dem Regal genommen hatte, wieder aus der Hand. »Davon hast du mir nichts gesagt.«

Annabel wirkte verlegen. »Na ja, ich habe nur meinen Mädels davon erzählt, ich weiß doch, wie ihr Männer auf Sachen reagiert, die man nicht rational erklären kann. Seit der Therapie bringe ich jedenfalls kein Stück Sahnetorte mehr runter, weil die für mich jetzt widerlich bitter nach Oliven schmeckt – das klingt verrückt, ich weiß. Erklären kann ich's auch nicht, aber ich schwör's euch. Aber meinem Schwager, der die Privatklinik meines Vaters hier in Stuttgart übernommen hat, kann ich schließlich vertrauen. Mein Vater war ein Verteidiger der alten psychiatrischen Schule, aber seit Walter die Klinik leitet, bietet er Hypnoanalyse in Verbindung mit Musik- und Atemtherapie, Feldenkrais und solche kreativen Gestaltungsgruppen an, und er kann sich vor Anfragen kaum retten. Die meisten haben, so wie ich, viele gescheiterte Therapien hinter sich und werden durch die Hypnotherapie endlich geheilt. Die sechzehn Kilo habe ich zuvor mit Hilfe einer Diät abgenommen, das habe ich ja schon öfters geschafft. Aber dann dachte ich mir, ich muss dem Jo-Jo-Effekt zuvorkommen, und habe mich zu diesen ambulanten Hypnose-Gruppenstunden angemeldet. Das war im Nachhinein die einzig richtige Entscheidung!«

»Okay, aber das hättest du mir ruhig vorher sagen können«, sagte Jannis und klang noch immer verstimmt.

Inka schaute unauffällig auf die Uhr. Peter hatte versprochen, spätestens zum Eintreffen der Freunde da zu sein.

»Was wollt ihr denn trinken? Annabel, ein Bitter Lemon, wie immer? Und Jannis, ein Ginger Ale?«

»Gerne!«, sagten beide wie aus einem Mund.

Inka ging in die Küche und warf einen Blick auf ihr Handy, das sie nur privat nutzte. Eines, mit dem man nur telefonieren und SMS schreiben konnte, steinalt und ohne Schnickschnack. Auch wenn sie ansonsten mit der Technik ging – schon allein ihres Berufs wegen –, so hatte sie doch eine Schwäche für alte Sachen, für Dinge mit Bestand, vielleicht auch, weil in ihrem schnelllebigen Job die Tageszeitung von gestern schon ein Archivprodukt war.

Hatte Peter angerufen? Nein, nichts. Bestimmt hatte er nicht bemerkt, wie spät es bereits war. Sie wählte seine Nummer, doch anstelle des Rufzeichens ertönte wie so oft diese elend vertraute weibliche Stimme vom Band: »Der gewünschte Gesprächspartner ist vorübergehend nicht zu erreichen …« Dabei wusste sie, dass Peter heute keine Tatortbereitschaft hatte, weil er noch einen Fall abschließen wollte – und das bedeutete Schreibtischarbeit.

Irritiert legte Inka ihr Handy zurück auf die Küchenzeile. Diese Kopfschmerzen. Verdammt, warum ausgerechnet heute? Zeit für eine Schmerztablette.

Nachdem sie diese mit einem Schluck Wasser hinuntergespült hatte, legte sie die vorbereiteten Bruschette in den Ofen, nahm die Flaschen für Annabel und Jannis aus dem Kühlschrank und machte sich selbst einen Wodka Lemon.

Als sie zurück ins Wohnzimmer kam, stand Annabel

in der offenen Terrassentür und warf einen despektierlichen Blick auf den Aschenbecher mit der verglommenen Zigarette.

»Wolltest du dir das Rauchen nicht abgewöhnen?«, fragte sie. »Drei Schachteln am Tag können nicht gesund sein …«

»Lass sie doch«, sagte Jannis, und es klang so, als wollte er Inka trotz ihrer Unvernunft in Schutz nehmen.

»Zwei Schachteln«, korrigierte sie ihre Freundin.

»Jede Zigarette ist zu viel«, sagte Annabel ungerührt.

Erst recht, wenn ich wieder schwanger werden will, setzte Inka gedanklich hinzu, und sagte dann: »Das ist gar nicht so einfach einzusehen, wenn man süchtig ist.«

»Du hast es doch schon einmal geschafft!« Im selben Augenblick wurde Annabel offensichtlich bewusst, dass sie diese Bemerkung besser nicht gemacht hätte.

Ja, dachte Inka. *Ich habe es schon einmal geschafft. Ich habe fast zehn Monate lang nicht geraucht, bin von zwei Schachteln am Tag auf Null runter, als ich von meiner Schwangerschaft erfahren habe. Und am 22. Dezember, dem Tag der Geburt, habe ich wieder damit angefangen, nachdem ich unser Kind hier in diesem Wohnzimmer tot zur Welt gebracht habe.*

Mit gesenktem Blick und einem dicken Kloß im Hals servierte sie die Getränke. »Ich versuche es ja, wieder aufzuhören. Auch mit Hypnose.«

»Was?«, fragte Jannis und sah erneut vom CD-Regal auf.

»Ja, mit Gruppenhypnose«, wiederholte Inka. »Wie Annabel bei Doktor Brinkhus.« Jetzt war die Neuigkeit heraus.

»Aha«, sagte Rebecca.

»Und ohne mir etwas davon zu sagen?«, rief Annabel.

Inka wollte gerade zu einer Erklärung ansetzen, als sie

ein Geräusch an der Haustür hörte. Kurz darauf folgten Schritte im Flur.

Peter kam lächelnd herein, sein Jackett lässig über der Schulter. Er hätte für ein Männermagazin Modell stehen können – mit seiner Größe und der Figur sowieso. In seine Augen, eingerahmt von dichten, schön geschwungenen Brauen, hatte sie sich damals zuerst verliebt. Rund um die Pupille waren sie bernsteinfarben und gingen dann in einen sanften graublauen Ring über. Selten, so etwas. Heute allerdings lag ein Schatten in seinem Blick, und er wirkte ziemlich abgekämpft.

»Warum gehst du nicht an dein Handy, Igelchen?«, fragte er und gab ihr einen Kuss. Sein Bart piekte, wie immer am dritten Tag, an dem er sich vor dem Rasieren drückte. »Ich habe dich von unterwegs angerufen. Die Rotenwaldstraße raus war totaler Stau, nichts zu machen!« Jetzt erst wandte er sich an die Gäste. »Hallo, ihr Lieben, schön, dass ihr da seid! Wie gefällt euch unser neu gestaltetes Reich? Jannis, ich muss dir nachher unbedingt noch mein neues Heimkinosystem vorführen. Aber erst will ich noch schnell duschen! Wenn der Sommer so weitergeht, wie er anfängt …« Er fuhr sich mit gespreizten Fingern durch die kurzen dunklen Haare.

»Hallo, Rebecca, hallo, Annabel!« Wie immer, wenn er Annabel umarmte und ihr ein Küsschen zur Begrüßung auf die Wange gab, war es Inka leicht unwohl. Die Sache zwischen den beiden war zwar schon knapp fünf Jahre her – ein einmaliger Ausrutscher unter Alkoholeinfluss, den beide ihr gegenüber bereut hatten –, aber ein kleiner Stachel steckte immer noch in Inkas Herz und piekte in solchen Momenten, auch wenn sie ihrem Mann und ihrer Freundin offiziell verziehen hatte.

»Warte mal«, sagte Annabel. »Wusstest du, dass Inka Gruppenhypnose bei meinem Schwager macht?«

»Bitte was?«, fragte Peter. »Hypnose? Das finde ich aber nicht wirklich gut, mein Schatz.«

Inka stutzte. Damit hatte sie nicht gerechnet. »Und warum?«

»Weil … Mensch, das weiß man doch! Das ist alles ausgemachter Blödsinn! Bei diesen Massenveranstaltungen geht es zu wie auf der Theaterbühne, die armen Leute werden vorgeführt und erleben wahre Horrortrips. Und der Einzige, der wirklich davon profitiert, ist der Hypnotiseur selbst.«

»Das ist kein *Blödsinn*!«, verteidigte sich Inka. »Doktor Brinkhus hat sich auf Hypnotherapie spezialisiert. Er betreibt eine von nur fünf anerkannten Hypnosekliniken in Deutschland. Es gibt stationäre und ambulante Einzeltherapien und eben diese Gruppenangebote. Er behandelt Raucher, Übergewichtige, aber auch Patienten mit schweren psychischen Auffälligkeiten wie Zwangsneurosen, massiven Persönlichkeitsstörungen, Borderline-Patienten …«

»Und wie soll ich mir das vorstellen?«, fragte Peter und behielt seinen skeptischen Blick bei.

»Die Gruppentherapien finden in einem abgedunkelten Turmzimmer statt, wo wir im Kreis auf Ledersesseln sitzen. Doktor Brinkhus steht in der Mitte und führt seine Hypnose durch. Alle anderen Räume sind schön hell, wie eine moderne Klinik eben. Mittlerweile mache ich auch Einzelsitzungen, morgen ist die nächste Therapiestunde. Doktor Brinkhus sagt, ich muss erst den … den Verlust meines Babys verkraften, um auch wieder die Zigaretten loslassen zu können. Hypnose fühlt sich an wie eine tiefe Entspannung. Das ist ganz harmlos, wirklich! Er selbst versichert das auch. Und es hilft mir. Ich hatte vor der ersten Sitzung solche Angst. Aber ein Mensch tut nichts gegen seinen eigenen Willen, auch nicht unter Hypnose. Der freie Wille ist durch einen Hypnotiseur nicht beeinflussbar, das hat er mehrfach betont. Alles andere geschieht nur in Hollywood.«

»Igelchen, sei mir nicht böse«, wand Peter ein, »aber ich finde das nicht wirklich gut, was du da machst.«

Verärgerung machte sich in ihr breit. Nicht nur, dass er ihren mutigen Schritt vor den Freunden kritisierte, er machte damit auch ihren Versuch schlecht, endlich die Heilung ihrer Seele in Angriff zu nehmen.

»Und warum hast du tatsächlich etwas dagegen?«, fragte sie ihn offen.

»Warum?«, entgegnete Peter leicht gereizt. »Weil … weil das für mich eben doch nach Hollywood klingt. Und dafür ist mir unser Geld zu schade. Außerdem wäre es nett gewesen, wenn du das vorher mit mir abgesprochen hättest … Ich gehe jetzt erst mal duschen, derweil könnt ihr euch ja noch über eure Hypnoseerfahrungen austauschen.«

Kopfschüttelnd sah Inka ihrem Mann nach. In letzter Zeit gab es immer wieder kleinere Kontroversen zwischen ihnen, die sie nicht hatte vorhersehen können. Gut, es war ungeschickt gewesen, dass Peter von ihrer Therapie im Beisein der Freunde erfahren hatte, aber eigentlich konnte sie ihn nach dreizehn Jahren Beziehung ganz gut einschätzen, und früher hätte er bestimmt nicht so reagiert, wenn sie es auf der Suche nach Linderung ihrer Probleme mit Hypnose probiert hätte – ohne ihm das vorher zu sagen. Vertraute er ihr nicht mehr? Oder gab es finanzielle Probleme, von denen sie nichts ahnte? Vielleicht hätte er selbst gerne therapeutische Hilfe in Anspruch genommen, konnte das aber nicht zugeben? Auch bei Peter hatte das vergangene halbe Jahr deutliche Spuren hinterlassen, aber er hatte kaum mit ihr darüber gesprochen. Peter war noch nie der große Redner in ihrer Partnerschaft gewesen. Und wenn er abgekämpft nach Hause kam, wollte sie ihn nicht auch noch auf seinen Kummer ansprechen. Er betäubte seinen Schmerz mit Arbeit. Bei ihr half das nichts.

Sie brauchte ein anderes Ventil, und das war Reden, Reden, Reden. Peters Devise war Schweigen. Und wenn sie doch einmal das Gespräch auf jenen schrecklichen Abend lenkte, an dem sie ihren Sohn tot zur Welt gebracht hatte, dann verzog sich Peter ins Arbeitszimmer an den PC, um einer Konfrontation mit dem Thema zu entgehen. Später tat es ihm leid, dass er sie abgeblockt hatte. Er nahm sie in den Arm und erklärte ihr, dass er seine Gefühle immer noch nicht in Worte fassen konnte, und mehr als einmal hatten sie dann zusammen geweint. Sie hielten sich gegenseitig fest und schworen sich, dass all das Schlimme, das über sie hereingebrochen war, zumindest ihrer Liebe keinen Abbruch tun würde. Sie hoffte, dass es so sein würde.

Inka atmete tief durch. In ihrem Kopf kribbelte es.

»Lasst uns endlich anstoßen«, sagte Jannis und nahm sein Glas vom Couchtisch. »Darauf, dass es dir wieder besser geht, Inka.«

»Ja, natürlich«, sagte sie gedankenverloren. »Auf euch, und schön, dass ihr gekommen seid!«

Die Gläser klirrten gegeneinander, alle lachten, und Inka entging dabei nicht, dass Jannis sie aufmerksam beobachtete. Skeptisch, könnte man fast sagen. So, als würde er spüren, dass es ihr nicht ganz so blendend ging, wie sie nach außen hin vorgab.

Unvermittelt quäkte eine blecherne Stimme *Alle meine Entchen,* und Annabel begann, in ihrer Handtasche zu graben. Sie strich sich eine lange blonde Strähne hinters Ohr und zog ihr Handy heraus. Dabei entdeckte Inka das Tattoo an der Innenseite von Annabels rechtem Handgelenk. Das war neu. Ein kleines, kunstvoll gestaltetes *J* aus farbigen Blumenranken. Sehr hübsch auf ihrer leicht gebräunten Haut. *Und wie romantisch*, dachte Inka, *sie hat Jannis auf ihrer Haut verewigt.*

Annabel drückte ein paar Tasten und seufzte dann. »Eine SMS von meiner Schwester. Ich soll morgen um fünfzehn Uhr Vater in der Psychiatrie besuchen. Evelyn kann nicht, weil sie am Nachmittag die Patienten ihres kranken Kollegen übernehmen muss – sie arbeitet doch in der Praxisgemeinschaft. Das wird dann zwar etwas stressig wegen unserem Stadtbummel, aber ich komme trotzdem mit, sonst habe ich für morgen gar keinen Lichtblick.«

»Wie geht es deinem Vater?«, fragte Rebecca.

»Nicht gut. Die Schizophrenie spricht nur langsam auf die Medikamente an. Es ist schlimm, ihn so zu sehen.«

»Echt schrecklich«, sagte Rebecca, »ein Leben lang als Psychiater gearbeitet, und dann so etwas!«

»Das macht mich selbst ganz krank, ja. Und es ging alles so schnell. Ende letzten Jahres, als mein Vater die Klinik an Walter übergeben hat, um sich in den wohlverdienten Ruhestand zurückzuziehen, war die Welt noch in Ordnung. Aber schon nach den ersten acht Wochen zu Hause hat sich mein Vater recht merkwürdig benommen, immer wieder Türen und Fenster kontrolliert und ununterbrochen geredet. Entweder mit sich selbst oder mit seiner Haushälterin, die uns irgendwann ganz verzweifelt angerufen hat. Nach Ostern wurde es immer schlimmer, und keine drei Monate später mussten wir ihn mit Wahnvorstellungen in die Klinik einliefern lassen.«

»Gehst du ihn oft besuchen?«, fragte Inka betroffen, da sie Annabels Vater früher gut gekannt hatte, weil sie als Schülerin häufig Gast zum Mittagessen bei den Brunners gewesen war.

»Ja, freitags und sonntags. Evelyn geht mittwochs und samstags. Das geht jetzt seit vier Wochen so. Er braucht diesen strengen Rhythmus, sagt sein Arzt. Feste Strukturen sind wichtig. Mein Vater fragt immer nach uns, aber wenn wir da sind, bildet er sich manchmal ein, wir würden ihn bedrohen. Reden wir nicht mehr davon.« Annabel seufzte wieder. »Der klassische Verlauf.«

»Soll ich eine Flasche Wein zum Essen aufmachen?«, fragte Inka, um die niedergedrückte Stimmung etwas aufzulockern. »Ich habe Bruschetta im Ofen.«

»Das ist eine sehr gute Idee!«, rief Jannis. »Ich bin dabei.«

»Du musst noch fahren, Schatz«, wandte Annabel ein. »Ich fahre nachts nicht gerne, schon gar nicht durch Stuttgart. Das weißt du.« Sie wirkte plötzlich angespannt.

Jannis verzog kurz das Gesicht, nickte dann jedoch friedfertig.

»Aber ein kleines Gläschen Sekt zum Anstoßen?«, schlug Inka vor und erhielt von allen Seiten freudige Zustimmung.

»Und – was hältst du von ihm?«, fragte Jannis sie.

Inka runzelte die Stirn. »Von wem?«

»Walter Brinkhus. Was hältst du von meinem zukünftigen … Schwippschwager, glaube ich, nennt sich das?«

»Schwippschwager?«, echote Inka. »Ihr habt euch verlobt?« Inka und Rebecca gerieten vor Freude ganz aus dem Häuschen und umarmten die beiden überschwänglich. »Darauf müssen wir aber nun wirklich anstoßen!«

Der weitere Abend verlief noch sehr harmonisch. Annabel und Jannis erzählten von ihrer geplanten Hochzeit auf Kreta, das Thema Hypnose kam nicht noch mal auf, stattdessen interessierten sich alle sehr für die Auswanderungspläne der beiden, die sie schon ziemlich bald in die Tat umsetzen wollten und Peter führte schließlich frisch geduscht und sichtlich stolz sein Heimkinosystem vor.

Während sich Annabel und Rebecca Filme empfehlen ließen, kam Jannis zu Inka in die Küche und fragte, ob er etwas helfen könne.

»Nein, nein – ich räume nur schnell die Teller in die Spülmaschine, solange Peter seine Filmsammlung zeigt. Ich bin sofort wieder bei euch.«

Als sich Jannis trotzdem mit einem Teller in der Hand zur Spülmaschine bückte, sah Inka an der empfindlichen Stelle hinter seinem Ohr den Buchstaben *A* zwischen zwei griechischen Säulen eintätowiert.

»Oh, du hast dir ja auch ein Tattoo machen lassen«, sagte sie und reichte ihm den nächsten Teller, da er sie mit einer Geste dazu aufforderte. »Du liebst dein Heimatland *und* Annabel wirklich sehr.«

»Ja, sehr sogar«, sagte Jannis.

War da ein Missklang in seiner Stimme? Nur ein Hauch, aber genug für Inka, um aufzuhorchen.

Jannis bemerkte ihren fragenden Gesichtsausdruck. »Du registrierst aber auch alles mit deinen feinen Antennen.«

Versuchte er da etwas mit seinem kurzen Auflachen zu überspielen? Inka ließ die restlichen Teller stehen, lehnte sich gegen die Küchenplatte und verschränkte die Arme.

»Was ist los?«, fragte sie.

Jannis schloss die Spülmaschine. Er horchte hinaus ins Wohnzimmer, wo gerade Johnny Depps Rolle in *The Tourist* das Thema war.

»Der Film war gut«, sagte Jannis mit Blick in die Ferne. Mit seinen lagunenblauen Augen räumte Jannis gründlich mit dem Klischee auf, alle Griechen müssten braune Augen haben. In dem wässrigen Grünblau glaubte sie jetzt einen Tränenschimmer zu sehen. »Darin waren die beiden auch auf der Flucht«, fügte er hinzu.

»Wieso *auch*? Siehst du eure Pläne als Flucht an?«

»Na ja, ist eine Auswanderung nicht immer so etwas wie eine Flucht?«

»Willst du denn nicht weg?«

Jannis zuckte mit den Schultern. »Ein bisschen wehmütig bin ich schon, und offen gestanden kommen mir immer wieder Zweifel, ob das alles so richtig ist. Ich meine, natürlich stehe ich hinter Annabels Idee, wieder in meinem Heimatland zu leben und dort spannende und verrückte *Guided Tours* anzubieten. In Deutschland bin ich aber groß geworden, und alle meine Freunde sind hier.«

»Sieht so aus, als würde es Annabel leichter fallen, die Zelte hier abzubrechen.«

Jannis nickte. »Wenn es nach ihr ginge, würden wir schon übermorgen den Container bestellen. Ich versuche sie jetzt auf Herbst zu vertrösten. Sie stellt sich das vielleicht auch ein bisschen wie Urlaub vor. Sommer, Sonne, Strand. Wie anstrengend die Arbeit bei kretischen Temperaturen sein kann, weiß sie nicht. Sie hat nur von Kindesbeinen an mit ihren Eltern auf Kreta Urlaub gemacht.«

»Stimmt. Ich kann mich an Sommerferien erinnern, in denen ich neidisch zu Hause oder in einem verregneten, langweiligen Ferienlager saß, weil meine Mutter sich als Alleinerziehende keinen solchen Urlaub leisten konnte. Und was habe ich für einen Schock bekommen, als Annabel mir sagte, dass ihr Vater über eine Auswanderung nach Kreta nachdenke. Zum Glück stand ihre ältere Schwester vor dem Abitur, und ihr Vater wollte ihr dann doch keinen Schulwechsel in ein fremdes Land zumuten, sonst hätte ich wohl meine beste Freundin verloren. Später sind seine Pläne dann irgendwie wieder im Sande verlaufen. Wahrscheinlich auch nur ein kurzzeitiger Fluchtgedanke, weil ihm die Klinikleitung über den Kopf gewachsen ist.«

»Willst du manchmal nicht auch davonlaufen?«, fragte Jannis.

»Ach weißt du, vor mir selbst kann ich nicht weglaufen. Und so blöd das klingt, aber es ist wahr: Die Zeit heilt alle Wunden. Irgendwann werde ich mit Jonas' Tod umgehen können. Überwinden werde ich es aber wohl nie.«

»Du leidest noch sehr, nicht wahr?«

Inka machte eine vage Geste mit den Händen. »Ja, natürlich gibt es noch Tage, an denen es mir nicht gut geht, aber ich stehe das schon durch. Ich habe ja auch schon einigen Abstand gewonnen, vielleicht habe ich auch viel verdrängt, kann sein, weil ich mich an vieles rund um die Geburt gar nicht mehr richtig erinnern kann. Aber dadurch wird der Schmerz kleiner. Und durch die Hypnose hoffe ich jetzt, das alles zu verarbeiten.«

Die Unstimmigkeiten mit Peter muss ich auf jeden Fall vor der nächsten Hypnosestunde klären, dachte Inka.

Wenn nur diese verdammten Kopfschmerzen nicht wären. Wahrscheinlich fehlten ihr doch die Zigaretten. Zwar hatte sie sich welche angezündet, aber danach keinen einzigen Zug mehr genommen. Einfach vergessen. Aber nicht nur die Kippen. Sie konnte sich auch nicht daran erinnern, was Doktor Brinkhus unter Hypnose zu ihr gesagt hatte. Beinahe gespenstisch. Aber darüber nachzudenken war müßig – Hauptsache, die Hypnose half.

»Ach, Inka, ich wünsche dir von Herzen, dass du wieder ganz die Alte wirst und du dein Leben mit Peter genießen kannst. Das … das habt ihr euch mehr als verdient.«

Sie wurde verlegen. »Ach, was hat man im Leben schon verdient, Jannis. Komm, lass uns wieder zu den anderen gehen. Es ist Zeit fürs Tiramisu.«

Peter war schon im Bett, als sie nach Mitternacht aus dem Bad ins Schlafzimmer kam. Auch das ein Traum aus *Schöner Wohnen*: in Blau und Weiß gehalten mit Korbmöbeln und einer sattgrünen Palme am Fenster. Peter lag nur mit einem Laken bedeckt auf der Seite, und seinen tiefen Atemzügen nach zu urteilen, war er bereits eingeschlafen. Ein Bild von einem Mann, zum Anbeißen. Am liebsten hätte sie sich bemerkbar gemacht und sanft an seinem Ohrläppchen geknabbert, um ihn zu einer kleinen Runde Sex zu bewegen. Sie wollte seine Nähe spüren und hoffte, dadurch den schwelenden Kontroversen die Glut zu nehmen.

Doch das Diensthandy neben seinem eigenen Handy auf dem Nachttisch sagten ihr, dass er heute Nacht Bereitschaft hatte, und sie wusste, wie ungehalten er reagieren würde, wenn sie ihn jetzt noch einmal weckte, wo ihm vielleicht sowieso nicht viel Schlaf blieb.

Ein wenig enttäuscht schlüpfte Inka unter ihre Bettdecke. Diese Bereitschaftsdienste waren einfach unerträglich. Nicht nur für Peter, auch für ihre Beziehung. Keine klärenden Worte, kein Kuscheln und wieder ein Abend, an dem sie kein Herzchen in ihren Zykluskalender malen konnte. Dabei wollte sie doch so gerne wieder schwanger werden.

Mit diesem Gedanken fiel sie in einen unruhigen Schlaf.

Es war so warm, fast schwül. Sie wand sich hin und her, spürte die rasenden Kopfschmerzen, dachte an die Tabletten in der Nachttischschublade, aber sie war wie gefangen in einem merkwürdigen halb wachen Zustand, wic in Trance, unfähig, etwas daran zu ändern.

Da klingelte das Handy.

Peter befreite sich aus ihrem Klammergriff. Hatte sie die Hand an seinem Hals gehabt? Schlaftrunken hörte Inka, wie Peter sagte: »Olgastraße, okay. Bin gleich da.«

Sie blinzelte und schaute auf den Radiowecker. Ein Uhr zwölf. Eins, zwölf. Wie die Ziffern ihres Geburtstags. Erster Dezember. Dann dachte sie noch, dass Annabel und Jannis dort wohnten und dass die Olgastraße sich aber glücklicherweise sehr lange hinzog, und schlief wieder ein.

*

Inka blinzelte in die Morgensonne. Beim Blick auf den Wecker sprang sie aus dem Bett, huschte unter die Dusche, rubbelte ihre Haare nur mit einem Handtuch trocken, zog Jeans und Bluse von gestern Abend an und verließ ohne Morgenkaffee das Haus.

Neun Uhr. Die Glocken der Leonhardskirche läuteten, als sie kurz darauf auf ihrem himmelblau-weißen Oldtimer-Moped die Olgastraße hinunterfuhr. Die rüstige

Dame, von ihr liebevoll Mathilda genannt, war eine NSU Quickly, vom schwäbischen Hersteller ursprünglich als Fahrrad mit Hilfsmotor angepriesen, Baujahr 1963, generalüberholt, und brachte es bergab immerhin auf fünfzig Stundenkilometer. Sie hatte Mathilda vor zwei Jahren zum erschwinglichen Preis von eintausendzweihundert Euro gekauft und sich damit einen Traum erfüllt. Gerade in einer Stadt wie Stuttgart leistete ihr das Moped hervorragende Dienste, besonders wenn sie als Journalistin schnellstmöglich in die hintersten Ecken fahren musste. Bis die anderen einen Parkplatz hatten, war sie längst an Ort und Stelle.

Vor dem Mehrfamilienhaus, in dem Annabel und Jannis in einer großzügigen Jugendstilwohnung im dritten Stock lebten, stellte sie ihre Mathilda kurzerhand in eine kleine Parkplatzlücke zwischen zwei Autos, die heute sogar mal wieder in zweiter Reihe standen.

Die Haustür war offen, und Inka betrat den halb dunklen Hausflur. Die geschwungene Holztreppe hinauf nahm sie zwei Stufen auf einmal. Doch schon im zweiten Stock wurde sie jäh gestoppt. Dort saßen Rebecca und Evelyn auf den Treppenstufen. Was machte Annabels ältere Schwester hier? Evelyns kinnlanger blonder Pagenkopf war gestylt, als käme sie eben vom Friseur. Wollte Evelyn auch mit zum Stadtbummel?

Inka wollte sich gerade für ihre kleine Verspätung entschuldigen, doch dann sah sie Evelyns verweinte Augen hinter der Brille und bemerkte Rebeccas leeren Blick.

»Was ist denn hier los?«

Rebecca hob den Kopf und sah sie an. »Jannis ist tot. Ermordet. Und Annabel ist geständig.«

Die Worte hallten in ihrem Kopf nach, und Inka versuchte zu begreifen. »Jannis ist … was? Und Annabel …« Ungläubig schaute sie zwischen Evelyn und Rebecca hin und her. Ein Albtraum. Mehr noch, das Ganze war vollkommen surreal.

Annabels ältere Schwester brach wieder in Schluchzen aus und schüttelte dazu fortwährend den Kopf. »Sie haben meine Schwester mitgenommen. Festgenommen. Sie hat die Tat zugegeben!«

Inka suchte Halt am Treppengeländer. Ihr war, als würde es ihr den Boden unter den Füßen wegziehen. »Das glaube ich nicht!«, flüsterte sie.

»Aber Annabel hat gestanden«, wimmerte Evelyn. »Das sagte mir der Beamte vorhin an der Wohnungstür. Mehr durfte er nicht sagen … obwohl ich ihre Schwester bin! Die Spurensicherung ist auch noch da.«

»Oh Gott, jetzt fällt es mir wieder ein … Ich habe heute Nacht mitbekommen, wie Peter in die Olgastraße gerufen wurde …« Während sie ahnungslos geschlummert hatte, war Jannis ermordet worden. *Ermordet!* Das durfte nicht wahr sein. Seit vier Jahren waren Annabel und Jannis ein Paar. Die beiden wollten heiraten, Kinder bekommen!

»Ich habe nach Peter gefragt«, sagte Evelyn und hob ihre rote Brille etwas an, um sich mit dem Taschentuch über die geschminkten Lidränder zu tupfen. »Aber man sagte mir, er habe sich von einem Kollegen ablösen lassen, weil er sich nicht gut fühlte.«

»Aber er ist nicht nach Hause gekommen. Mein Handy habe ich in der Eile zu Hause liegen lassen. Was machen wir denn jetzt? Das darf doch alles nicht wahr sein! Ich muss mehr wissen. Ich fahre zu Peter auf die Wache!«

*

Inka drückte die angelehnte Tür zu Peters Büro auf und fand seinen Schreibtischstuhl leer vor.

Dann ging alles ganz schnell. Ein kleiner Pfeil sauste wie aus dem Nichts durch die Luft, direkt auf sie zu. Reflexartig riss sie die Tür wie ein Schutzschild vor ihren Körper.

»Do kennsch doch auf d'r Sau naus!«, hörte sie Peters Kollegen Andi Dormann fluchen. Normalerweise war er die gute Seele im Büro, bei dem sich jeder nach einem anstrengenden Einsatz ausheulte. Jetzt aber, nachdem Inka sich aus der Deckung hervorgewagt hatte, schaute er sie an wie ein kampfbereiter Giftzwerg. Andi war gut eineinhalb Köpfe kleiner als Peter, und damit allerdings so groß wie sie.

»Der wär direkt ins Bullaug nei, wenn ich getroffen hätt!«

»Entschuldige, Andi«, sagte sie mit Blick auf die Dartscheibe neben der Tür, wo bereits zwei Pfeile mittig steckten.

»Schön, dass du mal wieder vorbeischaust, Katinka. Hast dich lange nicht blicken lassen. Beschtimmt ein halbes Jahr nicht.«

»Ich heiße Inka. Einfach Inka«, korrigierte sie ihn.

»Ach, du lieb's Herrgöttle, natürlich, Inka!«, verbesserte er sich. Andi gehörte definitiv zu jenen Schwaben, die alles konnten – außer hochdeutsch. Und wenn er es doch versuchte, klang es ungewollt komisch. Wegen seines Dialekts und seines deutlichen Bauchansatzes wirkte er etwas unritterlich, das war allerdings nur dem ersten Eindruck zuschulden, den leider auch die meisten Frauen von ihm gewannen. Er rubbelte über seine braunen streichholzkurzen Haare. Auf der Stirn und an den Unterarmen hatte er Narben, die von einem Verkehrsunfall herrührten, wie Peter ihr mal erzählt hatte. Die Haare standen Andi jetzt wirr vom Kopf ab und symbolisierten seine Zerstreutheit auch nach außen hin, über die man sich im Kollegenkreis gerne amüsierte. Anderntteils wurden seine Kombinationsgabe und seine Hilfsbereitschaft überaus geschätzt.

»Peter isch drüben im Brutkasten und denkt nach. Heute Nacht hat's einen Mann erwischt. Bin ich froh, dass ich allein leb, da kann mich schon mal keine Frau umbringen.«

Ein typischer Andi-Kommentar, dachte Inka, lächelte schief und ging hinaus auf den Flur. Sie klopfte an die geschlossene Tür nebenan. Peter ließ sich grundsätzlich nur ungern bei der Arbeit stören, wenn er sich in dieses Zimmer zurückgezogen hatte, aber das hier war eine Ausnahme. Der Raum war karg und nur mit den notwendigsten Dingen zur Rekonstruktion einer Tat ausgestattet, darunter ein Flipchart, wo von Hand angefertigte Tatortskizzen aufgehängt wurden, und ein Notebook.

Als sie eintrat, saß Peter mit dem Rücken zu ihr am Schreibtisch. Er schien wenig überrascht, sie zu sehen.

»Gibt es etwas Dringendes?«, fragte er beiläufig.

»Was ist das denn für eine Frage? Peter! Das Mordopfer heute Nacht war nicht irgendwer …« Weiter kam sie nicht.

Peter stand abrupt auf, zog sie in den Raum hinein und schloss die Tür. »Himmel!«, zischte er sie an. »Wenn jemand merkt, dass du dich für den Fall interessierst – dass deine beste Freundin da mit drinhängt –, dann kann es sein, mein Chef entscheidet, mich aus den Ermittlungen rauszunehmen! Kapierst du das?«

Inka schossen die Tränen in die Augen.

Da zog Peter sie in seine Arme. Er atmete tief aus, drückte ihren Kopf sanft an seine Brust und streichelte ihr über die kurzen Haare. »Ich bin auch verzweifelt, verstehst du? Ich weiß es auch nicht, was da passiert ist«, sagte er und vergrub sein Gesicht an ihrer Schulter. So standen sie ein paar Sekunden lang bewegungslos da.

Dann nahm er wieder Haltung an, hob ihr Kinn und küsste ihr die Tränen von den Wangen. »Wenn mir jemand persönliche Betroffenheit nachweist, dann ist die Chance groß, dass ich von dem Fall abgezogen werde.«

Inka nickte, wischte sich die Tränen aus den Augen und schaute hinüber zum Notebook, wo jetzt Peters Wahlspruch auf dem Bildschirmschoner zu lesen war: *Wenn einer zu dir sagt, die Zeit heilt alle Wunden, dann hau ihm in die Fresse und sag: Warte ab, bald ist's wieder gut.*

Nichts würde mehr gut werden. Ihre Welt war letzte Nacht komplett aus den Angeln gehoben worden. Ein eiskalter Mord in ihrem Freundeskreis!

»Peter, du warst doch am Tatort. Sie sagen, Annabel ist geständig. Stimmt das? Sag mir, was passiert ist …«

»Das, was ich gesehen habe, willst du nicht wirklich wissen.«

»Aber die beiden haben sich doch geliebt. Annabel hat sich erst kürzlich ein *J* am Handgelenk tätowieren lassen. Sie wollten heiraten und zusammen auswandern …« Jetzt liefen ihr die Tränen. »Ich muss mit Annabel reden! Wo ist sie?«

»In Gewahrsam. Wahrscheinlich wird sie gerade dem Haftrichter vorgeführt. Und noch heute Nachmittag kommt sie in U-Haft nach Schwäbisch-Gmünd.«

»Ich fahre zu ihr!«, rief Inka.

»Langsam! So einfach ist das nicht. Erst musst du zum Gericht und einen Besuchsantrag stellen. Du kannst von

Glück sprechen, wenn man dir als Freundin überhaupt einen Besuch genehmigt. Und wenn sie das tun, würde er wegen der Tatverschleierungsgefahr sowieso nur unter Kripo-Aufsicht stattfinden. Und dieser Aufwand wird von den Behörden meist nur für den Besuch von engen Verwandten in Kauf genommen.«

»Hat Annabel die Tat wirklich gestanden?«

Peter nickte, und diese schlichte Geste erschütterte mit einem Mal die Grundfeste ihrer Freundschaft zu Annabel – ihre Freundin, die sie seit Schulzeiten kannte, sollte eine Mörderin sein?

»Warum?«, fragte Inka flüsternd. »Warum hat Annabel das getan? Ist es im Streit passiert? Vielleicht hat sie sich über irgendetwas furchtbar aufgeregt und die Kontrolle verloren? Oder es gab ein Gerangel, bei dem Jannis unglücklich gestürzt ist?« Inka merkte selbst, wie sie ihre Erklärungen an den Haaren herbeizog. Streit war ein Fremdwort in der Beziehung der beiden gewesen. Inka brachte ihren Gedanken zu Ende: »Ob Annabel trotz ihres Geständnisses vielleicht unschuldig ist, kann man doch bei der Spurensicherung feststellen, oder?«

»Ja, so ist es.«

»Zeig mir das Bild vom Tatort. Bitte.«

»Ich glaube nicht, dass das gut für dich wäre.«

»Bitte, Peter. Ich will es mit eigenen Augen sehen.«

»Nein, das wäre zu viel für dich. Glaub mir.«

Obwohl sie Peter verstehen konnte, nervte sie seine bevormundende Art. Sie liebte Peter für seine Geradlinigkeit, die ausgleichend auf ihr emotional überschwängliches Wesen wirkte, aber sie konnte es nicht ertragen, wenn er sie in die defensive Rolle drängte.

»Ich will Annabels Geständnis nicht einfach so hinnehmen, Peter. Und so lange ich nicht mit meiner besten Freundin reden kann, will ich mir wenigstens ein Bild von dem machen, was passiert ist. Vielleicht hat Annabel aus Notwehr gehandelt, vielleicht musste sie sich wehren …«

»Vielleicht, vielleicht, vielleicht … Ganz wie du willst«, stieß Peter ergeben hervor und klickte ein Bild an, das vor ihren Augen aufsprang. »Wonach sieht das aus? Wo soll ich hier eine Notwehr herauslesen? Es gibt keine Anzeichen für einen Kampf. Die Wohnung ist aufgeräumt, die Gläser stehen heil auf dem Couchtisch. Das ist Heimtücke.«

Inka starrte auf das Foto vom Tatort. Ihr wurde übel. Da war Blut, überall Blut auf dem ehemals schneeweißen Sofa. Jannis hing bäuchlings darauf, so als habe man ihn zuvor gezwungen, vor dem Sofa niederzuknien. Er lag in seinem eigenen Blut, das Gesicht in den Kissen. Eine zerbrochene Weinflasche neben seinem Kopf, überall Scherben.

Inka würgte. »Ich glaube, ich muss …« Sie hielt sich die Hand vor den Mund und rannte auf den Flur hinaus, die Treppen hinunter und zum Ausgang. Draußen vor der Tür übergab sie sich.

»Katinka, bist du etwa wieder schwanger?«

Inka richtete sich auf und sah Andi neben sich. Sie schluckte, ihr Hals brannte wie Feuer. Sie brachte keinen Ton heraus, schüttelte nur den Kopf.

»Ich wollte gerade in die Mittagspause, hab aber meinen Geldbeutel vergessen und bin deshalb noch mal zurück. Kann ich was für dich tun? Mensch, du bist ja ganz bleich. Komm, wir rauchen eine zusammen, und du erzählst mir, was los isch.« Er kramte sein schwarzes Lederetui aus der Jackentasche und hielt es ihr hin. Inka nahm sich zitternd eine Zigarette. Dabei bemerkte sie den Totenkopf in Silberprägung auf der Rückseite des Etuis. Andi hatte schon einen merkwürdigen Humor. Warum benutzte er eine solche Hülle, deren Sinn und Zweck es doch war, die Todeswarnungen auf den Schachteln zu verdecken?

Andi zwinkerte ihr aufmunternd zu. »Und?«, fragte er einfühlsam. Seine wachen grünbraunen Augen musterten sie interessiert, und sie war versucht, ihm von ihren Verwicklungen im neuesten Fall zu erzählen, aber weil Peter von der Ermittlungsarbeit nicht abgezogen werden sollte, behielt sie besser für sich, dass die Tatverdächtige ihre beste Freundin war.

»Es tut mir leid, Andi, aber ich muss jetzt zu einem Termin.« Sie gab ihm die Zigarette zurück. »Ich rauche eigentlich nicht mehr. Außerdem heiße ich Inka, wie gesagt, nicht Katinka.« Sie lächelte, obwohl ihr eigentlich nicht danach zumute war. Aber genau dieses Talent zur Aufmunterung besaß Peters Kollege.

»Wo habe ich nur meinen Kopf?«, schimpfte er über sich selbst. »Kannst du mir noch mal verzeihen? Wo *Inka* doch ein so schöner Name ist … Schönen Tag noch!« Zum Gruß hob er die Hand mit dem schwarzen Lederetui, und ihr war, als würde sie der Totenkopf hämisch angrinsen.

*

Sitzen, endlich sitzen. Inka sank in den bequemen Ledersessel. Die weiche Lehne in ihrem Rücken vermittelte ihr ein Gefühl von Sicherheit und Geborgenheit.

Das erste Mal durchatmen seit heute Morgen. Seit vier Stunden wusste sie, dass Jannis tot war und ihre beste Freundin den Mord gestanden hatte. Seitdem war nichts mehr wie vorher! Ihre Gedanken kreisten unablässig um ihre Freunde, die doch noch am Vorabend ihre Gäste gewesen waren. Hatten die beiden sich irgendwie anders als sonst verhalten? Hatte Annabel zum Schluss verärgert gewirkt? Hatte Jannis im Gespräch mit ihr in der Küche etwas angedeutet?

An die Fahrt mit ihrem Moped in den Stuttgarter Norden, wo das Zentrum für Klinische Hypnose am Killesberg in schöner Halbhöhenlage lag, konnte sie sich kaum mehr erinnern. Jeder mit zwei Promille Alkohol hätte wohl zuverlässiger am Straßenverkehr teilgenommen als sie in ihrem momentanen Zustand. Inka bezweifelte, überhaupt die notwendige Entspannung zu finden, um sich jetzt in Hypnose versetzen zu lassen – bis zuletzt hatte sie noch überlegt, den Termin abzusagen. Aber sie hoffte, hier für eine Stunde etwas Ruhe und Abstand zu gewinnen, um anschließend wieder einen klaren Gedanken fassen zu können. Und in dieser Erwartung saß sie nun hier.

Doktor Brinkhus justierte die surrenden Lamellen der Jalousien an der Rundumverglasung so, dass noch genügend Licht hereinkam, um sich orientieren zu können und Inka zudem das sichere Gefühl zu verleihen, die Außenwelt müsse draußen bleiben. In dem großen Raum standen auf weinrotem Teppich zehn im Kreis angeordnete cremefarbene, drehbare Ledersessel für die Gruppentherapie, dazwischen auf kleinen Podesten Salzkristallleuchten, die für angenehme Beleuchtung sorgten. Zu Hause hätte sie sich so ein Ding nicht hingestellt, aber hier passten sie ins Bild. Einzig störend empfand sie den Geruch nach Mittagessen – Chinesisch, vermutete Inka. So wie die warme Luft draußen stand, half aber auch kein Lüften.

Es war Punkt ein Uhr, als Doktor Brinkhus sich ihr ge-

genübersetzte und zwei Trinkgläser mit Wasser auf das Podest zwischen ihnen stellte. Vom Erscheinungsbild her war dieser Mann nicht ihr Typ, aber dennoch wirkte er auf eine Art sympathisch, denn er hatte ein offenherziges Lächeln, mit dem er das Vertrauen jeder verängstigten Kinderseele gewonnen hätte, wäre er denn ein Kinderarzt geworden. Doktor Brinkhus war groß gewachsen, ungefähr so wie Peter, hatte aber ein ziemliches Feinkostgewölbe. Seine dichten, bis in den Nacken gewellten dunklen Haare waren an den Schläfen leicht ergraut. Er war älter als Peter, musste jetzt knapp über fünfzig sein. Es war irgendwann im letzten Jahr gewesen, als Annabel erwähnte, zum runden Geburtstag ihres Schwagers ins Schloss Ludwigsburg eingeladen zu sein. Die beiden Fachärzte Evelyn und Walter Brunner hatten keine Kinder und somit zum runden Geburtstag für ihre Gäste gerne tief in die Tasche gegriffen.

Als Therapeut strahlte er eine Selbstüberzeugung aus, die nicht überheblich schien, sondern bewirkte, dass Inka sich ihm gerne anvertraute. Überhaupt fühlte sie sich bei Männern, die Führungsrollen übernahmen, gut aufgehoben, auch wenn sie durchaus selbst eigenständige Entscheidungen treffen konnte und auch mal ihren Dickkopf hatte. Aber für einen Psychologen war – nicht zuletzt aufgrund des frühen Verlustes ihres Vaters – unschwer zu erkennen, warum ihre Wahl auf einen selbstsicheren Mann wie Peter gefallen war.

Doktor Brinkhus lehnte sich zurück und führte die gespreizten Finger an den Kuppen zusammen. »Wie geht es Ihnen? Es ist sehr heiß heute, nicht wahr? Trotzdem ein wunderschöner Tag. Eigentlich der richtige Moment, um in einer Eisdiele ein Eis zu genießen.«

Inka nickte automatisch. Doktor Brinkhus schaute sie über den Rand seiner Brille hinweg an. Es war ein wohlwollender Blick, keineswegs durchdringend oder penetrant. »Heute ist Ihre nächste Einzelsitzung, wie besprochen. Es kann sein, dass Sie während der Hypnose in eine unangenehme Trancephase geraten, und deshalb benötigen Sie besonders meine Führung. Sie müssen mir vertrauen, denn nur ich kann Sie da wieder herausholen. Aber es kann Ihnen nichts passieren. Sie können ganz unbesorgt sein, Sie können sich entspannen, mir vertrauen, indem Sie meinen Worten folgen. Und danach sollten Sie sich wie immer eine halbe Stunde Zeit lassen, bevor Sie wieder am Straßenverkehr teilnehmen. Sind Sie bereit, Frau Mayer?«

Inka lief ein Schauer über den Rücken, und sie erinnerte sich an die Therapievereinbarung. Nach einer Erstanamnese war Doktor Brinkhus zu der Einschätzung gelangt, dass die Teilnahme an einer Gruppentherapie zur Raucherentwöhnung durchaus sinnvoll für sie wäre und dies auch therapeutisch zu verantworten sei, da sie durch den Verlust ihres Babys zwar an einer posttraumatischen Belastungsstörung leide, aber keine psychotischen Schübe zu erwarten seien. Darum könne die Hypnose gefahrlos bei ihr angewendet werden. Es stünde nicht zu befürchten, dass sie nicht mehr aus der Trance zurückgeholt werden könne. Um ihre traumatischen Erlebnisse verarbeiten zu können, seien allerdings Einzelsitzungen notwendig. Sechs bis zehn Termine voraussichtlich, Kosten pro eineinhalbstündiger Sitzung neunzig Euro.

Leicht angespannt, aber mit dem Gefühl, auf dem richtigen Weg zu sein, signalisierte sie ihm ihre Bereitschaft. Den Gedanken an Annabel und ihren toten Freund versuchte sie zu verdrängen, aber es wollte ihr nicht gelingen. Sie fasste sich ein Herz und sagte: »Entschuldigen Sie bitte, Doktor Brinkhus. Ich müsste vorab noch etwas mit Ihnen besprechen.«

»Bitte, nur zu«, forderte er sie freundlich auf.

Inka holte tief Luft, versuchte im Geist Worte zu formulieren. Worte für das unbeschreibliche Geschehen letzte Nacht. »Annabel Brunner, Ihre Schwägerin … sie ist eine meiner besten Freundinnen … und jetzt … Haben Sie schon von ihrer Verhaftung gehört?«

Doktor Brinkhus nickte. Nicht mehr und nicht weniger.

»Die Sache ist … ich kann mir nicht vorstellen, dass Annabel in der Lage ist, jemanden … Und trotzdem hat sie es getan. Und ich … ich bin ganz durcheinander …«

»Weil Sie sich nicht erklären können, wie es zur Tat gekommen ist? Es ist verständlich, dass Sie diffuse Ängste haben, Ihre Gedanken heute nicht zur Ruhe kommen und Sie Mühe haben, sich zu entspannen und fallen zu lassen.«

Doktor Brinkhus hatte ihre Gedanken ausgesprochen. Sie vertraute dem Therapeuten zwar, dennoch kostete es sie heute nach der Tat noch mehr Überwindung als in den Sitzungen zuvor, sich in Hypnose versetzen zu lassen.

»Ich … ich glaube, ich bin heute zu aufgewühlt«, sagte Inka. »Ich muss ständig an Annabel denken und warum sie das wohl getan hat.«

»Was zwischen meiner Schwägerin und ihrem Partner vorgefallen ist, werden die Ermittlungsbehörden klären. Es ist wichtig, dass *Sie* zur Ruhe kommen, sehr wichtig, damit Sie neue Kraft schöpfen können. Diese Kraft werden Sie noch brauchen. Erlauben Sie Ihrem Geist und Ihrem Körper neue Energie aufzunehmen und lassen Sie langsam von Ihren Sorgen los. Sie sind hier an einem Ort der Ruhe und der Erholung. Gönnen Sie sich diese Entspannungspause und erlauben Sie sich zu spüren, wie erschöpft Sie sind, und wie schwer alles für Sie ist. Schauen Sie nach innen, horchen Sie in sich hinein.«

Inka atmete noch einmal tief durch. Nach den grauenvollen Ereignissen erlaubte ihr dieser Mann nun erst einmal innezuhalten, auf sich selbst und auf ihre Gefühle zu achten? Sie sollte ganz sie selbst sein? Niemand erwartete jetzt eine Inka, die stark war und gut funktionierte? Mit ihrem nächsten Atemzug verspürte Inka Erleichterung. Ein Gefühl, das sie vertiefen wollte.

Doktor Brinkhus vergewisserte sich mit einem fürsorglichen Blick, dass sie nun bereit war, und begann zu sprechen: »Suchen Sie sich einen Punkt, auf dem Sie Ihren Blick ruhen lassen. Dieser Ruhepunkt verschwimmt nach und nach, Ihre Lider werden schwer, immer schwerer. Sie werden müde, immer müder. Es fällt Ihnen schwer, die Augen wieder zu öffnen, vermutlich finden Sie allein schon den Gedanken daran zu mühsam. Sie können es versuchen, aber dabei spüren Sie, wie müde Sie tatsächlich sind. Dafür können Sie jetzt Ihren Blick nach innen wenden, und Sie sehen einen Aufzug mit geöffneten Türen vor sich, in den Sie jetzt einsteigen.

Der Lift setzt sich langsam in Bewegung und führt Sie tiefer und tiefer. Noch tiefer. Das Gefühl Ihrer rechten Hand verändert sich, Sie spüren, wie sie leichter und leichter wird, sie beginnt sich zentimeterweise nach oben zu heben. Ihr gesamter Arm hebt sich nun, waagrecht zum Boden, von ganz allein, schwebt langsam höher und höher. Ich berühre jetzt Ihr Handgelenk, und Sie können es zulassen, dass ich Ihre Hand noch weiter nach oben führe. Ihr

Arm ist nun in angenehmer Position erhoben, er hat keinen Kontakt mehr zu Ihrem Oberschenkel, und Sie können ihn nicht senken. Er bleibt wie von selbst erhoben, und erst wenn ich es Ihnen sage, können Sie ihn wieder senken. Und nun achten Sie bitte darauf, wie gut Ihr Arm das macht. Sie können stolz darauf sein.

Und was die eine Hand so gut kann, sollte man der anderen nicht verwehren. Ihre andere Hand war die ganze Zeit sehr aufmerksam, sie hat gut zugehört, mitgedacht und mitempfunden und ist nun bereit, das Gleiche zu tun, nämlich völlig leicht zu werden und selbstständig nach oben zu gehen, ganz von allein. Sie brauchen sich um diese linke Hand überhaupt nicht zu kümmern, Sie überlassen es völlig Ihrem Unbewussten, sie Stück für Stück nach oben zu bringen, höher und höher … Sie merken, wie Ihr Unbewusstes mehr und mehr die Kontrolle übernimmt, wie es Ihre linke Hand mehr und mehr nach oben führt, sie höher und höher geht und den Arm mitnimmt … Sie können es nicht verhindern, es ist Ihr Unbewusstes, das sich darum kümmert. Und in diesen Prozess sollten Sie nicht willkürlich eingreifen. Ganz im Gegenteil, je mehr Sie das versuchen, umso vehementer wird er sich heben. Ihr Unbewusstes, dem Sie blind vertrauen, hat die Regie übernommen, und das ist gut so.

Und nun versuchen Sie, sich zu erinnern. Was geschah an jenem Abend des 22. Dezember? Versuchen Sie, sich daran zu erinnern! Was kommt Ihnen als Erstes in den Sinn? Können Sie etwas sehen oder spüren?«

»Ich habe leichte Wehen, aber ich glaube irgendwie nicht daran, dass vor dem Geburtstermin in knapp drei Wochen etwas passieren wird. Ich sage meinen Gästen nichts, weil ich niemanden in Aufregung versetzen will, und weil ich meine letzte vorweihnachtliche Feier vor dem einschneidenden Ereignis genießen möchte. Wir amüsieren uns, es ist lustig. Peter muss das Windelnwechseln an einer Babypuppe üben. Jannis hat sie mitgebracht. Das Ziehen in meinem Rücken wird im Lauf des Abends schlimmer. Ich gehe auf die Toilette, und dort platzt mir die Fruchtblase. Ich werde panisch, das Wasser läuft und läuft. Ich sitze auf dem Klo und weiß nicht, ob ich heulen oder lachen soll. Ich reiße mich zusammen, stopfe mir ein Gästehandtuch zwischen die Beine und gehe zurück ins Wohnzimmer. Äußerlich versuche ich Gelassenheit auszustrahlen, ich will niemanden in Panik versetzen.

Aber an meinem watschelnden Gang bemerkt Annabel sofort, dass etwas nicht stimmt. Auch Jannis fragt, ob etwas passiert sei. Ohne Worte nicke ich. Und dann entsteht Chaos. Alle reden wild durcheinander, ich mittendrin. Eine so heftige Wehe erwischt mich, dass ich vor Schmerzen in die Knie sinke. Peter trägt mich zum Sofa, jemand schiebt mir Handtücher unter den Po und legt einen aufgeschnittenen blauen Müllsack darunter. Ich bekomme nichts mehr mit. Ich habe mir eine Hausgeburt gewünscht, und Peter hat mich in diesem Wunsch unterstützt. Aber so abrupt und heftig habe ich mir das auch nicht vorgestellt. Eine Wehe jagt die nächste. Es tut entsetzlich weh. Ich schreie aus Leibeskräften. Ich presse, presse, presse.

Dann lässt der Druck plötzlich nach. Mein Baby flutscht aus mir heraus. Es schreit nicht. Ich warte. Ich höre nichts. Ich rapple mich auf und schaue zwischen meine Beine. Auf der blauen Plastikfolie liegt mein Baby. Bewegungslos. Tot. Ich … ich …«

»Sie dürfen Ihre Trauer und Ihre Tränen ruhig zulassen, aber Sie sollten jetzt für einen kurzen Moment den Blick heben und sich im Raum umsehen. Wer ist sonst noch da? Wen können Sie sehen?«

»Ich bin so erschöpft. Ich liege auf dem Sofa und habe die Augen geschlossen. Es ist so schwer, mich an das Drumherum zu erinnern. Ich sehe nur mein Baby vor mir. Mein totes Baby … Es war ein Junge … Mein kleiner Junge …«

»Weinen Sie ruhig, weinen Sie. Der Verlust eines Kindes ist eine unermesslich leidvolle Erfahrung, und für den tiefen Schmerz einer Mutter spielt es keine Rolle, wie alt das Kind war. Doch es trifft Sie keine Schuld. Versuchen Sie sich auf die Umgebung zu konzentrieren.«

»Ja, da sind Stimmen. Ich höre Jannis und Annabel, die anderen, die auf der Party eingeladen waren, sind wohl heimgegangen.«

»Vielleicht auch nicht. Sehen Sie niemand sonst? Versuchen Sie etwas wahrzunehmen. Was sehen Sie?«

»Jetzt kommen Rettungssanitäter und Notarzt. Und da ist noch Evelyn.«

»Gut, erzählen Sie weiter. Sie können also Evelyn sehen. Warum war sie da? Können Sie mir das sagen?«

»Annabel hat sie angerufen.«

»Warum?«

»Evelyn war während der Schwangerschaft meine betreuende Frauenärztin, und wir hatten es so beschlossen.«

»Und hat Evelyn tatsächlich bei der Geburt geholfen? Denken Sie nach!«

»Ich glaube nicht. Ich weiß es nicht! Alle standen herum, aber keiner konnte mehr etwas für mein Baby tun. Keiner konnte etwas tun! Mein totes Kind liegt da. Ich kann das nicht mit ansehen! Ich will weg hier!«

»Bitte beruhigen Sie sich. Vor sich sehen Sie einen geöffneten Fahrstuhl. Es fällt Ihnen leicht, vom Sofa aufzustehen, und Sie gehen in diesen Lift hinein. Die Türen schließen sich und Sie lassen damit alles hinter sich. Der Fahrstuhl setzt sich in Bewegung und fährt langsam mit Ihnen nach oben ins Erdgeschoss. Wenn Sie aussteigen und die Tür sich hinter Ihnen schließt, lassen Sie alles, was soeben gesagt wurde, darin zurück. Bis zur nächsten Sitzung ist es dort sicher verwahrt wie in einem Tresor. Sie können sich erst wieder daran erinnern, was gesagt wurde, wenn sich der Aufzug bei der nächsten Sitzung wieder öffnet. Bis dahin brauchen Sie sich um nichts mehr zu kümmern. Tatsächlich wird es Ihnen sehr schwerfallen, sich überhaupt zu erinnern, auch weil es Ihnen zu mühsam ist. Sie fahren nun mit dem Fahrstuhl weiter nach oben. Fünf, vier, drei … Immer höher zurück Richtung Oberfläche. Sie spüren, wie die Kraft in Ihren Körper zurückkehrt. Sie strecken Ihre Arme und Beine nach vorne, ballen die Hände zu Fäusten …«

»Ich kann meinen rechten Arm nicht bewegen, ihn nicht herunternehmen! Er gehorcht mir nicht mehr!«

»Spüren Sie, wie die Kräfte in Ihren Arm zurückfließen. Fühlen Sie die Wärme und das Prickeln in Ihren Muskeln. Sie haben jetzt wieder die Kontrolle über Ihren rechten Arm und können ihn frei nach Ihrem eigenen Willen bewegen.«

»Es geht aber nicht! Er fühlt sich kalt und blutleer an, als würde er nicht mehr zu mir gehören! Was passiert da? Ich will meinen Arm wieder bewegen!«

»Ganz ruhig, Sie brauchen keine Angst zu haben. Sie sind bei mir in guten Händen. Ich werde jetzt die Finger Ihrer rechten Hand berühren. Sie können den Druck und die Wärme meiner Hand spüren, und ich drücke jetzt vorsichtig Ihren rechten Arm ein wenig nach unten, und Sie folgen dieser Bewegung, bis ihr Arm wieder auf Ihrem Oberschenkel liegt. Lassen Sie einfach los. So ist es gut. Und nun atmen Sie tief ein und aus. Es ist alles in Ordnung. Sie sind nun gleich mit dem Fahrstuhl im Erdgeschoss angelangt. Drei. Hände anspannen! Zwei. Atmen Sie tief ein und aus! Eins. Öffnen Sie die Augen. So ist es gut. Sie sind zurück und fühlen sich frisch wie nach einem angenehm erholsamen Schlaf.«

Inka blinzelte, orientierte sich kurz im Turmzimmer und schaute Doktor Brinkhus an. Sie fühlte sich ausgeruht wie an einem Sonntagmorgen. Nur ihr rechter Arm kribbelte ein wenig, als hätte sie darauf gelegen.

»Wie geht es Ihnen?«, fragte er. »Es ist sehr heiß heute, nicht wahr? Aber ein wunderschöner Tag.«

Inka nickte und überlegte. Sie versuchte sich zu erinnern, was sie gerade in der Hypnose gehört oder gesagt hatte, aber es wollte ihr nicht einfallen, und es erschien ihr auch nicht mehr wichtig. Viel schöner war das Gefühl der Entspannung und dieses inneren Friedens.

»Ja«, sagte sie. »Der richtige Moment, um in einer Eisdiele ein Eis zu genießen.«

*

Leicht und wie von unsichtbaren Armen sanft getragen, die schweren Gedanken meilenweit entfernt, so fühlte sich Inka, als sie nach der empfohlenen Ruhepause im Erholungsraum auf ihrer Quickly den Pragsattel hinunterfuhr und ihr der warme Fahrtwind ins Gesicht blies. Die Hypnose schien tatsächlich kleine Wunder vollbringen zu können. Die Last der schrecklichen Ereignisse war zwar noch da, allerdings erschien sie Inka plötzlich etwas erträglicher. Ein unwirkliches Gefühl, von dem sie auch nicht wusste, wie lange es anhalten würde, aber ein weiterer Beweis dafür, dass sie auf diese Art von Therapie ansprach.

Es war die richtige Entscheidung gewesen, nach der Raucherentwöhnung nun auch die Einzeltherapie zu machen, davon würde sie auch Peter überzeugen. Allerdings wusste sie nach wie vor nicht, was Doktor Brinkhus während der Hypnose zu ihr gesagt hatte. Aber das war nicht so entscheidend. Wichtig war dieses untrügliche Gefühl der seelischen Entlastung.

Inka schlängelte sich stadteinwärts zwischen den langsam dahinfahrenden Autos hindurch. An einer roten Ampel auf Höhe der Kreuzung Türlenstraße musste sie anhalten. Die Glutwärme des Asphalts drang durch die dünne Sohle ihres Turnschuhs, als sie einen Fuß auf die Straße stellte. Die Hitze im Stuttgarter Kessel war an einem Tag wie heute einfach unerträglich. So sehr sie die Sonne auch liebte, so sehr sehnte sie sich jetzt nach einem schattigen Plätzchen wie Doktor Brinkhus' Therapieraum, oder wenigstens nach einem kühlen Eis auf ihrer Zunge.

Ihr fiel ein, dass es hier in der Straße ein legendäres Eiscafé gab. Außerdem lag die Psychiatrische Klinik, in der Doktor Brunner Patient war, gleich daneben. Inka schaute auf die Uhr. Es war kurz vor drei. Unter den gegebenen Umständen würde Evelyn sich sicher freinehmen und ihren Vater besuchen. Die Uhrzeit passte, vielleicht würde sie Evelyn treffen. Inka beschloss, vor der Klinik auf sie zu warten, um mit ihr über Annabel zu reden. Als die Ampel auf Grün sprang, bog Inka ab und steuerte auf die Klinik zu.

Tatsächlich kam ihr Evelyn kurz darauf auf dem Fußgängerweg entgegen. Inka nahm den Helm ab. Evelyn legte den Kopf in den Nacken, als wolle sie die Nase hochziehen, holte aber nur tief Luft. »Was machst du denn hier?«, fragte sie und holte aus ihrer weißen Dreiviertelhose ein Taschentuch hervor. »Willst du auch jemanden im Krankenhaus besuchen?«

»Ich habe gestern mitgekriegt, dass du Annabel gebeten hast, heute um fünfzehn Uhr deine Besuchsschicht zu übernehmen. Es passte gerade, und ich dachte, vielleicht treffe ich dich.«

Evelyn schob die Brille hoch und presste sich das Taschentuch an die Augen. Sie schüttelte fortwährend den Kopf, sodass ihre blonde Pagenfrisur mitschwang.

»Inka, das ist so ein Albtraum. Meine Schwester – eine Mörderin! Doch nicht meine kleine Annabel …«

Inka schwieg. Sie fühlte sich hilflos und wusste nicht, welche tröstenden Worte sie an Evelyn richten sollte.

Annabels Schwester kam ihr zuvor. »Seit einer Viertelstunde gehe ich nun schon vor der Klinik auf und ab. Ich weiß einfach nicht, ob ich meinem Vater die Wahrheit sagen soll. Er wird mir anmerken, dass etwas los ist, und so lange nachbohren, bis ich es ihm sage. So war er schon immer, und seit er krank ist, wird er noch unnachgiebiger und hartnäckiger … Weißt du denn schon was von Peter über den Tathergang?«

»Heute Abend will er mir von den Ergebnissen der Spurensicherung berichten. Es ist ja auch vieles noch nicht ausgewertet, sodass noch keine Rückschlüsse gezogen werden können. Aber es wird sich sicher alles aufklären.« Es war natürlich pure Hoffnung, auf die sich ihr Zweckoptimismus gründete. Aber Hoffnung worauf? Dass Annabel nicht die Täterin war, obwohl sie ein Geständnis abgelegt hatte? Dass alles nur ein böser Traum war, aus dem sie bald aufwachen würde? Wohl kaum.

Irgendetwas hatte sie Evelyn noch fragen wollen. Angestrengt überlegte sie. Es hatte nichts mit Annabel und der Tat zu tun, sondern mit ihr selbst. Unvermittelt, mit einem tiefen, untrüglichen Schmerz spürte Inka, dass es um ihr tot geborenes Baby ging. Aber was war es? Es musste ihr doch einfallen, Himmel noch mal!

»Weshalb schüttelst du den Kopf?«, fragte Evelyn. »Denkst du, ich sollte Vater besser nicht besuchen? Aber er braucht diesen Rhythmus, diese Verlässlichkeit. Alles andere könnte einen erneuten Schub bei ihm auslösen.«

»Doch, doch, natürlich solltest du zu ihm gehen«, sagte Inka abwesend. »Er hat es verdient.«

Vor ihr geistiges Auge schob sich die Gestalt von Doktor Brunner. Für diesen Mann, er musste mittlerweile um die fünfundsechzig sein, hatte sie immer größte Bewunderung empfunden, auch wenn er mitunter streng war, und er war so etwas wie ein Vaterersatz für sie gewesen, weil ihr eigener Vater die Familie verlassen hatte, als Inka gerade drei Jahre alt gewesen war. Kurz vor ihrem Abitur war er gestorben, ohne dass sie ihn je wiedergesehen hatte. Als Jugendliche hatte sie auf Eigeninitiative seine Adresse herausgefunden, aber er hatte ihr am Telefon unmissverständlich erklärt, dass er mit seiner Vergangenheit und damit auch mit ihr nichts zu tun haben wollte, weil seine zweite Frau nichts von Inkas Existenz wusste. Statt mit einem Vater war sie mit einer Lücke in sich aufgewachsen, die sie heute noch schmerzlich spürte, wenn sie in ihrem Leben mit Schwierigkeiten zu kämpfen hatte. Besonders nach der Totgeburt hatte sie verstärkt an ihn gedacht und überlegt, wie ein Vater, der seine Rolle ernst nimmt, seine Tochter in einer derartigen Situation wohl getröstet hätte.

Doktor Brunner war mittags in Kindertagen immer da gewesen. Jedes Mal, wenn sie mit Annabel aus der Schule kam, saß er in seiner Pause mit am Esstisch, und es gab Nudeln, so oft sie nur wollten. Gekocht hatte die Haushälterin Herta, weil Annabels Mutter nicht mehr lebte. Sie war gemeinsam mit dem ungeborenen dritten Kind an den Folgen einer nicht rechtzeitig entdeckten Schwangerschaftsvergiftung gestorben. Da war Evelyn vierzehn und Annabel vier Jahre alt gewesen. Inka konnte sich daran erinnern, dass dieses tragisches Erlebnis immer wie ein Fluch auf der Familie gelegen hatte. Doktor Brunner hatte sich schwerste Vorwürfe gemacht, als Arzt die Warnsymptome nicht rechtzeitig richtig gedeutet zu haben und Annabel hatte lange Zeit sehr unter dem frühen Verlust ihrer Mutter gelitten.

Evelyn begann nach dem Abitur ihr Medizinstudium in München mit dem Ziel, Frauenärztin werden zu wollen. Nach dem Tod seiner Frau hatte Brunner nie mehr geheiratet und in den späteren Jahren das Kunststück fertiggebracht, eine Klinik für Psychotherapie mit Schwerpunkt Hypnose aufzubauen, zahllosen psychisch Kranken wieder ein gesundes Leben zu ermöglichen und seinen beiden Töchtern ein fürsorglicher und liebevoller alleinerziehender Vater zu sein. Und dieser Mann war nun selbst ein Opfer des Wahnsinns geworden. Grausam, mit welcher Ironie das Schicksal manchmal zuschlug.

»Inka«, holte sie Evelyn in die Gegenwart zurück, »wärst du eventuell bereit mitzukommen? Vielleicht bringt ihn dein Besuch auf andere Gedanken. Außerdem habe ich gemerkt, dass ich jetzt nicht allein sein kann«, gab sie zu.

»Das kann ich gut verstehen«, sagte Inka. »Ich bin froh, wenn ich dir irgendwie helfen kann. Ich komme gern mit.«

»Danke. Dann lass uns zum Klinikeingang gehen. Bis dorthin erkläre ich dir noch schnell die wichtigsten Verhaltensregeln …«

Der Pfleger überzeugte sich zunächst, dass kein Patient in seiner unmittelbaren Nähe über den Gang spazierte, ehe er seinen Schlüssel von der Sicherheitsbefestigung an seinem Hosenbund löste und die Tür aufschloss. *Wie im Gefängnis*, dachte Inka. Es war ein mulmiges Gefühl, die geschlossene Abteilung der Psychiatrie zu betreten. Das mit Metallstreben verstärkte Sicherheitsglas der Flügeltüren suggerierte eine trügerische Offenheit. Das Wissen, diese in sich geschlossene Welt auch als Gesunder nur mit Hilfe dieses Pflegers wieder verlassen zu können, verursachte Inka Beklemmungen.

Evelyn ging zielstrebig den Flur entlang, steuerte auf ein Zimmer zu, klopfte kurz an und trat ein. Inka blieb wie verabredet in der offenen Tür zum Krankenzimmer stehen. Sie sah einen in sich zusammengesunkenen Mann auf dem Bettrand sitzen, mit vom Kopf abstehenden silbergrauen Strähnen, so als hätte er sich die Haare gerauft. Brunner schaute auf, als seine Tochter eintrat.

»Evelyn, mein Mädchen!« Unter sichtlich großer Mühe verzog er seine medikamentenstarre Miene zu einem Lächeln. »Endlich bist du da. Das ist gut.« Er stand vom Bett auf. Es schien ihm peinlich, am helllichten Tag dort gesessen zu haben. Doktor Brunner wirkte mager, aber keineswegs kraftlos, sondern zäh. Im Kontrast zu seiner wilden Frisur stand seine ordentliche Kleidung mit dunkelblauer Stoffhose und fein gestreiftem Hemd, so als wollte er zur

Arbeit gehen. Erst auf den zweiten Blick sah Inka die Fettflecken auf Hemd und Hose und bemerkte trotz des Abstands den strengen Körpergeruch, der von ihm ausging.

Die Wände seines Zimmers waren über und über voll mit gelben Zetteln. Überall wo eine glatte Fläche war, hatte er seine Notizen hingeklebt – auf die blanken Bilddrucke ohne Glasrahmen, auf den Schrank und Tisch und am Metallrahmen seines Bettes hingen Sätze, manchmal auch nur vereinzelte Worte. Es waren mit kräftigem Druck geschriebene kleine Buchstaben, die so gar nicht dem Klischee einer Ärztehandschrift entsprachen. *Telefonnummer?*, stand da. *Ausweis!*, *Essen?*, *Grüne Damen*, *Bücherei?*, *Zeitschrift*, *Dokumentenordner!*, konnte Inka lesen und einige Namen, die ihr aber nichts sagten.

»Wer ist diese Frau?«, fragte er und sein skeptischer Blick traf auf Inka, die noch immer abwartend lächelnd im Türrahmen stand, ganz so wie Evelyn es ihr empfohlen hatte.

»Das ist Inka, Vater. Eine Freundin von Annabel. Erinnerst du dich an sie?«

»Inka?« Seine buschigen, mit weißen Härchen gespickten Augenbrauen zogen sich zusammen und die krausen Falten über seiner Nasenwurzel vertieften sich. »Natürlich, erinnere ich mich! Die kleine Inka. Zuletzt warst du am 11. August 1995 bei unserem Gartenfest, das ich zu Annabels bestandenem Abitur ausgerichtet habe.«

Inka nickte überrascht. Mit einer unglaublichen Selbstverständlichkeit hatte er ihr das genaue Datum genannt. Sie selbst hatte gar nicht das Gefühl, dass es schon über fünfzehn Jahre her war, dass sie Brunner das letzte Mal gesehen hatte. Mit seinem phänomenalen Datumsgedächtnis hatte er sie schon als Kinder beeindruckt. Unabhängig davon, ob es sich um ein weltgeschichtliches Ereignis oder einen familienbiographischen Zusammenhang handelte, er kannte alle Daten, ohne sie je mit besonderem Aufwand auswendig gelernt zu haben. Er wusste es ganz einfach. Und seine Krankheit malträtierte offenkundig nur das Kurzzeitgedächtnis, deshalb die vielen Hilfszettel.

»Wie geht es Annabel?«, fragte er. »Kommt sie morgen wieder?«

»Annabel ...« Evelyn schaute Hilfe suchend zu Inka und antwortete dann: »Weißt du, Annabel ist krank. Aber ich komme dich natürlich auch morgen besuchen.«

Offensichtlich hatte sich Evelyn entschieden, ihrem Vater etwas vorzuspielen.

»Krank?« Er wurde aufmerksam. »Was hat sie denn?«

»Eine Magenverstimmung«, sagte Evelyn schnell. »Sie hat sich mehrfach übergeben.«

»Große Güte! Jemand versucht, sie zu vergiften«, rief Brunner entschieden. »Du musst auf deine Schwester aufpassen, hörst du? Annabel darf nichts mehr essen, was sie nicht selbst gekocht hat. Sie darf niemandem vertrauen, auch diesem Jannis nicht. Das musst du ihr sagen!«

»Ja, Vater«, sagte Evelyn, und man sah, wie viel Beherrschung es sie kostete, seinem Wahn zu folgen, so wie es die Ärzte ihr empfohlen hatten. »Wir passen gut auf uns auf.«

»Bist du dir sicher?«

»Sicher, Vater.«

»Du musst alles überprüfen, dich ganz korrekt verhalten, dann können sie dich nicht angreifen.«

»Natürlich, Vater.«

»Evelyn, hast du meinen Kontostand geprüft? Ist das Geld noch da?« Seine Augen waren starr auf seine Tochter gerichtet, und trotzdem war da ein Flackern in seinem Blick.

»Ja, Vater. Es fehlt nichts.«

Ihr Dialog klang fast wie früher in Inkas Ohren. Brunner hatte bei der Erziehung seiner Töchter ein strenges Regiment geführt. Ein liebevoller Vater war er gewesen, solange alles nach seiner Vorstellung lief. Jede Minute Verspätung führte zu einer Stunde Hausarrest, jede unerledigte Hausaufgabe zu einer von ihm zusätzlich aufgegebenen Strafarbeit. Noten schlechter als drei wagten die beiden Mädchen nicht nach Hause zu bringen. Nachdem Evelyn nach dem Abitur zum Studium nach München gegangen war, war sie nicht etwa frei, sondern musste sich jeden Tag um Punkt achtzehn Uhr zu Hause melden. Tatsächlich machte sie das auch, verschob sogar Termine dafür. Hörigkeit war das Stichwort, das Inka aus heutiger Sicht dazu einfiel.

»Evelyn, du musst meiner Haushälterin sagen, dass sie gut auf sich und das Haus aufpassen muss.«

»Natürlich, Vater, das mache ich. Herta geht es gut. Sie lässt dir übrigens beste Genesungswünsche ausrichten und hofft, dass du bald entlassen wirst. Und wie auch die letzten gut fünfundzwanzig Jahre wird sie zu aller Zufriedenheit das Haus hüten. Es ist alles in Ordnung, Vater.«

»Nein, Evelyn, nichts ist in Ordnung. Jemand will mir mein Geld wegnehmen, alles, was ich habe – mein Haus, euer Elternhaus, soll zwangsversteigert werden. Und sie wollen mich umbringen – sie werden unsere gesamte Familie auslöschen!« Brunner dämpfte seine Stimme, und allein seine leisen Worte klangen bedrohlich. »Gestern Nacht war jemand in meinem Zimmer …«

»Das wird ein Pfleger gewesen sein.« Evelyn mühte sich,

ruhig zu bleiben, und die Resignation klang nur leicht in ihrer Stimme durch.

»Nein, es war eine Frau«, korrigierte sie ihr Vater. »Genauer gesagt ein Engel mit schönen blonden Haaren. Die Gestalt ist aber sofort wieder verschwunden, ohne mich anzusprechen, als er gemerkt hat, dass ich wach bin.«

»Vater, das war bestimmt die Nachtschwester, die nachsehen wollte, ob mit dir alles in Ordnung ist. Man kümmert sich hier gut um dich.«

»Das gehört zum Plan. Ich werde hier gefangen gehalten, damit sie draußen ihr kriminelles Werk in Ruhe vollenden können, bevor sie mich zum Schluss umbringen.«

Es klang so ernst, was er da sagte, so überzeugt, dass Inka, die bislang mit großer Betrübnis zugehört und alles zunächst als wirre Gedanken eingeordnet hatte, nun doch aufhorchte.

Evelyn setzte ein Lächeln auf und wiederholte geduldig: »Du bist hier drin sicher, Vater. Es kann dir nichts passieren. Du solltest dich nicht so aufregen.«

»Ich will hier raus. Man hält mich hier fest.«

»Es ist besser, wenn du noch ein Weilchen hierbleibst und deine Medikamente nimmst, bis du wieder gesund bist.«

»Ich nehme diese Medikamente nicht. Ich bin schlauer als alle diese Pfleger hier, die mir den Mund kontrollieren, ob ich dieses teuflische Zeug auch wirklich geschluckt habe. Die stecken doch alle unter einer Decke! Ich will raus hier! Ich bin gesund!«

»Du weißt, dass du sonst wieder Spritzen bekommst«, erinnerte ihn Evelyn, wagte aber nicht, diesen Satz als Drohung auszusprechen. Es klang mehr wie eine flehende Bitte.

»Ich muss Ihrer Tochter recht geben«, schaltete sich Inka ein. »Sehen Sie es doch mal so: Die Anzahl der Pfleger, Ärzte und Patienten ist überschaubar, und das gibt Ihnen die Möglichkeit, die Leute genau zu beobachten und eine eventuelle Gefahr einzuschätzen.«

»Und es gibt gar keine Gefahr, das wirst du dann einsehen«, fügte Evelyn hinzu.

»Kann Inka noch ein bisschen dableiben?«, fragte Brunner und fixierte sie.

»Äh …«, sagte Inka und fühlte sich in die Schulzeit zurückversetzt. Früher hatte Annabel genau diese Frage ihrem Vater immer gestellt. Abwartend hatten sie beide auf der Schwelle zu seinem häuslichen Arbeitszimmer im Keller gestanden, das niemand außer ihm betreten durfte, nicht einmal die Haushälterin zum Putzen.

»Inka muss heute noch arbeiten«, sagte Evelyn ausweichend.

»Hast du den Tod deines Babys schon so gut verkraftet, dass du wieder arbeiten kannst? Annabel hat mir von diesem Schicksalsschlag erzählt.« Sein forschender Blick, der nach der Wahrheit verlangte, ließ Inka nicht los. Sie hatte das Gefühl, unter seinen Augen wieder zum Kind zu werden. Es fiel ihr schwer, sich herauszureden, denn länger bleiben wollte sie nun wirklich nicht mehr. »Ich arbeite noch nicht wieder, obwohl es mir sicher auch guttun würde, auf andere Gedanken zu kommen. Ich hoffe, dass sich durch die Hypnose-Therapie bei Ihrem Schwiegersohn bald etwas an meinem Zustand ändern wird. Heute allerdings habe ich noch im Haushalt zu tun, das meinte Evelyn gerade.«

Er nickte, und Inka war erleichtert, dass er ihre Ausrede akzeptierte. »Meine Margitta, Gott hab sie selig, ist damals an dieser zu spät erkannten Schwangerschaftsvergiftung gestorben und mit ihr unser ungeborenes drittes Kind. Du kannst dankbar sein, dass wenigstens du überlebt hast … Bringt dir die Hypnotherapie bei meinem Schwager den gewünschten Erfolg?«

»Das kann ich noch nicht so genau sagen. Ich habe vieles rund um die Geburt verdrängt. Ich bin aber auf einem guten Weg, denke ich.« Inka wunderte sich, wie klar Doktor Brunner zwischendrin immer wieder zu sein schien. Aber Evelyn hatte ihr eingangs diese typische Symptomatik beschrieben.

Brunner nickte. »Evelyn, kannst du mir beim nächsten Besuch bitte solche Notizzettel und die Ordner mit den Steuerunterlagen der letzten fünf Jahre mitbringen? Und aus dem Klinikkeller die Patientenakten aus dem Jahr vor der Übergabe. Ich muss da etwas überprüfen. Fang bei A an und mach einen Karton voll. Und Walter muss das nicht erfahren. Du weißt ja, wo die Sachen lagern.« Er griff zu einem gelben Notizblock und begann seine Wünsche aufzuschreiben.

Evelyn fragte nicht weiter nach. Es war offenkundig, dass er wieder in seine Welt abglitt. »Bitte, Vater, das brauchst du nicht zu notieren. Ich kann es mir merken.« Sie kontrollierte noch schnell den Inhalt des Kleiderschranks und schaute im Bad nach, ob er auch sonst nichts benötigte.

Inka fand, dass dies doch ziemlich entmündigend auf Evelyns Vater wirken musste, der zwar krank war, seine Wünsche jedoch klar äußern konnte.

Evelyn ging auf ihren Vater zu, gab ihm einen flüchtigen Kuss auf die Wange und machte sich zum Gehen bereit.

Brunner stand auf, kam zur Tür und blieb dann vor

Inka stehen. »Es freut mich, dich wiedergesehen zu haben. Du darfst mich gerne wieder besuchen.« Er gab ihr die Hand, und plötzlich spürte Inka etwas in ihrer Handinnenfläche. Etwas Spitziges mit Kanten. Ein zusammengefalteter Zettel. Als Brunner ihre Hand losließ, schloss sie instinktiv ihre Finger um das Stück Papier.

Evelyn hatte die Zettelübergabe nicht bemerkt, und das war wohl genau Brunners Absicht gewesen, dachte Inka, als sie hinter Evelyn Richtung Ausgang herging.

Draußen angelangt zog Evelyn hastig eine Schachtel Zigaretten aus der Handtasche und wühlte dann weiter darin nach ihrem Feuerzeug. Offensichtlich fand sie es nicht, denn sie sah sich um und ging einige Schritte auf einen Patienten zu, der im Jogginganzug auf der Parkbank saß und rauchte.

Inka drehte sich um und faltete den gelben Zettel auseinander. Und augenblicklich wünschte sie sich, diese Worte niemals gelesen zu haben:

Seien Sie vorsichtig, Inka. Jemand will Sie umbringen.

Inka ballte die Hand zur Faust und erstarrte. Es fühlte sich an, als würde jemand die Zeit anhalten.

»Inka, was ist mit dir?«

Evelyn stand neben ihr und schaute ihr besorgt ins Gesicht. Aber Inka konnte nicht antworten. Ihre Kehle war wie zugeschnürt. Sie drehte sich intuitiv um und sah im oberen Stockwerk Brunner hinter einem der Fenster stehen. Reglos schaute er zu ihnen hinunter. Sie glaubte trotz der Entfernung den Ausdruck seiner Augen erkennen zu können: Es war ein eindringlicher Blick, geschärft von einem tieferen Wissen, den sie wohl so schnell nicht mehr vergessen würde, das wurde ihr in diesem Moment klar.

Aber – der Mann war krank, wurde wegen Schizophrenie behandelt, und deshalb brauchte sie seine Warnungen nicht ernst zu nehmen.

»Inka, alles in Ordnung mit dir?«, fragte Evelyn noch einmal.

»Ja, ja«, sagte sie und zwang sich zu einem Lächeln. »Ich mache mir nur Sorgen um deinen Vater und hoffe, dass er bald wieder gesund wird.«

KAPITEL 2

Wir waren geboren um zu leben,
für den einen Augenblick,
bei dem jeder von uns spürte,
wie wertvoll das Leben ist.

UNHEILIG, »Geboren um zu leben«

Die Schwüle hielt bis in die Abendstunden hinein an. Bei Kerzenschein saß Inka allein auf der Terrasse vor ihrem Haus, die Haare noch feucht vom Duschen, und wartete bei einem Wodka Lemon auf Peters Heimkehr. Er war am Nachmittag auf einen Sprung zu Hause gewesen, hatte ihr eine Nachricht in der Küche hinterlassen, und wollte noch einmal *kurz* ins Büro fahren. Nun war es schon halb zehn.

Inka hatte im Haus alle Fenster aufgerissen und die Lichter ausgemacht, damit die Stechmücken sich nicht ihr Schlafzimmer als Jagdrevier für die Nacht aussuchten. Sie streckte ihre Füße aus und zeichnete mit ihren nackten Zehen imaginäre verschlungene Pfade auf das warme Terrassenholz. Den zerknüllten Zettel, den Brunner ihr heimlich zugesteckt hatte, hatte sie beim Heimkommen in den Mülleimer geworfen. Kurz hatte sie noch überlegt, ob sie die Warnung ihrem Mann zeigen sollte, doch Peter verstand bei solchen Dingen von Berufswegen keinen Spaß und würde sich nur übertriebene Sorgen machen. Im Gegensatz zu heute Mittag war sie jetzt ruhig und mit etwas Abstand und nach einer kühlen Dusche betrachtet, empfand sie nicht nur die Botschaft als irrwitzig – nein, sie glaubte zunehmend daran, dass sich Annabels Unschuld herausstellen würde und ihre Freundin freikäme. Evelyn wollte gleich am Montag früh zum Gericht gehen, um für sie beide eine Erlaubnis für einen Besuch in der U-Haft zu beantragen. Am Wochenende war kein Zuständiger für das Gesuch erreichbar. Hoffentlich zeigte sich der Haftrichter ihrem Ansinnen gegenüber aufgeschlossen.

Ein knacksendes Geräusch kam aus der Wohnung, wahrscheinlich Schritte auf dem Parkettfußboden, dachte Inka und drehte sich um, da sie Peter erwartete; doch sie schaute nur ins dunkle Wohnzimmer. Seufzend nahm sie ihr Glas und trank es in einem Zug leer. Da sie immer noch Durst hatte und nach der heutigen Aufregung fand, sie könnte sich ruhig noch einen zweiten Drink genehmigen, erhob sie sich und ging hinein. Um die Mücken nicht ins Haus zu locken, schaltete sie das Licht nicht an. Sie durchquerte das Wohnzimmer, orientierte sich an den Umrissen der Möbel, vorbei an dieser neuen Ordnung in ihrem Leben, an die Peter sich klammerte und an die sie sich nur schwer gewöhnen konnte.

In der Küche schloss sie das Fenster und schaltete die sanfte Beleuchtung des Dunstabzuges per Touchpanel ein. Peter liebte diese modernen elektronischen Dinge. Der Fliesenboden kühlte ihre nackten Füße, und sie blieb einen Moment mitten in der Küche stehen und genoss das angenehme Gefühl. Hier oben in Botnang, sozusagen auf dem Rand des Stuttgarter Kessels, hatte man an heißen Tagen wenigstens nicht mehr das Gefühl, im eigenen Sud zu kochen.

Inka stellte ihr Glas in das vorgesehene Außenfach des

American-Style-Kühlschranks und betätigte den Knopf für den Eiscrusher. Das Ding machte einen Höllenlärm, während kleine Eisstückchen in das Glas rasselten.

Beim Wodka war Inka großzügig, schließlich war auch viel Eis im Glas, das restliche Drittel füllte sie mit Bitter Lemon auf. Beim Gang auf die Gästetoilette fiel ihr Blick auf die Flurwände, an denen Postkarten von Freunden aus aller Welt hingen. Guatemala, Boston, Sydney – Griechenland war natürlich vertreten, immerhin reisten Annabel und Jannis ständig dorthin –, aber auch eine Karte vom Bodensee, wo Peter vor gut zwei Jahren bei einer Fortbildung gewesen war. Das Motiv zeigte allerdings keine Landschaft, sondern einen Teddy, der im Mondschein einsam auf einem Hügel saß und in den Sternenhimmel schaute. *Miss you*, stand darüber. Peter konnte wirklich süß sein. Es war nur ein Wochenendseminar gewesen, und dennoch hatte er ihr diese Karte geschickt.

Inka wusch sich die Hände und warf dabei einen flüchtigen Blick in den Spiegel. Wie schnell sich das Leben ändern konnte. Vielleicht hatte Jannis, so wie sie jetzt, kurz in den Spiegel geschaut, als er von der Party nach Hause gekommen war und sich auf sein Bett gefreut. Vielleicht wollte er an Annabel gekuschelt den Abend ausklingen lassen und dabei noch Pläne fürs Wochenende schmieden.

Ein Uhr zwölf – Inka wusste noch genau, dass um diese Uhrzeit Peters Handy vergangene Nacht geklingelt hatte. Und dass Annabel und Jannis sich um halb zwölf verabschiedet hatten, um ihren zehnminütigen Nachhauseweg im Auto anzutreten. Was war in den eineinhalb Stunden passiert?

Inka ging zurück in die Küche und rief sich dabei das Bild vom Tatort in Erinnerung, doch ihr Kopf weigerte sich, den Anblick länger als den Bruchteil einer Sekunde vor Augen zu behalten. Tatsache aber war, Jannis lag im Wohnzimmer und nicht im Schlafzimmer. Die beiden hatten offenkundig noch eine Flasche Wein aufgemacht. Wie viele Gläser standen auf dem Tisch? War noch jemand da gewesen? Oder hatte der Mörder ihnen in der Wohnung aufgelauert? Und wenn es einen anderen Täter gab, wie konnte er Annabel zu einem falschen Geständnis zwingen? Zu viele Fragen, keine Antworten.

In dieser Konstellation sah sie als Journalistin normalerweise den Reiz, sich zu beweisen und die Wahrheit auf schnellstmöglichem Weg herauszufinden. Das war auch jetzt ihr Ziel, aber sie war keine Superheldin, die ohne emotionale Schwächen über die Leinwand lief und der scheinbar minderbemittelten Kripo binnen zwei Stunden mit einem Lächeln die Lösung präsentierte. Im Moment wusste sie nicht einmal genau, *was* sie tun sollte, und sie wünschte sich einfach nur, stark genug zu sein, um Annabels Unschuld beweisen zu können.

Unser Freund Jannis ist tot. Ermordet von Annabel, seiner Verlobten, von meiner besten Freundin. So oft sie sich das gedanklich vorsagte, so wenig konnte sie es begreifen. Verdammt, ein Mord in ihrem Freundeskreis! Das war so verstörend, dass sie kaum zu einem klaren Gedanken fähig war – aber genau darauf kam es jetzt an.

Sie steckte einen Strohhalm ins Glas und trank schon im Flur einen Schluck, der ihr jedoch beinahe in die Luftröhre geriet. Da war jemand im oberen Stockwerk. Leise Schritte auf dem knarrenden Parkett.

Inka verharrte in der Nähe der Treppe, die hinauf zu ihrem Arbeitszimmer, dem Schlafzimmer und dem Bad führte, und bewegte keinen Muskel mehr. Schritte. Eindeutig.

War Peter heimgekommen und gleich nach oben gegangen? Nein, er schaute immer nach ihr und begrüßte sie. Hatte etwa ein Einbrecher die offenen Türen und Fenster als Einladung verstanden und sich ausgerechnet ihr Haus zum Ausrauben ausgesucht? Oder – jetzt trieb ihr eine Tatsache, die sie mit einem ärgerlichen Kopfschütteln abgetan hatte, die Gänsehaut über den Rücken: Die Terrassentür hatte den ganzen Tag über einen Spalt offen gestanden, weil sie diese in der Hektik am Morgen zu schließen vergessen hatte. Wieder Schritte. Da war definitiv jemand. Vielleicht sucht er gar kein Diebesgut, ging es Inka durch den Kopf, sondern etwas anderes. *Mich.* Der Zettel mit der Warnung stand ihr auf einmal wieder klar vor Augen.

Seien Sie vorsichtig, Inka. Jemand will Sie umbringen.

Sie musste die Polizei alarmieren, Peter anrufen. Verdammt, warum war er nicht hier? Ihr Handy lag in der Küche. Ruhig bleiben. Ganz ruhig. Sie musste nur an ihr Handy drankommen, und dann nichts wie raus hier.

Auf Zehenspitzen setzte sie einen Fuß vor den anderen. Nur noch vier, fünf Schritte. Vor Anspannung atmete sie flach. Die Küchentüre knarrte ein klein wenig, als sie sie aufschob, und Inka zuckte zusammen. Sie biss sich auf die Lippen, streckte vorsichtig ihre Hand aus und griff nach ihrem Telefon. Geschafft.

Da hörte sie ein Geräusch von oben, die erste Treppenstufe knackte. Der Eindringling hatte noch gut zehn Stufen vor sich. Sie noch zwei Meter bis zur Haustür.

Inka sprintete los und riss die Tür auf. Die Dunkelheit des bewachsenen Vorgartens war ihre Rettung. Schnell versteckte sie sich zwischen Garage und Zaun hinter einer der mannshohen Koniferen. Die angelehnte Haustür behielt sie dabei fest im Blick. Sie war nicht mehr Herrin der

Lage, aber ihre Position verlieh ihr eine kleine Sicherheit, auch wenn sie nah am Haus war. Beobachten, konfrontieren, das war ihr täglich Brot. Aber als Journalistin musste sie für Lokalredaktionen nur über Gewaltverbrechen *schreiben*. Klassische Schule, die sieben W-Fragen, einfacher Bericht. Das durfte nicht *ihr* selbst passieren.

Inka löste die Tastatursperre ihres Handys. Das Display leuchtete in der Dunkelheit auf, und sie drückte hektisch die Taste, unter der sie Peters Nummer eingespeichert hatte. *Bitte sei erreichbar*, betete sie. Als keine Mailbox ansprang, sondern tatsächlich das Rufzeichen ertönte, atmete sie erleichtert auf. Doch es klingelte weiter, ohne dass er abnahm. Wo war er nur? Sie presste ihr Handy ans Ohr, und plötzlich hörte sie seine Stimme.

»Jaa, mein Igelchen?«, fragte er gedehnt.

In der Leitung rauschte es.

»Peter«, zischte sie mit zusammengepressten Zähnen, »du musst sofort heimkommen!«

»Was ist los, Inka? Wo bist du?«

»Vor unserem Haus … Ich … ich bin geflohen. Jemand ist im ersten Stock oben. Ein Einbrecher, irgendjemand, vielleicht will er mich umbringen.«

»Oh nein …« Peter lachte jetzt fast. »Das bin doch ich!«

»Was?« Abrupt richtete sie sich auf.

»Ich stehe hier in unserem Bad und wollte gerade unter die Dusche.«

Natürlich, daher auch das Rauschen in der Leitung!

»Wie kommst du bloß auf den Gedanken, jemand könnte dich umbringen wollen?«

Inka legte ohne ein weiteres Wort auf. Was sollte das denn? Warum hatte Peter sie nicht begrüßt, als er heimgekommen war? Noch mehr ärgerte sie sich jedoch darüber, dass sie sich von Brunners krankhaftem Wahn hatte beeinflussen lassen und um ihr Leben gefürchtet hatte.

Peter kam im Bademantel an die Haustür. Sie trat aus ihrem Versteck auf ihn zu.

»Warum schleichst du dich neuerdings an mir vorbei ins Haus?«, fragte sie ihn angriffslustiger als beabsichtigt.

»Ich habe Hallo gesagt. Der Eiscrusher war wahrscheinlich zu laut. Tut mir leid.«

Aber Inka war zu aufgewühlt, als dass sie die Sache hätte auf sich beruhen lassen. »Über einen kurzen Blick in die Küche oder gar einen Kuss als Trost für deine späte Heimkehr hast du aber nicht nachgedacht?«

»Ich sagte doch, es tut mir leid. Ich stand schon auf dem Treppenabsatz und wollte dir noch zurufen, dass ich nach der Hitze heute schnell noch mal duschen will, da hörte ich die Haustür. Ich dachte, du wolltest Sprudel aus der Garage holen.«

Er zog sie sanft an sich. Inka gab sich zuerst noch schmollend, dann aber doch versöhnlich seiner Umarmung hin. Es tat so gut, von ihm gehalten zu werden. Sie legte ihre Wange auf seine Haut, an der Stelle, wo der Ausschnitt des Bademantels seine Brust freigab, und horchte auf seinen Herzschlag. Der Schreck der letzten Minuten ließ langsam nach, dafür bekam sie jetzt weiche Knie. Sie versuchte sich weiter nichts anmerken zu lassen. Es war zwar nichts passiert, doch irgendetwas stimmte nicht mit ihr. In dem Maße, in dem ihre Anspannung nachließ, kroch Angst in ihr hoch. Es fühlte sich so an, als würde sie unfreiwillig in einen kalten See steigen. Mit jedem Schritt wurde das Wasser tiefer, es wurde eisiger, eine unsichtbare Macht zwang sie hinein. Der nächste Schritt, und sie würde gleich keine Luft mehr bekommen. Sie klammerte sich an Peter. Plötzlich hatte sie keinen Boden mehr unter den Füßen, sie krallte sich an den Ärmeln von seinem Bademantel fest, dann wurde ihr schwarz vor Augen.

»Igelchen!«, hörte sie Peter wie aus weiter Ferne sagen.

Inka spürte etwas Weiches unter sich und schlug die Augen auf. Zuerst sah sie die sattgrüne Palme am Fenster, dann den Korbstuhl in der Ecke, bedeckt mit Kleidung. Sie versuchte sich zu erinnern.

»Geht es dir besser? Schau mich an!« Peter kniete im Bademantel neben ihr auf dem Bett und bedeckte ihr Gesicht mit Küssen. Noch unfähig, nach ihrer Ohnmacht einen klaren Gedanken zu fassen, verlor sich Inka in seinen sorgenvollen Augen.

»Soll ich einen Arzt rufen?«, fragte er, als sie keine Antwort gab und ihn nur ansah. Er rückte ein Stück von ihr ab, so als sei er bereits auf dem Sprung zum Telefon.

Vor ihrem geistigen Auge verwandelte sich das Bett zum Sofa inmitten ihres Wohnzimmers. Draußen fiel Schnee, und sie hatte Wehen, unglaubliche Schmerzen peinigten sie. Sanitäter kamen herein, und der Notarzt näherte sich ihr.

»Nein!«, schrie Inka, und das Bild verschwand, so schnell, wie es gekommen war. Sie riss Peter förmlich an sich. »Keinen Arzt … keinen Arzt …«, wiederholte sie und ihre Bitte ging in leises Weinen über.

Peter legte sich neben sie auf die blauweiß gestreifte Tagesdecke. »Was ist nur los mit dir? Ich möchte nicht, dass du weiter zu dieser Hypnose gehst, hörst du? Da kommen zu viele Erinnerungen hoch. Das tut dir nicht gut.«

»Das hat nichts mit der Hypnose zu tun, glaub mir! Der Tag heute war einfach entsetzlich … Ich hätte auch nicht mit Evelyn zu ihrem Vater in die Psychiatrie gehen sollen. Oh Peter, wenn du nur wüsstest ... Er hat mir eine Warnung auf einen Zettel geschrieben, dass mich jemand töten will. Zuerst habe ich es nicht ernst genommen und den Zettel weggeworfen, aber dann habe ich es doch mit der Angst zu tun bekommen ... Zum Glück ist das ja jetzt vorbei.«

»Hm«, machte Peter und stützte sich auf den Unterarm. »Vielleicht dürfen wir seine Worte wirklich nicht auf die leichte Schulter nehmen.«

»Der Mann ist psychisch krank«, entgegnete sie und starrte auf die hellblaue Wand, wo sie vor ihrem geistigen Auge die gelben Zettel kleben sah. Sie blinzelte.

»Ja, aber Menschen wie er verlieren oft deshalb den Verstand, weil sie die Wahrheit nicht mehr ertragen können«, sagte Peter. »Es heißt, jeder Wahn hat seinen Ursprung in der Realität. Ich bin mir nicht sicher, aber eventuell weiß Brunner tatsächlich mehr als wir glauben.«

Inka setzte sich im Bett auf und schaltete das große Deckenlicht an. »Mach mich jetzt nicht irre, bitte. Der Zettel ist bedeutungslos, und am besten hätte ich dir nichts davon erzählt. Ich wusste, dass du dir Sorgen machen würdest.«

Peter richtete sich ebenfalls auf. »Ich mach mir vielmehr Gedanken. Sieh mal den Zusammenhang: Brunners zukünftiger Schwiegersohn ist ermordet worden. Und falls seine Tochter tatsächlich ein falsches Geständnis abgelegt hat, dann müssen wir uns fragen, wer der wahre Mörder ist. Und wir wissen nicht, ob Jannis sein letztes Opfer war.«

Inka zog die Stirn in Falten. »Jetzt willst du mir aber Angst machen.«

»Nein, um Himmels willen. Trotzdem schadet es nicht, in nächster Zeit etwas achtsamer zu sein.«

»Dann schleich du dich nicht mehr so herein.«

»Versprochen.« Er nahm ihre Hand und gab ihr einen Kuss auf den Ringfinger, an dem der schlichte weißgoldene Ehering steckte. Das machte er immer, wenn ihm etwas wirklich leidtat, denn die in einem Workshop unter Anleitung eines Goldschmieds selbst angefertigten Ringe symbolisierten die Ecken und Kanten des Partners und sollten sie ein Eheleben lang daran erinnern, dass nur durch ständige Arbeit an der Beziehung die Liebe ihren Glanz behalten würde. Inka dachte an die Heiratspläne von Jannis und Annabel, und allein vor diesem Hintergrund erschien ihr die Tat ihrer Freundin absolut unvorstellbar.

»Was habt ihr am Tatort herausgefunden? Ist Annabel wirklich schuldig?«

»Es sind noch nicht alle Spuren ausgewertet, aber nach allem, was wir bislang wissen, deckt sich der ermittelte Tathergang mit den Aussagen in Annabels Geständnis. So unfassbar diese Wahrheit auch sein mag, da gibt es wohl nichts mehr dran zu rütteln. Von der professionellen Seite aus betrachtet, haben wir einen Mordfall mit einer Geständigen, bei dem Spuren und Beschreibung des Tathergangs übereinstimmen. Wir wissen auch noch nichts Näheres über ihre Beweggründe, aber Morde sind nun mal in der Regel nicht voraussehbar.«

»Hm«, machte Inka und drehte unschlüssig an ihrem Ehering. Verrannte sie sich da in etwas, wenn sie an Annabels Unschuld glaubte?

Sie sah sich gedankenverloren um, und ihr Blick fiel auf eine Reisezeitschrift, die einen Stapel Bücher auf ihrem Nachttisch krönte. Das Titelblatt versprach die schönsten Romantikhotels Deutschlands. Es war Peters Idee gewesen, dass sie sich eines der Hotels für einen Kurzurlaub zum dritten Hochzeitstag im September aussuchen sollte. Auch das wieder eine schöne Idee von ihm …

»Halt mich bitte ganz, ganz fest.«, sagte sie.

Peter summte ihr Hochzeitslied *Que serà, serà.*

The future's not ours to see, dachte Inka und schmiegte sich an ihn.

Peter löschte das Deckenlicht und gab ihr einen sanften Kuss, der sich wie der Abdruck eines Versprechens auf ihren Lippen anfühlte. »Wir stehen das gemeinsam durch, so wie alles bisher«, sagte er.

Sie nickte und schloss die Augen. Unter seinen Berührungen und Liebkosungen entspannte sie sich langsam. Wie schön, wieder genießen zu können. Nach Jonas' Tod hatte sie es nicht mal ertragen können, wenn Peter ihren Unterarm gestreichelt hatte. Gleichzeitig hatte es ihr in der Seele wehgetan, ihn so zurückzuweisen, aber sie konnte nicht zulassen, dass er ihren Kokon berührte, in den sie sich zurückgezogen hatte. Sie schlug ihre Augen wieder auf, und ihre Blicke verloren sich ineinander. Der bernsteinfarbene Ton rund um seine Pupille changierte im Licht der Nachttischlampe. Sie strich über Peters Haare, seine Bartstoppeln, ließ sich Zeit. Peter wartete geduldig, bis er spürte, dass sie bereit war, seine Liebkosungen zu erwidern.

Er knabberte an ihren Lippen und drängte vorsichtig seine Zungenspitze in ihren Mund. Seine Hand fuhr über ihre Schläfe, den Hals entlang weiter zu ihrem Dekolleté. Er öffnete Knopf für Knopf ihrer Bluse und wanderte mit zarten Küssen der Spur seiner Finger nach. Mit den Zähnen zog er den Stoff ihres BHs zur Seite. Als er ihre Brustwarze mit der Zunge umspielte, entwich ihr ein leises Stöhnen. Langsam zog er sie ganz aus, und als sie nackt im Schein der schwachen Lampe vor ihm lag und darauf wartete, dass er ihre Scham streicheln würde, ließ er sich genüsslich Zeit. Er wusste genau, dass er ihre Erregung damit ins Unermessliche steigern konnte. Mit der Zunge umkreiste er ihren Bauchnabel und widmete sich eingehend ihren Brüsten, dann tauchte er weiter ab und liebkoste sie, bis sie es kaum mehr aushalten konnte.

Er streifte seinen Bademantel ab, und sie spürte seine Männlichkeit an ihrem Schenkel. Inka presste sich an ihn, umschlang ihn mit beiden Beinen und gab ihm deutlich zu verstehen, dass sie ihn jetzt spüren wollte. Und als er endlich in sie eindrang, war es wie eine Erlösung.

Schnell fanden sie einen gemeinsamen Rhythmus, Inka schloss die Augen und gab sich seinen Stößen hin. Schweiß bildete sich auf ihren Körpern in der warmen Luft, Peter stöhnte bei jeder Bewegung, doch dann wurde er langsamer, zögerlicher und noch ehe Inka ganz begriff, was passierte, hielt er inne und zog sich aus ihr zurück. Mit einer hilflosen Geste streichelte er ihren Arm, dann legte er sich auf den Rücken und zog sich die Decke über.

»Ich kann nicht, mein Schatz, es tut mir leid«, sagte er und schaute sie dabei nicht an.

»Aber … aber was ist denn los?«

»Ich kann einfach nicht. Muss ich dir das erklären?«, fragte er und drehte sich dann auf die Seite.

Inka fühlte sich wie mit eiskaltem Wasser übergossen. Sie starrte Peters muskulösen Rücken an und fröstelte plötzlich. Bis vor wenigen Wochen hatte sie nicht gewollt, dass er sich ihr näherte, und jetzt, nachdem ihre Lust endlich zurückgekehrt war … passierte das.

»Habe ich irgendetwas falsch gemacht?«

»Nein, aber ich möchte jetzt einfach nur schlafen. Es war ein anstrengender Tag.«

Inka konnte sein Gesicht nicht sehen, aber sie ahnte, dass er die Augen geschlossen hielt und an seiner Haltung nichts zu rütteln war.

»Gute Nacht«, sagte sie resigniert und wusste dabei, dass sie selbst in dieser Nacht schwer in den Schlaf finden würde.

*

Der Sonntag lief ruhig an. Fast zu ruhig, fand Inka. Außer einem kurzen Morgengruß beim Aufstehen hatten sie noch kein Wort miteinander gewechselt. Peter wollte offensichtlich nicht mit ihr reden. Weder über das abgebrochene Liebesspiel des vergangenen Abends noch über seine Sorgen im Job noch über Annabel.

Als Inka von der Küche ins Wohnzimmer kam, saß er an ihrem Laptop, weil er seinen kürzlich verkauft hatte, um sich ein iPad anzuschaffen. Jetzt war er wieder kaufunschlüssig und recherchierte. So unentschieden kannte sie ihn gar nicht. Sie unterdrückte ihren Impuls, zu ihm zu gehen und ihn wortlos in den Arm zu nehmen – denn ihren Trost hätte er mit männlichem Stolz zurückgewiesen. Ihr eigenes dringendes Redebedürfnis stellte sie zurück, denn es brachte nichts, ihn zu bedrängen. Ohnehin musste er gleich noch zum Dienst, und es würde sich bestimmt bald eine bessere Gelegenheit ergeben, bei der er offener war und Gesprächsbereitschaft signalisierte.

Umso dringlicher erwartete Inka den Besuch von Evelyn, die sich gestern, als sie sich vor der Klinik verabschiedeten, noch zum Kaffee angekündigt hatte. Das hatte ihr einen Grund gegeben, sich am Vormittag mit Küchenarbeit abzulenken und ihren Lieblingskuchen, einen Käsekuchen mit Mandarinen, zu backen. Sie hatte zwar kaum

Appetit, aber ein Sonntagskuchen passte so gut zu der heilen Welt, nach der sie sich im Moment sehnte.

Es klingelte um Punkt fünfzehn Uhr. Wie auf ein erlösendes Signal hin sprang Peter vom Sofa auf. Im Vorbeigehen nahm er sie kurz in den Arm und drückte ihr einen Kuss auf die Wange. »Das ist Evelyn. Dann gehe ich jetzt. Bis heute Abend, pass gut auf dich auf.«

Sie begleitete ihn zur Türe. *Eigentlich ist er wirklich süß*, dachte Inka. Er hat so lange gewartet, bis Evelyn da ist, weil er mich nicht alleine lassen wollte. Allerdings wohl auch ein Zeichen dafür, dass er Brunners Warnung eine gewisse Ernsthaftigkeit beimaß. Peters Berufskrankheit – ganz so wie sie befürchtet hatte. Kaltblütige Morde waren für ihn nicht das, was es nur im Fernsehen gab, sie waren seit vierzehn Jahren neben vielen anderen Kapitalverbrechen seine Arbeitsrealität.

Peter griff sich seinen Schlüssel vom Board und öffnete die Haustüre. Bei der Hitze, die ihnen entgegenschlug, hatte man das Gefühl, eine Wand hätte sich vor ihnen aufgebaut.

»Du?«, fragte Inka erstaunt.

»Oh, komme ich ungelegen? Ich wollte dir nur schnell etwas vorbeibringen.« Rebecca hob ihre Basttasche hoch.

»Schön, dass du da bist! Evelyn wollte gleich vorbeikommen. Es ist aber genügend Kuchen für alle da!«, sagte Inka und umarmte ihre Freundin.

Peter ging an ihnen vorbei zu seinem schwarzen Peugeot Cabrio, das vor der Garage stand, und winkte ihnen zum Abschied mit dem Autoschlüssel.

»Schade, dass er schon gehen muss«, sagte Rebecca und beobachtete, wie er rückwärts aus der Hofeinfahrt fuhr. »Ich dachte, er könnte …«

»Wie bitte?« Inka hatte den letzten Satz nicht ganz mitbekommen.

»Ich hatte gehofft, dass Peter mir etwas zu den Ergebnissen der Spurensicherung sagen könnte. Ich habe die Nacht kaum geschlafen.«

Inka bat Rebecca herein und schloss die Haustür.

»Da gibt es leider noch nichts Konkretes. Außerdem wird es kein Leichtes, etwas aus Peter herauszubekommen. Berufsgeheimnis!«, sagte Inka.

»Kann ich dir etwas helfen?«, fragte Rebecca und ging hinter ihr her in die Küche.

»Ja, du könntest den Kuchen aufschneiden. Du darfst dir auch gerne etwas mitnehmen.«

»Ist das angenehm kühl hier!« Rebecca seufzte. Sie fuhr sich mit beiden Händen übers Gesicht und strich den leicht verschwitzten Haaransatz der zu einem Pferdeschwanz gebändigten Lockenmähne nach hinten. Dann ging sie zum Spülbecken und ließ kühles Wasser über ihre Handgelenke laufen. »Eure Küche ist wirklich toll geworden«, fügte sie hinzu. »Wo finde ich ein Kuchenmesser?«

»Das ist hier … ach nein, das ist ja jetzt da drüben, in der zweiten Schublade.« Inka legte ein Pad in den neuen Kaffeeautomaten und holte die Tassen aus dem Schrank. »Ich denke ständig über Jannis und Annabel nach. Hier in der Küche hatte ich mich noch mit ihm unterhalten, und er klang so unentschieden über die Auswanderung; er fragte sich, ob er nicht vielleicht doch lieber in Deutschland bleiben sollte. Vielleicht sah es hinter der Fassade anders aus, als wir alle dachten, und ihre Beziehung war gar nicht so harmonisch?«

»Aber dann hätten sie doch nicht ihre Verlobung bekannt gegeben und sich angestrahlt wie zwei verliebte

Teenies. Die beiden wollten heiraten und eine Familie gründen!«

»Es gab wohl ein Problem, von dem wir alle nichts wussten. Etwas, das ihn hier in Deutschland gehalten hat?«

»Vielleicht hatte Jannis eine Geliebte?«

»Jannis?« Zum Widerspruch bereit, drehte sich Inka zu Rebecca um, doch dann blieb ihr förmlich das Herz stehen.

Rebecca hielt das große Messer starr auf sie gerichtet. Sie zielte auf ihren Bauch und kam langsam näher.

Inka klammerte sich an der Arbeitsplatte fest. Reglos stand sie da und sah ungläubig zu, wie Rebecca sich zentimeterweise auf sie zubewegte.

»Ja, meines Erachtens gab es da eine zweite wichtige Frau«, sagte Rebecca, und es klang wie eine Feststellung.

»Was ist denn in dich gefahren? Nimm sofort das Messer runter! Ich habe damit nichts zu tun!« Inka konnte schon Rebeccas Atem spüren.

»Oh doch, das hast du.« Rebecca stieß den Arm nach vorn.

In letzter Sekunde warf sich Inka zur Seite und landete mit einem harten Aufprall auf dem Küchenfußboden. Doch sie ließ dem Schmerz keine Zeit, zu ihr durchzudringen, und rappelte sich sofort wieder auf.

»Ich rufe die Polizei!«, schrie sie und schnappte sich ihr Handy von der Arbeitsplatte.

Rebecca ließ das Messer ins Spülbecken gleiten und hob die Hände. Inka ging schwer atmend zwei Schritte rückwärts Richtung Tür und drückte hektisch die grüne Taste ihres Handys zur Wahlwiederholung. *Peter.* Sie würde Peter anrufen. Er konnte noch nicht weit gefahren sein und würde schneller hier sein als jeder Kollege vom Revier.

Geh endlich ran!, flehte sie innerlich.

»Ja, hallo?« Peters Stimme.

»Dreh um!«, schrie sie in den Hörer und behielt dabei Rebecca fest im Blick. »Du musst sofort umdrehen! Ruf Verstärkung! Sie hat versucht, mich umzubringen! Mit einem Messer! *Rebecca* ist es ...«

Eine Sekunde lang war Stille in der Leitung, dann sagte Peter mit eindringlicher Stimme: »Inka, Rebecca sitzt hier neben mir im Auto. Was ist denn mit dir los, um Himmels willen? Warte, wir drehen sofort um. Ich bin in fünf Minuten da! Rühr dich nicht von der Stelle, hörst du?«

Als die beiden im Haus eintrafen, stand Inka immer noch zitternd in der Küche und hielt ihr Handy fest umklammert. Sie starrte auf das Spülbecken, in dem das Messer mit klebriger Kuchenmasse lag. Der Käsekuchen mit den Mandarinenstückchen war sauber in zwölf Teile geschnitten und der Kaffee stand in drei Tassen bereit.

Peter zog sie in seine Arme und murmelte: »Meine Güte, was machst du nur für Sachen?« Die Art, wie er sie ansah, gefiel ihr nicht. Warum fragte er nicht gleich: *Bist du verrückt geworden?*

»Aber Rebecca war bis gerade eben doch hier gewesen, Peter! Hier bei mir in der Küche! Wieso hätte sie bei dir im Auto sitzen sollen?«

Ihre Freundin stand schweigend und mit überraschtem Gesichtsausdruck im Flur.

Peter sah von ihr zu Inka und sagte: »Rebecca hat dir vorhin nur etwas vorbeigebracht, und ich habe sie gleich wieder mit in die Stadt genommen.«

Inka war geschockt. Sie wusste nicht mehr, was sie denken sollte. Hatte sie sich das alles nur eingebildet? Die Bedrohung durch Rebecca hatte sich so lebensecht angefühlt, so unmittelbar, dass sie es kaum glauben konnte …

Peter streichelte ihr über die Wange. »Schatz, was ist denn nur in dich gefahren?«

Inka wollte, dass dieser Wahnsinn in ihrem Kopf aufhörte und sich so etwas nicht mehr wiederholte. Sie musste wieder Herrin über ihren Verstand werden.

»Danke, es geht schon wieder«, sagte sie und versuchte dabei, munter zu klingen.

»Es geht schon wieder?«, echote Peter, als habe er einen schlechten Scherz gehört. »Du hattest soeben eine waschechte Halluzination! Und die Idee mit dem Einbrecher gestern … Igelchen«, sagte er behutsam, »ich denke, du brauchst einen Arzt. Ich fahre dich in die Klinik.«

»Nein, keine Klinik. Keinen Arzt. Peter, bitte, keinen Arzt! Ich kriege mich schon wieder auf die Reihe. Ich muss heute einfach mal früher ins Bett gehen. Ich habe die letzten Nächte schlecht geschlafen. Immer wieder solche Kopfschmerzen gehabt … Kommt, setzen wir uns rüber. Mir geht es gut, wirklich. Ich brauche bestimmt keinen Arzt.«

Widerstrebend holte Peter eine Flasche Sprudel und drei Gläser.

Inka konnte es nicht glauben: Hatte sie wirklich gerade eine Halluzination gehabt? Sie hatte sich doch mit Rebecca in der Küche unterhalten! Hörte sie etwa Stimmen? Das war unheimlich. Oder waren das ihre eigenen Gedanken gewesen, ausgelöst durch eine bestimmte Erinnerung? Oder wurde hier ein Spiel gespielt, dessen Regeln ihr ganz und gar nicht behagten? Oder, oder, oder …

Sie versuchte den Blick zu deuten, den Peter und Rebecca miteinander tauschten. Beide wirkten nervös, als sie sich im Wohnzimmer niederließen. Warum? Weil sie befürchteten, dass sie psychisch schwer erkrankt war? Oder verband die beiden ein Geheimnis?

»Evelyn kommt bestimmt gleich«, sagte Inka, nur damit die Stille unterbrochen war.

Peter schaute sie prüfend an. »Evelyn kommt bestimmt?«

»Ja. Offenbar verspätet sie sich nur etwas. Ich hole schon mal den Kuchen.«

In der Küche überprüfte sie ihr Handy auf Nachrichten. Inka trug es nicht mehr am Körper, seit ihr Evelyn in der Schwangerschaft davon abgeraten hatte, weil man befürchtete, dass die Strahlung schädlich sein könnte. Ob das wirklich stimmte, bezweifelte sie zwar, aber sie wollte damals alle negativen Umwelteinflüsse nach bestem Wissen und Gewissen von ihrem ungeborenen Schatz fernhalten – und danach war sie bei dieser Gewohnheit geblieben, auch wenn sie deswegen ihr Handy öfters zu Hause vergaß.

Auf ihrem Handy blinkte eine ungelesene Nachricht. Von Evelyn. *»Hallo Inka, kann heute leider nicht kommen. Fühle mich nicht gut. Alles ein bisschen viel. Morgen reden wir, ja? LG Evelyn.«*

Wenigstens funktionierte ihr Gehirn so weit noch richtig, dass sie sich nicht irgendwelche Verabredungen einbildete.

Nachdem sie zwei Kuchenteller auf dem Couchtisch abgestellt hatte, hielt sie Peter das Handy wie zum Beweis hin.

»Ich habe dir doch geglaubt, Schatz!«, sagte er, aber es klang irgendwie unaufrichtig.

Rebecca spielte eine Weile nervös mit einer Haarlocke ihres Pferdeschwanzes, dann schien ihr etwas einzufallen und sie griff nach der Basttasche zu ihren Füßen. »Das

Buch hier wollte ich dir eigentlich vorbeibringen. Ich hatte ja gestern Abend an der Ausleihtheke Dienst und habe im Regalfach zufällig eine Bestellung von dir gesehen. Und da diese mit *EILIG* gekennzeichnet war und am Abend noch immer dort lag, habe ich angenommen, dass du wohl keinen Nerv mehr hattest, das Buch abzuholen. Und als ich den Titel gelesen habe, dachte ich mir, ich bringe es dir vorbei.« Rebecca zog das Buch aus der Tüte und legte es ihr hin.

»*Hypnose, Einführung in Theorie und Praxis*«, las Inka, und ein merkwürdiges Gefühl machte sich in ihrer Magengegend breit. Sie hatte in letzter Zeit kein Buch bestellt.

»Du beschäftigst dich ja sehr mit dem Thema«, sagte Rebecca.

»Ich habe Inka schon gesagt, dass ich diese ganze Hypnose-Sache für sehr gefährlich halte, und ich nicht möchte, dass sie weiter zu diesen Therapiestunden geht«, sagte Peter.

»Hm«, machte Rebecca und man sah förmlich, wie es hinter ihrer Stirn arbeitete. »Wenn ihr das guttut, dann lass Inka doch.«

»Genau das bezweifle ich eben. Du siehst doch, wie es ihr geht. Aber ich kann jetzt nicht darüber diskutieren, ich muss dringend zum Dienst. Wir reden heute Abend weiter, ja? Bleibst du hier, Rebecca?«

… *und pass ein bisschen auf meine Frau auf?*, las Inka den unausgesprochenen Satz auf seinen Lippen.

»Ja, klar«, sagte Rebecca. »Aber kannst du bitte noch schnell was zur Spurensicherung sagen? Hat Annabel den Mord wirklich begangen?«

»Sie hat ein Geständnis abgelegt, das wisst ihr. Und was den Abgleich ihrer Tathergangsversion mit den Spuren am

Tatort angeht, sieht es danach aus, dass Annabels Geständnis echt ist. Aber wir müssen den endgültigen Bericht abwarten.«

»Du sagst uns Bescheid, sobald ihr irgendetwas anderes herausfindet, ja?«, bat Rebecca.

»Im Rahmen meiner Möglichkeiten. Ihr versteht bestimmt, dass ich mich, was die Ermittlungen angeht, bedeckt halten muss. Und jetzt muss ich wirklich los! Bis bald, ihr beiden. Und danke, Rebecca.«

Nachdem Peter gegangen war, herrschte eine Weile Schweigen zwischen den Freundinnen.

Dann ergriff Inka das Wort. »Und du bist vorhin wirklich gleich wieder gegangen, ja? Du bist nicht mit in die Küche gekommen?«

Rebecca aß von ihrem Kuchen. »In die Küche? Nein. Wir standen im Flur, Peter war schon beim Auto, und ich wollte ihn nicht lange warten lassen, wenn er schon so lieb war, mich mitzunehmen. Die Strecke bei dieser Hitze noch mal mit dem Bus zurückzufahren, wollte ich mir sparen, deshalb habe ich auch deinen Kaffee ausgeschlagen.«

Sollte sie Rebecca das glauben? Ihre Erklärungen klangen stichfest. *Aber was war mit dem Buch aus der Bibliothek, das ich nicht bestellt habe,* dachte Inka. *Und die Bedrohung mit dem Messer?* Das Ganze war irre – und absolut unheimlich, eben weil es so realistisch war.

»Wahrscheinlich war es wirklich eine Halluzination«, murmelte Inka. »Aber ich bin doch nicht wahnsinnig …«

Rebecca legte den Arm um sie und drückte sie freundschaftlich an sich. »Du musst dich nicht rechtfertigen. Ich kann gut verstehen, dass es in letzter Zeit alles ein bisschen viel für dich war. Ich bin für dich da, das weißt du.«

Inka schenkte ihrer Freundin ein dankbares Lächeln,

doch eines wollte sie noch geklärt wissen. »Was war das vorhin für ein Blick zwischen dir und Peter? Es sah so aus, als ob ihr ein Geheimnis hättet.«

»Was für ein Blick?«

»Rebecca, verheimlicht ihr mir etwas?«

»Inka, ich bin mit Peter zusammen losgefahren. Und wenn ich einen Blick mit Peter gewechselt haben sollte, dann besagte der einzig und allein unsere Besorgnis um dich.«

Inka verschränkte die Hände in ihrem Schoß und knetete die Finger, dass sie schmerzten. »Was mache ich, wenn ich mir das wirklich nur alles eingebildet habe? Ich habe eine Scheißangst, Rebecca.«

»Ich verstehe dich. Der Tag gestern hat dich psychisch mitgenommen. Uns alle. Inka, jeder Arzt hätte dich im vergangenen halben Jahr krankgeschrieben, wenn du irgendwo angestellt wärst. Du warst nicht arbeitsfähig. Erst eure Einweihungsparty vorgestern war ein Zeichen, dass es dir besser geht und du dich wieder der Außenwelt öffnest. Da ist es doch kein Wunder, dass dich der Mord an Jannis wieder umwirft. Peter hat recht – vielleicht wäre es ganz gut, du würdest dir professionelle Hilfe suchen.«

Inka schlug die Beine übereinander. »Konventionelle Psychotherapien sind nichts für mich, das weiß Peter ganz genau. Als Journalistin kann ich besser über andere berichten, als über mich selbst reden. Außerdem habe ich das Gefühl, dass meine Probleme tief vergraben sind. Ich kann mich nur an Bruchteile der Geburt erinnern und weiß kaum noch etwas von der Babyparty, die wir an dem Tag gegeben haben. Auch vergesse ich sofort wieder, woran wir in der Hypnose-Stunde gearbeitet haben. Aber das ist auch nicht so wichtig, im Gegenteil. Ich fühle mich gut danach, und mir hilft die Hypnose-Therapie wirklich, auch wenn …« Inka hielt inne, als sie bemerkte, dass Rebecca ihr nicht mehr zuhörte und sie mit zusammengekniffenen Augen verständnislos musterte.

»Von welcher Babyparty sprichst du?«, fragte sie.

»Na, hier bei uns zu Hause. Am 22. Dezember, als meine Wehen losgingen.«

»Inka, es gab keine Party bei euch so kurz vor Heiligabend!«

»Doch, natürlich, du warst doch auch da!«

»Nein, ich habe die Tage vor Weihnachten bei meinem Vater im Krankenhaus verbracht, nachdem er seinen Schlaganfall hatte. Ihr wolltet eine Babyparty machen, ja, aber du hast die Einladung ein paar Tage vorher zurückgezogen, weil du immer wieder Wehen hattest. Inka, kannst du dich daran nicht mehr erinnern? Denkst du wirklich, die Party hätte stattgefunden?«

Jetzt wurde ihr schlechtes Gefühl im Magen zu einem dicken, schwer verdaulichen Klumpen. Sie schob ihren Kuchenteller beiseite. Ihre Erinnerungen an diese Babyparty waren so real – aber war das die Unterhaltung in der Küche nicht auch gewesen? Inka fröstelte. *Werde ich verrückt? Genauso wahnsinnig wie Doktor Brunner? Nein, mit mir ist alles in Ordnung. Reiß dich zusammen, Inka.*

»Ist das auch so eine Art Halluzination, dass du an die Party glaubst?«, fragte Rebecca und legte ebenfalls die Gabel weg.

»Ich werde das mit Doktor Brinkhus besprechen. Er sagt, ich leide an einer posttraumatischen Belastungsstörung, und da treten auch Gedächtnisstörungen auf. Könnte sein, dass ich mir da etwas zusammengereimt habe. Das muss ich klären, und genau deshalb werde ich weiterhin diese Hypnose-Therapie machen, auch wenn Peter dagegen ist.«

Mit einem Kopfnicken deutete Rebecca auf ihre mitgebrachte Lektüre. »Wie viel weißt du schon über Hypnose?«

Inka nahm das Buch in die Hand, drehte und wendete es, las den Klappentext und hoffte, dass sich dabei eine Erinnerung einstellen würde.

»Rebecca, das hört sich jetzt wahrscheinlich wieder merkwürdig an, aber ich habe dieses Buch nicht bestellt. Ich war am Samstag gar nicht in der Landesbibliothek. Dazu hätte ich auch gar keine Zeit gehabt! Morgens habe ich erfahren, dass Jannis tot ist, und anschließend bin ich auf direktem Weg zu Peter ins Büro gefahren, danach zur Hypnotherapie, und nachmittags war ich mit Evelyn zusammen bei ihrem Vater. Dann bin ich nach Hause gefahren.« Inka war fast ein wenig stolz, dass sie all diese Dinge, ohne zu stocken, mit einem Gefühl der Stimmigkeit aus ihrem Gedächtnis hervorgebracht hatte.

»Aber das ist merkwürdig.« Rebecca rieb sich die Nasenwurzel und zog dann den Leihschein heraus, der aus dem Buchblock unten ragte. »Das ist doch deine Leihkontonummer. 122 144 881. Die kann ich auswendig, so oft, wie du was für deine Recherchen bestellst. Na ja, in letzter Zeit ja nicht mehr, aber nur du kannst mit deiner Nummer Bücher bestellen. Oder hast du jemandem dein Passwort verraten?«

»Nein, natürlich nicht! Moment, wann wurde das Buch überhaupt bestellt?« Inka nahm Rebecca den Ausdruck aus der Hand, überflog noch einmal die Daten, sah den *Eilt*-Vermerk, und ihr Blick fiel auf Datum und Uhrzeit. Der Tag der Einweihungsparty, Freitagvormittag um 10:12

Uhr. Zu dieser Uhrzeit könnte sie in der Bibliothek gewesen sein. Nur warum wusste sie verdammt noch mal nichts davon? Hilflos blätterte sie das Buch durch und stieß dabei auf einen zweiten Zettel, ebenfalls im Format eines Begleitscheins, der fest in den Buchfalz geklemmt war.

»Ach, siehst du, jetzt klärt sich alles«, rief Inka erleichtert aus. »Ein Irrläufer! Hier steckt der Korrekturschein.« Sie wedelte triumphierend mit dem Papier, doch dann wurde sie stutzig. So viele Zeilen gab es auf keinem Korrekturschein. Also hat jemand seine ausgedruckten Notizen im Buch vergessen. Sie las den Text, und bereute schon bald ihre Neugierde …

DAS SPIEL DES LEBENS

– Spielanleitung –

für 2-3 Spieler

Grundregel: Das Spiel folgt allein meinen Regeln.
Ziel des Spiels: Ein schonungsloser Blick in die Abgründe der menschlichen Psyche, bei der es gilt, einen Weg aus dem tödlichen Labyrinth zu finden.

Spielvorbereitung: Die Karten werden gemischt und ungleich unter den Mitspielern verteilt.

Spielablauf: Die Nerven zerreißende Jagd wird mit verdeckten Karten gespielt. Wird das Spiel durch ungebetene Mitspieler beeinflusst, verlierst du dein Leben.

Spielende: Die Figur, die am Ende überlebt hat, hat gewonnen.

Spielbeginn: Ich bin zuerst an der Reihe. Ich würfle die drei, die vier, dann springe ich über das Hindernis, danach folgen zweimal die fünf und einmal die zwei.

Jetzt bist du am Zug, Inka. Beeile dich. Du darfst keine Zeit verlieren. Du musst vor mir ankommen, wenn du gewinnen willst. Würfle und renne um dein Leben. Und zu niemandem auch nur ein Wort. Sonst hast du das Spiel verloren, bevor es begonnen hat. Und du willst doch gewinnen, oder?

Dieser Zettel war keine Halluzination. Er war echt. So echt wie die Warnung von Doktor Brunner. Inka hob den Kopf und schaute in Rebeccas fragendes Gesicht.

»Mein Gott, Süße – du bist ja kreidebleich. Was steht denn da?« Rebecca streckte die Hand nach dem Zettel aus.

Inka beobachtete das Mienenspiel ihrer Freundin ganz genau. Rebecca las aufmerksam und ihre Augen wurden immer größer.

»Ach du Scheiße«, rief sie dann und warf das Blatt von sich, als hätte sie sich die Hand daran verbrannt.

Inka beugte sich vor und hob das Papier vom Boden auf. *Jetzt bist du am Zug, Inka … Würfle und renne um dein Leben …* Was war das für ein durchgeknallter Typ, der hier ein Spiel nach Anleitung mit ihr spielen wollte?

Sie war jetzt viel zu nervös, um ruhig sitzen zu bleiben, und ging im Raum auf und ab. »Kann man herausfinden, wer das Buch als Letztes ausgeliehen hat, Rebecca? Weil es für Benutzer unzugänglich im Magazin steht, muss es jemand bestellt haben, um diese perfide Spielanleitung hineinzulegen.«

»Nein. Wenn das Buch zurückgegeben wird, ist der Ausleihvorgang abgeschlossen, die personenbezogenen Daten werden gelöscht. Datenschutz.«

»Jedenfalls muss der Typ mein Passwort haben, um das Buch auf meinen Namen bestellen zu können.« *Oder es war ein Mitarbeiter der Landesbibliothek*, dachte sie unvermittelt.

Aber diese Möglichkeit schien Rebecca gar nicht in Betracht zu ziehen, stattdessen fragte sie: »Hast du dir das Passwort irgendwo notiert? Ich meine, das wäre ja nicht schlimm, macht ja fast jeder. Ist ja auch nur ein Bibliotheksausweis, keine EC-Karte.«

»Ja«, gab Inka zu, »ich habe einen Zettel mit der Passwortnummer in meinem Geldbeutel. Nicht besonders geschickt, nicht wahr? Aber wer rechnet denn auch mit so was!«

»Hast du irgendwann deinen Geldbeutel verloren?«

»Nein, nicht verloren, aber … Warte mal, gleich Anfang dieses Jahres war er für einige Tage unauffindbar – Peter hat ihn dann beim Aussaugen des Autos zwischen den Sitzen entdeckt. Aber wirklich verloren hatte ich ihn nie.«

»Hm«, machte Rebecca. »Wirklich rätselhaft das Ganze. Und Peter wird dir ja wohl kaum solche Botschaften schicken.« Rebecca zupfte nervös an ihrer Oberlippe. »Meinst du, jemand hat sich einen Scherz mit dir erlaubt?«

»Ziemlich viel Aufwand für einen Scherz, oder? Außerdem hätte mir dieser kranke Mensch in so einem Fall den Zettel auch einfach per Post schicken können.«

»Vielleicht bist du ein zufälliges Opfer?«

Inka lachte bitter und setzte sich wieder. »Er kennt meinen Namen, Rebecca! Und außerdem glaube ich nicht an Zufälle.«

»Jemand, der sich für eine missliebige Darstellung in einem deiner Artikel rächen will?«

»Glaube ich kaum. Es ist doch auch schon so lange her, dass ich etwas geschrieben habe. Zuletzt war es ein kritischer Bericht zum neuen Bibliotheksbau. War nicht gerade nett, dass ich die graue Fassade mit den vielen kleinen Fenstern als zukünftige Außenstelle des Stammheim-Knasts betitelt habe. Aber das hat wohl höchstens dem chinesischen Architekten nicht gefallen. Hm, dann gab es noch den Artikel über die Eskalation bei der Demo gegen Stuttgart 21 im Schlossgarten, wo Wasserwerfer gegen Jugendliche eingesetzt wurden – nur weil sie mit friedlichen Sitzblockaden die Baumfällarbeiten behindern wollten.«

»Ach ja, ich erinnere mich. Du hast von kriegsähnlichen Zuständen gesprochen und den Einsatz scharf kritisiert. Dabei sind weder der Ministerpräsident noch der Polizeichef gut weggekommen. Was hat eigentlich Peter dazu gesagt? Ich meine, damit schießt du doch in seine eigenen Reihen.«

»Darauf kann ich in meinem Job keine Rücksicht nehmen – das weiß er, und damit muss *er* klarkommen.«

»Vielleicht hat jemand anderes damit ein Problem.«

Inka rieb sich die Stirn. »Ich habe seit gut einem halben Jahr keinen Artikel mehr veröffentlicht. Warum erst jetzt das Katz und Maus-Spiel?«

»Auch wieder wahr. Vielleicht hat er so lange gebraucht, um herauszufinden, wie er an dich herankommt?«

»Woher weiß der Verfasser überhaupt, dass ich sehr gerne Brettspiele mache? Mit dieser kranken Spielanleitung deutet er doch an, dass er mehr über mich weiß. Warum ausgerechnet ich? Jeder andere Journalist übt auch Kritik.«

»Über sein Motiv können wir wirklich nur spekulieren. Aber es sieht so aus, als hätte er sein Spiel gut vorbereitet. Der Typ ist nicht nur clever, sondern vor allem eines: gefährlich. Du solltest Peter davon erzählen, und damit sowieso zur Polizei gehen.«

»Dann müsste ich den Zettel doch nur Peter zeigen! Aber wenn das wirklich ernst gemeint ist, was hier steht, dann ist es schon gefährlich, dass ich mit dir rede. *Zu niemandem ein Wort*, Rebecca! Was soll ich denn machen? Was ist das für ein Wahnsinniger? Wo ist er? Und was macht er? Was ist, wenn er uns beobachtet?« Und noch während sie es aussprach, sah Inka im Augenwinkel einen Schatten. Sie schaute sich zur Terrassentür um, die halb offen stand, und ihr lief ein Schauer über den Rücken.

»Rebecca, hast du das gesehen?«, flüsterte Inka.

»Ja, ein Schatten am Schuppen.«

»Da war jemand«, raunte Inka und erhob sich. Sie ging langsam bis zur Terrassentür. Weiter traute sie sich nicht mehr. Im Garten konnte sie keine weiteren verdächtigen Regungen entdecken. Als sie so hinausstarrte, löste jedoch etwas in ihrem Gehirn eine Irritation aus. Kurz darauf wurde ihr klar, was anders war: Die schwere Schaufel, die immer vor der Schuppentüre in der Erde steckte, damit diese wegen des maroden Riegels bei Wind nicht aufflog, fehlte. Und die Tür stand einen Spalt breit offen. Peter hasste Gartenarbeit, er hatte die Schaufel mit Sicherheit nicht angerührt. Und Inka glaubte sich zu erinnern, dass die Schaufel gestern Abend noch dagestanden hatte.

Inka bedeutete Rebecca mit dem Zeigefinger auf den Lippen, kein Wort mehr zu sagen und zeigte dann auf den Geräteschuppen. Rebecca runzelte die Stirn.

Jemand war eindeutig am Schuppen gewesen. War er sogar noch da *drinnen*? Was, wenn er genau das bezweckte, dass ihr das alles suspekt vorkam und er sie damit zum Nachsehen bewegen wollte?

Andererseits säße er dann ja auch in der Falle. Sie müsste nur die Tür aufreißen, einen Blick auf sein Gesicht erhaschen und zurück ins Haus rennen. Dann könnte sie sich dort verschanzen und die Polizei alarmieren.

»Glaubst du, er ist da drin?«, fragte Inka leise.

Rebecca nickte.

Es wäre purer Leichtsinn, sich dem Eindringling zu nähern, aber vielleicht bestünde darin auch ihre einzige Chance, in diesem Spiel weiterzukommen.

Waffe, sie brauchte sicherheitshalber eine Waffe. Inka ging an Rebecca vorbei in die Küche. Die Augen ihrer Freundin weiteten sich vor Schreck, als sich Inka mit einem Fleischermesser bewaffnet an die Terrassentür stellte.

Wenn dieser Psychopath tatsächlich da drin war, dann stand nach allem, was sie von Peter bislang über Täterpsychologie und Profiling gehört hatte, zu befürchten, dass dieser Kerl eine ganz andere Waffe bei sich trug: seine kranke Psyche, mit der er die Seele seines Opfers in seine Gewalt zu bringen gedachte.

Inka versicherte sich mit einem Blick zur Seite, dass Rebecca in Habtachtstellung war. Ihre Freundin hob die Hand und zeigte ihr das Telefon, das sie bereithielt. Inka nickte, dann öffnete sie leise die Tür und machte einen Schritt hinaus auf die Terrasse. Inka war froh, Rebecca im Hintergrund zu wissen, die notfalls die Polizei rufen konnte.

Sie umklammerte das Messer, dass ihr die Knöchel wehtaten. Wo war sie da nur hineingeraten? Kurz zögerte sie, wäre am liebsten davongelaufen. Doch sie durfte nicht zu lange warten – jede Sekunde bedeutete Zeit zugunsten ihres Gegners. Sie musste los – jetzt.

Inka sprintete über den Rasen und riss die Schuppentür auf. Ihr blieb fast das Herz stehen.

Es war kein Mensch darin. Dafür saß ihr in dem Gewirr aus Gartengeräten und Holzlatten in Augenhöhe ein Teddybär gegenüber, dem ein Messer in der Brust steckte.

Inka stieß einen Schrei aus.

Es war der braune Teddybär, den sie ihrem Sohn zur Geburt hatte schenken wollen. An seinem Fuß war, wie bei einer Leiche, ein Zettel mit einer Schnur befestigt. Wie kam dieser Mensch in den Besitz von Jonas' Teddybär? Und was war das schon wieder für eine Botschaft? Mit zitternden Fingern hielt sie die Computerschrift ins Licht: *Du musst noch tiefer graben, um die Wahrheit zu finden.*

Noch tiefer graben … Plötzlich ahnte sie, warum die Schaufel nicht mehr an ihrem Platz stand. Ihr Spielführer hatte sie benutzt.

Ihr schrecklicher Verdacht bewahrheitete sich, als sie sich im Garten umschaute. Dort, an einer bestimmten Stelle, wo sie im Frühjahr eine Erinnerungskiste vergraben hatte, war der Rasen aufgelockert. Sie hob die Grasnarben beiseite und grub mit bloßen Händen in der Erde, um den Holzdeckel freizulegen. Als sie die Kiste endlich öffnen konnte, erstarrte Inka. Sie war leer. Strampler, Schnuller, die selbst gestrickten Schühchen, die Spieluhr, das Kettchen mit Jonas' Namen und der Teddybär – alles, was sie an Willkommensgeschenken für die Ankunft ihres kleinen Engelchens auf Erden vorbereitet hatte, war verschwunden. Ihr stiegen die Tränen auf, und sie musste sich abwenden.

Außer ihr und Peter wusste niemand von diesem symbolischen Begräbnis im eigenen Garten. Es sei denn, Peter hatte es noch jemandem erzählt. Ihm selbst traute sie nicht zu, dass er dieses Zeugnis ihrer Trauer angerührt hatte. Weshalb auch?

Es war schrecklich, ein Fremder war tatsächlich in ihrem Garten gewesen – keine zehn Schritte von ihrem Wohnzimmer entfernt! Er hatte sich darangemacht, diese Reliquien ans Tageslicht zu befördern und für sein krankes Spiel zu missbrauchen. Er war ihr viel zu nah gekommen.

Inka hetzte zurück ins Haus und erzählte Rebecca alles.

»Dieses Schwein«, stöhnte Rebecca und atmete heftig. »Inka, mir ist nicht gut, ich glaube …« Sie schaffte es gerade noch rechtzeitig zur Toilette.

Als sie wieder herauskam, reichte Inka ihr ein Glas Wasser. Rebecca verschluckte sich und bekam einen furchtbaren Hustenanfall.

Inka klopfte ihrer Freundin sanft auf den Rücken, bis sie sich wieder beruhigte. »Fahr nach Hause, Rebecca. Ich ruf dir ein Taxi. Ich komme hier schon alleine klar.«

»Nein … nein …« Sie sah mitgenommen aus. »Peter geht davon aus, dass …«

»Peter wird gegen zehn, elf Uhr nach Hause kommen, also bin ich nicht allein heute Nacht. Und jetzt wird nichts mehr passieren. Es ist schon so viel vorgefallen heute …« Inka nahm all ihren Mut zusammen.

Rebecca nahm ihre Basttasche. »Meinst du wirklich …?«

Inka nickte tapfer. Insgeheim hoffte sie, dass Rebecca blieb, wollte ihr aber die Entscheidung überlassen.

Inka hatte schon das Telefon in der Hand, um ein Taxi zu rufen, als Rebecca den Kopf schüttelte.

»Nein, ich bleibe da. Ich habe es Peter versprochen.«

Inka war erleichtert. Es bedeutete auch, dass Rebecca die Vorfälle ernst nahm. Inka hatte ihren eigenen Mut ganz klar überschätzt, sie hatte sich selbst einreden wollen, dass die Lage nun in Ordnung war. Doch nichts war in Ordnung.

Sie gingen zurück ins Wohnzimmer und setzten sich auf

die Couch. Schweigsam schauten sie hinaus in den Garten. Sie wollte Peter nicht anrufen, ihn nicht beunruhigen. Die Erlebnisse erst einmal sacken lassen.

Was hatte sich dieser Mensch nur dabei gedacht, einem Teddy ein Messer in die Brust zu stechen? Wozu war er noch fähig? Zog er einen Lustgewinn daraus, dass er seine Opfer quälte? Sie spürte, wie sich eine große Entschiedenheit in ihr breitmachte.

Na warte, dachte sie voller Bitterkeit, *dich finde ich. Mit mir spielst du nicht. Das schwöre ich dir beim Gedenken an meinen Sohn!*

✶

Inka schreckte aus dem Schlaf hoch. Jemand zerrte an ihrem Bein. Sie rappelte sich auf, und dabei fiel das Buch über Hypnose auf den Boden, in dem sie den ganzen Abend mit Hochspannung gelesen hatte, bis die letzte schlaflose Nacht doch ihren Tribut gefordert, und die traumlose Müdigkeit sie übermannt hatte. Rebecca saß am anderen Couchende, der Fernseher zeigte stumme Bilder irgendeiner Spielshow.

Rebecca betätigte den Dimmer der Stehlampe, und Inka schirmte ihre Augen gegen das Licht ab. »Wie viel Uhr ist es? Ist Peter da?«

»Nein, noch nicht. Es ist kurz vor halb elf, du hast auch nur eine Dreiviertelstunde geschlafen – Inka, ich muss dir unbedingt etwas sagen. Ich habe die ganze Zeit über diese Zahlenfolge in der Spielanleitung nachgedacht. Das hat mich nicht losgelassen. Dann kam mir eine Idee, und ich habe es überprüft. Das ist eine Signatur aus der Landesbibliothek!«

Inka blinzelte sie verständnislos an.

Rebecca hielt ihr die Spielanleitung hin. »Die Zahlenfolge – das ist eine unserer typischen Buchsignaturen! Ich habe auf meinem Handy die Signatur im Online-Katalog eingegeben, und bingo!«

Jetzt war Inka hellwach und setzte sich auf. »Du meinst das hier: *Ich würfle die drei, die vier, dann springe ich über das Hindernis, danach folgen zweimal die fünf und einmal die zwei?«*

»Ja! Das ist eine unserer Numerus Currens-Signaturen.«

Inka zog fragend die Augenbrauen hoch. »Was?«

»Die laufende Nummer. Wir sortieren unsere Bücher nicht nach Inhalt, sondern nach Erwerbsdatum. Bei einem jährlichen Zuwachs von rund einhunderttausend Titeln wäre das sonst kaum machbar. Deshalb werden die Medieneinheiten in Zugangsreihenfolge mit einer laufenden Nummer versehen. Und mit dem Hindernis meint er den Schrägstrich hinter den ersten beiden Zahlen …«

»Und? Um welches Buch handelt es sich?«, fragte Inka, obwohl sie sich gar nicht sicher war, ob sie die Antwort überhaupt hören wollte.

»Ein Vornamenbuch.«

Inka stutzte. »Hinter der Signatur verbirgt sich ein *Vornamenbuch*? Was will er uns damit sagen?«

Rebecca zuckte mit den Schultern. »Vielleicht wartet in dem Buch die nächste Nachricht auf dich.«

Inkas Kehle war trocken, und sie trank ihr Glas leer. »Habe ich diesen Titel auch bestellt?«, fragte sie.

»Nein, das Buch ist als verfügbar gemeldet. Ich kann es dir auf meinen Namen bestellen, dann haben wir es bis morgen Mittag.«

Jetzt bist du am Zug … Beeile dich. Du darfst keine Zeit verlieren. Du musst vor mir ankommen, wenn du gewinnen willst, ging es Inka durch den Kopf.

»Ich denke, dass ich nicht so lange Zeit habe«, sagte sie. »Ich muss dieses Buch sofort haben ... Gibt es bei euch eine Alarmanlage?«

»Nein, nur die besonders wertvollen Bücher sind in einem geschützten ...«

»Sehr gut. Du hast doch einen Schlüssel zur Bibliothek, oder?«

»Bist du verrückt, Inka? Es ist mitten in der Nacht! Ich kann doch jetzt nicht in die Bibliothek gehen! Am Ende bekomme ich noch Ärger.«

»Dann gib mir den Schlüssel. Wenn mich jemand erwischt, nehme ich alle Schuld auf mich und sage, ich hätte den Schlüssel aus deiner Handtasche genommen. Ich muss dieses Buch haben, Rebecca, sonst habe ich keine ruhige Minute mehr.«

»Hätte ich dich nur schlafen lassen ...«

»Hast du aber nicht. Weil es dir auch wichtig ist, nicht wahr?«

»Aber das Buch steht im unterirdischen Magazin, wie fast alle unsere fünfeinhalb Millionen Bücher. Du wirst dich in diesen Katakomben heillos verirren.«

»Dann komm mit, bitte!«

»Inka, das kann ich nicht! Warte doch einfach bis morgen Mittag. Alleine gehst du jedenfalls nicht in dieses riesige Magazin!«

»Bitte«, flehte Inka sie an. »Könntest du dir je verzeihen, wenn heute Nacht doch *noch* etwas Entsetzliches passiert – nur weil wir dem Täter nicht rechtzeitig auf die Schliche gekommen sind?«

Rebecca blieb einen Moment lang still. »Okay, aber ruf Peter an.«

»Ich will ihm nichts von diesem Zettel sagen.«

»Warum nicht? Ich verstehe dich nicht.«

»Ich will ihn nicht auch noch in Gefahr bringen, wenn es der Typ mit seiner Anweisung wirklich ernst meint. Und wie ernst, das weiß ich ja selbst noch nicht. Peter wird vor Sorge um mich durchdrehen, und das will ich ihm und mir nicht antun.«

»Du musst! Entweder er geht mit in die Bibliothek, oder wir warten bis morgen Mittag.«

»Also schön, wie du meinst.« Inka wählte seine Nummer.

Peter ging überraschend schnell ans Telefon. »Igelchen, alles in Ordnung bei dir?«, fragte er sofort.

»Ja … nur …«

»Ist Rebecca nicht mehr bei dir?«

»Doch, doch, es ist alles okay. Ich wollte nur fragen …«

»Es tut mir leid, aber ich brauche hier doch noch etwas länger. Ich weiß, dass es schon fast elf ist.«

»Kannst du nicht nach Hause kommen, Peter?«

»Hast du Angst? Oder wieder so eine … Halluzination?«

»Nein, aber …«

Er ließ sie überhaupt nicht zu Wort kommen. »Ich wäre jetzt auch lieber zu Hause, glaub mir. Ich mache mir Sorgen um dich. Aber ich muss arbeiten, Inka. Bitte versteh mich. Ich will verdammt noch mal herausfinden, was mit Jannis passiert ist!«

»Ja, natürlich.«

»Ich will meinen Kollegen durch penibelste Spurenauswertung helfen, diesen Mord so schnell wie möglich aufzuklären. Kommst du noch zwei, drei Stunden alleine klar?«

»Natürlich.«

»Leg dich ins Bett, Igelchen. Verschließ die Tür, mach alle Fenster gut zu, und ich komme so bald wie möglich nach Hause. Leg dein Handy auf den Nachttisch, und wenn irgendetwas ist, rufst du mich sofort an, versprochen?«

»Versprochen.«

Sie schickten noch Küsse durch die Leitung, und dann legte Peter auf.

Inka blickte ratlos ihr Handy an. Warum hatte sie sich ihrem Mann nicht anvertraut, wie sie es vorgehabt hatte? Warum hatte sie sich unterbrechen lassen? Weil sie es in Wahrheit nicht gewollt hatte? Er hätte sie sowieso nur für wahnsinnig erklärt und wäre niemals mit in die Landesbibliothek gekommen.

»Dass wir uns richtig verstehen«, sagte Rebecca. »Ohne Peters Anwesenheit lasse ich dich nicht in dieses unterirdische Labyrinth. Das kannst du dir abschminken!«

»Peter ließ mich gar nicht zu Wort kommen. Und im Nachhinein denke ich, es war besser so. Du weißt, wie die Spielregeln sind. Hätte ich ihn eingeweiht, wäre nicht nur ich in deutlich größerer Gefahr, sondern Peter auch. Ich muss in die Bibliothek, auch alleine.«

»Schlag dir das aus dem Kopf.«

»Rebecca, hier steht, wir dürfen keine Zeit verlieren! *Würfle und renne um dein Leben.* Soll ich damit erst morgen Mittag anfangen? Sag, wo steht das Buch? Kannst du mir den Standort beschreiben?«

Rebecca stützte den Kopf in die Hände und zog die Stirn in Falten. Dann stand sie entschieden vom Sofa auf.

»Okay. Gewonnen. Den Standort zu beschreiben ist unmöglich. Hast du einen zweiten Helm?«

Sie gingen in der Dunkelheit zur Garage, wobei Rebecca unentwegt den Kopf schüttelte und etwas von »total verrückt« vor sich hin murmelte. Der Lichtkegel der Straßenlaterne reichte bis an den Rand der Einfahrt, dort wo die Mülltonnen standen. Die Nacht verschluckte die übrige Umgebung.

Inka löste mit ihrem Schlüssel den Öffnungsmechanismus des Garagentors aus und trat zur Seite.

Ihre blau-weiße Quickly stand in dem Teil der Doppelgarage, wo auch allerlei Gerümpel lagerte, das seit der Renovierung zum Sperrmüll deklariert worden war. Küchenschränke, einzelne Bretter und der alte massive Schreibtisch, an dem sie eigentlich gerne gesessen hatte. In einem der Regale entdeckte sie eine Taschenlampe, die noch funktionierte und ihnen in der Bibliothek gute Dienste leisten würde. Aber … was war das in der Ecke dort? Eine weiße Holzstrebe blitzte zwischen dunklen Brettern hervor.

Da hörten sie, wie ein Auto näher kam. Die Einfahrt wurde von den Scheinwerfern in helles Licht getaucht. Inka blinzelte und hielt den Atem an. Ein Cayenne, wenn sie das richtig erkannt hatte. Jedenfalls eines dieser bulligen Fahrzeuge, die dank des Porsche-Werkes in Stuttgart zuhauf zu sehen waren. Das Auto fuhr weiter, die Straße versank wieder im Halbdunkel, und das Motorengeräusch verklang.

Rebecca hatte sich bereits den Helm aufgezogen und drängte darauf loszufahren. »Komm, lass es uns angehen.«

»Einen Moment noch.« Inka ging in die Ecke der Garage und kippte eines der großen Bretter zur Seite, um sich die weiße Holzstrebe anzusehen. Ihr Verdacht bestätigte sich. Es war das Holzgitter des Babybettes. Erst zwei Wochen vor der Geburt hatte sie es gekauft, weil Peter strikt dagegen gewesen war, so etwas Essentielles wie Kinderwagen und Bett zu früh im Haus zu haben. Er meinte, das würde Unglück bringen. Aber wieso lagerte es nun hier in der Garage? Peter hatte ihr doch versprochen, die Sachen geschützt im Keller einzulagern. Nicht beim Sperrmüll. Es gab ihr einen Stich ins Herz. Hatte Peter mit der Familienplanung abgeschlossen? Wollte er kein Kind mehr? Oder wusste er, dass ihre Zeit abgelaufen war?

Inka setzte sich mit einer energischen Bewegung den Helm auf und manövrierte ihre Mathilda aus der Garage.

»Da soll ich mich draufsetzen?«, fragte Rebecca und deutete auf den zweiten Sitz, der nicht anders aussah als ein gepolsterter Gepäckträger eines Fahrrads.

»Yepp«, konstatierte Inka, und als Rebecca sich endlich niederließ – nicht ohne vorab Stoßgebete zum Himmel geschickt zu haben –, kurbelte sie den Motor an.

Nach der Haydnstraße bog Inka mit knatterndem Fahrgeräusch links in die Hauptstraße ein, die vom Botnanger Sattel den Berg hinunter in die Stadt führte. Es tat gut, den Fahrtwind zu spüren. Er blies ihre Nervosität ein wenig weg.

Inka war erst ein kurzes Stück gefahren, als sich im Rückspiegel die Scheinwerfer eines Autos näherten. Verdammt, weshalb fuhr der Typ so dicht auf? Sie beugte sich ein wenig nach vorn, um den Luftwiderstand zu verringern und an Geschwindigkeit zuzulegen. Fünfzig Sachen fuhr sie jetzt durch den Kräherwald. Kein Grund also für diesen Drängler, so dicht aufzufahren. Und wenn es ihm zu langsam war, sollte er doch überholen! Platz war schließlich genug. Das funkelnde Lichtermeer der Stadt tauchte vor ihr auf. Inka schaute wieder in den Rückspiegel. Lebensgefährlich, was der Spinner da machte! Und was, dachte Inka unvermittelt, wenn das Absicht war? Wenn er so dicht auffahren *wollte*?

Sie gab noch mehr Gas, aber ihr Verfolger blieb dicht dran. Da kam der schnurgerade Abschnitt, wo auch die Straßenbahn fuhr, die prompt mit lauten Schienengeräuschen an ihnen vorbeiratterte. Im erleuchteten Bahnwagen saßen ein paar Nachtschwärmer. Wenigstens würde es genügend Zeugen geben, falls es der Drängler wirklich auf sie abgesehen hatte.

Die kommende Ampel stand auf rot.

Mist, dachte Inka und hielt am Ende der kleinen Autoschlange an.

»Aua, mein Hintern!«, stöhnte Rebecca unter dem Helm. »Was rast du denn so?«

Inka starrte in den Rückspiegel und umklammerte die Handgriffe ihres Lenkers. Die Fahrertür des Porsche Cayenne ging auf. »Bleib sitzen und halt dich fest. Kann sein, dass ich gleich durchstarten muss.«

Keine Sekunde später stand ein Mann neben ihr. Sie spürte seinen Griff an ihrer Schulter und riss den Kopf herum. Sie wollte gerade um Hilfe schreien, doch angesichts des freundlich lächelnden grau melierten Herrn mit Brille blieb ihr der Schrei in der Kehle stecken.

»Frau Mayer! Habe ich doch richtig gesehen. Das konnten ja nur Sie sein, auf *diesem* Moped! Entschuldigung, ich bin zwischenzeitlich etwas zu dicht aufgefahren. Ich habe es eilig. Bin schon an der Tankstelle aufgehalten worden. Melden Sie sich doch mal wieder bei mir in der Redaktion! Mir fehlen Ihre messerscharfen Themenaufbereitungen.« Er deutete entschuldigend nach vorn zur Ampel, die gerade auf Grün sprang, und lief zu seinem Fahrzeug zurück.

Inka holte tief Luft und klopfte Rebecca kurz beruhigend auf den Oberschenkel. Dann setzte sie ihre Mathilda in Gang und reihte sich in den Verkehrsfluss ein. Ihr Herz schlug immer noch wie verrückt. Was für ein Zufall, ausgerechnet auf dieser Fahrt Gert Lindemann zu treffen, da er in Botnang nur ein paar Straßen entfernt von ihr wohnte. Die *Stuttgart aktuell* war zwar nicht der einzige Brötchengeber, für den sie als freie Journalistin tätig war, aber sie hatte mit ihm, dem Chef vom Dienst, der vor einem Jahr auch zum Stellvertretenden Chefredakteur ernannt worden war, immer besonders gerne zusammengearbeitet, weil Lindemann mit einer Engelsgeduld die Platzierungsvorstellungen der einzelnen Ressorts unter einen Hut brachte und auch bei Layoutänderungen in letzter Minute nicht die Nerven verlor. Um 23 Uhr war Redaktionsschluss, wenn er also um diese Uhrzeit noch einmal in die Räume der *Stuttgart aktuell* fuhr, die ganz in der Nähe der Landesbibliothek lagen, dann war es wohl brandeilig. Den Bericht würde sie morgen in der Zeitung lesen können.

Im Gewirr der Rotebühlkreuzung verlor sie sein Auto im Rückspiegel aus den Augen. Kurz darauf näherten sie sich der Landesbibliothek. In den klassizistischen Häusern entlang der menschenleeren und dunklen Straße waren außerdem Gerichte, Landesverwaltungsstellen und das Hauptstaatsarchiv untergebracht. Sämtliche Wohnungen waren zu Büroräumen umfunktioniert, und so viel sie sehen konnte, brannte nur in zwei Fenstern in der gesamten Straße noch Licht.

Inka stellte das Moped in der Nähe des Fußweges ab, der zum Hintereingang der Bibliothek führte.

»War das ein Höllenritt«, stöhnte Rebecca und nahm den Helm ab. »Nach Hause fahre ich mit der U-Bahn, das schwöre ich dir.«

»Sorry«, sagte Inka. »Ich dachte, wir werden verfolgt. Dabei war das nur mein Chef von der Zeitung, der es brandeilig hattc.«

»Ich bin jedenfalls mit den Nerven komplett runter.«

»Aber du gehst doch mit mir ins Magazin?«, fragte Inka unsicher.

»Ja, doch. Ich will, dass wieder Ruhe einkehrt.«

Ein Zweig knackte, und Inka zuckte zusammen. Angst zu haben war ein Zeichen von Schwäche, sagte Peter immer. Man sollte Respekt vor seinem Gegner haben, aber niemals Angst. Sie straffte die Schultern. Doch als sie den schmalen Fußweg zwischen Bäumen und Büschen entlanggingen, huschte eine dunkle Katze über den Weg. *Das bringt Unglück*, dachte Inka unwillkürlich.

Kurze Zeit später schloss Rebecca den Hintereingang auf, und sie betraten das Empfangsfoyer der Landesbibliothek. Schon dort schlug Inka der intensive Büchergeruch entgegen. Abermillionen wissensgetränkte Duftpartikel. Warum der Geruch ausgerechnet in dieser Bibliothek so intensiv war, obwohl die meisten Bände im Magazin lagerten, war ihr schon immer ein Rätsel gewesen.

Inka knipste die Taschenlampe an, und der Strahl fiel auf Schließfächer und die Garderobe vor ihnen.

Wie Einbrecher schlichen sie zur Personaltür, die Rebecca so lautlos wie möglich aufschloss. In der Mitte des breiten Flures befand sich der Lastenaufzug, der in den Keller führte.

Inka hatte schon die Hand am Metallriegel der Tür, als sie plötzlich die Vorstellung befiel, jemand könne sich dort verstecken. Sie leuchtete hinein. Alles leer.

Der Aufzugkorb federte ein klein wenig nach, als sie einstiegen. Das Blech rund um die Bedienknöpfe *AUF* und *AB* war stark abgegriffen, und über das darüber eingravierte Fertigungsdatum *1987* dachte sie jetzt besser nicht nach.

Unter heftigem Geruckel setzte sich der Aufzug in Bewegung. Inka starrte die Taste mit dem beleuchteten U an, bis der Aufzug Sekunden später unsanft zum Stehen kam.

Rebecca drückte die Tür auf. Sie waren im Magazin angekommen. Es brannte die Notbeleuchtung, und dieses Schummerlicht verlieh ihnen ein gewisses Sicherheitsgefühl. Allerdings hätte sich Inka mehr Stille erhofft. Das Brummen der Lüftungsrohre übertönte nicht nur ihre eigenen Schritte, sondern unter Umständen schluckte es auch jegliche Geräusche einer anderen Person, die sich womöglich hier unten aufhielt. Jemand, der vielleicht mit ihrem Kommen rechnete.

Die Bücher lagerten kühl im Vergleich zu den draußen herrschenden sommerlichen Temperaturen. Inka fröstelte.

Sie standen am Beginn einer endlos langen Gangflucht mit sehr eng aneinandergestellten Regalkorpussen – die sich so ergebende durchgehende frontale Metallwand ließ kein einziges Buch sichtbar werden. Wollte man an ein Buch gelangen, musste man den am Regalkorpus angebrachten Knopf drücken, dann schoben sich die tonnenschweren Regale mittels Pneumatikantrieb auseinander und schlossen eine andere Lücke dort, wo zuletzt ein Regal geöffnet worden war, so erklärte es Rebecca leise.

Ein ratterndes Geräusch, danach ein Summen – der Aufzug hatte sich wieder in Bewegung gesetzt. Wer hatte den Fahrstuhl gerufen? Oder war der Aufzug auf seinen Ruhepunkt im oberen Stock programmiert und fuhr nun automatisch zurück?

Das Herz schlug ihr bis zum Hals, als Rebecca ihre Theorie schief lächelnd bestätigte. »Automatisch.«

Einen Moment lang horchten sie trotzdem angespannt. Der Aufzug kam nicht zurück.

Rebecca orientierte sich an den Beschriftungszetteln der Regale und folgte den aufsteigenden Nummern. Sobald sie auf eine der wenigen Lücken stießen, warf Inka im hastigen Vorbeigehen einen Blick zwischen die Regale. Und immer wieder drehte sie sich um. Der Verstand sagte ihr, dass sie und Rebecca alleine waren – ihr Gefühl sagte ihr etwas anderes.

Sie kamen an einer Art Kreuzung an, wo ein Schreibtisch und einige leere Körbe für die Buchförderanlage standen. Unheimlich, wie dieser verlassene Ort, an dem sonst Hochbetrieb herrschte, nachts wirkte.

Inka holte ihr Handy aus der Jackentasche. Kein Empfang. Verdammt! Das hätte sie sich aber auch denken können. Sie hielt das Handy in alle Richtungen, drückte auf den Tasten herum, so als ließe sich dadurch eine Verbindung herstellen. Kein einziger Balken, nichts.

Rebecca sagte kein Wort. Ihr war sichtlich unwohl, aber mit einem Kopfnicken forderte sie Inka zum Weitergehen auf.

Der Beschriftung folgend bogen sie nach rechts ab. *34/552*, die Signatur kannte sie mittlerweile auswendig. Nach einer Weile ging Rebecca links herum, dann wieder rechts. Alleine hätte sie sich in diesem Labyrinth tatsächlich kaum zurechtfinden können.

Ein paar Schritte noch, dann kam die nächste Kreuzung mit dem Hinweisschild: *34/110 – 34/585*, auf das Rebecca nur wortlos deutete. Endlich. Als sie auf den Schalter an der Metallfront drückte, und es *Zschsch* machte, zuckte Inka zusammen. Die Druckluft entwich, und die Fahrregale bewegten sich mit einem lauten Brummen auseinander.

Sie warf Rebecca einen entschiedenen Blick zu und trat in die entstandene kaum schulterbreite Lücke. Sie musste ganz bis nach hinten durchgehen. *Das hier war nichts für Leute mit Platzangst*, dachte Inka, *so eingepfercht zwischen hohen Bücherregalen.* Sie verdrängte den Gedanken, was wohl passierte, wenn jemand ungefragt den Mechanismus in Bewegung setzte, während der Suchende hier dazwischenstand …

34/490 … 500 …530 … Inka bückte sich. Das Buch musste sich wirklich ganz unten in der letzten Ecke befinden. Es war so eng, dass sie sich kaum drehen konnte. *540 … 550 …* hoffentlich stand es überhaupt da. *34/552.* Treffer.

Inka zog das Buch mit dem weißen Einband heraus. Tatsächlich: *Die beliebtesten Vornamen für Mädchen und Jungen.* Genau dieses Buch hatte sie ausgeliehen, als sie auf der Suche nach einem Vornamen für ihr Baby gewesen war. Zufall? Oder was wusste dieser Typ noch über sie?

Sie drehte sich um und sah Rebecca am Ende des schmalen Ganges ungeduldig von einem Fuß auf den anderen treten. Schnell raus aus der Enge! Inka hastete zwischen den Büchern hindurch und zeigte ihrer Freundin den Fund.

»Da muss doch irgendwo ein Zettel drin sein – eine Nachricht, eine Botschaft, irgendetwas!« Inka packte das Buch mit einem Griff an der Bindung und schüttelte es heftig. Mit allem hatte sie gerechnet, nur nicht damit, dass sie gar nichts fanden.

»Und jetzt?«, fragte Rebecca.

Mit der Erkenntnis, dass der Spuk so schnell kein Ende nehmen würde, machte sich Hilflosigkeit in Inka breit.

»Vielleicht ein Zahlendreher?«, überlegte Rebecca. »43 statt 34? Schauen wir zur Sicherheit schnell noch nach.«

Während Rebecca loslief, blieb Inka noch einen Moment gedankenverloren stehen. Vielleicht war dieses Rätsel eben doch nicht so einfach zu lösen. Sie schlug das Buch noch einmal auf. Auf dem Vorsatzblatt stand etwas mit Bleistift geschrieben. Wie eine Notiz. *Elena/Leander.*

»Inka, komm!«, hörte sie Rebecca hinter der nächsten Wegbiegung, die noch tiefer ins Magazin führte.

»Warte, gleich!«, rief sie zurück. Die Buchstaben waren mehrfach nachgezogen, es machte den Eindruck, als hätte jemand lange darüber nachgedacht und als wäre schließlich die Entscheidung zugunsten dieser Namen gefallen.

Inka hatte sich schon in den ersten Wochen der Schwangerschaft einen Namen für das Baby aussuchen wollen, als das Geschlecht noch nicht einmal feststellbar gewesen war. Peter fand den Zeitpunkt, einen Namen für das ungeborene Kind auszusuchen, ohnehin reichlich früh und hatte sich immer nur kommentarlos ihre Vorschläge angehört. Er hatte sein Unverständnis zwar in freundliche Worte verpackt, aber es hatte sie doch verletzt. Ihre Freundinnen hatten sie getröstet, dass Männer bei solchen Dingen häufig überfordert reagierten, es aber gar nicht so meinten. Annabel hatte sich schließlich ein Wochenende lang mit ihr hingesetzt und die gesamten Namen in genau diesem Buch von vorne bis hinten diskutiert, bis sie endlich mit den Namen Laura oder Jonas zu einer Entscheidung gekommen war. Sie war Annabel für diesen Beistand sehr dankbar gewesen.

Wumm.

Etwas war mit voller Wucht auf ihren Rücken gedonnert. Inka fiel zu Boden. Geistesgegenwärtig hatte sie den Sturz mit den Händen abgefangen, dafür waren ihre Arme nun unter ihrem Körper eingeklemmt. Die Taschenlampe rollte davon. Sie spürte, wie ihre Rippen gegen den Betonboden gepresst wurden. Sie hörte ein Knacken. Vielleicht das Handy in ihrer Tasche, vielleicht auch ein Knochen. Inka versuchte zu atmen und brachte nur ein Röcheln zustande. Im ersten Augenblick glaubte sie, ein enormer Gegenstand sei von oben auf sie heruntergefallen, aber dann fühlte sie deutlich, dass jemand auf ihrem Rücken kniete.

Auf einmal sah sie nichts mehr. Nur noch Schwarz. Ein Schal wurde ihr aufs Gesicht gepresst. Sie spürte den Wollstoff. Das Atmen fiel ihr nun noch schwerer. Aber sie roch etwas. Parfüm. Ein weiblicher Duft. Aber das war nicht Rebecca.

Inka wollte schreien, aber es kam nur ein seltsam erstickter Laut aus ihrer Kehle. Irgendwie musste sie sich doch wehren. Vielleicht mit den Beinen? Sie strampelte und schlug mit den Unterschenkeln, um ihren Angreifer zu treffen.

»Hältst du wohl still!« Ein scharfer, zischender Tonfall, gedämpft durch den Wollstoff über ihrem Ohr. Dennoch unverkennbar weiblich. Oder verstellte der Mann seine Stimme?

Inka wand sich unter dem Druck der Knie in ihrem Rücken. »Luft!«, stieß sie verzweifelt hervor und wusste nicht, ob das überhaupt verständlich geklungen hatte.

»Stillhalten!«, zischte die Stimme abermals. Viel zu leise, als dass es die Lüftungsanlage übertönt hätte und Rebecca darauf aufmerksam hätte werden können. Für einen irritierenden Augenblick lang ließ der Druck auf ihren Brustkorb nach. Begierig sog Inka die Luft ein, und dann donnerten die Knie wieder in ihren Rücken. Das Gewicht lag tonnenschwer in ihrem Kreuz und presste die letzte Luft aus ihr heraus. Es kribbelte merkwürdig in ihren Lungen, so als würden dort Millionen von Bläschen platzen, wie kleine Explosionen, die als Fünkchen vor ihren Augen tanzten.

Inka hatte geglaubt, nichts könnte den Schmerz einer Geburt übertreffen, aber das hier war noch grauenvoller. Als ob der Angreifer ihre Seele aus dem Körper pressen wollte.

Trotz der Todesangst versuchte Inka mit aller Macht, ihre Sinne zusammenzuhalten. Das war im Augenblick ihre einzige Chance. Wenn sie jetzt ohnmächtig werden würde, hatte sie verloren.

»Glaubst du, es wäre so einfach, mich zur Strecke zu bringen? Da musst du dich schon ein bisschen mehr anstrengen! Wer ist schneller? Der Hase oder der Igel? Kennst du das alte Kinderspiel?« *Diese Stimme.* Sie gehörte eindeutig einer Frau. »Bist du etwa schon aus der Puste, kleines Häschen? Na komm schon! Lass uns fangen spielen!«

Und es war eine Frau, die sie kannte. Noch ehe Inka es ganz begreifen konnte, ließ der Druck in ihrem Rücken unvermittelt nach, und sie hörte davonlaufende Schritte.

Das Biest will, dass ich ihr nachjage. Na warte, deinen Vorsprung hole ich locker ein! Die Kämpferin in ihr erwachte, und sie rappelte sich auf. Kurzatmig lief sie auf wackeligen Beinen los. Für einen Sprint würde das allerdings nicht reichen. Wo Rebecca nur blieb?

An der nächsten Wegkreuzung schaute sie in alle drei Gänge. Dort! Dort vorne lief sie. Die Gestalt trug schwarze Kleidung, ihr Kopf war von einer Kapuze verdeckt. Trotz der Schmerzen im Brustkorb setzte sich Inka wieder in Bewegung. Rennen konnte sie nicht, aber sie ging, so schnell sie konnte. Bei jedem Schritt spürte sie ein Stechen nahe der Herzgegend.

Mach nicht schlapp, Inka, sagte sie sich. *Durchhalten!* Der Gang schien kein Ende zu nehmen. Sie kam der Frau näher, aber noch nicht nahe genug. Die Aufzugtür quietschte, und es klang wie Hohn in ihren Ohren. *Schneller, schneller!* Atemlos erreichte Inka den Lastenaufzug. Nur ein paar Schritte Abstand noch. Zu spät. Inka jaulte aus Frustration regelrecht auf und schlug mit der Faust gegen das Türmetall.

Doch im letzten Moment hatte sie einen Blick auf die Gestalt erhascht und ein Detail bemerkt. Ein winziges Detail, das ihr alles verriet.

Rebecca kam angelaufen und sah ihr mit Bestürzung entgegen. »Was ist passiert, um Himmels willen? Was war das für ein Lärm? Nein – sag nicht, dass du angegriffen wurdest!«

»Verflucht!«, rief Inka und rüttelte an der Aufzugtür. »Die kriegen wir nicht mehr. Wegen der Kapuze war nicht viel zu erkennen. Aber es war eine Frau, da bin ich mir sicher! Und weißt du was, die Gestalt und die Stimme haben mich an jemanden erinnert!«

»An wen? Sag schon, an wen?«

Inka holte tief Luft. »Ich weiß, du hältst mich jetzt für verrückt, weil es eigentlich gar nicht sein kann. Aber ich habe an ihrem Handgelenk ein Tattoo mit Blumenranken gesehen.« Stumm wartete sie auf Rebeccas Reaktion.

»Du mcinst *Annabel*? Das kann nicht sein! Annabel sitzt im Gefängnis!«

KAPITEL 3

Es fällt mir schwer, ohne dich zu leben,
jeden Tag zu jeder Zeit einfach alles zu geben.
Ich denk' so oft zurück an das was war,
an jenem so geliebten vergangenen Tag.

UNHEILIG, »Geboren um zu leben«

Zwei Tage waren seit dem brutalen Angriff in der Bibliothek vergangen, zwei unerträgliche Tage und schlaflose Nächte voller Angst für Inka, mit Schweißausbrüchen beim geringsten Geräusch und der quälenden Frage, wer im unterirdischen Magazin auf sie gewartet hatte. Inka konnte an nichts anderes mehr denken. Glücklicherweise hatten sich die Schmerzen in der Brustgegend verflüchtigt.

Natürlich war es unmöglich, dass es Annabel gewesen war, denn die saß seit Samstag verwahrt hinter dicken Mauern. Anderenteils war es höchst unwahrscheinlich, dass eine andere Person ein so ähnliches Tattoo an exakt dieser Stelle am rechten Handgelenk trug. Wieder eine Halluzination? Naheliegend. Das Problem jedoch: Rebecca hatte ihr auf dem Nachhauseweg ausdrücklich bestätigt, dass jemand da gewesen war …

Darüber dachte Inka nach, als sie im Wartezimmer der Hypnose-Klinik saß. Sie erhoffte sich durch die Wahrnehmung des heutigen Termins wieder etwas mehr innere Ruhe zu finden. Oder auch Klarheit. Womöglich würde sie unter Hypnose etwas Hilfreiches sehen können, was ihr Unterbewusstsein durch den Schock nach dem Angriff verborgen hielt. Es waren noch zehn Minuten bis zum Beginn der Sitzung, zehn Minuten, die sich ewig hinzogen. Jedoch konnte sie sich sicher sein, dass Doktor Brinkhus sie auf die Sekunde genau hereinbitten würde. Es war immer derselbe Ablauf: Zwanzig Minuten vor der vollen Stunde entließ er bei ambulanter Behandlung den vorherigen Patienten, der zumeist neunzig Minuten im Therapieraum verbracht hatte, und begleitete ihn in einen Erholungsraum, in dem es Getränke und Zeitschriften gab und man die zwanzig bis dreißig Minuten Zeitpuffer verstreichen lassen konnte, bis man nach der Hypnose wieder als fahrtauglich galt. In dieser Zeit sprach Doktor Brinkhus ein kurzes Verlaufsprotokoll in sein Diktiergerät, bis er mit dem letzten Kirchturmglockenschlag den nächsten Patienten hereinbat.

Inka schaute sich die gerahmten Fotografien an den Wänden an, deren Beschriftungen sie auswendig konnte. *Pfälzer Felsenland-Bick-Klinik, erbaut im Jahr 1956, die erste Psychosomatische Klinik für Hypnosebehandlung*. Daneben das Porträt des gealterten und freundlich lächelnden *Milton H. Erickson*, dessen wilde Augenbrauen an der vorgewölbten Stirn die Entschlossenheit zu demonstrieren schienen, mit der er die Hypnosetherapie entwickelt und in den Fünfzigerjahren bekannt gemacht hatte. Und schließlich, neben einer aktuellen Fotografie der *Killesberg-Klinik*, in der sie sich gerade befand, noch ein Bild aus den Neunzigerjahren, auf dem die Fassade noch nicht in diesem frischen Gelbton von heute leuchtete und die Bäume im Park noch niedriger gewesen waren. Knapp zwanzig Jahre lagen zwischen den Fotos, unzählige Patientenschicksale, aber auch das Unglück des Klinikgründers Doktor Brunner. Wie kam es, dass sein Name in der Legende des ersten Fotos fehlte, fragte sich Inka und trat noch näher heran. Nein, er fehlte nicht, stellte Inka fest: Sein Name war sorgfältig mit einem weißen Streifen überklebt worden.

Die Kirchenglocken schlugen viermal. Zehn Sekunden später – da konnte Inka stets mitzählen – hörte sie, wie Doktor Brinkhus das gekippte Fenster schloss und die Jalousien sich mit einem Summgeräusch schlossen. Jetzt noch fünf Sekunden, dann würde sich die Tür öffnen und Doktor Brinkhus seinen nächsten Patienten hereinrufen.

Eins, zwei, drei, vier, fünf …

»Frau Mayer, kommen Sie bitte herein.«

»Wie geht es Ihnen?«, fragte Doktor Brinkhus, als sie ihm im Ledersessel gegenübersaß. Er schien heute mehr mit der Hitze zu kämpfen zu haben als sie, denn seine gewellten Haare klebten im Nacken, und seine Stirn glänzte unübersehbar.

Inka lenkte ihren Blick auf die leuchtende Salzkristalllampe auf dem Tischchen zwischen ihnen, wo auch wie immer die beiden Wassergläser standen. Die Frage nach ihrem Zustand tat ihr gut, weil sie wusste, sie könnte Doktor Brinkhus alles anvertrauen, und doch fiel es ihr schwer, ihm eine ehrliche Antwort zu geben und über das zu sprechen, was sie so belastete.

»Mir geht es nicht besonders gut. Seit zwei Tagen leide ich unter Schlafstörungen und Angstzuständen.«

Doktor Brinkhus führte die Fingerspitzen über seinem Bauch zusammen, wo das dunkle Hemd leicht spannte. »Können Sie ein bestimmtes Ereignis als Auslöser benennen?«

»Mir ist vorgestern etwas zugestoßen, womit ich nicht klarkomme. Ich bin in Gefahr.« Allein dieser letzte Satz verursachte ihr Panik. Doch sie hatte ihn ausgesprochen und damit beschlossen, sich einer kompetenten Person anzuvertrauen.

»Fühlen Sie sich verfolgt?«

»Das nicht, nein. Ich bin nicht paranoid. Aber ich … wie soll ich das sagen … ich wurde angegriffen und bedroht. Und zwar von einer Frau. Ich muss an meinem Verstand zweifeln, weil ich glaube, dass es … Annabel Brunner war!«

»Meine Schwägerin?« Sie sah keinerlei Zweifel in seiner Miene, er hatte die Frage lediglich gestellt, um sich zu vergewissern.

»Halten Sie das für möglich?«, fragte Inka. »Immerhin sitzt sie in U-Haft. Andererseits hat meine Freundin Rebecca die Person auch gesehen, allerdings nur von Weitem. Ich habe jedoch Annabels Tattoo erkannt. Vielleicht war es aber eine Nachahmung, ein Trick, um mich auf die falsche Fährte zu bringen. Ich weiß einfach nicht mehr, was ich denken soll. Meine Ängste foltern mich geradezu. Ich habe das Gefühl, bei vollem Verstand wahnsinnig zu werden!«

Doktor Brinkhus stand auf und bat sie mit einer Geste, es ihm gleichzutun. »Kommen Sie noch einen Schritt näher. So ist es gut. Stellen Sie Ihre Füße dicht nebeneinander, und dann sehen Sie mich an. Wenn Sie damit einverstanden sind, lernen Sie heute eine Form der Hypnose kennen, mit der Sie binnen Sekunden in eine tiefe Trance gelangen. Es ermöglicht mir, Sie aus solchen Angstsituationen schnell in einen angenehmen Bewusstseinszustand zu überführen, damit wir an Ihrem tief liegenden Trauma arbeiten können. Bei der Schnellhypnose werden Sie jetzt gleich nach hinten fallen, und ich fange Sie auf. Vertrauen Sie mir. Wenn Sie bereit sind, dann signalisieren Sie mir Ihr Einverständnis.«

Inka musste ein wenig Mut sammeln, aber dann nickte sie.

Doktor Brinkhus stellte sich leicht schräg versetzt zu ihr und umfasste mit einer Hand ihren Nacken. »Schauen Sie mir tief in die Augen. Ganz tief. Und jetzt schlafen Sie ein! Schlaf! Sie sind entspannt, tief entspannt. So ist es gut. Lassen Sie sich nach hinten fallen, und ich fange Sie auf. Sie kommen immer tiefer in die Entspannung hinein. Tief, tief, tief. Je tiefer Sie in die Entspannung sinken, desto wohler fühlen Sie sich. Sie liegen bequem da und hören meine Stimme, die Ihnen vertraut ist. Auch wenn ich zwischendurch schweige, bin ich immer bei Ihnen. Lassen Sie das Gefühl von Vertrauen so weit aufkommen, wie Sie es zulassen können, so viel Vertrauen, wie Sie mir geben können. Hören Sie auf meine Stimme, die Sie immerzu begleitet.

In Ihrer Vorstellung können Sie sich jetzt frei überallhin bewegen und mich an diese Orte mitnehmen. Sie wissen, ich bin an Ihrer Seite, lasse Sie nicht allein. Sie spüren Ihre Ängste, wissen, wo sie liegen und wo die drückenden Gefühle in Ihrem Körper sind, die jegliche freie Bewegung erschweren, so als hätte man einen ungebetenen Hausgast, der sich überall breitmacht, den gesamten Platz beansprucht und Ihnen schließlich die Luft zum Atmen nimmt.

Sehen Sie sich die Person noch einmal an, von der Sie überwältigt wurden. Wie sieht sie aus?«

»Es ist eindeutig eine Frau. Sie ist schwarz gekleidet.«

»Treten Sie näher auf diese Frau zu. Keine Angst, ich bin bei Ihnen. Was sehen Sie?«

»Sie trägt eine Kapuze, aber ich kann blonde Haare herausragen sehen, und sie hat blaue Augen.«

»Hat die Frau irgendein besonderes Merkmal?«

»Ja, sie hat ein Tattoo am rechten Handgelenk, farbige Blumenranken.«

»Kennen Sie die Person? Wissen Sie Ihren Namen?«

»Ja. Sie heißt Annabel. Annabel Brunner. Sie … sie ist eine Mörderin.«

»Was wissen Sie über die Mordnacht und die Tatumstände?«

»Nichts. Ich weiß nichts über den Mord an Jannis. Aber ich weiß, dass Annabel mein Baby getötet hat.«

»Halten Sie an dieser Erinnerung fest. Annabel Brunner hat Ihr Baby getötet?«

»Ja. Ja, das weiß ich.«

»Gut. Ich bin bei Ihnen, Sie sind nicht allein. Wir gehen gemeinsam noch einmal zurück zum 22. Dezember. Am Abend der Geburt waren also Annabel und Evelyn anwesend. Wie hat Annabel Ihr Kind getötet? Sie dürfen ruhig weinen, lassen Sie Ihren Tränen freien Lauf. Aber halten Sie an der Erinnerung fest. Was sehen Sie?«

»Ich sehe mein Baby. Es ist gerade auf die Welt gekommen. Evelyn trägt einen Mundschutz und kümmert sich um das Neugeborene. Es ist ein Junge. Jonas. Er schreit.«

»Bleiben Sie bei diesem Eindruck, von dem Sie mir das letzte Mal nicht berichten konnten. Jonas hat nach der Geburt gelebt?«

»Ja! Ich sehe, dass er lebt. Er sieht gesund aus, er strampelt mit den nackten Beinchen, und sein Gesicht ist puterrot vom Schreien. Aber dann … Evelyn kümmert sich um mich, versorgt meine Wunden. Sie gibt Annabel meinen Sohn zum Waschen und reicht ihn ihr in ein dunkelblaues Handtuch gewickelt.«

»Schauen Sie sich bitte im Raum um. Wo ist Peter?«

»Ich sehe ihn nirgends. Er ist nicht da.«

»Sie sprachen zu Beginn unserer Einzelsitzungen von einer Babyparty, also *muss* Ihr Ehemann da gewesen sein. Bitte überprüfen Sie diesen Eindruck noch einmal.«

»Nein, es gab keine Babyparty. Ich hatte meine Freunde eingeladen. Aber die Party hat nicht stattgefunden, weil Peter es nicht wollte. Ich habe meinen Gästen abgesagt, und Peter hatte letzten Endes ja auch recht, da sich meine Vorwehen im Lauf des Abends zu echten Wehen entwickelt haben. Aber Peter ist nicht da. Er arbeitet. Ich habe mehrmals versucht, ihn anzurufen, als die Fruchtblase geplatzt ist, aber ich konnte ihn nicht erreichen. Er ist nicht ans Handy gegangen.«

»Es gab also keine Babyparty. Lenken Sie Ihren Blick bitte wieder auf das Geschehen. Was hat Annabel getan, nachdem sie Jonas auf dem Arm hielt?«

»Sie hat mich angesehen. Mir in die Augen geschaut, während sie mein Kind umgebracht hat! Mit dem dunkelblauen Handtuch, in das Jonas eingewickelt war, hat sie ihn erstickt. Sie hat den Frotteestoff hochgezogen und die flache Hand auf sein kleines Gesicht gelegt. Niemand hat es bemerkt. Nur ich. Nur ich! Und ich konnte nichts tun. Ich habe geschrien, aber Evelyn dachte wohl, es wäre aufgrund der Schmerzen, die sie mir verursachte, weil sie gerade damit beschäftigt war, mich zu nähen. Als sie sich nach ihrer Schwester umdrehte, war es schon zu spät. Ich kann mich nur noch an die bedauernde Geste von Annabel erinnern, danach weiß ich nichts mehr.«

»Weinen Sie … Lassen Sie Ihren Schmerz mit den Tränen heraus. Aber bleiben Sie, wenn möglich, noch ein bisschen im Raum. Behalten Sie Annabel im Blick. Warum sollte Ihre beste Freundin so etwas tun?«

»Ich weiß es nicht! Ich weiß es wirklich nicht! Ich hasse Annabel! Sie ist ein Monster mit zwei Gesichtern! Sie hat mir mein Baby genommen!«

»Ruhig … ganz ruhig. Wenn Sie den Schmerz nicht mehr aushalten, können Sie den Raum des Geschehens jederzeit mit mir gemeinsam wieder verlassen. Nennen Sie mir einen Ort, wo Sie hingehen möchten, um Ruhe zu finden.«

»Ich will zu Jonas! Ich will ihm sagen, dass ich ihn liebe. Ich möchte an sein Grab gehen auf den Pragfriedhof und zu ihm reden. Ich will ihn um Verzeihung bitten, dass ich ihn nicht beschützt habe.«

»Lassen Sie uns gemeinsam zum Pragfriedhof gehen. Der Ort ist trotz seiner Bekanntheit eine Oase des Friedens und der Besinnung mit weitläufigen Wegen. Es ist angenehm, in der Hitze unter den Schatten spendenden alten Bäumen zu gehen. Sie fühlen sich wie in einem Wald, sicher und geborgen. Ohne zu zögern setzen Sie einen Fuß vor den anderen, bis Sie am Ende des Weges auf einen schlichten rechteckigen Steinblock treffen. Sehen Sie ihn? In engen Zeilen untereinander steht dort eingemeißelt: *Hier ruhen die Kinder, die nicht zum Leben geboren wurden. Die Kleinsten der Kleinen.* – Können Sie das lesen?«

Inka nickte.

»Der Gedenkstein ist viel zu groß für diese beiden Sätze«, fuhr Doktor Brinkhus fort. »Zwei Drittel der grauen Fläche sind leer. Erwartet das Auge nicht weitere Zeilen?«

»Ja, Sie haben recht, die Inschrift sieht unfertig aus, so als ob der Steinmetz seine Arbeit nach den ersten beiden

Sätzen vorzeitig beendet hätte. Unfertig, ja. Vorzeitig beendet. Leerer Raum.«

»Man könnte es als das Nichts deuten, vor dem man steht, wenn man das eigene Kind hier beerdigen musste. Es ist Ausdruck der Wortlosigkeit, Symbol für die ungeschriebene Lebensgeschichte Ihres kleinen Engels und aller Kinder, deren Holzkreuze und kleine Grabsteine sich auf liebevoll gestalteten Gräbern rechts und links des schmalen Plattenweges reihen. Wir gehen gemeinsam weiter. Können Sie mich zu Jonas' Grab führen?«

»Ja, es ist dort vorne links, das erste Grab in der Reihe.«

»Wann waren Sie zuletzt hier?«

»Bei der Beerdigung.«

»Gehen Sie langsam zum Grab Ihres Sohnes hin und bleiben Sie einfach eine Weile andächtig davor stehen. – War Ihr Ehemann seither auch nie wieder am Grab?«

»Nein. Wir haben eine Gärtnerei mit der Pflege beauftragt. Er fühlt sich noch nicht bereit dazu, und ich akzeptiere das, auch wenn in den letzten Wochen bei mir der Wunsch aufkam hierherzukommen.«

»Sie stehen jetzt an seinem Grab. Sie sehen es vor sich, und Sie können zu Ihrem Sohn sprechen.«

»Ich liebe dich, Jonas! Ich hätte mein Leben gegeben, damit du leben darfst. Mein Schatz, ich konnte dich nicht beschützen, bitte verzeih mir. Ich musste zusehen, wie meine beste Freundin dich umbringt. Aber dein Tod bleibt nicht ungesühnt, das verspreche ich dir. Bei Gott, das verspreche ich dir!« Inka schluchzte auf.

»Weinen Sie ruhig … Möchten Sie Jonas noch etwas sagen?«

Inka kniff die Lippen zusammen und schüttelte den Kopf.

»Ihr Sohn hat Ihr Versprechen gehört. Wenn Sie dazu bereit sind, dann verabschieden Sie sich für heute von ihm. Sie können jederzeit an diesen Ort zurückkehren. Ich zähle jetzt von eins bis drei. Bei *Drei* sind Sie in der Lage, sich mit meiner Hilfe aufzusetzen. Ihre Augen bleiben dabei geschlossen. Eins … zwei … drei. Sie sitzen mit geschlossenen Augen auf dem Boden. Ihre Beine sind schwer, und Sie fühlen sich entspannt. Ich zähle nun noch einmal bis drei, und dann helfe ich Ihnen aufzustehen. Ihre Augen sind immer noch geschlossen. Eins … zwei … drei. Ich bin an Ihrer Seite und helfe Ihnen auf. Sie stehen jetzt vor mir und fühlen sich gut, Sie genießen diesen Zustand. Was ich Ihnen jetzt sage, gilt für alle unsere kommenden Begegnungen. Wenn ich nur das Wort *Schlaf* sage, fallen Sie sofort in eine tiefe Entspannung. Sie wissen, dass Sie mir vertrauen können und hören auf diesen Befehl. Ich zähle nun wieder bis drei, und dann können Sie Ihre Beine bewegen und ein paar Schritte im Raum umhergehen. Eins … zwei … drei. Sie kennen sich aus und können sich wie eine Blinde bewegen, ohne irgendwo anzustoßen. Sie gehen ohne meine Hilfe sicher durch den Raum. Sie machen das sehr gut. Ich zähle nun wieder bis drei, und dann sind Sie hellwach, fühlen sich erfrischt und quicklebendig. Eins. Zwei. Drei … Wie geht es Ihnen, Frau Mayer?«

Inka blinzelte. »Gut. Ich fühle mich gut.«

»Wie war die Anwendung dieser Schnellhypnose für Sie? War der Übergang in die Trance angenehm?«

»Ja. Ich hatte zunächst so ein Kribbeln in den Beinen, dann habe ich meine Beine gar nicht mehr gespürt und mich einfach fallen lassen.«

»Das ist gut so. Sehr gut. Setzen Sie sich doch bitte wieder in den Sessel. Sitzen Sie bequem?«

»Ja, danke.« Inka war ausgesprochen dankbar, wieder sitzen zu dürfen. Sie nahm mehrere Schlucke aus ihrem Wasserglas. In ihrem Kopf drehte sich ein Strudel an Informationen, von dem ihr ganz schwindlig wurde, und sie versuchte, Ordnung in ihre Gedanken zu bringen.

»Weshalb habe ich geglaubt, dass es diese Babyparty gab? Wie kann ich mich an etwas erinnern, was nie stattgefunden hat?«

Doktor Brinkhus griff ebenfalls zu seinem Wasserglas. »Offenbar haben Sie mir in der letzten Therapiesitzung lediglich davon berichtet, wie Sie sich die Party *vorgestellt* hätten. Ein Trick des Gehirns, weshalb es unter Hypnose zu frei erfundenen sogenannten Konfabulationen kommen kann, um Gedächtnislücken zu kaschieren oder um unangenehme Tatsachen zu verdrängen. Deshalb sahen Sie auch zuerst einen blauen Müllsack und nicht das dunkelblaue Handtuch, mit dem Annabel Ihr Baby erstickt hat. Verständlicherweise wollten Sie weder wahrhaben, dass Ihr Ehemann in Ihrer schmerzlichsten Stunde, als Jonas starb, nicht an Ihrer Seite war, noch dass ihre beste Freundin Ihr Baby eigenhändig umgebracht hat.«

Inka schossen Tränen in die Augen, die auch ihr Gehirn zu fluten schienen. »Warum …«, brachte sie mühsam hervor. »Warum hat meine … vermeintlich beste Freundin mein Baby umgebracht? *Warum?* Wie … wie konnte Annabel so was tun?« Inka glaubte, den Schmerz in ihrem Körper nicht mehr aushalten zu können. Geschüttelt von einem Weinkrampf krümmte sie sich zusammen und schlug die Hände vors Gesicht. Sie wollte nichts mehr sehen und nichts mehr hören von dieser unvorstellbar grausamen Welt. Am liebsten würde sie nie wieder etwas spüren wollen, nur weit, weit weg sein. Im Himmel, bei ihrem Sohn.

»Frau Mayer, hören Sie mich? Heben Sie bitte den Kopf und schauen Sie mich an. Bitte, schauen Sie mich an. So ist es gut.«

Durch einen Schleier erkannte sie, dass Doktor Brinkhus vor ihr kniete und seine Hand erhoben hatte. »*Schlaf!* So ist es gut. *Schlaf!* Tief, tief, tief! Sie sind wieder in der tiefen Entspannung. *Noch tiefer, tiefer, tiefer.* Sie fühlen sich wohl in diesem kurzen Schlaf, und wenn Sie wieder wach werden, können Sie sich an nichts mehr erinnern, was während dieser Sitzung gesprochen wurde. Es wird Ihnen sehr schwerfallen, sich zu erinnern, sehr schwer, und Sie wollen sich auch gar nicht mehr erinnern. Nur das angenehme Entspannungsgefühl bleibt und das Wissen, dass Sie wieder zu mir kommen können, um sich tief in die Entspannung fallen zu lassen. Wenn Sie den Therapieraum verlassen, fühlen Sie sich wohl und haben den Wunsch, in der Sonne einen Eisbecher zu genießen. Vielleicht Stracciatella und Schokolade. Eins. Zwei. Drei … Wie geht es Ihnen, Frau Mayer?«

Inka blinzelte. »Gut.«

Doktor Brinkhus saß ihr im Sessel gegenüber und führte die Hände an den Fingerspitzen zusammen. »Wie haben Sie die Therapiesitzung heute empfunden?«

»Als angenehm. Ich kann mich aber gar nicht so richtig an das erinnern, was heute gesprochen wurde, aber ich glaube, das ist auch nicht so wichtig. Wie schwer ist es eigentlich, diese Schnellhypnose zu erlernen? Kann das jeder?«

»Es braucht schon eine gewisse Begabung dafür, aber grundsätzlich ist die Technik der Schnellhypnose für jedermann, der genügend Souveränität ausstrahlt, in ein paar Tagen erlernbar.«

»Ich habe in einem Buch gelesen, dass man einen Überraschungseffekt erzielen muss, eine Kleinigkeit tun, die ein Ritual durchbricht. Beispielsweise, wenn ich meinem Gegenüber die Hand gebe und dann unvermittelt mit einem kräftigen Ruck nach unten ziehe.«

»Das ist richtig. Diese Sekunden der Irritation bedeuten die Chance, ins Unterbewusstsein Ihres Gegenübers zu dringen. Es gibt genügend Bücher und DVDs dazu auf dem Markt. Aber ganz so einfach ist es dann doch nicht, sonst wären wir nur noch von Menschen umgeben, die ihre Bankberater hypnotisieren.«

Inka lächelte. »Keine Sorge, das habe ich nicht vor. Vielen Dank für heute. Ich denke, die Sitzung hat mir sehr gutgetan, und ich habe das Gefühl, innerlich einen großen Schritt weitergekommen zu sein.«

»Was werden Sie im Anschluss an diese Sitzung tun?«

»Ich möchte allein sein. Ich möchte irgendwo draußen im Schatten sitzen und nachdenken. Sie werden lachen, aber es gelüstet mich wahnsinnig nach einem Eisbecher mit Stracciatella und Schokolade.«

»Dann setzen Sie sich doch auf dem Rückweg ins Eiscafé. Tun Sie, wonach Ihnen ist und was immer Sie möchten. Sie sind auf dem richtigen Weg …«

*

Der letzte Satz von Doktor Brinkhus ging Inka noch zwei Tage später durch den Kopf. Sie starrte auf den leeren Stuhl gegenüber. Gleich würde Annabel dort sitzen.

Der Besucherraum, so klein wie eine Gefängniszelle, war mit einem Tisch und drei Stühlen ausgestattet. Etwas abseits davon befand sich ein weiterer Stuhl. Sonst gab es nichts weiter in dem Zimmer, die Wände waren kahl.

Der Richter hatte Evelyn und ihr auf ihren Antrag hin Besuchserlaubnis erteilt. Für eine halbe Stunde, maximal zweimal im Monat, und unter Aufsicht eines Kripobeamten. Letzteres war in ihren Augen ein Zeichen, dass dem Richter der Fall trotz des Geständnisses nicht eindeutig erschien.

Durch das Sichtfenster in der Tür konnte Inka auf den gesonderten Gang hinaussehen, durch den die Häftlinge ihrem Besuch zugeführt wurden. Wo Annabel nur so lange blieb?

Evelyn saß neben ihr und schaute nicht von ihren Händen auf, die reglos in ihrem Schoß lagen. Strähnen ihres blonden Pagenkopfes waren nach vorn gefallen und verdeckten das halbe Gesicht.

»Alles okay?«, flüsterte Inka.

Evelyn schob sich eine Strähne hinters Ohr und sah auf. »Um ganz ehrlich zu sein, geht es mir beschissen. Zuerst kommt mein Vater in die Psychiatrie und dann meine Schwester ins Gefängnis, weil sie gestanden hat, meinen zukünftigen Schwager ermordet zu haben … Das ist doch alles der reine Wahnsinn!«

Als Inka sie beruhigen und ihr ihre Unterstützung zusagen wollte, ging die Tür auf, und Annabel wurde von einer Justizbeamtin hereingeführt. Gütiger Himmel, wie hatte sich ihre Freundin in diesen paar Tagen verändert! Ihr Gesichtsausdruck wirkte versteinert, und sie hatte tiefschwarze Ringe unter den Augen. Ihre langen blonden Haare waren ungewaschen, strähnig und zu einem nachlässigen Zopf zusammengefasst. Ihr fülliger Körper steckte in einem petrolfarbenen, viel zu engen Jogginganzug. Tiefes Unbehagen erfasste Inka bei ihrem Anblick. Unvermittelt musste sie an Jonas denken, aber sie verstand den Zusammenhang nicht wirklich. Vielleicht weil sich ihre Freundin immer ein Kind gewünscht hatte, und dieser Traum lebenslang vorbei sein würde, sofern Annabel wirklich eine Mörderin war.

»Annabel!« Evelyn sprang auf, um ihre Schwester zu umarmen, aber im selben Augenblick ging die Justizbeamtin dazwischen und drückte Evelyn sanft aber bestimmt auf ihren Stuhl zurück.

»Keine Berührungen«, ergänzte sie in deutlichem Tonfall, »sonst muss der Besuch sofort abgebrochen werden. Ich weise Sie darauf hin, dass alles, was hier geschieht, optisch überwacht wird. Tonaufzeichnungen sind gesetzlich untersagt, deshalb erfolgt auf Anordnung des zuständigen Richters eine akustische Überwachung durch einen Beamten der Kriminalpolizei.«

Wie auf Abruf ging die Tür erneut auf, und Peters Kollege Andi kam herein, in Jeans und leuchtend gelbem T-Shirt. Inka war nicht sonderlich überrascht, ihn in diesem Aufzug zu sehen – als Kriminaltechniker musste er auch bei obligatorischen Überwachungsdiensten keine Uniform tragen, das kannte sie von Peter. Nur warum mussten sie ausgerechnet Andi schicken? Es hätte doch *irgendein* Kollege aus dem Team sein können, den Inka nicht so gut kannte. *Hoffentlich ziehen sie Peter jetzt nicht von dem Fall ab*, dachte sie. Schwer zu sagen, ob Andi darauf vorbereitet war, sie hier im Besuchsraum zu sehen. Er nickte ihr kurz zu, zeigte nach außen hin keine Überraschung über ihre persönliche Bekanntschaft mit der Tatverdächtigen. Mit gespreizten Fingern fuhr er sich durch seine Igelfrisur und nahm auf dem Stuhl an der Wand Platz.

»Sie haben eine halbe Stunde Zeit«, sagte die Justizbeamtin. »Sollten Sie eher fertig sein, betätigen Sie bitte die Klingel. Ich setze Sie aber in Kenntnis, dass die Besuchszeit dennoch voll vom Kontingent abgezogen wird.«

Annabel setzte sich zögerlich hin; offensichtlich vermied sie es, nicht den Anschein einer schnellen und damit falschen Bewegung zu erwecken. Sie hielt unentwegt ihren Blick gesenkt. Selbst beim Hereinkommen hatte Annabel nicht die kleinste freudige Regung über ihren Besuch gezeigt, und jetzt, nachdem die Justizbeamtin die Tür hinter sich verschlossen hatte, erwartete Inka von Annabel wenigstens ein kleines Zeichen der Erleichterung darüber, vertraute und geliebte Menschen zu sehen. Doch ihre Miene blieb wie versteinert.

»Oh meine Kleine«, brach es aus Evelyn hervor. »Annabel … wie geht es dir? Ich bin so froh, dich zu sehen!«

Keine Reaktion. Sie sah nicht einmal auf.

»Ich habe Kleidung für dich abgegeben, alle deine Lieblingsoberteile sind dabei. Und ich habe zwei bequeme Hosen gekauft. Oder wolltest du lieber deine Röcke haben?« Es machte den Anschein, dass Evelyn einfach irgendetwas sagte, wie unangemessen es auch war. Sie beugte sich vor, suchte Annabels Blick. »Ich liebe dich, kleine Schwester. Hörst du? Egal, was passiert ist, und ganz gleich, ob du schuldig bist. Du bist und bleibst meine Schwester, und ich werde für dich kämpfen.«

»Wie geht es ihm?«, flüsterte Annabel unvermittelt. Ihre Stimme klang belegt, beinahe erstickt.

»*Ihm?*«, fragte Evelyn und sah verwirrt drein. »Annabel … Jannis ist tot, das musst du doch wissen.«

Jetzt kam Bewegung in Annabel. Sie schlug die Hände vors Gesicht, ihre Schultern zuckten, und es war, als würden buchstäblich alle Dämme brechen. Sie war keine Armlänge entfernt, und trotzdem durften sie sie nicht trösten.

Plötzlich riss Annabel den Kopf hoch. »Ich will wissen, wie es ihm geht, und wo er ist, verdammt noch mal!«, schrie sie und sackte danach wieder kraftlos in sich zusammen.

Evelyn schaute sich Hilfe suchend um, aber Andi hob nur die Augenbrauen. Inka wusste nicht, was sie sagen sollte. Ihr ging nur ein Gedanke durch den Kopf: *Annabel ist krank, sie hat genauso den Verstand verloren wie ihr Vater. Oder ihre Frage war berechtigt, und dann stimmte hier etwas ganz und gar nicht …*

»Pscht, meine Kleine«, versuchte Evelyn sie zu beruhigen. »Du musst doch wissen, was passiert ist …«

»Annabel, du hast ein Geständnis abgelegt …«, brachte Inka sich ins Geschehen ein.

Annabel schaute auf. Jetzt hatten sie zum ersten Mal direkten Augenkontakt. Sie nickte.

»Du hast es wirklich getan? Kannst du dich an die Tat erinnern? Hast *du* Jannis getötet?«, fragte Inka.

»Bitte keine Fragen zur Tat«, wandte Andi ein. »Wir müssen das Gespräch sonscht abbrechen.«

Da ging ein Ruck durch Annabel. »Ist *er* bei ihr?«, fragte sie ihre Schwester. Ihre Augen waren glasig vor Tränen.

Inka kombinierte blitzschnell, und ihr wurde siedendheiß. Also hatte Jannis doch eine Geliebte gehabt. Und Annabel war an jenem Abend, nachdem sie sich gesehen hatten, dahintergekommen. Das könnte tatsächlich der Auslöser gewesen sein, weshalb sie buchstäblich rotgesehen hatte.

Annabel und Jannis waren von Anfang an unzertrennlich gewesen, außer im Frühjahr und Herbst, wenn Jannis wochenlang auf Kreta war und die Führung von Reisegruppen übernahm. Erst noch vor vierzehn Tagen war Jannis allein nach Kreta geflogen. Vielleicht hatte er dort eine Frau kennengelernt? Jannis war kein Kind von Traurigkeit. Er wollte Annabel treu sein, aber konnte er es auch? Vielleicht hatte er sich ein einziges Mal Fremdgehen vor der Hochzeit zugestanden, nur ein einziges Mal, und der One-Night-Stand hatte nichts mit Liebe zu tun gehabt. Nach dem Motto, einmal ist keinmal?

Nur warum war Annabel der Meinung, Jannis würde noch leben?

»Er ist *nicht* bei ihr«, sagte Evelyn gefasst und warf Inka einen vielsagenden Blick zu. Es wurde deutlich, dass sie durch den Umgang mit ihrem Vater bereits in Übung war, sich in die befremdliche Gedankenwelt eines Kranken hineinzuversetzen und darin mitzuspielen. »Du musst dir keine Sorgen machen. Es geht ihm gut, und er kommt dich bald besuchen. Er ist doch dein Liebling.«

Gewagt, das war sehr gewagt. Hoffentlich konnte Evelyn ihre Schwester auch in dieser Ausnahmesituation richtig einschätzen.

»Gut«, sagte Annabel erleichtert und entspannte sich sichtlich. »Dann ist ja alles gut.« Sie stand langsam auf und wandte sich an Andi. »Ich möchte jetzt gehen.«

Inka war verblüfft, es waren kaum zehn Minuten seit Besuchsbeginn vergangen. »Aber Annabel, wir dürfen dich erst in zwei Wochen wieder für eine halbe Stunde besuchen!«

»Das macht nichts«, sagte Annabel entschieden und wartete an der Tür, bis die Justizbeamtin sie wieder abführte.

Im Hinausgehen sah Inka, wie Annabel lächelte. Und da war sie noch mehr verblüfft.

*

Inka schaute zurück auf die Gefängnismauern. Hell vor ihnen aufragend, wirkte die Stätte kaum furchterregend auf Außenstehende. Man könnte fast meinen, bei dem ehemaligen Kloster handle es sich nach wie vor um ein gern besuchtes Ausflugsziel, wären da bei näherem Hinsehen nicht die vergitterten Fenster und das große metallene Anstaltstor gewesen, das sich nun langsam hinter ihnen schloss.

»Wie kann Annabel glauben, dass Jannis noch lebt?«, fragte Inka. »Und hast du dieses merkwürdige Lächeln von ihr gesehen?«

»Es sieht so aus, als wäre sie auch krank – aber es heißt ja, dass derartige Symptome gerne in der Familie liegen und bei großen seelischen Belastungen durchbrechen. Meine arme Schwester …« Evelyn suchte in ihrer Hosentasche nach einem Taschentuch, ihr flossen die Tränen über die Wangen.

Inka streichelte ihr über die Schulter. »Nicht nur ich brauche Hilfe, auch du, Evelyn. Und zwar professionelle Hilfe. Wie wäre es, wenn du mit deinem Mann darüber redest?«

Evelyn schüttelte den Kopf und nahm ihre Brille ab, um mit einem Taschentuch ihre Augenwinkel anzutupfen. Der Wind frischte auf und rauschte durch die Ahornbäume in der Straße. Schwere Gewitterwolken ballten sich um die schwache Nachmittagssonne und drohten diese zu verdecken.

Sie gingen über den begrünten Vorplatz in Richtung Parkplatz. Und mit jedem Schritt, den sie sich vom Gefängnis entfernten, schüttelte Inka entschiedener den Kopf. »Oder es stimmt, was deine Schwester sagt. Dann käme noch zu dem Ganzen, dass Jannis eine Geliebte hatte. Nur wen? Wäre es möglich, dass er seinen eigenen Tod perfekt inszeniert hat? Aber das wäre ja ein ganz schöner Hammer, und ich müsste mich schwer in ihm getäuscht haben … Es muss doch ein psychologisches Gutachten von Annabel geben. Ich werde Peter danach fragen.«

Oder Andi, setzte sie im Stillen hinzu.

Denn der stand prompt an einen Laternenpfosten gelehnt in der Nähe ihrer blauweißen NSU Quickly und schien auf sie zu warten. Insgeheim hatte Inka gehofft, sie würden sich nicht mehr treffen, aber er war sicher auf eine Erklärung aus. Andererseits war sie auch froh, ein paar Worte mit ihm über das reden zu können, was gerade im Besuchszimmer des Gefängnisses vorgefallen war. Doch zuvor wollte sie sich von Evelyn verabschieden.

Evelyn presste die Lippen aufeinander, und ihre Mundwinkel zuckten. Sie schloss die Augen, Tränen quollen hervor. »Lieb von dir, Inka. Ich danke dir. Aber häng dich da nicht zu weit rein, du hast im letzten halben Jahr viel mitgemacht und bist bestimmt noch nicht komplett belastbar. Und meine Schwester steht dir sehr nahe – immerhin ist sie deine beste Freundin.«

»Eben *darum* stehe ich auch dir bei.«

»Ach nein, du tust zu viel für mich«, beharrte Evelyn.

Plötzlich stand Inka ein Bild vor Augen, und die Sequenzen begannen sich zu bewegen. Sie lag auf dem Sofa im Wohnzimmer, Evelyn drückte mit ihrem Unterarm und dem ganzen Gewicht auf ihren schwangeren Bauch, um das Baby nach unten Richtung Geburtskanal zu schieben. Schmerzen, diese wahnsinnigen Schmerzen! Evelyn feuerte sie an, noch einmal alles zu geben. Dann sah sie ihren traurigen Blick, und der Film riss. – Wenn sie mir mein totes Baby in den Arm gelegt hätten, dann hätte ich mich verabschieden können und wäre nicht in ein so tiefes Loch gefallen …

»Evelyn, ich muss dich etwas fragen: Warum hast du mir damals mein Baby nicht gegeben?«

Evelyn putzte sich die Nase und schaute mit verlorenem Blick in die Ferne. »Ich war mit der Situation völlig überfordert, Inka. Weißt du, in meiner beruflichen Laufbahn habe ich schon Hunderte von kleinen und größeren Komplikationen erlebt, und ich wusste, ganz gleich, wie perfekt ich arbeite, eines Tages würde ich den Tod einer Gebärenden oder eines Neugeborenen erleben müssen. Aber auf das, was da bei dir passiert ist, war ich nur theoretisch vorbereitet.«

»Ich wollte mich von Jonas verabschieden …«

»Dazu warst du doch nicht mehr in der Lage. Du hast nur herumgeschrien und warst völlig weggetreten. Für nichts und niemanden mehr zugänglich! Wir mussten dich in die Klinik bringen.«

»In die Klinik? In welche Klinik?«

»Dort, wo mein Vater jetzt ist. Hast du keine Erinnerung mehr daran, dass du in der Psychiatrie warst?«

»WAS?« Das hieß, ihre Erinnerung hatte eindeutig Lücken. Das durfte doch nicht wahr sein! »Wie … wie lange war ich da?«

»Nicht lange, nur ein paar Tage. Bis sich dein Zustand mit Hilfe von Medikamenten wieder stabilisiert hatte. Nach Weihnachten warst du wieder zu Hause.«

War dies eine Erklärung dafür, warum sie bei dem Vorfall kürzlich unter keinen Umständen einen Arzt haben oder in die Klinik wollte? Die Zeit dort war mit Sicherheit nicht angenehm gewesen. Überhaupt waren die Tage nach der Geburt ein einziges schwarzes Loch in ihrem Kopf. Peter hatte das Thema Psychiatrieaufenthalt nie angesprochen. Aber weshalb sollte Evelyn das erfinden? Viel wahrscheinlicher war, dass er nicht an diese schmerzliche Zeit erinnert werden wollte und die Erlebnisse verdrängte. Und überhaupt fing er freiwillig sowieso nicht mit solchen Themen an.

»Aber du konntest bei der Beerdigung Abschied von deinem Baby nehmen«, sagte Evelyn, kurz bevor sie an ihrem silbernen Mercedes Roadster ankam.

»Ich kann mich nur noch bruchstückhaft daran erinnern.«

»Erinnerungslücken sind immer ein Anzeichen für ein schweres Trauma.«

»Vielleicht ist es an der Zeit, dass ich endlich mal wieder auf den Friedhof gehe. Damit verschollene Erinnerungen vielleicht wiederkommen.«

»Damit wäre ich gerade in der momentanen Situation eher vorsichtig. Nicht, dass du dir psychisch zu viel zumutest.«

»Stimmt schon. Ich muss jetzt selbst erst mal zur Ruhe kommen und überlegen, was zu tun ist.«

Evelyn öffnete die Tür des sportlich eleganten Zweisitzers, den Inka zwar schick fand, aber für kein Geld der Welt gegen ihre Mathilda eingetauscht hätte.

Vom Auto aus erzählte Evelyn Inka noch kurz, dass Jannis' Eltern die Nachricht vom Tod ihres Sohnes erhalten hätten und sie seinen Leichnam nach Griechenland überführen wollten; insofern müssten sie sich nicht um ein Begräbnis in Deutschland kümmern.

Als Evelyn losfuhr, winkte Inka ihr nach und ging dann auf Andi zu, der noch immer in seinem leuchtend gelben T-Shirt am Laternenpfahl lehnte und eine Zigarette in der Hand hielt.

»Und?«, fragte er einfühlsam, als sie vor ihm stand. Seine kurze Nachfrage war so voller Wärme, dass sie versucht war, ihm sofort ihr Herz auszuschütten. Sie mochte ihn und seine unbekümmerte Art, die jedoch niemals deplaziert wirkte. Er machte ein Gesicht, als ob er ohnehin schon alles wusste und dennoch wollte, dass sie ihm ihre Version erzählte.

Inka sagte ihm, dass sie Annabel aus Schulzeiten kannte und Peter deshalb befürchtete, von dem Fall abgezogen zu werden.

Andi zuckte mit den Schultern. »Wegen mir muss er nix befürchten. Ist ja keine Verwandtschaft, und den Hauptteil der Spurensicherung habe ohnehin ich gemacht – aber sag mal, ist bei euch sonst alles okay? Peter ist so verschlossen zurzeit. Er war ja noch nie der große Redner, aber irgendwie isch er anders.«

»Na ja, ist ja auch kein Wunder nach dem Mord an unserem Freund.«

»Nein, ich mein' auch vorher schon. Das geht schon länger. Er ist schon während deiner Schwangerschaft nicht mehr mit mir weggegangen. Früher sind wir ja oft mal nach Dienstschluss auf ein Bier zusammen los, da warst du ja manchmal auch dabei, aber plötzlich hatte er keine Zeit mehr. Okay, ich dachte, wird er eben zum Familienmenschen und bleibt abends gerne zu Hause. Aber jetzt hat er ja keine Vaterpflichten oder so, und enorm viel zu tun haben wir auch nicht immer.«

»Renoviert haben wir auch noch, vergiss das nicht.« Auch wenn sie Peter vor Andi verteidigte, machte sie das Verhalten ihres Mannes zugegebenermaßen auch stutzig.

Andi warf seine Zigarette auf den Boden und trat den Stummel aus. »Hast recht, ich sollte es wirklich nicht persönlich nehmen. Im Job kommen wir super klar, und ich bin froh, dass ich einen so guten Spürhund wie deinen Mann an meiner Seite hab. Scheint ein bisschen verzwickter zu sein als gedacht, die Mordsache in der Olgastraße.«

»Andi, da stimmt etwas ganz und gar nicht! Was sagt denn das psychologische Gutachten?«

»Es bescheinigt deiner Freundin beste Gesundheit. Annabel ist nicht verrückt. Allerdings war dieser Jannis mausetot, das hab ich mit eigenen Augen gesehen, und er hat die Wohnung definitiv nicht auf eigenen Beinen, sondern auf der Bahre verlassen. Und das Obduktionsprotokoll haben wir auch. Merkwürdig isch das Ganze schon …« Seine Augen richteten sich nach oben, wo die Gewitterwolken die Sonne verdeckt hatten. »Erzähl mir mal was über die beiden.« Andi nahm sich eine neue Zigarette aus dem Etui und drehte sich gegen den böigen Wind, um sie anzustecken. »Auch eine?«

Inka schüttelte den Kopf. »Nein danke. Was soll ich dir erzählen? Annabel und Jannis haben sich geliebt, die beiden wollten ein Kind bekommen, auswandern und heiraten.«

»Wie jetzt?«

»Na ja, erst mal heiraten, dann auswandern und Kinder bekommen. In dieser Reihenfolge. Jedenfalls wollten sie miteinander alt werden. Annabel ist voller Herzensgüte und Lebensfreude, normalerweise. Nicht so, wie du sie heute kennen gelernt hast. Zum Scherz haben wir immer gesagt, dass sie für ein Stück Sahnetorte morden würde … aber doch nicht wirklich!«

Andi nahm einen tiefen Zug an seiner Zigarette. »Na ja, weißt du, theoretisch ist jeder Mensch fähig, einen Mord zu begehen. Es braucht bloß eine gedemütigte Seele, die auf Rache schwört. Ein gebrochenes Herz, eine verletzte Frau, die das Familienidyll aufrechterhält, ihr Weinen mit Lachen übertönt – und dann doch ausrastet und zum Messer greift.«

»Die beiden haben sich vor Mitternacht gut gelaunt von uns verabschiedet – was kann denn um Himmels willen in dieser kurzen Zeit passiert sein?«

»Na ja, kurz ist relativ«, sagte Andi. »Von Mitternacht an waren das ja noch zwei bis vier Stunden bis zu seinem Tod.«

Inka lief es kalt den Rücken hinunter. »Andi, wie sicher ist die Tatzeit? Das müsste ja dann zwischen zwei und vier Uhr gewesen sein?«

»Laut Obduktionsprotokoll ziemlich sicher, warum?«

Peters Handy hatte in der Tatnacht um 1:12 Uhr geklingelt, daran konnte sie sich noch genau erinnern. Wenn man der Einschätzung des Rechtsmediziners folgte, müsste Jannis also noch gelebt haben, als Peter alarmiert wurde.

»Das geht doch noch genauer, oder? Man hört das zumindest immer im Fernsehen«, hakte Inka nach.

»Solche Aussagen sind Quatsch und nur fürs Drehbuch. Man erhält lediglich eine Schätzung der Tatzeit von plus/minus zwei Stunden, so wie in diesem Fall – wenn man die Körpertemperatur, die Totenflecken und das Fortschreiten der Fäulniserscheinungen zum Anhaltspunkt nimmt und alle Faktoren miteinander vergleicht.«

Im Stillen hoffte Inka auf ein Wunder, sie betete, der Rechtsmediziner möge einen Fehler gemacht haben.

»Jannis fühlte sich noch recht warm an, als wir eintrafen«, fügte Andi hinzu. »Seine Körpertemperatur lag bei knapp 35 Grad, aber die Totenstarre tritt erst nach drei Stunden langsam ein. Bei normaler Umgebungstemperatur ist eine Leiche nach acht Stunden erkaltet. Und wenn man Zimmer- und Körpertemperatur und das Gewicht des Toten mit einem Korrekturfaktor zueinander in Bezug setzt, ergibt sich aus dem Henßge-Nomogramm, dass Jannis bei unserer Alarmierung seit vier bis sechs Stunden tot war.«

»Andi, wann seid ihr alarmiert worden?« Eine letzte Hoffnung hatte sie noch.

»Das musst du doch mitbekommen haben. Peter war nach Eintreffen der Polizei als Erster am Tatort, und das war kurz vor acht Uhr morgens. Tatzeit vier bis sechs Stunden zuvor, also zwischen zwei und vier Uhr.«

Wie war das möglich? Inka war wie vom Donner gerührt. Wer hatte Peter um ein Uhr nachts angerufen und in die Olgastraße bestellt? Und was war in den sieben Stunden dazwischen passiert?

Sie schwiegen einen Moment, und Inka schaute zurück zum Gefängnis. Es wollte ihr einfach nicht in den Kopf, dass Annabel eine Mörderin sein sollte. Und noch weniger, warum sie glaubte, Jannis würde noch leben und eine Geliebte haben. *Wo ist er?*, hatte sie gefragt. Und: *Ist er bei ihr?*

»Andi, besteht unter irgendwelchen bizarren Umständen die Möglichkeit, dass Annabel recht hat und Jannis gar nicht tot ist?«

»Ich glaube, du verrennst dich da«, sagte Andi. »Es handelt sich um Jannis, das bestätigen seine DNA und der vorläufige Obduktionsbericht.«

»Auch vermeintliche Fakten lassen sich manipulieren. Bitte versteh mich. Ich kenne Annabel seit Kindertagen. Es gibt kein Motiv, weshalb sie Jannis hätte umbringen sollen. Man attestiert ihr psychische Gesundheit, und sie denkt trotzdem, dass Jannis noch lebt. Andi, da ist doch was faul!«

»Aber sie hat ein Geständnis abgelegt.«

»Geständnisse kann man erzwingen!«

»Aber Spurensicherung, Kripo und Rechtsmedizin können nicht alle getäuscht werden. Er ist tot, Inka.«

»Andi, ich würde seinen Leichnam gerne mit eigenen Augen sehen. Ich möchte wissen, ob er es wirklich ist. Denkst du, das ist möglich?«

Andi hob die Schultern und schnaufte. »Keine Ahnung, schwer zu sagen. Was versprichst du dir davon?«

»Gewissheit darüber, ob Annabel wirklich in der Lage ist, einen Menschen zu töten, den sie von Herzen liebte.«

»Dann warte bis zur Aufbahrung bei der Beerdigung. Die Staatsanwaltschaft wird die Leiche bald freigeben, auch wenn die Mordsache noch nicht geklärt ist. Den Obduktionsbericht haben wir ja.«

»Jannis soll nach Griechenland überführt und dort beerdigt werden. Seine Eltern sagen, er solle in ihrer Heimat seine letzte Ruhe finden.«

»Und du findest keine Ruhe, bis du Jannis nicht selbst gesehen hast – ich kenne dich. Okay, ich frage den Rechtsmediziner, ob du Jannis' Leiche sehen darfst. Bernd Hagedorn ist ein guter Kumpel von mir. Der findet als Leichenfledderer auch keine Frau, drum gehen wir in letzter Zeit öfters zusammen was trinken. Weißt du was, ich ruf ihn gleich mal an.«

Kaum hatte Andi zu telefonieren begonnen, klingelte ihr Handy. *Peter.* Ausgerechnet jetzt. Sie stellte sich ein paar Meter von Andi weg.

»Hallo, Schatz«, sagte Peter. »Alles okay? Ich wollte dir nur Bescheid geben, dass ich nachher noch mal in die Olgastraße zu Nachuntersuchungen fahren muss. Ich will da ein paar Dinge bei Dunkelheit nachvollziehen. Es kann also später werden.«

Am liebsten hätte sie ihn mit der Frage konfrontiert, wann er in der Mordnacht tatsächlich alarmiert worden war, aber das wollte sie nicht mit Andi im Rücken klären, sondern in einem Gespräch unter vier Augen. Stattdessen fragte sie: »Du fährst zum Tatort?«

»Warte bitte zu Hause auf mich«, sagte Peter, der sofort ahnte, worauf sie hinauswollte. »Und bleib dort. Wenn irgendetwas ist, dann ruf mich sofort an. Verstehst du? Wo bist du gerade?«

»Ich …« Sie zögerte kurz, aber er würde die Wahrheit ohnehin erfahren. »Ich stehe vor dem Gefängnis. Mit Andi.«

Es blieb still in der Leitung – so lange, dass sie schon glaubte, die Verbindung sei unterbrochen worden.

»Bist du noch da?«, fragte sie.

»Kompliment«, sagte Peter unvermittelt. »Ich gebe mir alle Mühe, und du grätschst mir von hinten in die Beine.«

»Es ist alles in Ordnung! Andi will dich als Partner behalten, er sieht keine Befangenheit. Außerdem hast du nichts dagegen gehabt, dass ich Annabel besuchen will.«

»Mein Fehler. Ich hätte damit rechnen sollen, dass du an einen milden Haftrichter gerätst, der auch dir als Freundin einen Besuch genehmigt. Aber die Chance habe ich als zu gering eingeschätzt. Außerdem dachte ich, dass du mir im Falle des Falles Bescheid gibst.«

»Entschuldige. Ich dachte nicht, dass ich ausgerechnet mit deinem engsten Kollegen zusammentreffe.«

Die ersten Regentropfen fielen auf ihre nackten Arme.

»Okay, lassen wir es gut sein. Ich werde mit Andi später reden. Kann sein, wenn er auf die Dienststelle zurückkommt, dass ich dann schon am Tatort bin. Sag ihm das. Ich melde mich bei ihm, wenn ich Unterstützung brauche. Und du, pass gut auf dich auf. Bis heute Abend!«

»Dein Mann findet auch keinen Feierabend«, sagte Andi, als Inka ihm Peters Worte ausrichtete. »Aber ich verstehe ihn.«

»Was sagt der Rechtsmediziner? Kann ich hingehen?«

Andi atmete tief aus und schaute dem Rauch hinterher. »Er meinte, dass sein Institut keine Pilgerstätte ist, aber für mich und zwei Bier nach Feierabend drückt er gerne ein Auge zu, wenn es dir denn so wichtig isch.«

Inka strahlte ihn an.

»Du sollst morgen in die Rechtsmedizin nach Tübingen kommen, am besten kurz vor Dienstschluss gegen 17 Uhr, dann hat er etwas Zeit für dich. Sag Bernd Hagedorn nur bloß nicht, dass du Journalistin bist. Das ist ein rein privater Ausflug, verstanden? Und jetzt beeil dich, damit du noch vor dem großen Regen heimkommscht!«

»Geht klar, Andi. Ich danke dir von Herzen!«

Er warf seine halb gerauchte Zigarette auf den Boden und grinste sie verschwörerisch an.

*

Nach dem Gewitter hatte sich die Luft zum Abend hin abgekühlt. Inka hatte die Terrassentür verriegelt, die Fenster verschlossen. Sie lag reglos auf der Couch und horchte auf das Brummen des Kühlschranks und das leise Plätschern des Aquariums. Dann machte sie langsam die Augen auf und blinzelte in das fahle Wohnzimmerlicht. Als mit einem blitzartigen Aufflackern die Beleuchtung für die Fische anging, zuckte Inka zusammen. Dann atmete sie wieder aus.

Nichts Ungewöhnliches, die Zeitschaltuhr versah pünktlich um 20.30 Uhr ihren Dienst.

Inka nahm das aufgeklappte Hypnose-Buch von ihrer Brust. Das regelmäßige Umblättern der Seiten, das Festhalten an einer anderen Welt hatten ihr beim Warten auf Peter Ablenkung verschafft und die Angst vor dem Alleinsein etwas gemildert – sie war sogar so weit zur Ruhe gekommen, dass sie eingeschlafen war.

Inka rollte sich auf die Seite, stemmte sich mit dem Unterarm hoch und angelte nach ihrem Handy auf dem Couchtisch. Keine Nachricht, kein Anruf. Wovon war sie wach geworden? War Peter nach Hause gekommen? Draußen war es aber noch nicht richtig dunkel, und Peter hatte gesagt, es würde spät werden. Wie sie seinen Spätdienst hasste! Selbst auferlegt oder nicht …

Der Verstand sagte ihr, dass alles in Ordnung war, trotzdem machte sie sich innerlich auf einen Übergriff gefasst. Ihre Aufmerksamkeit war auf jedes mögliche fremde Geräusch gerichtet. Wie lange wurde sie noch alleine mit dieser Angst fertig? Ihre Handflächen waren feucht, ein feines Kribbeln lief über ihre Arme. Sie schloss ihre Hände zu Fäusten, um ihre geballte Kraft zu spüren.

»Peter, bist du da?« Oder hatte sie sich das Geräusch nur eingebildet, von dem sie aufgewacht war? Sie stand auf und ging durchs Wohnzimmer Richtung Flur. *Keine Flucht diesmal*, sagte sich Inka. *Nicht kopflos davonrennen*. Eigentlich war sie ganz gut im Umgang mit der Ungewissheit – das fing bei ihrer eigenen freiberuflichen Arbeit an, bei der sie nie wusste, wann der nächste gute Auftrag kam, und hörte bei Peters Dienstzeiten auf, die kaum ein geregeltes Partnerschaftsleben zuließen. Aber das hier war etwas anderes. Das war keine wirkliche Ungewissheit. Es war vielmehr das Wissen, dass das Böse auf sie lauerte, irgendwo. Es war schon da, sie wusste nur nicht, *wann* es zuschlagen würde.

In der Küche brannte schwaches Licht. Peter musste hier sein! Sie hatte definitiv keine Lampe brennen lassen, und er war es, der immer die indirekte Beleuchtung der Dunstabzugshaube anstelle der Deckenlampe anmachte, weil er damit Strom sparen wollte – und dann vergaß das Licht auszuschalten. Sie schüttelte den Kopf. Warum hatte er kein *Hallo* gesagt? Sie hatte ihn doch darum gebeten!

»Peter«, rief sie erneut. Keine Antwort.

Und wenn ihr jemand eine Falle stellte? Jemand, der die Abläufe und Gewohnheiten im Hause Mayer sehr gut beobachtet hatte? Womöglich der Spieler, der wieder eine Überraschung für sie arrangiert hatte, dieses Mal in ihrem Haus? Sie schauderte.

Da entdeckte sie einen Zettel, der mit einem Souvenir-Magneten an den Kühlschrank gepinnt war. In Peters gestochener Handschrift stand darauf: *Ich war um halb neun hier. Du hast so fest geschlafen. Wollte dich nicht wecken. Im Kühlschrank steht dein Leibgericht. Iss bitte alles auf, mir zuliebe! Muss noch mal weg, bin leider nicht vor 23 Uhr zurück. Kuss, Peter.*

Halb neun. Demnach hatte sie Peter nicht kommen, sondern nur wieder *gehen* gehört. Also ist alles in Ordnung, nur dass er eben noch mal weg musste. Sie musste ihre Ängste dringend wieder in den Griff bekommen. Würde es ihr helfen, noch einmal mit Peter darüber zu reden? Nur wann? Sein Job ließ ihm kaum Zeit, und sie wollte ihm bei seiner Belastung nicht auch noch mehr Sorgen um sie aufbürden. Das hatte sie im vergangenen halben Jahr genug getan. Und was sollte Peter anderes tun, als sie in den Arm zu nehmen? Das linderte zwar für einen Moment die Ängste, beseitigte aber nicht deren Ursache. Es war höchste Zeit, dass sie aktiv wurde und etwas dagegen unternahm. Ein Grund mehr, die Therapieform, die sie sich ausgesucht hatte, weiterzuverfolgen, auch wenn Peter nicht unbedingt für Hypnose war. Aber die Entscheidung, was ihr guttat, um seelisch wieder ganz gesund zu werden, lag alleine bei ihr.

Ihr Handy klingelte in der Hosentasche. Sie trug es nun wieder am Körper, die Situation erforderte es. Inka schaute aufs Display. *Evelyn.*

»Ja, hallo?«

»Inka, ich bin es, Evelyn. Entschuldige, hast du schon geschlafen?«

»Nein, nein. Wie geht's dir?«

»Ich bin fix und fertig«, sagte Evelyn. »Ich habe mich bis auf Weiteres in der Praxis krank gemeldet. In diesem Zustand kann ich unmöglich arbeiten. Hast du mit Peter gesprochen? Hat er dir etwas über den Stand der Ermittlungen gesagt?«

Inka lehnte sich gegen die Arbeitsplatte. »Nein, er ist noch unterwegs. Aber ich habe mit seinem Kollegen gesprochen, du weißt schon, mit dem, der bei unserem Besuch im Gefängnis dabei war. Laut Obduktionsprotokoll ist Jannis per DNA eindeutig identifiziert, und sein Leichnam liegt in der Rechtsmedizin in Tübingen.«

»Dann kann es also keinen Zweifel geben.«

Inka entdeckte Brotkrümel auf der Arbeitsplatte, die Peter dort hinterlassen hatte, und wischte sie weg. »Mein Bauchgefühl sagt etwas anderes. Ich muss Jannis mit eigenen Augen sehen, ehe ich Annabels Verhalten mit gutem Gewissen irgendwelchen psychischen Problemen zuordnen kann.«

»Du willst nach Tübingen?«

»Ja, ich habe morgen um 17 Uhr einen Termin in der Rechtsmedizin.«

»Wow, das hat man dir ermöglicht?«

»Peters Kollege hat gute Kontakte.«

»Bist du sicher, dass du dir das antun willst, Inka? Ich musste im Rahmen meines Studiums in die Rechtsmedizin, und ich sag dir, der Leichengeruch hängt mir heute noch nach. Fühlst du dich wirklich stark genug dafür?«

»Ja«, sagte Inka entschieden und schüttelte die Brotkrümel aus dem Lappen ins Spülbecken.

»Ich glaube vielmehr, meine Schwester hat psychische Probleme.«

»Na ja, vielleicht im Moment, aber zu dem Mord musste sie ja erst mal fähig sein. Und auf meiner Party war sie psychisch definitiv in Ordnung – ich kenne doch noch meine Freundin!«

Evelyn seufzte. »Wir sind uns alle einig, dass Annabel kein Motiv hatte, Jannis umzubringen, geschweige denn zu einem Mord fähig wäre.«

Inka pfefferte den Lappen ins Spülbecken. »Warum hat sie dann ein Geständnis abgelegt? Hat jemand sie dazu gezwungen? Evelyn, wann hattest du vor dem Mord zuletzt Kontakt mit deiner Schwester?«

»Das wollte ein Kollege von Peter auch schon wissen. Ich habe kurz nach Mitternacht noch mit ihr telefoniert, weil sie völlig vergessen hat, auf meine SMS zu antworten, und ich musste ja wissen, ob sie am nächsten Tag Zeit hat, Vater zu besuchen. Sie klang völlig normal, nur müde. Sie sagte, sie würde jetzt mit Jannis noch ein letztes Glas Wein trinken und dann schlafen gehen. Am nächsten Morgen bin ich auf dem Weg in die Klinik bei ihr vorbeigefahren, um ihr ein paar Dinge für Vater mitzugeben. Da hat mich die Polizei an der Wohnungstür empfangen ...« Ihre Stimme stockte. »Den Rest kennst du ja ... Aber warum ich dich eigentlich anrufe, Inka ... Morgen ist doch Freitag, und Annabel wäre mit dem Besuch bei Vater dran. Was soll ich ihm denn nur sagen? Ich fühle mich einfach komplett überfordert, Inka ...«

»Ich könnte doch für dich hingehen«, schlug Inka vor, weil sie genau das ohnehin vorhatte. Aber das sagte sie Evelyn natürlich nicht. Sie wollte alleine mit Brunner reden, um herauszufinden, wie realistisch seine Warnung tatsächlich war. »Dein Vater mochte mich und sagte, dass ich ihn wieder besuchen solle. Und so müsstest du auch keine unangenehmen Fragen nach Annabel beantworten. Lass das mal ganz meine Sorge sein.«

Für einen Augenblick war es still in der Leitung. Dann sagte Evelyn: »Ich danke dir, Inka. Du weißt gar nicht, was du mir damit für einen großen Gefallen tust – oh, Rebecca ruft gerade auf der anderen Leitung an. Sie will wahrscheinlich auch die Neuigkeiten aus der U-Haft hören. Ich geh dann mal dran. Sei so lieb und nimm bitte die Schmutzwäsche von meinem Vater mit, ich hole sie dann bei dir ab. Bis dann – und danke noch mal!«

Inka legte auf. Endlich wurde sie mal wieder gebraucht und konnte Hilfe anbieten. Was für ein schönes Gefühl!

Nachdem sie einen Moment unschlüssig in der Küche gestanden hatte, fiel ihr Blick wieder auf Peters Zettel. Sie machte voller Erwartung den großen Kühlschrank auf. Ihr Leibgericht. *Rigatoni Arleccino* – vom leckersten Italiener in ganz Stuttgart. Nudeln mit Schinken und Erbsen, in einer einmalig guten Käsesoße, mit der sie sich eine Badewanne hätte füllen können. Dafür war Peter sogar einen kleinen Umweg gefahren. Er konnte doch lieb sein und tat sein

Möglichstes. Jetzt meldete sich auch ihr Hunger. Wann hatte sie zuletzt etwas Warmes gegessen?

Selbst in der Mikrowelle aufgewärmt schmeckten die Rigatoni hervorragend und sie aß die Portion noch im Stehen. Sie schaufelte die Nudeln förmlich in sich hinein, bis sie übervoll war.

Als Inka kurz darauf ins Bett ging, war ihr schon leicht übel, aber darauf gab sie nicht viel. Sie versuchte einzuschlafen, allerdings kamen jetzt Magenschmerzen dazu. Zu viel gegessen, war ihr erster Gedanke. Vielleicht einen Schnaps trinken, der zweite. Als sie sich aufsetzte, musste sie sich schon die Hand vor den Mund halten, und dann schaffte sie es gerade noch bis ins Bad.

Schade um das gute Essen, dachte Inka und kauerte erschöpft und tief durchatmend auf den kühlen Badezimmerfliesen neben der Toilette. War es zu viel Fett auf einmal gewesen? Sie hatte doch sonst keine Probleme mit dem Magen. Und eine Schwangerschaftsübelkeit mitten im Zyklus konnte es nicht sein; außerdem hatte es ja nur diesen einen Annäherungsversuch vergangenes Wochenende gegeben und den hatte Peter abgebrochen.

Es gab allerdings noch eine Möglichkeit, und dies sickerte ihr allmählich ins Bewusstsein, obwohl sie die Zusammenhänge noch nicht richtig erfassen konnte:

Seien Sie vorsichtig, Inka. Jemand will Sie umbringen.

*

»Vorsicht, nicht öffnen!«, tönte es scharf hinter Inka. Sie hielt erschrocken mitten in der Bewegung inne, die Hand am Schrankgriff im Patientenzimmer. Brunner saß am Fenster und beobachtete sie. Sein Erscheinungsbild wirkte ähnlich nachlässig wie bei ihrem letzten Besuch: Das taubenblaue Hemd hing an einer Seite aus der Hose, was er nicht zu bemerken schien, und seine silbergrauen Haare waren heute Morgen bestimmt gekämmt worden, aber jetzt schon wieder so zerzaust, als herrsche Sturm in seinem Zimmer. In seinen blauen Augen stand die blanke Angst geschrieben.

»Warum nicht?«, fragte sie ihn. »Ihre Tochter hat mir aufgetragen, Ihre Schmutzwäsche mitzunehmen. Ich habe Ihnen doch erklärt, dass Annabel und Evelyn heute auf einen Geburtstag eingeladen sind und ganz herzlich grüßen lassen.«

»Geh sofort einen Schritt zurück.« Er senkte seine Stimme zu einem Flüstern: »Da sitzt ein Liliputaner drin, der Böses will.«

»Bitte?«

»Ja, ein Liliputaner«, raunte er. »Er kann durch das Holz der Schrankwand sehen, und ich weiß, dass er mich nicht aus den Augen lässt.« Brunner warf einen unruhigen Blick zum Fenster hinaus. »Ich werde von überall her beobachtet, und man wartet nur auf einen günstigen Moment für den Überfall. Man weiß alles über mich, aber ich bin trotzdem gewiefter als die alle da draußen. So lange ich Türen und Fenster geschlossen halte, bin ich hier drin sicher. Aber wenn …« Er stockte. »Du glaubst mir nicht. Ich kenne diesen skeptischen Blick. Du denkst, ich bin ein verrückter alter Psychiater.«

»Nein, nein«, versicherte Inka und dachte an Evelyns Worte, niemals die Wahnwelt in Zweifel zu ziehen, um den Kranken nicht noch mehr zu destabilisieren. Jetzt verstand sie auch den Grund für das Codewort, das die Stationsschwester ihr mit einem Augenzwinkern mitgeteilt hatte und Brunner von ihr hören wollte, nachdem sie angeklopft hatte. *Margitta.* In der Zwischenzeit hatte sie sich auch daran erinnert, wem sie den Namen zuordnen konnte.

»Margitta war Ihre Frau, nicht wahr?«, fragte sie, um ein anderes Thema anzuschneiden.

Und tatsächlich löste sich die Angst in Brunners Augen, und seine Gesichtszüge entspannten sich.

»Ja. Genaugenommen meine Verlobte. Wir haben die Achtundsechziger gelebt und hielten die Ehe für spießig. Erst als sie mit unserem dritten Kind schwanger war, habe ich ihr einen Heiratsantrag gemacht. Sie war die einzige Liebe meines Lebens und die Frau, der ich voll und ganz vertraut habe. Seither habe ich keine andere Frau mehr gehabt. Zur Hochzeit kam es nicht mehr. Ihr Tod kam damals viel zu plötzlich. Ich glaube, diesen Schock habe ich bis heute nicht überwunden.«

Brunner klang plötzlich sehr vernünftig. Lag es daran, dass er über die Vergangenheit sprach, in der seine jetzige Wahnwelt noch nicht existierte? Jedenfalls war Inka froh, dass sich die Situation wieder entspannte. Dennoch ließ sie vom Kleiderschrank ab und setzte sich unverrichteter Dinge wieder auf den Besucherstuhl zu ihm an den Tisch. Vielleicht würde sie später noch einen Versuch starten – andernfalls musste die Wäsche eben bis Dienstag warten. Viel wichtiger war ihr eigenes Anliegen, mit dem sie gekommen war. Angelegentlich betrachtete sie die kleinen gelben Zettel, mit denen die Zimmerwände übersät waren und überlegte, ob Brunner sich wohl gerade in einer günstigen Verfassung befand, ihn auf die Warnung anzusprechen, die er ihr beim letzten Besuch heimlich zugesteckt hatte.

»Du nimmst meine Worte ernst, sonst wärst du heute nicht zu mir gekommen«, begann er unvermutet von selbst das Gespräch. »Das ist gut so. Es ist nicht leicht, zu anderen Menschen durchzudringen, wenn man für verrückt gehalten wird.«

Wie recht er doch hatte, dachte sie plötzlich.

»Durch meine Töchter weiß ich mehr über dich, als du denkst, Inka. Seit du dein Baby verloren hast, bist du nicht mehr du selbst. Und glaub mir, ich kann deinen Schmerz sehr gut nachvollziehen. Du erinnerst dich, meine Frau, oder besser gesagt meine Verlobte, ist an einer zu spät erkannten Schwangerschaftsvergiftung gestorben und mit ihr unser ungeborenes drittes Kind. Das war 1981. Es wäre ein Junge geworden …«

Je weiter Brunner gedanklich in die Vergangenheit zurückging, desto weniger merkte Inka noch von seiner Krankheit. Seine Stimme klang nicht mehr ganz so schleppend, und seine Aussagen waren sortierter. Im Grunde wirkte er ganz gesund, aber das war natürlich eine Täuschung, wie Evelyn ihr schon erklärt hatte. Mit vielen Schizophreniekranken konnte man sich entgegen der landläufigen Meinung völlig normal unterhalten, nicht selten würde man die Krankheit im ersten Moment gar nicht bemerken; bizarr wurde es erst, sobald die Schizophrenen ihr Gegenüber an ihrer Wahnwelt teilhaben ließen.

»Und von da an war ich plötzlich mit meinen beiden Mädchen allein«, erzählte Brunner weiter. »Aber weißt du, nach der ersten, alles überwältigenden Trauer habe ich aus meinem Schmerz heraus eine ungeheure Lebenskraft entwickelt. Ich habe mich mit der menschlichen Seele beschäftigt und vormittags, wenn die Mädchen in der Schule waren, Psychologievorlesungen an der Uni gehört und nachts an meiner Doktorarbeit geschrieben. Trotz allem habe ich meinen Abschluss in Rekordzeit und mit Summa cum laude geschafft. Nach ein paar Jahren als Arzt in verschiedenen Psychiatrischen Kliniken im Großraum Stuttgart habe ich mich alternativen Behandlungsformen zugewandt und die klinische Hypnose als Therapiefeld für mich entdeckt. Gelernt habe ich beim Meister dieses Fachs: Milton Erickson. Damals waren wir noch Exoten, aber in den vergangenen zehn Jahren habe ich meine Privatklinik zum Erfolg geführt. Und jetzt hat sie sich mein sauberer Herr Schwiegersohn unter den Nagel gerissen. Und vor *ihm* muss ich dich warnen.«

Der letzte Satz saß. Wie ein Pfeil traf er sie. Er warnte sie vor *Brinkhus*!

»Weißt du, Inka, für Annabel und Evelyn bin ich ein verrückter alter Mann. Aber ich dachte, wenigstens du würdest mich ernst nehmen. Du erinnerst mich sehr an meine Frau. Sie hatte ein ähnlich burschikoses Auftreten wie du, war schlank, hatte kurze blonde Haare und einen intelligenten Dickkopf. Sie ließ sich nicht täuschen und war selbst eine durch und durch ehrliche Haut. Was man von dir nicht behaupten kann.«

»Aber ich bin doch ehrlich, Herr Brunner.«

»Nein, du lügst mich an, wie meine Tochter.« Er stand auf und schlurfte zu seinem Nachtkästchen, wo er mit einem Ruck die Schublade aufzog. Er kam mit der *Stuttgart aktuell* zurück und knallte ihr die Zeitung auf den Tisch. »Glaubt ihr denn wirklich, ich würde hier drin nichts mitbekommen? Von wegen Geburtstagsfeier, das ist ja lächerlich!«

Inka fühlte sich wie ein Kind ertappt und überflog den Artikel mit der Überschrift *Mord im Herzen Stuttgarts.* »Ich wusste nicht … ich dachte … wir wollten …«, stammelte sie.

Brunner ging weder auf den Mord am Freund seiner jüngeren Tochter noch auf ihren Entschuldigungsversuch weiter ein. Er setzte sich wieder an den Tisch. »Mit Hypnose kann man auch Missbrauch betreiben. Wenn dir dein Leben lieb ist, solltest du dich von meinem Schwiegersohn fernhalten. Er ist ein sehr ehrgeiziger Mensch.«

Inka musste schlucken, ihre Kehle war trocken geworden. »Was meinen Sie damit genau?«

»Experimente. Er macht Experimente unter Hypnose. Unter heutigen anerkannten wissenschaftlichen Bedingungen sind es Wiederholungen der Experimente aus dem 19. Jahrhundert. Wie war das noch gleich: Eine Frau, die unter Hypnose dem Befehl folgt, einen ihr völlig fremden Mann zu erstechen. Ein Glück nur, dass es ein Gummidolch war. Oder der andere Fall, bei dem eine Frau auf hypnotischen Befehl hin bereitwillig Arsen ins Essen ihres Opfers streut. Hätte es sich nicht um Zucker gehandelt, wäre dieses Experiment tödlich ausgegangen.«

Inka spürte regelrecht, wie in ihrem Kopf ein Neuronenfeuer einsetzte. »Sie meinen, nachdem Annabel in Hypnosetherapie bei Ihrem Schwiegersohn war – dass sie unter Hypnose den Befehl zum Mord erhalten hat? Aber dagegen spricht, dass sie das letzte Mal vor geraumer Zeit dort in Behandlung war. Da hätte der Mord längst passieren müssen.«

Brunner beugte sich zu ihr vor. »Es wäre möglich, dass *er* sich den Vorteil einer posthypnotischen Suggestion zunutze gemacht hat.«

»Das heißt?«

»Normalerweise erleichtert man dem Patienten dadurch den Weg zurück in den Alltag. Hat Annabel dir auch erzählt, dass Sahnetorten für sie jetzt nach Oliven schmecken? So etwas nennt ihr in eurer Welt verrückt, oder? Ein Beispiel: Jannis bringt frische Pilze mit, um ein Gericht daraus zuzubereiten. Meiner Tochter hingegen wurde in einer

Sitzung suggeriert, dass jemand sie mit Giftpilzen umbringen will. Sie projiziert das auf Jannis und handelt in dieser bestimmten Situation aus Notwehr gegen ihn.«

»Herr Brunner, das sind heftige Anschuldigungen, die Sie da gegen Ihren Schwiegersohn Doktor Brinkhus vorbringen!«

»*Schwiegersohn!* Pah! *Machtbesessener* ist die korrekte Bezeichnung für ihn. Niemals hätte ich gedacht, dass er über Leichen geht, aber die Zusammenhänge in diesem Mordfall sind mir sofort aufgefallen. Nur wer glaubt mir noch? Einem alten Mann, den man zum Irren abgestempelt hat? Dabei will man mich hier drin nur mundtot machen.« Wieder beugte er sich zu ihr vor. »Inka, hör mir gut zu: Mein Schwiegersohn hat sich schon in seiner Doktorarbeit mit dem Thema befasst, ob sich Menschen unter Hypnose zum Mord anstiften lassen! Es gibt fachliche Vertreter, die behaupten, dass es möglich ist, und auch vehemente Stimmen dagegen. Das bedeutet wissenschaftlichen Streit seit Jahrzehnten.«

Inka saugte ihre Backen in die Mundhöhle und grub ihre Zähne ins eigene Fleisch. »Aber es gibt keinen praktischen Beweis dafür?«

»Nur die Experimente aus dem 19. Jahrhundert in der berühmt-berüchtigten Salpêtrière in Paris, der bedeutenden psychiatrischen Anstalt, wo auch Freud, Charcot und de la Tourette gewirkt haben. Aber es ist bislang kein Experiment bekannt, das die Fachwelt einmütig akzeptieren würde, nichts, womit er sich als Wissenschaftler seinen Ruhm sichern und seinen Namen unsterblich machen könnte. Offiziell ist mein Schwiegersohn natürlich ein Gegner dieser Theorie, aber wer weiß, was er heimlich an seinen Patienten ausprobiert.«

Einerseits hörte sich das alles schockierend plausibel an, andererseits haftete dem Ganzen doch der bizarre Anstrich einer schizophrenen Verschwörungstheorie an.

»Haben Sie über Ihren Verdacht schon mit Evelyn gesprochen?«

Er antwortete nicht.

»Doktor Brunner?«, fragte sie.

Doch er schien auf einmal abwesend, starrte auf den Kleiderschrank, so als erwarte er jeden Moment, dass sich die Tür öffnete. »Der Liliputaner«, flüsterte er. »Ich habe schon zu viel gesagt. Ich darf nicht mehr reden. Sonst tut er mir etwas ganz Furchtbares an.«

Inka spürte, dass es ihr nicht mehr gelingen würde, noch einmal zu ihm vorzudringen. Das intensive Gespräch hatte ihn zu sehr angestrengt, die Krankheit hatte wieder Oberhand gewonnen.

Als sie die Zeitung vor sich zusammenfaltete, hob er langsam, fast wie in Zeitlupe, den Kopf und sah sie an. Doch sein Blick ging durch sie hindurch.

»Nimm dich in Acht, Inka.«

»Vor wem?«, beeilte sie sich zu sagen. »Ist Doktor Brinkhus derjenige …«

»Nicht alleine.« Er machte eine Pause und schaute sich dabei gehetzt um. Er beugte sich weit zu ihr nach vorn, sodass sein Mund fast an ihrem Ohr war. »Wenn ich ihren Namen ausspreche, kommt der Liliputaner aus dem Kleiderschrank … Hör zu: Du kennst sie sehr gut. Sie verfolgt dich auf Schritt und Tritt, ohne dass du es merkst. Sie will Macht über deine Seele. Nimm dich vor *ihr* in Acht. Sie will dich töten, Inka.«

*

Die Absätze ihrer Sandalen hallten unangenehm laut auf dem gefliesten Boden wider. Inka ging den unterirdischen Flur der Tübinger Gerichtsmedizin entlang und bemühte sich, leise in dieser Totenruhe aufzutreten. Klack, klack, klack. Wen hatte Brunner gemeint? War es am Ende dieselbe Frau, die sie in der Bibliothek angegriffen hatte? Oder lohnte es sich gar nicht, darüber nachzudenken – hatte er doch fast im selben Atemzug von einem Liliputaner im Kleiderschrank gesprochen. Andernteils schien er dazwischen völlig klar gewesen zu sein … Klack, klack, klack.

An Inkas Seite ging mit forschem Schritt eine hübsche Sekretärin namens *M. Eberle* – wie ihr Namensschild verriet –, die durchaus auch als Double von Cindy Crawford hätte arbeiten können. *Wahrscheinlich das einzig Appetitliche, was die Rechtsmediziner und ihre Assistenten den lieben langen Tag in diesen Katakomben zu sehen bekommen*, dachte Inka.

Frau Eberle ihrerseits lächelte ihr aufmunternd zu. »Wird schon nicht so schlimm werden. Sie dürfen der Leiche nur nicht in die Augen schauen. Und versuchen Sie nicht, die Luft anzuhalten, um gegen den Geruch anzukämpfen. Atmen Sie lieber ein paarmal tief ein. Dann gewöhnt sich die Nase schneller daran.«

Allein beim Gedanken daran wurde Inka übel. Alles in ihr sträubte sich auf einmal dagegen, Jannis gleich so daliegen sehen zu müssen, denn das bedeutete auch, dass sie mit eigenen Augen den Tod ihres lebenslustigen, liebenswerten Freundes bestätigte. Aber genau deshalb war sie ja hier. Sie wollte der Wahrheit ins Gesicht schauen, auch wenn sie dann akzeptieren musste, dass Annabel den Verstand verloren hatte – genau wie ihr Vater – und eine Mörderin war.

»Ah, da ist ja schon Professor Hagedorn«, sagte die Sekretärin mit den rehbraunen Augen und blieb vor einem großen Fenster stehen, das einer Trennscheibe zu einem Operationssaal ähnelte. »Wir kommen leider ein bisschen zu spät – die Obduktion hat schon angefangen. Aber der Herr Professor wird Sie sicher gleich dazubitten.«

»Aber ich …«, versuchte Inka den Irrtum aufzuklären und auf den Grund ihres Kommens hinzuweisen.

»Warten Sie einfach hier vor der Scheibe. Ich muss jetzt zurück an den Schreibtisch, es sind schon wieder ein paar Anrufe wegen angeblich dringender Obduktionen reingekommen … Aber irgendwann haben wir auch mal Feierabend«, sagte sie lächelnd und ließ Inka allein.

Was sollte Inka jetzt tun? Der Sekretärin nachlaufen und die Lage klären? Ihr Blick fiel zurück zu Professor Hagedorn.

Im Sektionssaal herrschte die gleiche Betriebsamkeit wie in einem Operationssaal. Mit grünen Kitteln und Mundschutz bekleidet stand ein weiterer Rechtsmediziner neben Professor Hagedorn und um den Sektionstisch herum deren Assistenten, in zweiter Reihe offenkundig noch ein paar Medizinstudenten, deren Gesichtsausdrücke die gesamte Bandbreite von Ekel bis Neugierde abdeckten. Von der Leiche selbst zwischen all den Leuten konnte Inka nur sehr schlanke Beine mit blaubräunlich verfärbten Hautarealen erkennen, die der zweite Rechtsmediziner Zentimeter um Zentimeter abtastete. Auf einem weiteren Sektionstisch lag die schmutzige und wassergetränkte Bekleidung des Toten. Von einer Klappleiter herunter schoss ein kriminalpolizeilicher Fotograf seine Bilder. Dieses Vorgehen kannte sie aus Peters Erzählungen.

Professor Hagedorn trat zur Seite und wechselte ein

paar Worte mit dem ermittelnden Kommissar, der neben der Leiter stand, und kam dann mit einem Kopfnicken auf Inka zu. Er streifte seine langen Gummihandschuhe ab und öffnete die Tür.

Im Sektionssaal war es trotz der Geschäftigkeit still, jeder ging seiner Aufgabe nach, und nur hin und wieder wurden ein paar Worte gewechselt. Gerade als Professor Hagedorn zur Begrüßung ansetzte, durchbrach das Kreischen einer Säge die Stille. Er blickte zurück und beobachtete den Vorgang. Als Bewegung um den Sektionstisch herum entstand, bekam sie unfreiwillig Sicht auf einen kleinen, schmalen Körper, bei dem die Haut an Händen und Füßen aufgequollen war und stellenweise in weißlichen Fetzen herunterhing. Der Schock kam, als ihr klar wurde, dass sie nicht nur eine Wasserleiche vor sich hatte, sondern dass es der leblose Körper eines etwa zwölfjährigen Kindes war.

Der Assistent setzte mit der elektrischen Handsäge den Y-Schnitt in den Brustkorb – auch das hatte ihr Peter mal erzählt. Danach war es wieder still – bis auf ein mehrfaches leises Knacken, als die Rippen mit der Rippenschere gebrochen und der Brustkorb geöffnet wurde. Der entweichende Fäulnisgeruch war mit Worten nicht zu beschreiben.

Professor Hagedorn schloss die Tür hinter sich und sagte etwas von *fraglich, ob Unfall oder Ermordung*, aber sie konnte seine weiteren Worte nicht mehr aufnehmen. Sie starrte auf die Leiche des Jungen. Unmöglich, ihre Augen davon abzuwenden. Ihr eigener Wille gehorchte ihr nicht mehr.

Mit sanftem Druck spürte sie Professor Hagedorns Hände an ihren Schultern, die sie zwangen, sich abzuwenden, und sie ein paar Schritte Richtung Flur dirigierten. »Solche

Dinge sollten Sie nicht sehen«, sagte er. »Die Obduktion kam als dringender Fall herein. Ich zeige Ihnen kurz wie versprochen die Leiche von Jannis Zioglanidios, und dann muss ich auch schon wieder in den Sektionssaal zurück.«

Es fühlte sich an, als ob Watte in ihrem Kopf wäre. Sie betraten einen gekachelten Raum, und als sie vor der Wand mit den Leichenkühlfächern standen, hatte Inka das Gefühl, ihr Herz würde stillstehen wie in den Körpern der Toten.

»Ich … ich kann nicht«, wisperte sie und wandte sich ab.

»Der Anblick ist verkraftbar, glauben Sie mir. Nach der Obduktion werden alle Organteile wieder in den Körper gelegt, und auch die Schädelöffnung wird vernäht. Wir erweisen den Toten allen nur möglichen Respekt, auch wenn wir durch unser Eingreifen als Leichenfledderer verschrien sind.« Zielstrebig ging Professor Hagedorn bei der aus drei Etagen bestehenden Kühlanlage auf das Fach mit der Nummer acht in der mittleren Reihe zu und zog die Bahre heraus. Inkas Nacken versteifte sich.

»Jannis Zioglanidios«, sagte er in einem Tonfall, als ob er Inka einen Lebenden vorstellen wollen würde.

Dann stutzte er. Die Bahre war leer.

»Ach so, dann hat der Bestatter ihn doch noch vor dem Wochenende abgeholt. Tut mir leid, da hat es mein Kollege versäumt, mich zu informieren. Ist viel zu tun gerade«, sagte Hagedorn.

»Sind Sie sicher, dass Jannis in diesem Fach lag?«

Bevor der Professor antworten konnte, hörte sie vom Flur her jemanden nach Professor Hagedorn rufen.

»Das ist mein Kollege. Warten Sie, Frau Mayer, ich frage ihn gleich, ob die Leiche vorhin abgeholt wurde oder ob ich mich tatsächlich mit der Fachnummer vertan habe, was mir allerdings in zehn Jahren noch nicht passiert wäre! Ich bin sofort wieder da …«

Inka atmete tief durch. Sie sah auf die Kühlfächer, und ihre Journalistennase witterte die Möglichkeit, selbst in allen Etagen nachzusehen, aber das wäre zu riskant. Außerdem fühlte sie sich so elend, dass sie sich gar nicht vom Fleck rühren konnte.

Da hörte sie hinter sich ein Geräusch und vermutete, Professor Hagedorn würde wieder zurückkommen. Aber ihr blieb nicht einmal die Zeit sich umzudrehen.

Jemand packte sie von hinten und presste ihr ein Tuch auf Mund und Nase. Vor Schreck atmete sie tief ein. Ein widerlich süßer Geruch – Äther? Sie wusste, wohin das führen würde, und wehrte sich heftig atmend. Gleichzeitig wurde ihr klar, dass genau das der falsche Weg war …

Es war dunkel um sie herum. Stockdunkel. Und es stank bestialisch. Die bleierne Müdigkeit löste sich nur langsam von ihr, sie hatte wahnsinnige Kopfschmerzen und fror erbärmlich. Unter sich spürte sie etwas Metallisches. *Ich liege auf einer Bahre,* schoss es ihr durch den Kopf. Sie streckte vorsichtig den Arm aus, um sich zu orientieren, stieß aber eine knappe Armlänge über ihrem Kopf gegen eine Metallplatte, zur Seite hin war keine direkte Begrenzung. Ihre rechte Hand stieß dort allerdings auf einen gefüllten Plastiksack; mit ihrem linken Arm traf sie ebenfalls auf etwas Unebenes, Kühles. Das war kein Gegenstand, das war … *Haut.* Die Haut einer Leiche.

Inka stieß einen Schrei aus. Sie befand sich im Inneren des Leichenkühlfaches, vor dem sie gerade eben noch gestanden hatte! Was von außen wie voneinander abgeteilte Schubfächer gewirkt hatte, entpuppte sich im Inneren als eine einzige große Kammer, in der neben, unter und über ihr Leichen lagen. Ein Albtraum! Raus hier, raus! Wie von Sinnen hämmerte sie gegen die Metallplatte über ihrem Kopf. »Hilfe!«, brüllte sie. »Hilfe!« Durch das Schreien musste sie tief einatmen und würgte. Nur weil Inka sich auf ihre Befreiung konzentrierte, verhinderte sie, dass sie erbrechen musste. Jemand musste sie doch hören! Bei dieser Kälte würde sie erfrieren!

Sie setzte sich mühsam auf, schaffte es, sich zu drehen und nach einem Ausstieg zu suchen, der sich von innen öffnen ließ. Das musste doch möglich sein – schließlich musste man immer mit einem Scheintoten rechnen, der fälschlicherweise zur Obduktion angeliefert worden war. Wie gut, dass sie wenigstens nicht unter Platzangst litt.

Metall, überall nur kaltes Metall und keine Öffnung. Sie hämmerte, trommelte und schlug, bis ihre Hände schmerzhaft brannten. Wieder musste sie würgen. Diesen Geruch würde sie in ihrem Leben nie mehr vergessen.

Da öffnete sich die Luke. Endlich Licht!

Dem Himmel sei Dank, sie wurde befreit, erlöst. Sie war wieder im Licht, in der Wärme. Inka rutschte von der Bahre. Sie zitterte und konnte sich kaum auf den Beinen halten.

»Man hat mich hier eingesperrt! Ich wurde betäubt. Sie müssen die Person suchen!«

Der Mann vor ihr runzelte die Stirn. Das war nicht Professor Hagedorn. Zwar trug er ebenso blaue, allerdings saubere Sektionskleidung, eine Haube, Mundschutz und Latexhandschuhe, und dieser Mann war wesentlich größer. In der einen Hand hielt er ein Skalpell und in der anderen ein Tuch. Sein Blick machte ihr Angst. Diese Augen …

»Die Person suchen?«, fragte er irritiert. »Sie steht doch vor dir! Das Spiel ist aus, Inka. Dein Körper gehört jetzt mir. Mir ganz allein. Du sollst kein Baby haben.« Wieder presste er ihr das Tuch aufs Gesicht, so fest, dass sie glaubte, er würde ihr die Nase brechen.

Inka riss die Augen auf und fixierte ihren Peiniger. Sie durfte nicht einschlafen. Wer war das? Sie kannte ihn, sehr gut sogar. Ihr Gehirn aber weigerte sich, ihr einen Namen zu liefern. Ihre Gedanken drehten sich wie in einem Strudel. *Nicht wieder einschlafen.* Diese Entspannung, diese Leichtigkeit war so angenehm. So … angenehm …

Inka schmeckte einen ledernen Knebel im Mund. Sie wollte sich aufrichten und wurde abrupt auf dem Boden zurückgehalten. Nicht von Händen, sondern von einem Seil. Es war in zwei Strängen über ihren Oberkörper und die Ellenbeuge gespannt, sodass sie zwar Unterarme und Finger noch bewegen, aber nichts mehr damit ausrichten konnte. Gleiches galt für ihre Beine. Der Mann hatte sie auf die Bahre gefesselt!

Mit Schrecken nahm sie wahr, dass ihre Jeans samt Schlüpfer bis unter den Po gezogen waren, oben herum trug sie noch ihr Oberteil, das hatte er lediglich ein Stück bis zu ihrem Bauchnabel hochgeschoben. Ihr Unterbauch war bis zu ihrer Scham entblößt. *Ein frei gelegtes Operationsfeld*, kam es ihr in den Sinn. Ihr Puls raste, sie wusste, gleich würde sie wehrlos hinnehmen müssen, was immer *er* mit ihr vorhatte. Von Panik ergriffen, versuchte Inka krampfhaft, sich aufzurichten. Sie schwitzte. Ihre Übelkeit wurde durch die Äthernachwirkung noch verstärkt. Wenn sie sich jetzt übergeben musste, dann würde sie mit dem Knebel im Mund auf dem Rücken liegend ersticken.

Konzentrier dich, befahl sie sich. Das lenkt von der Übelkeit ab. Wer zum Teufel war das? Wer wusste, dass sie hier war? Andi und Professor Hagedorn. Beide waren kleiner als dieser Mann hier. Die durchtrainierte Gestalt, die dunklen Haare unter der Haube, diese Augen … *Inka, reiß dich zusammen, du musst ihn erkennen*, befahl sie sich. *Bleib wach! Denk nach! Du musst versuchen, ihm eine Verletzung zuzufügen. Dann lässt er von dir ab und ist zudem gekennzeichnet. Denn er kommt bestimmt aus deinem Umfeld, und du wirst ihn durch die Wunde wiedererkennen …*

Inka bäumte sich auf. Keine Chance.

Wie sollte sie ihm bloß mit gefesselten Händen das Skalpell entreißen?

Der Mann mit dem Mundschutz beugte sich über sie und setzte knapp über ihrer Schamhaargrenze zum Schnitt an. Nein, das durfte nicht sein! Todesangst überkam sie, und sie musste würgen. Er bemerkte es und ließ von ihr ab, befreite sie mit einem schnellen Griff von dem Knebel in ihrem Mund und drehte ihr den Kopf zur Seite. Sie spürte etwas Kaltes an ihrer Wange und übergab sich.

Wie aufmerksam, dachte sie, er hat mir sogar eine Nierenschale hingelegt. Auch wenn sie sich unter Magenkrämpfen wand, es war die pure Erleichterung, diese Übelkeit loszuwerden.

Wo war er? Er musste irgendwo hinter ihr stehen. Kaum kam sie wieder zu Atem, riss er ihr den Kopf an den Haaren herum. *Bitte nicht wieder dieser Knebel*, flehte sie innerlich. Sie biss die Zähne zusammen und presste die Lippen aufeinander. Ein Rinnsal aus säuerlich riechendem Speichel lief über ihre Wange. Wenn sie jetzt schrie, würde er ihr blitzschnell den Knebel wieder in den Mund stecken. Und wenn sie ihn erst einmal im Mund hatte, konnte sie nicht mehr um Hilfe schreien …

Doch er ließ ihr keine Wahl. Er drückte ihr das Lederstück an die Lippen und legte den Spann seiner gespreizten Finger über ihre Nasenflügel, sodass sie keine Luft mehr bekam. Gleichzeitig bohrte er mit Daumen und Zeigefinger in ihre Kaumuskulatur. Ein heißer Schmerz schoss ihr bis ins Gehirn, und ihr Mund öffnete sich wie von selbst. Der Knebel saß.

Er beugte sich wieder über sie, und wie in Zeitlupe musste sie mit weit aufgerissenen Augen zusehen, wie sich die kleine Metallklinge erneut ihrem Bauch näherte. Sein Blick war auf ihre Scham fixiert, seine Wangen zuckten hinter dem Mundschutz und schoben sich zu einem Grinsen auseinander. Zu einem breiten, widerlichen Grinsen.

Er will nicht, dass ich an meinem Erbrochenen ersticke, dachte Inka, *damit ich bei vollem Bewusstsein miterlebe, wie er mir die Gebärmutter entfernen wird.* Denn das beabsichtigt er wohl … Sein Blick war irr, wie in einem Drogenrausch, als er zum Schnitt ansetzte.

Die Panik um ihr Leben setzte genug Kraft in Inka frei, um ihren Unterarm trotz der hinderlichen Schlinge in der Ellenbeuge hochschnellen zu lassen, gerade weit genug, um sein Handgelenk zu treffen, in dem er das Skalpell hielt. Es geschah im Bruchteil einer Sekunde, er war nicht auf die Bewegung gefasst. Die Klinge durchtrennte den Mundschutz und traf seine Wange knapp unterhalb des Auges. Diese Augen. Lagunenblau. Die Wange blutete nicht, aber sie musste ihn erwischt haben.

Und es durfte nicht wahr sein, was ihr in diesem Moment ins Bewusstsein sickerte. Wie war das möglich?

Sie hatte Jannis vor sich.

Kalt, mir ist so kalt. Das war das Erste, was Inka wieder denken konnte.

Wo war sie? Sie blinzelte und sah weiße Fliesen um sich herum. Das Herz schlug ihr bis zum Hals. Sie war noch immer in der Gerichtsmedizin, im selben gekachelten Raum, ihr Körper in merkwürdig verrenkter Position am Boden. Sie lag auf der linken Seite, die rechte Hand unter ihrer Wange. Ihr Kopf war stark nach hinten überstreckt, und ihr rechtes Bein lag angewinkelt über dem anderen.

Stabile Seitenlage, dachte sie. *Er will nicht, dass ich sterbe. Jannis will mich weiter quälen.*

Wo war er? Inka konnte ihn nicht mehr im Raum ausmachen. Sie bewegte ihre Lippen, wenigstens der Knebel in ihrem Mund war weg. Sie senkte ihr Kinn auf die Brust und drehte sich mühsam aus der Seitenlage auf den Rücken, was sie einige Anstrengung kostete.

Da sah Inka, dass er direkt neben ihr stand. Er schaute auf sie herab.

Inka schrie. Schrie sich die Angst aus der Seele.

Der Mann über ihr nahm seinen Mundschutz ab. Es war Professor Hagedorn. Jannis war offensichtlich weg.

Inka atmete schnell, sie war kurz davor zu hyperventilieren.

»Ruhig, ganz ruhig. Kommen Sie, setzen Sie sich auf. Ich helfe Ihnen. Sie zittern, Sie müssen unbedingt runter von diesem kalten Boden. Ich habe Sie in die stabile Seitenlage gebracht und wollte gerade Hilfe holen. Ist Ihnen noch schlecht? Sie mussten sich übergeben und sind ohnmächtig geworden. Meine Güte, hätte ich gewusst, wie empfindlich Sie sind, hätte ich Sie keine Minute lang alleine gelassen, geschweige denn Ihnen überhaupt Zutritt gewährt.«

»Wo ist *er*?«, brachte Inka hervor.

»Wer?«

»Jannis.«

»Mein Kollege hat mir tatsächlich bestätigt, dass die Leiche von Herrn Zioglanidios heute Mittag vom Bestatter abgeholt wurde, nachdem die Staatsanwaltschaft sie heute Morgen zur Beisetzung freigegeben hat. Es tut mir leid, dass Sie umsonst gekommen sind. Kommen Sie, ich begleite Sie nach draußen.«

Inka sah an sich herunter und rieb sich über den unversehrten Bauch.

Jannis. Das musste wieder eine Halluzination gewesen sein, das war doch alles nicht wirklich passiert! Aber es war so verdammt realistisch gewesen. Sie hatte solche Angst verspürt … Könnte ihr griechischer Freund, den Annabel den Tatsachen nach ermordet hatte, wirklich nicht tot sein, so wie Annabel das durch ihre Fragen hatte vermuten lassen? Ein kalter Schauer jagte ihr über den Rücken. Aber das würde bedeuten, sie wäre in eine riesige Verschwörung hineingeraten. Viel lieber wollte sie an eine Halluzination glauben, auch wenn das kaum weniger beängstigend war.

»Kommen Sie«, sagte Professor Hagedorn erneut und half ihr beim Aufstehen. Auf dem Flur zu seinem Büro warf er ihr skeptische Seitenblicke zu.

»Sind Sie mit dem Zug aus Stuttgart gekommen, ja? Meine Sekretärin ruft Ihnen gerne ein Taxi zum Bahnhof. Sie scheinen mir noch etwas wackelig auf den Beinen.«

Inka nickte geistesabwesend und hörte wie durch Watte, obwohl die Sekretärin keine zwei Meter neben ihr saß, wie sie nur Minuten später das Taxi bestellte.

»Ich muss jetzt zurück in den Sektionssaal. Kommen Sie

gut nach Hause«, wünschte Professor Hagedorn und reichte ihr die Hand. Seine emotionslose und unverbindliche Tonlage ließ keinen Zweifel daran, dass er sie schnell loswerden wollte.

Nach Hause, dachte Inka wehmütig und voller Angst. *Ich habe kein Zuhause mehr, wo ich mich wirklich sicher fühlen kann.*

KAPITEL 4

Willst du meine Tage zählen?
Warum musst du mich mit meiner Sehnsucht quälen? (…)
Ich bin zerrissen.
Wann kommst du meine Wunden küssen?

Falco, »Out of the Dark«

Guten Morgen, Igelchen. Frühstück ist fertig.«

Inka schlug die Augen auf. Ihr Körper reagierte mit schlagartiger Aufregung, kaum dass sie wach war, obwohl nichts weiter passiert war, als dass Peter sie mit sanfter Stimme geweckt hatte, jetzt den Rollladen hochzog und das Fenster ganz öffnete. Draußen schien wieder die Sonne, aber die Temperatur war noch so angenehm, dass frische Luft ins Schlafzimmer kam.

Stolz präsentierte Peter ihr das hübsch angerichtete Tablett: zwei frische Brötchen, Honig, ihren Lieblings-Camembert, ein gekochtes Ei, Orangensaft und eine große Tasse Kaffee, nach der sie sofort griff.

»Du bist mir wegen meines Alleingangs nicht mehr böse?«, fragte sie.

Peter schüttelte mit einem nachsichtigen Lächeln den Kopf und ließ sich neben ihr auf der Kante des weißen Holzbettes nieder. »Wie könnte ich dir wirklich böse sein?«

»Danke«, sagte sie und setzte sich mühsam auf, weil sie sich wie vom Lastwagen überrollt fühlte. Meine Güte, was war das für eine unruhige Nacht gewesen! Mehrmals hatte sie Jannis vor sich gesehen und war daraufhin hochgeschreckt, nur um nach einigen Sekunden festzustellen, dass sie geträumt hatte. Nur was war gestern in der Rechtsmedizin gewesen?

Sie trank einen Schluck Kaffee. Die Muskeln in ihrem gesamten Kieferbereich waren verspannt, wahrscheinlich hatte sie in der Nacht wieder zu fest auf die Zähne gebissen. Vom Zahnarzt hatte sie gegen das Zähneknirschen eine Aufbissschiene in Form einer durchsichtigen Zahnspange verpasst bekommen, doch im Badezimmerschrank vergessen, half das Ding nun wirklich nicht. Nach dem ersten Schluck schnürte sich ihr Magen zu, und sie stellte die Tasse mit einem gequälten Lächeln zurück aufs Tablett.

»Ist dir nicht gut?«, fragte Peter.

»Mir ist etwas flau«, räumte sie ein. »Seit ich die Rigatoni gegessen habe und mich übergeben musste, geht's meinem Magen nicht mehr so gut.«

»Wahrscheinlich war das in der Aufregung zu viel Fett auf einmal für dich. Nachdem du die Tage davor kaum etwas gegessen hast, wollte ich unbedingt, dass du mal wieder was Richtiges zu dir nimmst. Es tut mir leid, ich habe es nur gut gemeint.«

Ihr kam ein Gedanke, auch wenn er absurd war. Sie wehrte sich zwar dagegen, Peter auch nur einen Funken zu misstrauen – eigentlich völlig widersinnig, überhaupt in Betracht zu ziehen, er könnte ihr etwas ins Essen getan haben –, aber es waren in den letzten Tagen viele Dinge passiert, die sie im Leben nicht für möglich gehalten hätte.

Peter nahm das Frühstückstablett wieder an sich. »Soll ich dir vielleicht eine heiße Brühe machen? Oder sonst irgendetwas anderes?«, fragte er.

»Nein, schon gut«, sagte Inka. »Wirklich nicht.«

»Aber schwanger bist du nicht?«

»Nein. Definitiv nicht.« Sie stand auf und ging im blauen Trägernachthemdchen an Peter vorbei ins Bad.

Er folgte ihr. Während des Zähneputzens schaute sie Peter über den großen Spiegelschrank an, wie er im Türrahmen lehnte und sie seinerseits beobachtete. Er trug Jeans und ein weißes Hemd, das den natürlich braunen Teint seines Gesichts hervorhob. In seinem Blick versuchte Inka zu lesen, ob er ihr mit seinen Bemühungen etwas vorspielen wollte. Herrgott, sie kannte ihn jetzt seit dreizehn Jahren, es war immer eine vertrauensvolle Beziehung gewesen, und jetzt wusste sie nicht mehr, was sie denken sollte, weil da dieses merkwürdige Bauchgefühl war. Doch wie kam sie überhaupt dazu, dieses Gefühl gelten zu lassen? Waren nicht vielmehr ihre krankhaften Angstzustände schuld an diesem Misstrauen?

Sie spülte den Schaum aus, drehte das kalte Wasser auf und wusch sich das Gesicht. »Wie spät ist es, Peter? Musst du nicht arbeiten gehen?«, fragte sie ihn beim Abtrocknen.

»Halb zehn. Ich war schon kurz im Büro, die Ergebnisse von der letzten Tatortbegehung besprechen.«

»Halb zehn schon! Ich habe dich gar nicht gehört, obwohl ich so unruhig geschlafen habe. Weder heute Morgen noch letzte Nacht.«

»Ich bin auch erst gegen zwei Uhr nach Hause gekommen und habe unten im Wohnzimmer geschlafen, um dich nicht zu wecken. Heute Morgen um halb acht war schon wieder Dienstantritt.«

»Und was kam bei der letzten Tatortbegehung heraus?«

»Nichts Neues. Nichts, was uns einen Anhaltspunkt für eine mögliche Unschuld von Annabel liefern würde. Um elf Uhr ist große Dienstbesprechung. Ich muss noch dringend tanken, aber ein halbes Stündchen hätten wir noch Zeit für andere Dinge …«

Sein Blick wanderte auf das Saumende ihres Nachthemdchens knapp unterhalb des Pos, und Inka wusste, wo seine Gedanken hingingen, allerdings blockierte ihr Kopf sämtliche Lustgefühle.

Peter kam näher und umfasste von hinten ihre schmalen Schultern. Er lächelte sie über den Spiegel an, sein Blick war ganz versonnen, und er senkte seine Lippen hinunter zu ihrem Halsansatz.

Inka neigte den Kopf und gab ihm die Stelle frei. Sie genoss seine Liebkosungen, aber nur für einen Augenblick. Dann machte sie sich steif. »Peter, ich hatte gestern ein Erlebnis, mit dem ich nicht klarkomme.«

»Ich kann mir schon denken, was das ist, mein Schatz. Und ich hätte dir sagen können, dass so ein Gang in die Rechtsmedizin nichts für dich ist. Da bist du selbst schuld, dass dir die Leichen nicht mehr aus dem Kopf gehen. Und wo wir schon mal dabei sind, ich fand es … nicht ganz korrekt, dass du dir ohne mein Wissen einen Termin in der Rechtsmedizin besorgt hast.«

Sie drehte sich zu ihm um, sodass sie mit dem Po an das Waschbecken gepresst vor ihm stand. »Bitte, versteh das, ich musste der Sache selbst auf den Grund gehen.«

Peter ging einen Schritt auf Abstand. »Andi hat mir deine Gründe schon genannt und von deinen Vermutungen erzählt, und ich möchte dich bitten, und das sage ich jetzt dienstlich, deine journalistische Neugierde im Zaum zu halten und vor allem realistisch zu bleiben.«

»Aber Annabel ist der Überzeugung, Jannis würde noch leben!«

»Das spricht für ihre schlechte psychische Verfassung. Das ist schwer zu akzeptieren, weil es deine Freundin ist, aber dir ist das doch auch klar, oder?«

Was soll mir klar sein?, wollte sie fragen. Dass ich wieder eine Halluzination hatte? Dann wären Annabel und ich ja schon zu zweit. Ich habe Jannis in der Rechtsmedizin vor mir gesehen und Annabel glaubt auch, ihr Freund würde noch leben. Ihr kamen wieder die Worte in den Sinn, die auf dem Zettel am Teddy standen: *Du musst noch tiefer graben, um die Wahrheit zu finden.*

»Weißt du, was ich glaube, Peter? Annabel hat die Tat mitbekommen, mehr aber auch nicht. Der Täter oder die Täterin will ihr den Mord in die Schuhe schieben. Wenn es denn überhaupt ein Mord war.«

»Jannis ist tot, auch wenn sich Annabels Seele etwas anderes wünscht – so wie wir alle. Die Wahrheit sieht leider anders aus … Ich hol mir dann mal noch ein frisches Hemd. Ich habe heute Morgen zwar geduscht, wollte aber nicht zu dir an den Kleiderschrank gehen.«

Peter verschwand, und in ihrem Kopf drehten sich die Fragen wie in einem Karussell. Was war in der Gerichtsmedizin vorgefallen? Was war Halluzination, und was war Wirklichkeit? Aber spielte dieser Unterschied überhaupt eine Rolle? Eine Halluzination war nichts anderes als der Ausdruck einer tiefen inneren Furcht, die wiederum in einem realen Ereignis begründet lag. Etwas, an das sich nur noch ihr Unterbewusstsein erinnerte. Und wenn sie eine Halluzination gehabt hatte, dann war diese nur der Vorhof zur Hölle gewesen, zum Tor der grausamen Wirklichkeit.

Und noch während sie das dachte, kam die Angst zurück. Die Angst vor der eigenen Angst. In ihrem Kopf kribbelte es, selbst auf ihrem Gesicht spürte sie das heiße

Prickeln. Mit den Fingerspitzen rieb sie sich die Wangen, massierte ihre Schläfen und atmete tief durch, um ihr logisches Denken anzuregen.

Jannis war tot, das musste auch sie begreifen, *ohne* seine Leiche gesehen zu haben. Die Erlebnisse in der Rechtsmedizin, wie sie in ein Leichenkühlfach eingesperrt und anschließend beinahe einer Zwangsoperation ausgeliefert gewesen war, hatte sie als Halluzination einzuordnen. Immerhin war sie so klar bei Verstand, dass ihr das noch gelang, auch wenn sie sich damit gleichzeitig eingestehen musste, dass sie echte psychische Probleme hatte. Und *trotzdem* war etwas faul an der Sache.

»Inka?«, holte Peter sie aus ihren Gedanken. Er streckte ihr ohne weiteren Kommentar einen Arm entgegen, damit sie ihm die Hemdsärmel schloss. Auch wenn er selbst dazu in der Lage war, mochte er es, wenn sie ihm diesen Gefallen tat. Es war ein seit Jahren lieb gewonnenes kleines Ritual.

Inka zog die Manschette des orangegelben Hemdes mit einem Ruck zurecht und schloss den Knopf. »Annabel ist zu keinem Mord fähig, dabei bleibe ich. Sie ist ein Instrument – vielleicht sogar das von Doktor Brinkhus.«

»Wie kommst du denn jetzt darauf? Ich dachte, du hältst so große Stücke auf ihn?«

»Das tue ich auch. Aber ich muss alle Möglichkeiten in Betracht ziehen. Ein Grund mehr, mich mit Hypnose zu beschäftigen und die Therapiestunden weiter wahrzunehmen. Ich will mehr über Doktor Brinkhus und seine Arbeit herausfinden.«

»Inka, spiel bitte nicht die verdeckte Ermittlerin! Das ist nicht dein Job!«

»Richtig. Das was ich tue, nennt sich investigativer Journalismus, und das ist mein Job. Wir haben eine Abmachung, erinnerst du dich? Jeder macht seinen Job und das möglichst gut.«

Peter hielt ihr den anderen Arm hin. »Okay, ich hab's verstanden … Wird schwer werden, diesem Brinkhus was nachzuweisen – es sei denn, er war selbst am Tatort und ist vor Ort gesehen worden.«

»Natürlich! Peter, das wäre *die* Erklärung, warum es keine Einbruchspuren gibt! Annabel hat ihrem Schwager die Tür aufgemacht – auch mitten in der Nacht.«

»Aber dann müsste man ihm immer noch nachweisen, dass er Annabel hypnotisiert hat – und dieser Nachweis ist quasi unmöglich. Es sei denn, er gesteht oder es gibt Zeugen, die bislang geschwiegen haben.«

Inka überlegte kurz. »Einen Zeugen direkt habe ich nicht, aber es gibt da eine Äußerung von Doktor Brunner, der sich auch lange mit Hypnose beschäftigt hat. Er kann sich durchaus vorstellen, dass seine Tochter Annabel von ihrem Schwager Brinkhus unter Hypnose gefügig gemacht wurde. Übrigens hat er mich zudem vor einer Frau gewarnt. Er sagte, Brinkhus sei es nicht allein gewesen. Er hat nur nicht gewagt, ihren Namen auszusprechen – aber vielleicht meinte Brunner Evelyn, seine eigene Tochter und Brinkhus' Frau? Dann würde es einen Sinn ergeben, warum seine Psyche so reagiert. Er fühlt sich von einem Liliputaner bedroht, und er fürchtet sich, mehr zu sagen. Er weiß etwas, will es aber nicht wahrhaben und kann es deshalb auch nicht aussprechen.«

Mit sanftem Druck hielt Peter ihre Hände fest und schaute sie eindringlich an. »Inka, dieser Brunner ist mit gutem Grund in der Psychiatrie. Und genau das ist unser Problem. Kein Gutachter der Welt würde seinen Aussagen Glauben schenken – noch dazu ohne Beweise oder ein hinreichendes Motiv von Brinkhus. Nein, was wir brauchen, sind unmittelbare Zeugen, die in der Mordnacht eine Beobachtung gemacht haben, die uns vielleicht weiterhilft. Über die Zeitung gab es einen Aufruf, aber die eingegangenen Hinweise müssen wir natürlich auch erst mal filtern und prüfen. Sind auch viele Anrufer mit Helfersyndrom dabei oder Frau Soundso, die in ihrem Leben schon immer mal einen Mord aufklären wollte. Macht uns wie üblich jede Menge Arbeit. Aber meine Kollegen werden sich diesen Doktor Brinkhus noch mal vornehmen.«

Sie musste ihn jetzt fragen. Sie musste es einfach wissen. »Peter, wann genau bist du eigentlich zum Tatort gerufen worden?« Schon während sie die Frage stellte, beobachtete sie seine Reaktion.

Er ließ sie abrupt los, als habe sie ihn mit einer Messerspitze gepiekst. »Was ist denn das jetzt für eine Frage?«

»Einfach eine Frage.« Sie wartete ab. Warum antwortete er nicht gleich? Da war er wieder, der Funke Misstrauen.

Peter ließ sich mit einem Seufzer auf dem Rand der Badewanne nieder. »Meine Güte, das muss so gegen sieben Uhr fünfzehn gewesen sein. Kurz vor acht war ich jedenfalls am Tatort. Die Spurensicherung habe ich meine Kollegen machen lassen und mich zunächst unter dem Vorwand, mir sei nicht gut, zurückgezogen. Ich wollte nicht, dass es Ärger gibt, wenn ich die Spurensicherung übernommen hätte und gleich herauskommt, dass ich Opfer und Tatverdächtige kenne … Und – hilft dir das weiter?«

Was jetzt, sieben Uhr oder ein Uhr? Könnte sie sich beim Blick auf den Radiowecker im Halbschlaf vertan und die digitale Stundenziffer sieben als eine eins gelesen haben? Das wäre möglich …

»Schon gut«, räumte sie ein. »War wirklich eine blöde

Frage. Dafür verstehe ich jetzt erst, warum du nicht mehr am Tatort warst, als ich gegen neun bei Annabel ankam. Du redest ja kaum noch mit mir.«

»Das bringt mein Job leider mit sich, mein Schatz, und du weißt, dass ich doppelt vorsichtig sein muss. Wenn zu viel in der Zeitung steht, dann schauen mich meine Kollegen gleich wieder vorwurfsvoll an, weil sie denken, *ich* wäre die undichte Stelle.«

»Das weiß ich. Ich meinte das auch anders.« Inka setzte sich neben Peter auf den Badewannenrand. »Nimm das jetzt nicht als Vorwurf, aber ich finde es schlimm, dass wir uns so selten sehen. Dabei brauchen wir gerade in dieser schwierigen Zeit einander so sehr. Wann haben wir überhaupt zuletzt einen Abend zusammen verbracht? Nur wir zwei?«

»Nächste Woche wird es ruhiger, dann sind meine Ermittlerkollegen dran, die Puzzleteile zusammenzusetzen, die wir ihnen vorgelegt haben.«

»Andi hat gesagt, dass ihr den Großteil der Spurensicherung schon hinter euch habt …«

»So, so, sagt er das«, sagte Peter und spielte mit ihren Fingern.

»Er hat mich sogar darauf angesprochen, ob zwischen uns alles in Ordnung ist, weil du dich so zurückziehen würdest. Er würde gerne mal wieder ein Bier mit dir trinken gehen.«

Peter ließ ihre Hand los. »Dann soll er stattdessen mal seine Puderquaste schwingen und drüber nachdenken, welche Spuren das letzte halbe Jahr bei mir hinterlassen hat und dass ich vielleicht *deshalb* gerade nicht in Bierlaune bin.«

»Das habe ich ihm auch gesagt. Aber er meinte, das ginge schon viel länger so … Peter, rede doch mit mir.«

»Sind wir hier beim Verhör?«

»Nein, aber …«

»Dann lass es gut sein, Inka. Und kommen wir zum eigentlichen Thema zurück, ja?«, fragte er und kniete sich vor sie. Mit kleinen kreisenden Bewegungen suchten seine Finger den Weg an ihren Oberschenkeln entlang unter ihr Nachthemd.

Inka schaute über Peters Kopf hinweg zum Milchglasfenster, wo auf der Fensterbank Efeu rankte. Zwischen dem Grün waren ein paar vertrocknete Blätter, die man abzupfen müsste. Inka versuchte, sich auf Peters Berührungen zu konzentrieren.

Zentimeter für Zentimeter tasteten sich seine Finger voran und schoben den Saum ihres Nachthemdes nach oben. Peter stöhnte wohlig auf, weil sie keine Unterwäsche trug.

Inka presste die Beine zusammen und ließ Peter nicht dazwischen.

»Warum sperrst du dich?«, hauchte er ihr ins Ohr. »Lass dich fallen, lass uns für einen Moment in eine schöne andere Welt eintauchen.«

Nein, sie konnte jetzt einfach nicht. Ihre Gedanken waren übermächtig. »Peter …« Sie drückte ihn leicht von sich weg und sah ihm in die Augen. »Evelyn sagt, dass ich in der Psychiatrie war, nachdem Jonas tot auf die Welt gekommen ist. Stimmt das?«

Peter stoppte seine Liebkosungen. »Bekommst du deinen Kopf denn gar nicht frei?« Resigniert ließ er sich auf seine Fersen sinken. »Ja, das stimmt. Ein paar Tage lang warst du dort. Kannst du dich daran nicht mehr erinnern?«

Inka schüttelte den Kopf. »Ich weiß so vieles nicht mehr. Wahrscheinlich ist das so eine Art Schutzmechanismus. Ich bin aber nicht komplett verrückt!« Ihr stiegen die Tränen in die Augen. »Peter, ich muss dir etwas sagen. Ich habe bisher meinen Mund gehalten, weil ich nicht wollte, dass du dir nach der Warnung von Doktor Brunner noch mehr Sorgen um mich machst. Ich dachte, ich komme selber darauf, wer da ein böses Spiel mit mir spielt, ohne dich mit hineinzuziehen, aber ich merke, dass ich alleine nicht mehr mit den Bedrohungen klarkomme … Erschrick jetzt bitte nicht zu sehr, aber die Erinnerungskiste in unserem Garten wurde ausgegraben und geplündert und … und Jonas' Teddy saß im Schuppen und hatte ein Messer in der Brust stecken. Und das war ganz real! Rebecca war dabei.«

»Was redest du da? Die Kiste geplündert? Ein Messer im Teddy?«

»Komm, ich zeige es dir!« Sie nahm Peter an der Hand und zog ihn, leicht bekleidet wie sie war, die Treppen hinunter und hinaus in den Garten. Obwohl es bereits warm war, fröstelte Inka, als sie barfuß zu der schattigen Stelle im Garten ging, wo die frischen Grasnarben erkennbar waren. Sie bückte sich, hob die Schollen beiseite und legte die Kiste frei.

»Kann man auf dem Holzdeckel vielleicht irgendwelche Spuren sichern? Fingerabdrücke, oder so?«, fragte sie Peter, der einen Schritt zurückgeblieben war und irritiert den Kopf schüttelte.

»Bei den Bedingungen aussichtslos. Erde, Feuchtigkeit, grobes Holz – und ich gehe ohnehin davon aus, dass der Täter Handschuhe trug, denn das war mit Sicherheit eine geplante Tat. Und dann tun solche Leute auch alles, damit man ihnen nicht auf die Spur kommt. Aber wer weiß außer uns überhaupt noch von der versteckten Kiste? Hast du mit irgendwem darüber gesprochen?«

Inka schüttelte vehement den Kopf. »Nein. Und du?«

Peter kam näher, hob mit zwei Fingern den Deckel der Kiste an und schaute hinein. Über seiner Nasenwurzel entstand eine tiefe Falte.

Inka sah ihm über die Schulter und konnte es nicht fassen: Es war alles noch da. Strampler, Schnuller, die selbst gestrickten Schühchen, die Spieluhr und das Kettchen mit Jonas' Namen.

»Igelchen …« Peter nahm sie kopfschüttelnd in den Arm.

»Aber Rebecca hat es doch auch gesehen!«

»Was hat sie gesehen?«

»Na ja, nicht direkt die Kiste, aber dass jemand im Garten war. Wir hätten den Kerl beinahe auf frischer Tat ertappt, weil er im Schuppen … der Teddy!« Sie sprang auf und hetzte zum Schuppen. »Die Schaufel fehlt immer noch! Und dort oben saß der Teddy mit dem Zettel an seinem Fuß, auf dem stand so etwas wie, dass ich noch tiefer graben müsse, um die Wahrheit zu finden.«

»Hat Rebecca den Zettel gesehen?«

»Nein, ich habe ihr nur erzählt, was draufsteht. Mitgenommen habe ich ihn nicht, ich bin Hals über Kopf ins Wohnzimmer zurück …«

Peter legte den Arm um ihre Schulter. Mit der freien Hand zeigte er auf das Türschloss. »Fällt dir nichts auf? Die Schaufel steht hier im Schuppen, weil ich den kompletten Türriegel ausgetauscht habe, nachdem du mir schon Wochen damit in den Ohren gelegen hast.«

Inka wehrte sich mit aller Logik dagegen, dass auch dieses markante Erlebnis eine Halluzination gewesen war. »Aber der Teddy! Der Teddy ist nicht mehr in der Kiste! Das ist ein Indiz. Er muss ein Loch von dem Messer im Bauch haben!«

»Könnte es sein … ich meine, dass wir den Teddy gar nicht in die Kiste gelegt haben?«

»Peter, glaub mir doch, ich habe mir das alles nicht eingebildet! Es war echt! Frag Rebecca.«

»Du hast gesagt, Rebecca hätte vom Wohnzimmer aus nur gesehen, dass jemand im Garten war. Und da war sie sich ganz sicher? Oder könntet ihr euch beide in der Wahrnehmung getäuscht haben, weil irgendetwas kurz einen Schatten geworfen hat? Diese Irritation könnte bei dir die Angst ausgelöst haben. Und alles, was du danach gesehen hast, war Teil einer Halluzination. Deine Psyche spielt verrückt. Ist ja auch nicht verwunderlich. Mir ist auch unwohl, wenn ich an die Warnung von Doktor Brunner denke, aber ich halte mir immer wieder vor Augen, dass der Zettel nur ein Produkt seines Wahns ist.«

Inka schaute an Peter vorbei zu den Bäumen am Gartenzaun, deren Blätter im Luftzug zitterten. Brunner war schizophren, er lebte in einer Parallelwelt, aber die Auswüchse eines Wahns brauchten stets den Nährboden der Realität, um zu gedeihen.

»Inka, du willst es doch nicht auch so weit kommen lassen, dass du für längere Zeit stationär in die Psychiatrie musst? Mein Schatz, versteh es bitte nicht falsch, aber denk noch mal intensiv darüber nach, ob du nicht doch ärztliche Hilfe brauchst. Es ist heutzutage keine Schande mehr, zum Psychiater zu gehen. Und ich spreche jetzt nicht von Hypnose! Es lässt sich da bestimmt ambulant und mit Medikamenten viel machen. Wir reden heute Abend noch mal drüber und wenn du willst, dann mache ich auch einen Termin für dich und begleite dich dorthin.« Er legte den Arm um sie und schob sie zurück ins Haus. »Komm, lass uns wieder reingehen. Du bist barfuß.«

Auf der Terrasse schaute Inka noch einmal zurück in den Garten. Jetzt musste Peter wirklich glauben, dass sie verrückt geworden war – aber sie hatte die leere Kiste und den misshandelten Teddy doch *gesehen.* Den einzigen Beweis, den sie Peter liefern könnte, war die perfide Spielanleitung. Die lag in dem Hypnosebuch im Wohnzimmer. Als sie das Haus betraten, schaute Peter auf die Wanduhr.

»Oh, schon Viertel vor elf! Kann ich ausnahmsweise deine Mathilda nehmen? Das Auto zu tanken, schaffe ich jetzt nicht mehr. Das mache ich dann heute Abend.« Er gab ihr einen langen Kuss.

Vielleicht ist es Fügung, dachte Inka. Es sollte nicht sein, dass er den Zettel sieht.

»Ich lasse dich jetzt ungern allein, aber was soll ich machen? Czarnetzki killt mich, wenn ich nicht rechtzeitig zur Dienstbesprechung erscheine. Pass gut auf dich auf, mein Igelchen.«

✶

Kaum dass Peter gegangen war, nahm Inka den Zettel aus dem Hypnosebuch, legte die Spielanleitung wie zum Beweis, dass sie nicht komplett verrückt war, gut sichtbar auf den Couchtisch. Sie zog sich an und schaltete ihren Laptop ein. Ihre Gedanken konnte sie am besten sortieren, wenn sie schrieb. Noch vor einem halben Jahr war das ihr tägliches Geschäft gewesen. Einen Tag ohne Korrespondenz, Online-Zeitung und Neuigkeiten von Kollegen auf *Facebook* hatte sie sich bis dato gar nicht vorstellen können. Noch mit Vorwehen hatte sie einen kleineren Artikel für die *Stuttgart aktuell* über ein Weihnachtsmarktprojekt für Kinder aus armen Familien geschrieben, das ihr am Herzen gelegen hatte. Die Mail vom 21.12. an Lindemann mit dem angehängten Dokument hatte sie noch im Postausgang. Am nächsten Tag war ihre Fruchtblase geplatzt.

Wie um alles in der Welt hatte sie sich die Babyparty einbilden können? Das hatte sie Peter noch gar nicht anvertraut – aber er hielt sie ja ohnehin für verrückt. Reif für die Klapsmühle, um es drastisch zu formulieren.

Ja, was dachte er eigentlich genau über sie? Er hatte ihr den Besuch beim Psychiater mit freundlichen Worten ans Herz gelegt. Er sorgte sich um sie, und das schon seit Monaten. Da konnte sie ihm doch nicht ernsthaft misstrauen? In guten wie in schlechten Zeiten hatte es vor drei Jahren geheißen, da hatten sie Ja gesagt, ohne sich das Ausmaß einer wahrlich schlechten Zeit überhaupt vorstellen zu können.

Dreizehn Jahre lebte sie jetzt schon mit Peter zusammen. Noch während ihres Germanistik-Studiums hatte sie ihn in einem Sommerkurs in der Stuttgarter Tanzschule kennen gelernt. Ein Anfängerkurs für Singles. Na ja, so direkt war das nicht formuliert gewesen, eher im Sinne von: auch einzelne Damen und Herren willkommen. Für sie hatte das neben den Faktoren Ausgleich und Spaß die perfekte, weil unverbindliche Partnerbörse bedeutet. Nichts liebte sie als Schütze mehr als ihre Freiheit, zu der hin und wieder ein netter Flirt passte. Doch eine feste Beziehung? Niemals hätte sie sich das mit Anfang zwanzig vorstellen können. Bis Peter vor ihr stand und sie zum Langsamen Walzer aufforderte. Nicht nur sein Tanzstil und sein Aussehen imponierten ihr, sondern auch seine ruhige und besonnene Art, ohne dass er ihr wie ein Langweiler vorgekommen wäre.

In den kommenden Wochen hatten sie viel Spaß miteinander gehabt – der Tanzkurs gehörte zwar wegen Peters unregelmäßiger Dienstzeiten nach vier Wochen wieder der Vergangenheit an, aber vor ihnen lag die gemeinsame Zukunft, für die sie sich entschieden hatten. Nur einmal, nach acht Jahren, war ihre Beziehung für ein paar Wochen überschattet gewesen, als Peter allein zu Annabels Geburtstagsparty gegangen war, weil sie zu einer abendlichen Pressekonferenz musste. Wer hätte ahnen können, dass Annabels damaliger Kurzzeitfreund ausgerechnet an diesem Tag die Beziehung beendete und Peter in seiner Rolle als Tröster zu weit ging? Beide beteuerten, dass es am Alkohol gelegen hatte, und nach einiger Zeit und vielen Gesprächen konnte Inka ihnen verzeihen.

Im Freundeskreis galten Peter und sie als das Traumpaar schlechthin. Und wenn die Frage kam, warum sie denn nicht endlich heiraten würden, antworteten sie immer mit gespielt verdutzter Miene: ›Wen denn? Uns nimmt doch keiner mehr!‹ Einen Trauschein und Kinder passten nicht zu ihrer Vorstellung vom gemeinsamen Leben. Das änderte sich allmählich nach zehn Jahren. Es war die Frage, ob nicht doch etwas in ihrem Leben fehlte. Kinder noch nicht, obwohl sie im richtigen Alter waren – aber vielleicht doch heiraten? Und selbst nach der Hochzeit war der Wunsch nach einem Kind noch nicht stark genug gewesen. Ihre Mutter quittierte das mit einem Lächeln und der Prophezeiung, dass auch die biologische Uhr ihrer Tochter irgendwann lauter ticken würde – und sie dann doch noch einen Enkel bekommen würde. Ihre Schwangerschaft, ungeplant und unverhofft, hatte ihre krebskranke Mutter leider nicht mehr erlebt, und dafür zum Glück auch nicht das, was darauf folgte …

Ohne Peter hätte ich die Zeit nach der Totgeburt nicht überstanden, dachte Inka und erinnerte sich daran, wie sie im Internet nach der sichersten Methode gesucht hatte, sich umzubringen. Erschreckt hatte sie festgestellt, dass ganze Foren sich mit dem Thema Suizid beschäftigen. Ohne Peters Unterstützung hätte sie es wahr gemacht, auch wenn er es sich nicht gerne anhörte, wie wichtig er für sie in dieser schwierigen Zeit gewesen war.

Der Haussegen hing erst schief, seit Inka die Hypnose machte. Dabei hatte sie nichts Böses im Schilde geführt, als sie ihm nicht sofort von den Hypnosestunden erzählte. Er hatte wohl den Eindruck bekommen, sie würde ihm nicht mehr vertrauen und war deshalb sauer – dabei wusste sie so langsam auch nicht mehr, was sie von ihm denken sollte. Vielleicht misstraute sie ihm wirklich zu unrecht? Tatsache war vielmehr – und das war noch weitaus erschreckender –, dass sie sich nach all den Halluzinationen selbst nicht mehr vertrauen konnte.

Inka bemerkte, dass vor ihren Augen mittlerweile der Bildschirmschoner tanzte. Sie bewegte den Cursor und klickte auf ihren Posteingang, denn sie wollte wissen, wann die bestellte DVD mit mehrstündigem Filmmaterial zum Erlernen von Hypnosetechniken und zwei weitere Bücher zum Thema eintreffen würden. Hier, die Versandbestätigung des Online-Shops. Perfekt, das Päckchen müsste noch heute geliefert werden.

Sonst gab es keine neuen Mails in ihrem Posteingang, der früher schier übergequollen war. Auf die erste Seite passten sogar noch die Mails vom Dezember. Glückwünsche zu ihrem Geburtstag, Weihnachtsgrüße von Kollegen und Bekannten und gute Wünsche zur bevorstehenden Geburt. Die waren allesamt ganz schön überrascht gewesen, als die Neuigkeit von ihrer Schwangerschaft durchgesickert war. Die meisten hätten sich wohl weniger gewundert, wenn sie mit ihrer Quickly zu einer Tour quer durch die USA aufgebrochen wäre. Reisen, Abenteuer, fremde Menschen kennen lernen – das passte zu ihr, aber doch kein kleiner Quäker an ihrer Brust. Doch unverhofft kommt oft – das Sprichwort hatte sich jedenfalls eines Morgens beim Blick auf den Schwangerschaftstest bewahrheitet.

Als ihre Regel nicht pünktlich wie immer eingesetzt hatte, dachte sie zuerst an eine Zyste, weil sie Unterleibsschmerzen hatte. Drei Tage lang nahm sie Schmerztabletten, weil sie dachte, ihre Regel würde jeden Moment einsetzen. Kein Brustspannen, keine Übelkeit. Natürlich war der Gedanke an eine mögliche Schwangerschaft kurz da gewesen, weil sie keinerlei künstliche Hormone vertrug und sie mit Kondomen verhüteten. Aber all die Jahre war nichts passiert. Und wenn es so gewesen wäre, dann hätte das auch keinen Weltuntergang bedeutet.

Aber in dieser Situation glaubte sie nicht an eine Schwangerschaft und beschloss, bei Evelyn anzurufen und einen Termin zur Zystenuntersuchung auszumachen. Den Schwangerschaftstest machte sie an jenem Sonntag eigentlich nur, weil sie sich am Montag in der Praxis nicht blamieren wollte, falls sie doch schwanger wäre und das nicht selbst erkannt hätte. Beim Blick auf den Test musste sie erst mal nur lachen. Sie stand im Bad und lachte. Erst ein wenig ungläubig, dann frohen Herzens.

Peter war zu diesem Zeitpunkt im Dienst gewesen, und sie hatte ihm nach kurzer Überlegung mit einem Lippenstift, den sie ewig nicht mehr benutzt hatte, eine Nachricht auf den Spiegel geschrieben. *So sieht ein werdender Papa aus!* Peters erstauntes Gesicht würde sie nie mehr vergessen. Er hob sie hoch und nahm sie dann ganz lange in sich versunken in den Arm. Er vergaß darüber sogar sein Fußballspiel, das er eigentlich unbedingt hatte anschauen wollen.

Während sich Peter allerdings ziemlich lange an den Gedanken gewöhnen musste, konnte sie sich schon ab dem Moment, als Evelyn ihr auf dem Ultraschallbild eine Höhle mit einer unförmigen Bohne darin zeigte, damit anfreunden, Mutter zu werden. Alle in der Praxis hatten sich mit ihr gefreut, und jetzt fiel es ihr plötzlich wieder ein: Auch Brunner hatte ihr gratuliert. Stimmt, daran hatte sie sich gar nicht mehr erinnert. Es war also gar nicht so lange her, dass sie ihn zuletzt gesehen hatte, wenn auch nur sehr kurz, weil er schon wieder im Gehen begriffen war, als sie bei der Sprechstundenhilfe um den nächsten Termin bat. Zu diesem Zeitpunkt war er noch gesund gewesen. Wie schnell die Welt sich doch umkehren konnte …

Im Augenwinkel sah Inka einen Lidschlag lang einen Schatten draußen im Garten, so wie an dem Nachmittag, als sie mit Rebecca hier gesessen hatte. Sie schaute zur halb geöffneten Terrassentür. Wahrscheinlich nur ein Vogel, der im morgendlichen Sonnenlicht geflogen war und diesen kurzen Schattenwurf erzeugt hatte.

Doch ihre Angst nahm unvermittelt wieder zu. Aber noch hatte sie das Panikgefühl unter Kontrolle, und sie schwor sich, dass das auch so bleiben würde. *Ganz ruhig bleiben.* Sie atmete tief ein und hielt den Atem so lange wie möglich an … lange … lange … bis sie die Luft ausstieß und dabei die Entspannung spürte. Mit geschlossenen Augen horchte sie in sich hinein.

Schon beim gestrigen Versuch, als sie nervlich völlig aufgelöst von der Rechtsmedizin nach Hause gekommen war, war es ihr gelungen, durch Selbsthypnose ihre Aufmerksamkeit nach innen zu lenken. Dabei hatte sie das

Bild einer Zugbrücke vor sich gehabt, die sie zu ihrem Unterbewusstsein hinunterlassen konnte. Auch wenn sie keinen so tiefen Trancezustand wie bei Doktor Brinkhus erreichte, so traten ihre Ängste doch in den Hintergrund.

Inkas Herz klopfte noch vom Atemanhalten, und sie stellte sich bildlich vor, wie es sich langsam beruhigte. Sie spürte ein sanftes Wogen in ihrem Körper, wie von Wellen getragen, ihre Gedanken trieben wie Blätter auf der Wasseroberfläche dahin. An ihren Handgelenken pulsierte das Blut, und sie konnte es fühlen, ohne die Haut dort zu berühren. Ruhig und regelmäßig.

Ich werde jetzt auf alles hören, was in mir vorgeht, sagte sie sich, *mein Herz fühlt sich eng an, verschlossen. Ich bin ängstlich, wütend, verunsichert, verletzt, hoffnungsvoll, stur, stolz, wie zerrissen und würde am liebsten weglaufen. Dabei finde ich es lächerlich davonzulaufen, ja, ich finde es lächerlich, was für ein Angsthase aus mir geworden ist, aber wenn mich die Panik überkommt, dann bin ich mir selbst mein größter Feind.*

Ich möchte wieder die Kontrolle über mich haben. Ich kann so nicht weitermachen, sonst wird meine Seele immer kränker. Ich bin für mich verantwortlich, und ich werde alles dafür tun, nicht verrückt zu werden. Ich weiß, wie gut es sich anfühlt, entspannt und lebensfroh zu sein, und diesen Zustand will ich wieder erreichen. Ich werde mich meinen Ängsten stellen und auf meine Intuition hören. Ich weiß, dass mir mein Unterbewusstsein die richtigen Antworten gibt, und ich vertraue mir selbst. Ich bin auf einem guten Weg …

Es klingelte.

Inka schlug die Augen auf und brauchte einen Moment, bis sie wieder ganz bei sich war. Es klingelte ein zweites Mal an der Haustür, diesmal nachdrücklicher. Da hatte es aber jemand eilig. Selten genug, dass überhaupt unangemeldet Besuch zu ihnen kam. Beim dritten Klingeln war sie im Flur. Bestimmt der Paketbote. Mit einem Schwung zog sie die Haustür auf.

Kein Postbote, sondern ein Blumenbote in Firmenkleidung. Ihm saß die Ungeduld in der wippenden Fußspitze, und mit einem Lächeln, das er wie eingemeißelt im Gesicht trug, hielt er ihr einen Strauß roter Rosen in Folie entgegen.

»Sind Sie Frau Inka Mayer?«

»Ja.« Mit zwiespältigen Gefühlen nahm sie den üppigen Gruß entgegen. Gut und gerne zehn große, langstielige Rosen.

»Wer ist denn der Absender?«

Der Blumenbote zuckte mit den Schultern und vertauschte sein Lächeln zu einem frivolen Grinsen: »Anonym. Aber wohl ein glühend heißer Verehrer, bei dem Strauß! Schönes Wochenende noch!« Er drehte sich um und lief zurück zu seinem sonnengelben Lieferwagen mit blumigem Firmenemblem.

Inka schaute dem Auto nach und faltete dann das kleine Grußkärtchen auf. In sauber gemalten Buchstaben, vermutlich die Handschrift des Floristen, stand da: *15 Uhr im Graciosa del Mundo. Ich werde da sein. ILD*

Wie süß, Rosen und eine Einladung von Peter, war ihr erster Gedanke. Der zweite lautete: *Seit wann verwendete Peter ILD als Abkürzung für »Ich liebe dich«*? Wo er doch schon das *Mfg* hasste und der Meinung war, so viel Zeit für »Freundliche Grüße« müsste schon noch sein. Oder bedeutete die Abkürzung etwas anderes? Nur was? Inka dachte angestrengt nach und kam auf kein anderes Ergebnis, als dass es eine junge Floristin gewesen war, die keinen Unterschied zwischen einer Abkürzung und dem geschriebenen Wort machte.

Den leisen Zweifel, dass doch nicht Peter der Absender der Rosen sein könnte, schob sie beiseite. Zugegeben, er schenkte ihr eher selten Blumen, und noch nie hatte er ihr welche per Boten geschickt, aber er war neben ihren Freundinnen der Einzige, der wusste, wie sehr sie die spanische Tapas-Bar am Rotebühlplatz liebte und wie dringend notwendig ein wenig gemeinsame Zeit für ihre Beziehung wäre. Und für eine Überraschung war *er* immer gut.

Das war wirklich eine schöne Idee von Peter, der offensichtlich eine Möglichkeit gefunden hatte, sich heute nach der Dienstbesprechung doch ein paar Stunden abzuseilen. Typisch auch, dass er ihr kein Sterbenswörtchen gesagt hatte, stattdessen sogar noch so getan hatte, als ob es viel zu tun gäbe – dabei hatte er längst seine Überraschung geplant. Dazu passte auch das Frühstück am Bett.

Ein kleines bisschen mit der Welt versöhnt ging Inka in die Küche, schnitt die Stiele frisch an und stellte die Rosen in eine hübsche hohe Glasvase. Dann nahm sie ihr Handy von der Ladestation und rief Peter an, weil sie ihm sagen wollte, wie sehr sie sich auf den Nachmittag freute. Eine halbe Ewigkeit war sie schon nicht mehr im *Graciosa del Mundo* gewesen.

»Der gewünschte Gesprächspartner ist vorübergehend nicht zu erreichen.« Na ja, es war ja auch erst Viertel vor zwölf, die Besprechung dauerte wohl noch an. Dann versuchte sie es eben später noch mal. Bis dahin musste sie noch ihren Kleiderschrank durchforsten. Sie hatte doch gar nichts anzuziehen. Vielleicht mal wieder einen Rock? Schuhe mit Absatz? Immerhin hatte sie das Auto, das sie zwar noch tanken musste, aber sie hatte nicht auf ein mopedtaugliches Outfit zu achten. Es kam ihr vor, als seien Licht-

jahre vergangen, seit sie das letzte Mal ausgegangen war. Sich in eine Bar zu setzen, viele Leute um sich herum zu haben – wieder ein großer Schritt zurück in ihr altes Leben.

Noch drei Stunden.

*

Eine Stunde zu früh war Inka abfahrbereit, obwohl sie trotz des kleinen Umwegs zur Tankstelle höchstens dreißig Minuten zum Spanier brauchen würde. Parken wollte sie im Parkhaus, das kostete zwar ein paar Euro, war aber eindeutig stressfreier. Ihre Nerven flatterten schon ziemlich, und sie fühlte sich wie ein Teenager vor dem ersten Date. Sie war durchs ganze Haus gewandert und hatte sich in jedem verfügbaren Spiegel gefühlte einhundert Mal angeschaut, und entgegen ihrer Unsicherheit saß bei jeder Überprüfung das klassische dunkelblaue Etuikleid sehr gut, und in den schwarzen Riemchenschuhen, die sie zuletzt vor bestimmt einem Jahr bei irgendeinem Presseempfang getragen hatte, bewegte sie sich trotz der Absätze elegant.

Inka lächelte sich im Garderobenspiegel an, und mit dem Handy am Ohr überlegte sie, ob sie ihre blonde Kurzhaarfrisur ab jetzt öfters mal glatt geföhnt im Emma Watson-Stil tragen sollte – das wirkte wesentlich femininer. In ihrem Job war sie, wenn sie aus einem männlichen Interviewpartner etwas herauskriegen wollte, zwar bislang auch mit der burschikosen Kumpelschiene gut gefahren, aber die Betonung ihrer weiblichen Rolle stand ihr gar nicht so schlecht, wie sie immer gedacht hatte. Nicht nur Rebecca mit ihren wilden Naturlocken konnte sexy sein – heute würde Peter bestimmt nicht *Igelchen* zu ihr sagen, davon war sie überzeugt. Mit Rebecca hatte sie zwischendurch auch telefoniert und sich ihr Wechselbad der Gefühle von der Seele geredet. Und wenn Peter jetzt mal ans Telefon gehen würde, wäre es gut, sie hatte es schon dreimal vergeblich versucht: *Der gewünschte Gesprächspartner ist vorübergehend nicht zu erreichen.*

Von wegen vorübergehend! Was war da los? War der Akku leer? Es würde ihm doch nichts passiert sein? Mit ihrer Quickly war er viel zu selten unterwegs, als dass er damit ein sicheres Fahrgefühl hätte haben können. Wenn er allerdings einen Unfall gehabt hätte, dann wäre sie bestimmt längst benachrichtigt worden, oder Andi hätte sich gemeldet.

Kurz entschlossen suchte sie Peters Dienstnummer aus dem Telefonspeicher. Auch wenn er es nicht mochte, dass sie ihn auf dem Festnetz im Büro anrief, musste sie es jetzt tun, denn es war quasi ein Notfall. Es könnte ja auch sein, dass Peter neben dieser spontanen Einladung zum Spanier noch eine weitere Überraschung für sie plante und deshalb nicht erreichbar war, aber so richtig daran glauben, konnte sie nicht.

Endlich wurde der Hörer abgenommen.

»Dormann, Apparat Mayer?«

»Oh … hallo, Andi. Inka hier. Ist Peter nicht da?«

»Grüß dich, Inka! Nein, der Peter war heute früh als Erster da, und um neun ist er schon wieder weg aus den heiligen Hallen. Wolltet ihr euch nicht einen schönen Tag machen? Ich hab ihm noch auf die Schulter geklopft, weil ich dachte, er ist jetzt endlich mal so vernünftig, sich eine kleine Auszeit zu gönnen.«

»Hattet ihr nicht noch um elf große Dienstbesprechung?«

»Dienstbesprechung? Nicht, dass ich wüsste! Ich war die ganze Zeit hier im Büro. Und wenn ich was verpasst hätte, hätte mich Czarnetzki in Handschellen vorführen lassen. Der kennt da keinen Spaß. Aber ihr solltet heute welchen haben! Wahrscheinlich hat dein Peter zu einer kleinen Notlüge gegriffen, weil er noch was für dich kaufen will, oder so.«

Inka merkte, dass sie am Telefon rot wurde. »Ja, dann … danke dir und sorry wegen der Störung!« Sie verabschiedete sich und legte auf. Jetzt war sie aber wirklich auf Peters Überraschung gespannt! Wenn sie nicht schon verheiratet wären, könnte sie glatt vermuten, er würde einen Antrag vorbereiten.

Vor Aufregung hielt sie nichts mehr im Haus, und sie machte die Tür hinter sich zu.

Gleich nach Anlassen des Motors leuchtete die Anzeige für den Reservetank auf, und das Display zeigte noch zwanzig Kilometer Reichweite. Das war absolut untypisch für Peter, den Wagen bis auf den letzten Tropfen leer zu fahren, weil er zu denjenigen gehörte, für die ein halb volles Glas bereits halb leer war und die das Tanken auch im größten Stress nicht vernachlässigten. *Da konnte man sehen, wie sehr ihn die Aufklärung des Falles beschäftigte*, dachte Inka, als sie an der Tankstelle zum Füllstutzen griff.

Binnen weniger Minuten schwappten knapp einhundert Euro in den schwarzen CC, den sie anstelle ihrer Mathilda nur deshalb gerne fuhr, weil es ein Cabrio war. Auch wegen des sportlichen Zweisitzers hatte sich keiner im Freundeskreis damals vorstellen können, dass ein Baby die Familie erweitern würde. Die Mayers und eine Kombi-Familienkutsche? Nicht in diesem Leben! Und dennoch wäre es beinahe so weit gewesen …

Heute würde sie alles dafür geben, dass Jonas lebte. *Wie klischeehaft das klang*, dachte sie, während sie in das winzige Kassenhäuschen der privaten Tankstelle ging, die es schon in ihrer Kindheit hier gegeben hatte. Dieses Gefühl, lieber selbst gestorben zu sein, konnte wahrscheinlich nur eine Mutter nachvollziehen, die ebenfalls ihr Kind verloren hatte. Wenn sie doch nur die Zeit zurückdrehen könnte, diesen schrecklichen Film, in dem sie sich seit Monaten befand, einfach löschen, die Kamera anders einstellen und neu anlaufen lassen. Wenn es nur so einfach wäre.

»Die Fünf, Herr Brauchle«, sagte sie zum Kassenwart, als sie an der Reihe war. »Und mit EC-Karte, bitte.«

Das Urgestein mit Brille und Hosenträgern warf einen Blick zum Fenster raus. »Heut' gar net mit Ihrer Mathilda unterwegs, Frau Mayer?«

Inka schüttelte lächelnd den Kopf, während sie die Geheimzahl eintippte. Hoffentlich würde sich der alte Brauchle mit seiner Tankstelle noch lange halten können. Nicht nur, weil er immer bestes Zweitaktöl für das Benzingemisch ihrer Quickly bereithielt, sondern weil er in seinem Kassenhäuschen eine der letzten Inseln inmitten der Großstadt war, wo man noch mit Namen angesprochen wurde.

Das Gerät gab einen unangenehmen Piepton von sich. *Zahlung nicht möglich*, informierte das Display.

»Kann das eine Leitungsstörung sein?«, fragte Inka.

Der Tankwart kratzte sich die Bartstoppeln. »Des liegt eher an dr Bank, hatt' ich bei Ihrem Mann kürzlich au scho.«

»Das kann nicht sein, wir haben jeder eine Karte für das Haushaltskonto.«

»Nee, nee, nicht die Karte selber. Jetzt heißt's wieder *Fehlercode 13*.«

»Und was bedeutet das?«

»Verfügungslimit überschritten. Da müssen's mal wieder ein paar Euro aufs Konto überweisa, des hab ich Ihrem Mann aber au scho g'sagt.«

»Ach so«, sagte Inka. In ihrem Kopf summte es, als hätte sie zu viel Benzin eingeatmet. Das Haushaltskonto war gleichzeitig auch das Sparkonto für etwas größere gemeinsame Anschaffungen oder Reisen. Okay, sie hatte in der vergangenen Zeit keinen Verdienst gehabt und somit nichts beisteuern können, aber da müsste trotz aller Ausgaben noch ein Sparpolster von gut zweitausend Euro drauf sein. Wie konnte das weg sein, ohne dass sie davon wusste?

»Ähm … ja, dann zahle ich von meinem Konto.« Sie reichte Herrn Brauchle eine andere Karte.

Diesmal ratterte und summte das Gerät nach der PIN-Eingabe.

Inka atmete erleichtert durch. Ihr war die Situation peinlich, aber der Tankwart, der in dieser Hinsicht wohl einiges gewöhnt war, zuckte nur die Schultern und reichte ihr Zahlungsbeleg und Karte zurück.

»Da bin ich jetzetle aber au froh, dass des funktioniert hat. Ihr Mann hat mir letztes Mal seinen Personalausweis dagelassen und am nächschten Tag bezahlt. Ich mein, des war mir zwar ein bisschen unangenehm, weil Ihr Mann doch fürs Gesetz arbeitet, aber ich muss mich ja drauf verlassen könna, dass ich mein Geld bekomm'. Des hat Ihr Mann zum guten Glück auch akzeptiert, dass ich da keine Ausnahme machen kann.«

Ob man bei der Sachlage noch von Glück reden konnte, bezweifelte Inka und verabschiedete sich. Jedenfalls hatte sie sich diesen besonderen gemeinsamen Nachmittag nicht in Verbindung mit einem Gespräch über unklare Kontostände vorgestellt, dachte sie, als sie zurück zum Auto ging. Aber es schien so, als wäre eine Klärung dringend notwendig. Die Finanzverwaltung hatte sie immer Peter überlassen. Im Gegensatz zu ihr war er ein Zahlenmensch; ihr genügte es, wenn sie die Hoheit über ihr eigenes Konto hatte, von dem sie sich ihre Extras leisten konnte, über die Peter aus männlicher Sicht nur den Kopf schütteln konnte. Extras wie eben auch die Hypnosestunden.

Hatte Peter sich bei der Kalkulation der Renovierung verschätzt? Aber darüber hätte er doch mit ihr reden müssen! Die Kosten waren gut durchgerechnet gewesen, auch ohne ihr Gehalt. Und jetzt schien es so, als wäre kein Geld mehr da, weder auf dem gemeinsamen noch auf Peters eigenem Konto, sonst hätte er nicht seinen Personalausweis als Kaution dalassen müssen und hätte wie sie eben mit seiner zweiten Karte bezahlt.

Als sie wieder ins Auto stieg, war sie so konfus, dass sie beim Drehen des Zündschlüssels vergaß, die Kupplung zu drücken. Das Auto machte einen Satz nach vorne und soff ab. Dabei rutschte ihr Geldbeutel vom Armaturenbrett in den Beifahrer-Fußraum. Inka beugte sich mit einem Ächzen hinüber, um ihn aufzuheben, und entdeckte dabei ein glitzerndes Steinchen auf der Fußmatte. Sie hob es auf – ein Ohrring. Wo kam der denn her? Sie hatte zuletzt Ohrringe getragen, da war die Quickly noch kein Oldtimer gewesen … Wer also trug solche Stecker und war hier im Auto mitgefahren? Auf Anhieb fiel ihr nur Rebecca ein, und zu der könnten die Ohrringe auch passen, auch wenn Inka sich nicht erinnern konnte, ob ihre Freundin an dem Tag, als Peter sie im Auto mit in die Stadt genommen hatte, welche getragen hatte. Inka steckte den Ohrring in das Münzfach ihres Geldbeutels und beschloss, Rebecca bei nächster Gelegenheit zu fragen. Jetzt hatte sie erst mal andere Dinge im Kopf.

Das *Graciosa del Mundo* war ein kleiner spanischer Kosmos mitten in Stuttgart, und genau deshalb liebte sie das Lokal. Letzten Sommer hatte sie hier oft mit ihrem Laptop zwischen riesigen Topfpalmen unter weißen Sonnensegeln gesessen und Artikel geschrieben. Berieselt von spanischen Gitarrenklängen, das Murmeln am Nachbartisch, das Geschirrklappern und einen Teller mit wahnsinnig leckeren Tapas vor sich auf dem Tisch – eine perfekte Arbeitsatmosphäre. Oh, wie vermisste sie ihre Arbeit. Sie fand es herrlich, endlich mal wieder hier zu sein, und ließ sich im Halbschatten einer Palme in einen Korbstuhl sinken und schlug die Beine übereinander. *Peter wird mich in meinem Kleid und mit dem veränderten Haarstyling auf den ersten Blick gar nicht erkennen*, dachte sie und schmunzelte.

Dem Kellner sagte sie, dass sie noch auf ihren Mann warten würde, und bestellte schon mal ihr Lieblingsgetränk, eine große Holunderblütenschorle, weil sie bei der Hitze sehr viel Durst hatte. Mit Peter zusammen wollte sie dann vielleicht abschließend ein Gläschen Moscatel genießen, eine süßliche Spielart des Sherrys. Für die Auswahl der Tapas musste sie gar nicht in die Karte schauen. Wie immer würde sie die kleinen kanarischen Schrumpelkartoffeln mit Meersalzkruste, *papas arrugadas* genannt, mit roter und grüner Mojo-Sauce, gefüllte Oliven und ein Eckchen frittierten Schafskäse nehmen.

Inka schaute auf die Uhr. Es war zehn vor drei. Die Spannung stieg, doch die Geschichte mit dem Bankkonto wurmte sie. Hoffentlich ließ Peter sie nicht mehr allzu lange warten.

Zwanzig Minuten später hatte sie bereits ihre zweite Schorle vor sich, aber von Peter war noch keine Spur zu sehen. Inka ließ ihren Blick über den kleinen Vorplatz schweifen. Dort auf dem Mäuerchen saß ein Mann mit Pferdeschwanz und schaute zu ihr herüber. Beobachtete er sie etwa? Was wäre, wenn die Einladung zu diesem Treffen doch nicht von Peter wäre? Aber noch ehe sie den Langhaarigen für verdächtig halten konnte, kam eine Frau auf ihn zu, küsste ihn und die zwei gingen zusammen los in Richtung Königsstraße, Stuttgarts Einkaufsmeile.

Da kam ein großer Mann im Anzug zielstrebig auf das Lokal zu. Moment, den kannte sie doch! Grau melierte Schläfen, runde Brille … – Lindemann! Ihr Chef von der *Stuttgart aktuell.*

Auch er hatte sie unter der Palme entdeckt und hob nun erfreut die Hand. »Wie schön, Sie wiederzusehen, Frau Mayer!«, sagte er, als er vor ihr stand. »Ich hätte Sie auf den ersten Blick fast nicht erkannt.« Als er ihr die Hand gab, deutete er sogar eine kleine Verbeugung an – der Mann hatte noch Manieren. »Darf ich?«, fragte er und deutete auf den freien Korbstuhl neben ihr.

»Ja, äh … gerne. Ich warte nur eigentlich auf meinen Mann.«

Lindemann zog die Stirn kraus. »Er will bei unserem Treffen dabei sein?«

»Bei unserem Treffen?« Inka sah ungläubig drein. »Moment mal … Dann haben *Sie* mir die Rosen geschickt?«

Lindemann lachte. »Ich habe doch mein Kürzel auf die Karte setzen lassen. Und das ist nicht der erste Strauß, den

Sie von mir bekommen. Sie wissen, wie gerne ich Blumen verschenke.«

»Entschuldigen Sie, jetzt bin ich ganz durcheinander. Auf der Karte stand doch *ILD* für … *Ich liebe dich,* und Sie werden mir wohl kaum …«

Ihr Chef sah amüsiert drein. »Das ist ja tatsächlich wie im Sommernachtstraum, nur dass in unserem Fall anstelle von Puck die Floristin für Liebesverwirrung gesorgt hat. Sie hat aus meinem ›Komma LD‹ offensichtlich ein ›ILD‹ gemacht. Und das passiert mir, wo ich nach fünfundzwanzig Jahren immer noch glücklich verheiratet bin – wenn auch mit der wohl einzigen Frau auf der Welt, die sich nichts aus Blumen macht. Darum verschenke ich so gerne welche.«

Jetzt musste selbst Inka lachen, auch wenn ihre Freude dadurch getrübt wurde, dass sie sich auf einen gemeinsamen Nachmittag mit Peter gefreut hatte und sie zudem noch länger im Ungewissen wegen der Kontostände bleiben würde.

»Ich hoffe«, sagte Lindemann, »Sie sind jetzt nicht enttäuscht, mit meiner Gesellschaft vorliebnehmen zu müssen.«

»Nein, nein, ich freue mich«, versicherte Inka schnell. »Ich weiß, ich hätte mich längst bei Ihnen melden sollen, aber die letzte Woche stand unter einem schlechten Stern, weil ich den Tod eines Freundes verkraften musste.«

»Das tut mir sehr leid«, sagte ihr Chef vom Dienst. »Dieser Mordfall ist allerdings auch der Grund, weshalb ich Sie hergebeten habe. Als ich mich heute Nacht schlaflos mit dem Problem herumgewälzt habe, von wem wir noch Infos geliefert bekommen könnten, sind Sie mir plötzlich eingefallen. Wie elektrisiert konnte ich mich wieder daran erinnern, dass Sie mal erwähnt haben, mit Annabel Brunner und diesem Griechen befreundet zu sein. Das war der

Grund für meine Einladung zum Spanier, an Ihren früheren Lieblingsarbeitsplatz. Sie ist Teil meines Plans, Sie unbedingt als feste freie Mitarbeiterin zurückzugewinnen.«

Inka schoss die Röte in die Wangen. Jahrelang hatte sie darauf hingearbeitet – um nicht zu sagen, geackert, so gefragt zu sein. Jetzt, wo sie psychisch noch nicht wieder auf der Höhe war, war es der falsche Zeitpunkt, aber das konnte und wollte sie ihm nicht sagen. Ob sie stark genug war, diese Herausforderung anzunehmen?

Lindemann war als Chefredakteur berüchtigt dafür, Texte gerne mal vor versammelter Mannschaft buchstäblich in der Luft zu zerreißen, wenn sie nicht durch präzise Recherche bestachen sowie durch lückenlose Argumentation und Sätze wie Schusspfeile, die jeder für sich ins Schwarze trafen. So umgänglich und charmant er auch sein konnte, bei der Arbeit fand nur journalistische Bestleistung Gnade vor seinen Augen.

Inka wusste, was er von ihr wollte.

»Herr Lindemann, es ist richtig, ich kenne das Opfer und die Tatverdächtige, aber ich weiß nicht, ob ich die weitere Berichterstattung über den Mordfall übernehmen sollte. Mein Mann war mit der Spurensicherung betraut – aber der Hauptgrund ist, dass ich emotional zu tief mit den Beteiligten verbunden bin.«

»Aber genau das brauche ich!«, beschwor er sie. »Frau Mayer, Sie sind die beste Frau dafür. Wer, wenn nicht Sie könnte Licht ins Dunkel bringen? Und ich will mehr als einen Bericht. Hintergründe, Erklärungen, das ist es, was unsere Leser in diesem mysteriösen Mordfall haben wollen.«

»Warum mysteriös?« Wie kam Lindemann zu dieser Annahme?

Der Chefredakteur nahm sein Glas vom Kellner entgegen und trank ein paar Schlucke, was Inka ungeduldig abwartete.

»Gestern Abend war Pressekonferenz«, fuhr Lindemann schließlich fort. »Bislang war der Staatsanwalt stumm wie ein Fisch, und die Pressestelle hat nur rudimentäre Fakten herausgerückt. Aber der Mordkommissionsleiter Czarnetzki hat wohl den Staatsanwalt vor der Pressekonferenz davon überzeugt, ein paar weitere Details an die Öffentlichkeit zu bringen. Das Geständnis von Annabel Brunner ist nämlich nur ein *Teil*geständnis, wie jetzt herauskam. Oder haben Sie Ihre Freundin ernsthaft für schuldig gehalten?«

Inka schüttelte den Kopf. »Nein.«

»Von Anfang an erschien es mir rätselhaft, wie es zwischen einem heiratswilligen Paar, das auch nach Aussagen aller Nachbarn eine sehr harmonische Beziehung führte, zu einem Mord kommen konnte. Bekannt war ja bislang, dass sich keine fremden Spuren am Tatort feststellen ließen. Dabei bleibt die Kripo auch. Kein Einbruch, keine fremden Fingerabdrücke und auf der Weinflasche, dem Tatwerkzeug, ausschließlich die Abdrücke des Opfers sowie diejenigen von Frau Brunner. Wie man uns aber erst gestern Abend mitteilte …«, er machte eine Pause und trank von seiner Apfelschorle, »besagt das Obduktionsprotokoll, dass der Schlag mit der Weinflasche auf den Hinterkopf des Opfers zwar heftig war und – im Wortlaut – eine Rissquetschwunde in der Hinterhauptsregion mit Glassplitterantragungen verursachte, allerdings war diese Verletzung *nicht* tödlich. Hingegen fiel dem Rechtsmediziner bei der Obduktion eine Einstichstelle von einer Spritze auf.«

Inkas Mund war trocken. Sie wollte nach ihrem Glas greifen, aber ihr Gehirn war viel zu beschäftigt, diese neuen Informationen aufzunehmen, dass sie mitten in der Bewegung verharrte. »Von einer Spritze? Wie kann man das überhaupt erkennen?«

»Das dürfen Sie mich nicht fragen. Aber Sie finden das heraus, da bin ich mir sicher.«

»Und was da gespritzt wurde, behielten die Ermittler bei den Interna, nehme ich an?«

»So ist es. Tatsache ist jedenfalls, dass Ihre Freundin Annabel ausschließlich zugegeben hat, mit der Weinflasche auf den Kopf ihres Verlobten eingeschlagen zu haben – auch wenn wir den Grund nicht kennen, denn dazu schweigt sie nach wie vor.«

»Die Kripo vermutet also einen zweiten Täter, der letztlich Jannis' Tod herbeigeführt hatte«, sagte Inka erleichtert und ärgerte sich insgeheim, dass ihr Peter heute Morgen nichts davon erzählt hatte. »Das bedeutet auch, dass die Sache für Annabel ganz anders aussähe! Warum hat die Kripo ihren Verdacht an die Öffentlichkeit gebracht?«

»Man hofft, den unbekannten Täter nervös zu machen. Den psychischen Stress hält nicht jeder aus, und entweder begeht er bei einer neuerlichen Überprüfung einen Fehler, oder er stellt sich freiwillig der Polizei. Das ist natürlich ein Wunschgedanke, aber es hat schon alles gegeben. Für die Kripo ist es ein äußerst verzwickter Fall, weil die Schwester der Tatverdächtigen … wie heißt sie noch gleich?«

»Evelyn Brinkhus.«

»Genau. Weil Frau Brinkhus, wenn wir den Indizien nach davon ausgehen, dass der zweite Täter aus dem unmittelbaren Umfeld stammt, als Ärztin zwangsläufig ins Visier der Ermittler gerät. Als direkte Verwandte kann sie allerdings von ihrem Zeugnisverweigerungsrecht Gebrauch machen, was sie wohl auch getan hat. Gleiches gilt für ihren Ehemann, diesen Hypnotiseur. Der dürfte seiner Frau sogar ein falsches Alibi geben. Zugunsten eines nahen Angehörigen würde das nicht unter Strafvereitelung fallen.«

Evelyn … Doktor Brinkhus … Zeugnisverweigerungsrecht … falsches Alibi … Gut, aber wo war eigentlich das Motiv? Ihr Gehirn arbeitete auf Hochtouren. Was um sie herum an den Tischen geschah, nahm sie gar nicht mehr wahr. Ihr Fokus lag auf ihrem Chef, ohne dass sie ihn scharf erkennen konnte, denn vor ihrem inneren Auge sah sie die Wohnung in der Olgastraße und versuchte sich vorzustellen, was dort in der Mordnacht geschehen war.

»Jedenfalls«, sagte Inka, »wenn es tatsächlich einen zweiten Täter gab, dann könnte Annabel nicht mehr lebenslänglich, sondern lediglich wegen schwerer Körperverletzung und höchstenfalls wegen Beihilfe zu einem Kapitalverbrechen verurteilt werden!«

»Falls er ermittelt wird. Ihre Freundin *muss* etwas wissen oder zumindest mitbekommen haben, wer in die Wohnung kam. Vielleicht wird sie auch dazu gezwungen, jemanden zu decken. Ihre Schwester Evelyn beispielsweise, oder diesen Hypnotiseur. Haben Sie sich mal näher mit dem Thema Hypnose befasst, Frau Mayer? Das wäre übrigens ein eigener Beitrag wert. Ganz grausam, was da mit den Leuten passiert. Haben Sie die Tage mal die internationalen Meldungen gelesen? Da mussten in Indien dreißig Leute nach einer Massenhypnose ins Krankenhaus gebracht werden, weil sie nicht mehr aus der Trance aufwachten! Und hinterher wissen diese armen Menschen von nichts mehr. Recherchieren Sie unbedingt mal in diese

Richtung, und schauen Sie sich diesen Doktor Brinkhus näher an. Hoch spannend und emotional, der ganze Fall mit Ihrer Freundin. Wenn wir hier exklusiv Antworten liefern könnten, und zwar noch *vor* der Konkurrenz, dann gehört der Markt uns. Und das ist Ihr Job, Frau Mayer, den Ihnen die *Stuttgart aktuell* sehr gut bezahlen wird.«

»Mir geht es nicht ums Geld«, sagte Inka reflexartig. »Mir ist die Wahrheit wichtig, und ich glaube an die Unschuld meiner Freundin.«

Lindemann schob seine runde Brille nach oben. »Und ich glaube an Sie, Frau Mayer, und besonders an Ihren Ehrgeiz. Sie sind sehr gut, das haben Sie schon oft bewiesen, und das sollten Sie auch der Öffentlichkeit wieder zeigen. Es wird höchste Zeit, dass die Leute mal wieder was von Ihnen zu lesen bekommen.«

Nicht nur das, dachte Inka. Wenn sie ganz ehrlich war, ging es doch auch ums Geld, denn mit der Übernahme dieses Auftrags könnte sie dazu beitragen, die offensichtlich prekäre häusliche Finanzsituation etwas zu entspannen.

»In Ordnung«, sagte Inka. »Ich übernehme das. Ich werde mich sofort an die Arbeit machen, und Sie hören so bald wie möglich von mir.«

»Das freut mich sehr, Frau Mayer!«, sagte Lindemann, und seine gelöste Miene zeigte, unter welcher Anspannung er gestanden hatte. Er winkte dem Kellner. »Die Rechnung geht auf mich. Frau Mayer, ich will Sie nicht länger von der Arbeit abhalten. Ich mache mich auf den Weg zurück in die Redaktion. Ich bin zu Fuß gekommen, weil ich mir die Parkplatzsucherei nicht antun wollte. Aber warum steht Ihr Moped eigentlich an der Ecke Breite Straße, gut dreihundert Meter von hier? Sie hätten doch näher ans Lokal ranfahren können!«

»Ich bin heute mit dem Auto unterwegs. Peter fährt mit meinem Moped.«

»Ah, ach so.« Lindemann trank sein Glas leer. »Dann beste Grüße an Ihren Mann und Ihnen noch einen schönen Tag!«

Ein rätselhafter Tag, dachte Inka, als sie Lindemann nachwinkte. Sie hoffte, Peter an der Ecke Breite Straße zu treffen. Was immer er dort an seinem freien Tag zu tun hatte.

*

Eine Stunde später hatte sich das Rätsel noch immer nicht gelöst. Ihre Quickly stand tatsächlich an der von Lindemann angegebenen Ecke geparkt – von Peter jedoch keine Spur. Zweimal ging sie die angrenzenden Straßen ab, danach wartete sie eine Weile vor ihrem Moped und fragte sich dabei mehr und mehr, was Peter zwischen all den Imbissbuden, Spielhöllen und dem Dreifarbenhaus zu suchen hatte. Im Bordell, das durch seine markant gestrichene Außenfassade jedermann bekannt war, so hoffte sie jedenfalls, wohl nichts Außerdienstliches. Über sein Handy war er noch immer nicht zu erreichen.

Was sollte das? Gut, wenn er sich ein paar Stunden Auszeit gönnte, aber weshalb konnte er ihr das nicht sagen, nein, mehr noch: Weshalb hatte er sie angelogen und neben der Dienstbesprechung viel Arbeit vorgeschoben? Es fiel ihr schwer, für diese Ausreden noch Verständnis zu haben, und je mehr Zeit verstrich, desto größer wurde ihre Wut, weil so viele ungeklärte Fragen in der Luft hingen.

Eine Antwort konnte sich Inka zumindest selbst geben, als sie kurz nach siebzehn Uhr vor dem Laptop im Wohnzimmer saß. Eine Antwort, die sie allerdings schon längst geahnt hatte: Das gemeinsame Haushaltskonto war geplündert.

Ihre Hand ruhte unbeweglich auf der Maus, sie beugte sich noch weiter über den Couchtisch und starrte auf die Zahlen des Online-Kontos. Das Plätschern des Aquariums empfand sie nicht mehr als beruhigend, am liebsten hätte sie die Filterpumpe ausgeschaltet. Sie brauchte Ruhe, absolute Ruhe, um zu verinnerlichen, was sie da schwarz auf weiß vor sich sah.

In den vergangenen drei Wochen, seit Anfang Juni waren von verschiedenen Geldautomaten in Stuttgart alle drei, vier Tage größere Beträge abgehoben worden. Zwischen zweihundert und dreihundert Euro. Mitte des Monats war die Überweisung von Peters Anteil auf das Konto per Dauerauftrag erfolgt, und am 24.06. um 14.21 Uhr war dieser Betrag wieder komplett abgehoben worden. Das war der Freitag ihrer Party gewesen – als Peter auch nicht auf dem Handy erreichbar gewesen war. Um Himmels willen, was war da los? War Peter in irgendeine üble Geschichte hineingeraten? Das zwielichtige Viertel, in dem er heute geparkt hatte, die abgehobenen hohen Geldbeträge, seine Verschlossenheit … Begriffe wie Spielsucht, aber auch Drogenmilieu, Bandenkriminalität und Schutzgelderpressung spukten ihr plötzlich durch den Kopf.

Du musst noch tiefer graben, um die Wahrheit herauszufinden.

Doch wie sollte sie weiter vorgehen?

Der Ohrring kam ihr wieder in den Sinn. Sie holte ihren Geldbeutel und besah ihn sich noch einmal. Was, wenn er nicht von Rebecca stammte? Sondern … von einer fremden Frau? Einer *anderen* Frau in Peters Leben? Allein der Gedanke schmerzte.

Kurz entschlossen rief Inka Rebecca an.

Es dauerte eine Weile, sie befürchtete schon, ihr die Nachricht auf Band sprechen zu müssen, aber dann ging ihre Freundin doch ans Telefon.

»Hallo, Rebecca, ich bin's, Inka. Sag mal …« Das ohrenbetäubende Geschrei eines Babys im Hintergrund ließ sie verstummen.

»Warte mal …«, kam es von Rebecca, »ich gehe in die Küche. So, jetzt. Die Nachbarin hat ihren kleinen Sohn immer dabei, wenn sie bei meinen Eltern putzt. Und jetzt ist er gerade aus seinem Nachmittagsschlaf aufgewacht. Sag, was gibt's Neues? Evelyn hat mir von eurem U-Haft-Besuch erzählt. Annabels Verhalten ist ja wirklich sehr merkwürdig.«

Inka antwortete nicht gleich, sie horchte, weil sie das Baby noch einmal hören wollte. Nie hätte sie gedacht, dass sie sich eines Tages nach einem solchen Geschrei sehnen würde. Aber jetzt war es still. Wahrscheinlich nicht weil Rebecca die Küchentür zugemacht hatte, sondern weil der Kleine nun die Brust der Mutter bekam, dachte Inka und wünschte sich an ihre Stelle.

»Ja, Annabel hat sich sehr befremdlich verhalten. Und in der Zwischenzeit sind noch einige beängstigende Dinge passiert.«

»Was denn alles, um Himmels willen? Warum rufst du mich nicht an? Ich habe hier mit meinen Eltern so viel um die Ohren, ich dachte, du meldest dich, sobald ich etwas tun kann.«

»Ich will dich nicht unnötig in die Sache mit reinziehen. Du hast schon genug für mich getan, als du nachts mit mir in die Bibliothek gegangen bist. Es hat uns doch hoffentlich niemand beobachtet und im Nachhinein Meldung erstattet?«

»Nein, alles gut. Nur seltsam, dass du glaubst, Annabel da unten gesehen zu haben …«

»Du hast sie doch auch gesehen!«

»Nein, gesehen nicht. Ich habe nur ein Geräusch gehört, so als ob du gestürzt wärst, und dann bin ich dir hinterhergelaufen bis zum Aufzug. Die Gestalt direkt gesehen habe ich nicht. Aber ich glaube dir.«

Inka seufzte. »Ich weiß bald nicht mehr, was ich glauben soll. Ich war in der Rechtsmedizin, aber Jannis wurde schon dem Bestatter übergeben. Dann hatte ich so etwas wie einen Zusammenbruch, hatte das Gefühl zwischen Leichen in der Kühlung zu liegen, und ich habe Jannis vor mir gesehen. Er hat mich bedroht und wollte mir den Bauch aufschneiden. Das klingt alles schrecklich und ist so merkwürdig … so beängstigend.«

»War das noch einmal so eine … Halluzination?«

»Ich … ich weiß es nicht. Wahrscheinlich schon … Rebecca, der Zettel mit der Anleitung für das tödliche Spiel war doch echt?«

»Ja, natürlich, den habe ich definitiv selbst gesehen. Ich glaube nicht, dass du verrückt bist, denn die Bedrohung existiert.«

»Annabels Vater hat mich vor Doktor Brinkhus gewarnt. Brunner vermutet, dass Brinkhus Experimente macht – ob man einen Menschen unter Hypnose dazu bringen kann, einen Mord zu begehen.«

»Das darf doch nicht wahr sein!«, murmelte Rebecca. »Aber in diese Richtung habe ich auch schon gedacht …«

»Und gleichzeitig hat er mich vor einer Frau gewarnt, deren Namen er nicht aussprechen wollte. Das hat sein

Wahn nicht zugelassen. Vielleicht, weil er seine eigene Tochter Evelyn meint. Er hat etwas von einem Liliputaner im Kleiderschrank gefaselt, der ihn beobachten würde, ich durfte nicht mal die Türen anfassen.«

»Inka, wir müssen unbedingt herausfinden, wer dieses Spiel mit dir spielt. Soll ich zu dir kommen? Ich bin sofort da. Oder komm du hierher.«

»Ich … Ehrlich gesagt möchte ich nicht aus dem Haus gehen. Ich muss noch dringend etwas mit Peter besprechen und will ihn nicht verpassen. Warum ich dich eigentlich noch anrufe, Rebecca: Vermisst du vielleicht einen Ohrring?«

»Sag bloß, du hast den winzigen Stecker gefunden!«

»Ja, in unserem Auto.«

»Zum Glück, wer hätte das gedacht – ich hab das teure Brillantding schon abgeschrieben. Was ein Glück, dass ich ihn nicht doch irgendwo auf der Straße verloren habe. Du bist ein Schatz, Inka! Magst du wirklich nicht vorbeikommen? Meine Mutter hat gerade einen Braten in den Ofen geschoben.«

»Das ist lieb, aber ich warte tatsächlich besser auf Peter.«

»Der muss ja wirklich viel arbeiten …«

Rebecca ahnte wohl kaum, wie viel Salz sie gerade in die Wunde streute.

»Du, jetzt höre ich was an der Tür«, sagte Inka, als sich der Schlüssel im Schloss drehte. »Das ist Peter.« Im ersten Moment spürte sie Erleichterung, doch ein flaues Gefühl blieb in der Magengegend stecken.

Sie verabschiedete sich von Rebecca und wartete regungslos auf der Couch, bis er hereinkam.

Mit hochgekrempelten Ärmeln trat Peter schließlich ins Wohnzimmer und drückte ihr überschwänglich einen Kuss auf den Mund. »Endlich zu Hause – das war ein Tag. Hallo, mein Schatz! Hübsch siehst du aus! So anders.«

»Hallo.«

»Huch, schlechte Laune?«

Noch nicht, dachte sie. Der Bildschirmschoner verdeckte, was ihr soeben noch Schwindel verursacht hatte. »Nein, ich habe sogar ganz gute Laune. Ich habe heute Nachmittag Lindemann getroffen und einen neuen Auftrag bekommen.«

»Wow!« Überrascht ließ sich Peter neben sie auf die Couch fallen. »Erzähl!«

»Er will, dass ich einen Hintergrundbericht über den Mord an Jannis schreibe.« Gespannt wartete sie auf seine Reaktion, auch wenn sie mit einer ablehnenden Haltung rechnete.

»Wie bitte?« Peter machte die oberen beiden Hemdsknöpfe auf. »Noch mal: Ich war bei der Spurensicherung beteiligt. Ich will nicht, dass mein Chef mich verdächtigt, als zweite Pressestelle zu fungieren. Und, ganz ehrlich, du bist nicht gerade in der psychischen Verfassung, genau darüber zu schreiben.«

»Lass das meine Sorge sein. Ich habe mich bereits entschieden.«

Peter schaute sie ungläubig an. »Du hast ihm zugesagt?«

»Ja, ganz richtig.«

Peter raufte sich die kurzen Haare, als könne er durch diese Geste das Gehörte aus seinem Kopf streichen. »Inka, Inka …« Seufzend stand er auf und ging in die Küche.

Inka ging ihm nach und stellte sich in den Türrahmen. »Ich denke, es könnte uns auch finanziell ganz guttun, wenn ich wieder was verdiene. Lindemann will mir ein sehr gutes Angebot machen.«

»Hm«, machte Peter und inspizierte den Kühlschrank auf der Suche nach etwas Essbarem. »Weißt du was«, sagte er, »lass uns nachher über diesen Auftrag reden. Ich hole uns was Leckeres zu essen – dieses Mal vielleicht vom Chinesen?«

Und von welchem Geld?, wollte Inka fragen, stattdessen aber sagte sie: »Gute Idee. Das Auto habe ich übrigens getankt. Ich musste ja zum Treffen mit Lindemann fahren.«

Peter schaute ruckartig zu ihr. Natürlich konnte sie seinen fragenden Blick erkennen, aber sie gab sich so, als hätte es beim Tanken keine besonderen Vorkommnisse gegeben.

Jetzt erst bemerkte Peter den riesigen Rosenstrauß, der auf dem Fensterbrett thronte. »Von wem sind die?«, fragte er skeptisch.

Inka tat überrascht. »Ich dachte, von dir? Die brachte heute Morgen ein Blumenlieferant. Anonymer Absender.« Mal sehen, was er dazu sagte. Das Kärtchen von Lindemann mit der Einladung ins *Graciosa del Mundo* hatte sie natürlich im Mülleimer versenkt.

Inka sah förmlich, wie es hinter Peters Stirn arbeitete. *Wenigstens war er dieses Mal ehrlich*, dachte sie, als sie die Unsicherheit in seinem Blick herauslas, vielleicht hatte er sogar Angst, dass es einen Rivalen geben könnte.

Inka tat so, als hätte sie es nicht bemerkt. Das falsche Spiel gelang ihr gut, aber sie hasste sich in dieser Rolle. Am liebsten hätte sie ihre Maskerade hingeschmissen und Peter ins Gesicht gebrüllt, was sie wusste. Aber das wäre unklug, wenn sie ihn zum Reden bringen wollte. Bei direkter Konfrontation würde er sofort dichtmachen.

»Hast du einen Verehrer?«, fragte Peter.

»Ach Quatsch. Wenn die Blumen nicht von dir waren, dann sind sie von Lindemann, der verschenkt doch so gerne welche.«

»Hast du dich für deinen Chef so hübsch gemacht?«

Jetzt wurde es Inka zu bunt, und sie konnte sich kaum noch zurückhalten. Wer war denn stundenlang nicht auffindbar und gaukelte seinen Kollegen vor, sich einen freien Tag zu nehmen?

»Nein«, sagte Inka entschieden, und in diesem einen Wort lag ihre ganze Verletzung. »Ich habe mich für *dich* so zurechtgemacht, weil ich dachte, *du* wolltest mich einladen.«

»Aber ich hatte dir doch gesagt, dass wir eine Dienstbesprechung haben.«

Inka musste an sich halten, nicht auszurasten. *Ruhig, ganz ruhig*, beschwor sie sich. Nicht das ganze Material auf einmal verschießen.

»Und am Nachmittag? Ich habe mehrmals versucht, dich zu erreichen. Und immer war die Mailbox dran.«

»Du hast mich versucht zu erreichen?« Wie zum Beweis zog Peter sein Handy hervor und schaute auf das Display. »Ich habe keinen einzigen entgangenen Anruf. Aber vielleicht war der Empfang schlecht. Ich hatte gegen drei noch einen Ortstermin an der Dobelstraße. Hässlicher Gleisunfall, vermutlich eines Drogenabhängigen. Der U-Bahn-Fahrer hatte keine Chance zu bremsen. Wir wissen nur noch nicht, ob er auf die Gleise gestoßen wurde oder selbst gesprungen ist.«

»Wie schrecklich …« Einen Moment lang verlor Inka den Faden, aber dann hatte sie sich wieder gesammelt. »Und da bist du mit meiner Quickly hingefahren?«

»Ja. Mein Kollege, der dringend um Verstärkung gebeten hatte, war froh, dass bei dem Stau wenigstens einer von uns Kriminaltechnikern schnell zum Einsatzort kam. Da war ja kein Durchkommen mehr … Und jetzt lass uns nicht mehr davon reden. Du kannst dir nicht vorstellen, wie es da ausgesehen hat. Ich will auch nicht mehr dran denken, weil ich wenigstens einmal am Tag was Richtiges essen muss. Was hältst du also von Chinesisch?«

Inka nickte vage. Was sollte sie von all dem halten? Peters zahlreiche Überstunden, sein Widerwillen gegen die Hypnose, seine offenkundige Lüge mit der Dienstbesprechung und das geplünderte Konto ließen nur *einen* schwerwiegenden Schluss zu.

»Soll ich wie immer Schweinefleisch süß-sauer und Ente in Erdnusssoße mitbringen, und das teilen wir dann? Ach so, kannst du mir vielleicht Geld mitgeben? Ich habe es nicht mehr auf die Bank geschafft.«

Jetzt wollte sie nicht mehr um den heißen Brei herumreden. »Peter, das Haushaltskonto ist in den Miesen. Ich musste an der Tankstelle mit *meiner* Karte bezahlen.«

»Tut mir leid, ich gebe dir das Geld wieder.«

Inka wartete noch einen Moment ab, doch für Peter schien die Sache erledigt zu sein.

»Das ist alles, was du dazu zu sagen hast? Es fehlen mit dem Dispo gerechnet gut und gerne zweitausend Euro!«

»Inka, bitte, lass es gut sein. Mit den Finanzen musst du dich nicht auch noch belasten. Ich musste da einen kurzfristigen Ausgleich auf meinem Konto schaffen. Zu viele Handwerkerrechnungen auf einmal. Und dann habe ich vergessen, die Rücküberweisung zu machen. Es tut mir leid, ich kann auch nicht immer an alles denken.«

Inka wiederum dachte an die Worte des Tankstellenwarts. Peter hatte seine Schulden erst am nächsten Tag bezahlt, in bar – vielleicht weil er erst irgendwoher Geld besorgen musste?

»Peter, ich habe den Eindruck, dass wir in finanziellen Schwierigkeiten sind – und das betrifft nicht nur das Haushaltskonto, sondern auch *dein* Konto.«

»Mein Konto geht dich nichts an«, entgegnete er schroff und entschuldigte sich dafür im nächsten Moment. »So war das nicht gemeint, aber ich rede dir in deine Hypnosestunden ja auch nicht mehr rein. Lass mich einfach mein Ding machen und vertrau mir.« Er holte sich ein großes Glas aus dem Küchenschrank. »Ich brauch jetzt erst mal was Kaltes zu trinken.«

»Peter, es gab keine Dienstbesprechung!«, platzte sie heraus. »Und du hast zu Andi gesagt, dass du dir heute einen schönen Tag mit mir machen willst … und mein Moped stand um drei Uhr nicht bei der Dobelstraße, sondern einen guten Kilometer entfernt an der Ecke Breite Straße!« Sie musste aufpassen, dass ihr nicht die Tränen kamen. »Warum lügst du mich an?«

»Weil du keine Ahnung hast!« Mit einer energischen Handbewegung stellte er das Glas in die Aussparung des Kühlschranks und betätigte den Eiscrusher.

»Dann sag mir doch, was los ist! Bevor ich dir Geld gebe, will ich wissen, was los ist. Das ist ja wohl mein gutes Recht!«

»Nein«, sagte er in das Getöse hinein. Und selbst als es wieder still war, hatte er nicht mehr dazu zu sagen.

»Nein?«, wiederholte sie.

»Du steuerst seit Monaten nichts zum Einkommen bei, und bist jetzt nicht mal bereit, mir dreißig Euro fürs Essen zu geben? Dann einen schönen Abend noch!« Peter ließ sein eisgefülltes Glas einfach stehen und ging hinaus in den Flur.

»PETER!« Aber er war schon zur Tür raus.

Draußen heulte der Motor des frisch getankten CC's auf. Im ersten Moment wollte sie ihm nachlaufen, doch eine innere Stimme verbot es ihr.

Nicht nur, dass er ihr ein schlechtes Gewissen machte, nein, er gab ihr auch noch indirekt die Schuld für die finanzielle Misere und haute einfach ab, ohne ihr genau erklärt zu haben, wie es so weit kommen konnte.

Wie schlimm sah es tatsächlich in ihren Finanzen aus?

Sie hatte Hemmungen, sich in Peters Konto einzuloggen – denn die Passwörter hatten sie nur für den Notfall und unter der unausgesprochenen Bedingung ausgetauscht, das Konto des anderen nicht aus Neugierde zu überprüfen. Aber das hier war keine Neugierde, das war ein Notfall. Hier ging es um die gemeinsame Lebensgrundlage, um die reine Existenz.

Ums nackte Überleben, verbesserte sie sich, als sie Peters Kontoumsätze vor sich sah. Der Mund blieb ihr offen stehen, mit großen Augen scrollte sie hoch und runter. Vorwärts und rückwärts. Immer wieder.

Sein Konto war dreitausend Euro im Minus, so weit, wie es der Dispo-Rahmen zuließ. Auch hier wurden immer wieder hohe Bargeldsummen abgehoben. Inka suchte nach Mustern, aus denen sich irgendetwas herauslesen ließ. *Irgendetwas.*

Die Abhebungen erfolgten immer in Stuttgart, zu den unterschiedlichsten Uhrzeiten: morgens, mittags, abends, manchmal auch spätnachts. Hin und wieder erkannte sie die Begleichung einer Handwerkerrechnung, aber auf den ersten Blick waren Fliesenleger und Elektroinstallateur noch nicht bezahlt worden.

Wann hatte alles angefangen? Das konnte doch nicht

schon ewig so gehen! Aber mindestens ein Jahr, denn länger zurück waren die Kontoauszüge nicht einsehbar. *Ein Jahr*! Alle paar Wochen gab es auch mal eine Bargeld*einzahlung*, die niedrigste lag bei zweihundert Euro, die höchste bei achthundert. Doch … halt! Was war das? *Zehntausend Euro*, in bar eingezahlt am 30.12. mit dem Vermerk *Für Jonas*. Das war doch um Himmels willen nicht wahr! Zu diesem Zeitpunkt war ihr Sohn schon eine Woche tot gewesen. Wer um alles in der Welt hatte so viel Geld zur Geburt auf Peters Konto eingezahlt, ohne dass sie davon wusste?

Hatte jemand bezahlt, *weil* Jonas gestorben war? Als eine Art Wiedergutmachung? Schweigegeld? Oder war es am Ende etwa eine Bezahlung für Jonas, *weil* er lebte und verkauft worden war?

*

Die tiefe Verunsicherung verursachte Inka Bauchschmerzen. Als sie einen Screenshot des Kontoauszuges auf ihrem Rechner unter dem Dateinamen Jonas abspeichern wollte, meldete ihr das Programm, dass eine Datei dieses Namens schon vorhanden sei. Daran fand Inka zunächst nichts Außergewöhnliches, allerdings konnte sie sich nicht erinnern, was sie darunter abgespeichert haben könnte, also schaute sie nach. Die Word-Datei war am 25. Juni um 11.51 Uhr erstellt worden – das war der Samstag gewesen, als sie morgens von Jannis' Tod erfahren hatte. Um diese Uhrzeit war sie doch unterwegs gewesen, zuerst bei Peter auf der Dienststelle und anschließend zur Hypnose bei Doktor Brinkhus.

Mit einem unguten Gefühl öffnete sie das Dokument. Als sie die ersten Zeilen las, stockte ihr der Atem. DAS

SPIEL DES LEBENS … Inka scrollte nach unten. *Du musst noch tiefer graben, um die Wahrheit zu finden.* Dieser Text, die Spielanleitung, die in dem Hypnosebuch gesteckt hatte, war auf ihrem Laptop geschrieben und ausgedruckt worden! Ihr lief es eiskalt den Rücken hinunter. Wer hatte sich Zugang zum Haus verschafft? Aber das Passwort für den Laptop besaß außer ihr nur Peter. Mein Güte, wenn es tatsächlich Peter gewesen war, wie konnte er so dreist sein, diese Datei auch noch in ihrem Rechner abzuspeichern? Fühlte er sich mit seinem bösen Spiel so sicher? Glaubte er, die vielen schönen gemeinsamen Jahre und die Tatsache, dass sie verheiratet waren, würden ihn vor ihrem Verdacht schützen? Oder hatte er es darauf angelegt, dass sie die Datei früher oder später entdecken würde? Hätte sie nicht zufällig tanken müssen, um zu Lindemanns Einladung zu kommen, hätte sie nicht den Stein um die unklaren Kontostände ins Rollen gebracht. Sollte sie psychisch mürbe gemacht werden? Wo war sie da nur hineingeraten?

Von einer Minute auf die nächste bekam sie regelrechte Magendarmkrämpfe, die sie zum Erstarren brachten und ihr fast die Luft nahmen. Inka lehnte sich auf dem Sofa zurück und atmete in den Schmerz hinein, so wie sie es bei aufkommenden Wehen gelernt hatte. Das hier war fast so schlimm, aber gleich würde es sicher nachlassen. Es musste besser werden, schließlich hatte sie dieses Mal nichts Falsches gegessen. Genau genommen überhaupt nichts seit heute Morgen. Die Krämpfe ließen für einen Moment nach, nur um nach einer kurzen Verschnaufpause mit unverminderter Wucht zurückzukehren.

Diese Schmerzen! Sie bekam Schweißausbrüche und das Gefühl, als müsste sie aus ihrem Körper ausbrechen, weil die Hülle zu eng geworden war. Ein kaum auszuhaltender innerer Druck, wie bei einer Mineralwasserflasche kurz vor dem Bersten.

Kaum mehr zu einem klaren Gedanken fähig, griff sich Inka ihr Handy und drückte die Wahlwiederholungstaste, um Peter zu erreichen. Es war ein Reflex, weil er immer an ihrer Seite gestanden hatte, um ihr zu helfen. *Hatte* – Vergangenheitsform. Sie wollte es in ihrer momentanen misslichen Situation nicht wahrhaben, dass er sie bösartig hintergangen haben könnte. Das Rufzeichen ertönte, dann sprang nach einer Weile die Mailbox an. Himmel, noch mal! Was, wenn sie hier vor Schmerzen besinnungslos wurde?

Es klingelte an der Tür.

Die Rettung! Jetzt würde sie sich sogar freiwillig ins Krankenhaus bringen lassen – Hauptsache, diese Folterqualen hörten auf.

»Moment, ich mache auf!«, keuchte sie. Mit einer Hand stützte sie sich an der Wand ab und hangelte sich in den Flur, mit der anderen hielt sie sich den Bauch. Peter hatte sein Sakko an der Garderobe hängen lassen, und beim Blick auf das Schlüsselbrett bemerkte sie, dass er sogar den Haustürschlüssel vergessen hatte. Geschah ihm ganz recht, dass er jetzt wie ein Fremder um Einlass bitten musste.

Inka öffnete die Tür und wusste im selben Augenblick, dass das ein Fehler gewesen war.

Ein weißer Schatten warf sich ihr mit voller Wucht entgegen – ein Mensch in Ganzkörperanzug mit Mundschutz, wie bei der Spurensicherung üblich, rang sie zu Boden. Sie lag auf dem Bauch, im Eingangsbereich ihres Hauses, von den Knien des Eindringlings niedergedrückt und die Hände auf dem Rücken festgehalten. Dennoch versuchte sie sich zu wehren, auch wenn sie fürchtete, dass ihr gleich die Arme ausgekugelt wurden. Luft, sie bekam keine Luft mehr.

Inka schlug mit den Füßen, zappelte wie ein verendendes Tier. Dieses übermächtige Gespenst saß jetzt rittlings auf ihren überkreuzten Armen und presste seine Hände auf ihren seitlich liegenden Kopf, der hart auf den kalten Fliesen auflag. Der Druck war so groß, dass sie glaubte, die Augen würden ihr aus den Höhlen treten.

Dann spürte sie einen Stich an ihrem Hals.

»Neiiiiiin, niiicht!« Ihr Schrei war so gellend, dass sie selbst glaubte, davon taub zu werden. *Keine Spritze – nicht wie bei Jannis … Das war wieder eine Halluzination, nur eine Halluzination*, predigte sie sich. *Gleich ist es vorbei.*

Ihre Anspannung ließ prompt nach, ein wohliges Gefühl breitete sich in ihr aus – eine Art Leichtigkeit, so als würde ihr Körper in einen schwerelosen Zustand übergehen. Die Energie, mit der sie sich gerade noch gewehrt hatte, wich einer Gleichgültigkeit, und alle Angst verlor sich. Sämtliche Probleme waren gelöst, weil sie gar nicht mehr existierten. So fühlte es sich also an, wenn man sterben musste? Befreit von allen irdischen Qualen, war dieser angenehme Zustand keineswegs furchterregend, sondern so schön, dass sie gar nicht mehr ins Leben zurück wollte.

Ein Ruck ging durch sie hindurch, da jemand ihre Lage auf dem kalten Boden veränderte. Ihr fehlte jegliche Orientierung, und instinktiv versuchte sie, die Augen zu öffnen, doch es gelang ihr nicht. Eines wurde ihr allerdings klar: Sie war nicht tot. Ihre Beine bewegten sich in die Luft, da dämmerte es ihr, dass sie an den Beinen durch die Wohnung geschleift wurde, so wie man das beim Transport einer Leiche tat. *Halt*, wollte sie schreien. *Ich bin doch noch gar nicht tot. Noch nicht.* Jetzt wurde sie herumgedreht, unter den Achseln gepackt und die Treppe hinauf ins Obergeschoss geschleppt. Dann legte man sie ab.

Sprechen konnte sie nicht, aber sie hörte die Befehle ihres Peinigers.

»Bleib liegen und halt still!«

Diese Stimme, wem gehörte diese Stimme? Ein Gedankenblitz durchzuckte ihr vernebeltes Hirn. Die Stimme war *weiblich. Woher zum Teufel nimmst du als Frau die Kraft, mich die Treppen hinaufzuschleifen?*, dachte Inka. *Sag noch einmal was, du Miststück, damit ich dich erkennen kann. Ich muss wissen, wer du bist.* Klack, klack. Absatzschuhe. Auf den Fliesen.

Das Bad war eindeutig ein Raum, in dem sich später Spuren eines Massakers leichter beiseitigen ließen. Die Fliesen, wie in der Rechtsmedizin. Und wieder wurde sie betäubt. Nur dieses Mal nicht mit Äther, wie sie das letzte Mal geglaubt hatte, die Technik war eine andere. Und noch etwas war merkwürdig: Es war unmöglich, über eine Halluzination nachzudenken, während man eine solche gerade erlebte. Ähnlich wie man selbst nicht bemerkte, dass man träumte. Und wenn doch, war man Morpheus' Armen bereits wieder entkommen … Sie hingegen befand sich mitten in diesem Albtraum.

»Du gehörst mir, Süße. Willst du mir etwas sagen? Ich verstehe dich nicht. Deine Augenlider flackern, kannst du sie nicht aufmachen? So ein Pech aber auch, und das, wo du doch so neugierig bist. Neugierde ist ungesund, das weißt du, ja? Natürlich weißt du das, du verbrennst dir lieber an einer brandheißen Story deine Fingerchen, als auf Sparflamme zu kochen, ich kenne dich doch. Und du kennst *mich* ziemlich gut – na ja, sagen wir besser, du ahnst, mit wem du es zu tun hast. Bislang habe ich mich still verhalten, weil ich dachte, du würdest dasselbe tun. Aber du bist dabei, mich zu verraten. Das hier ist meine letzte Warnung an dich, du bist mir zu nah gekommen. So, genug geredet.«

Konnte diese Stimme Evelyn gehören? Warum konnte sie das nicht klar zuordnen? Sie hörte die Frau doch deutlich und unverstellt sprechen *und* sie kannte Evelyn.

Das Klicken einer Magnetöffnung. Der Spiegelschrank im Bad. Gegenstände wurden hin und her bewegt. Ob die Frau Spuren hinterließ? Wohl kaum, denn zu diesem Ganzkörperanzug trug sie mit Sicherheit auch Latexhandschuhe. Die Frau war gut vorbereitet und würde sich bei der Durchführung ihres Vorhabens nicht so leicht auf die Schliche kommen lassen. Wieder die Absatzschuhe auf den Fliesen. Bis sie dicht neben ihr stehen blieben.

»Hübsches Kleid, übrigens. Gefällt mir allerdings nicht. Mir gefällt zudem ganz und gar nicht, wie du versuchst, der Wahrheit auf die Spur zu kommen. Das ist ungesund für dich. Bauch frei machen.«

Hände zerrten an ihr, dann spürte sie, wie ihr das Kleid hochgeschoben wurde. Ein Rütteln an ihrer Bauchdecke, ähnlich wie sich das bei einem Kaiserschnitt anfühlen musste. Diese perfide Betäubung, genau so gewählt, dass sie alles miterleben musste, sich aber nicht wehren konnte. Die Frau kannte sich aus. Ein Zischen wie aus einer Spraydose.

»Das wird jetzt ein bisschen kalt. Kneif als Zeichen die Augen zusammen, sobald du etwas spürst.«

Jetzt war Inka dankbar um die Wirkung des Narkosemittels. Aber wozu dann noch eine örtliche Betäubung? Und warum roch das Zeug wie ihr eigenes Deospray?

Das Zischen setzte sich fort, mindestens eine halbe Minute.

»Du merkst immer noch nichts? Solche Erfrierungen, verursacht durch ein Deospray, musst du doch spüren, verdammt! Okay, dann muss ich eben zu härteren Mitteln greifen.«

Ihr Kopf schlug auf dem Fliesenboden auf. Einmal, zweimal. Wie hart konnte sie nicht sagen, die Betäubung wirkte.

»Immer noch nichts?«

Nur keine weiteren Qualen. Das alles sollte aufhören. Inka kniff die Augen zusammen.

»Lüg mich nicht an. Du fühlst nichts! Also gut, dann muss ich mir noch etwas anderes ausdenken. Keine Sorge, hier lässt sich so einiges finden. Die reinste Folterkammer! Rasierklingen, zum Beispiel. Eine Botschaft von mir, damit du endlich begreifst.«

Was sollte sie begreifen? *Was*?

Prompt wurde ihr Antwort auf diese Frage gegeben.

»Du sollst begreifen, was am 22. Dezember passiert ist. Ich kann es dir sagen. Ganz genau sogar. Denn ich war dabei. Ich glaube aber nicht, dass du die Wahrheit überhaupt hören willst, denn sie ist noch grausamer als das, was du im Moment für die Wahrheit hältst. Und ja, ich bin schuld daran, dass du nur noch ein Schatten deiner Selbst bist.«

Wer war diese Person? Und was konnte noch grausamer sein als der Tod ihres Sohnes?

»Deine Blutstropfen sind schön, wie rote Tränen. Ich muss mich zusammenreißen, nicht noch tiefer mit der Rasierklinge einzuschneiden, um mehr von deinem Blut zu sehen. Noch ein paar Schnitte, ein paar Buchstaben noch.«

Das war eine Halluzination, dachte Inka. *Es musste einfach eine Halluzination sein! Gleich ist alles vorbei.* Sie musste nur wieder zurück in die Realität finden.

»Fertig, es ist hübsch geworden. Ich bin stolz auf mich. Du kannst das Kunstwerk auch bald bewundern. Von dem Teddy warst du ja leider gar nicht begeistert, dabei wollte ich dir damit ein Geschenk machen. Ich wollte dir eine Erinnerung schenken. Jetzt habe ich ihn in deinem Nachttisch versteckt. Ich hoffe, du schenkst dem Teddy später die gebührende Aufmerksamkeit, denn ich meine es doch nur gut. Noch lasse ich dich am Leben. Ob du es wahrhaben willst oder nicht, ich brauche dich, denn du bist so etwas wie mein verlängerter Arm. So, Inka, jetzt verabschiede ich mich. Das Erwachen könnte etwas unangenehm werden, aber ohne Schmerzen geht es nun mal nicht …«

Klack, klack, klack.

Unangenehm war gar kein Ausdruck.

Inka hatte solche Kopfschmerzen, dass sie glaubte, ihr müsse der Schädel platzen. Zudem war ihr speiübel, sie würgte und spuckte ein bisschen Galle auf den Badezimmerteppich, als sie langsam zu sich kam. Sie wusste nicht, wie viel Zeit vergangen war, aber sie lag noch immer auf den kalten Fliesen. Immerhin konnte sie ihren Kopf ein wenig drehen, auch wenn ihr die übrigen Muskeln noch nicht gehorchten. Das Zittern war unkontrollierbar, und ihr Herz raste. Ihre Lider waren tonnenschwer, dennoch gelang es ihr, die Augen zu öffnen. Nicht weit von ihr entfernt lagen Rasierklinge und Deospray.

Wo war ihr Handy? Irgendwie schaffte sie es, ihren zitternden Arm zur Hüfte zu bewegen. Nein, da war kein Handy, sie trug ja ihr Etuikleid und das war bis zum Nabel hochgeschoben. Inka tastete über ihre Haut am Bauch. Sie spürte Schürfungen, Risse, hatte leichte Blutspuren an den

Fingern. Panik. Wo hatte sie ihr Handy zuletzt gehabt? An der Haustür …

Zentimeter für Zentimeter robbte Inka vorwärts, hinaus in den Flur und bis zum Treppenabsatz. Im ersten Moment schien es ihr schier unüberwindlich, aber sie rappelte sich auf, bekam das Geländer zu fassen und hangelte sich daran hinunter. Nach den ersten paar Stufen entglitt es ihr, und sie fiel mit einem Aufschrei. Der Aufprall traf ihre Schulter am heftigsten. Geschockt blieb sie liegen, bis sie ihr Handy am Boden vor dem Garderobenschrank entdeckte – nur eine Armlänge von ihr entfernt. Es musste ihr bei dem Angriff aus der Hand gefallen sein. Inka streckte sich, bekam es zu fassen und drückte die Wahlwiederholung. »*Der gewünschte Gesprächspartner* …«, tönte die Stimme einen Augenblick später.

Peter, sagte sie und dabei bewegten sich nur ihre Lippen. *Warum tust du das?* Diese Kopfschmerzen … Das Denken fiel ihr schwer, aber sie musste bei Sinnen bleiben, damit sie Hilfe rufen konnte. *Andi.* Sie zitterte so sehr, dass sie kaum die Tastatur zu bedienen fähig war, aber Peters Büronummer war noch von heute Morgen in der Gesprächsliste.

»Dormann, Apparat Mayer.«

Zum Glück, er war da. »Andi … Hilfe … Zu Hause … Inka …« Das war alles, was sie herausbrachte. Sie wusste nicht einmal, ob sie verständlich geklungen hatte, aber die Sorge verflüchtigte sich durch die Anstrengung, und sie dämmerte noch einmal weg.

Bis es erneut an der Haustür klingelte.

»Jessesmaria, Inka, was ist denn mit dir passiert?«, fragte Andi entsetzt, während er sie aufhob und zur Couch trug. Seine grünbraunen Augen waren voller Sorge, und er schaute sich im Wohnzimmer um, ob ihm irgendwelche Auffälligkeiten Hinweise darauf geben könnten, was passiert war. Irgendwie hatte sie es geschafft, sich an der Haustür hochzuziehen und ihm zu öffnen.

»Überfall«, hatte sie mit einem Wort erklärt, und dann war sie direkt vor seinen Füßen wieder zusammengebrochen. Jetzt schlugen ihre Zähne unkontrolliert aufeinander, und jeder Schlag war wie der eines unbarmherzigen Presslufthammers in ihrem Kopf.

Andi kniete neben ihr auf dem Boden, hielt ihr Handgelenk und schaute dabei prüfend auf seine Uhr. Inka hatte das Gesicht der Comic-Ameise auf Andis T-Shirt genau vor sich. Wenn sie gekonnt hätte, hätte sie gelacht.

»Dafür, dass du kaum bei dir bist, rast dein Puls.«

»Mein … Herz klopft so«, brachte sie heraus.

»Du musst ins Krankenhaus. Wo ist Peter?«

»Ich weiß es nicht«, antwortete sie wahrheitsgemäß. Dann begann sie stockend zu berichten. Wortfetzen. Vom Überfall an der Haustür, der Spurensicherungskleidung des Eindringlings, der Spritze, dem Deospray, der Rasierklinge und dem, was ihre Peinigerin gesagt hatte, auch wenn das lückenhaft war, weil sie sich nicht mehr an alles erinnern konnte.

Andis Mienenspiel deutete darauf hin, dass er äußerst besorgt war. Er hielt ihre zitternde Hand, machte immer wieder beruhigende Laute und versicherte ihr, dass es nun vorbei war und sie ruhig atmen sollte.

Inka hatte das Gefühl, dass er durch seine Hand eine Verbindung zu ihr aufbaute und ihr Kraft übertrug. Und er ließ ihr Zeit, fragte auch nicht nach, sondern wartete geduldig, bis das Zittern sie nicht mehr so quälend beherrschte und sie ihm alles von sich aus erzählt hatte.

Dann deutete Andi auf ihren Bauch und sagte: »Darf ich mir das ansehen?«

Sie nickte. Was blieb ihr auch anderes übrig?

Andi schob ihr mit beiden Händen das Kleid über den Po und eine leichte Röte auf seinen Wangen zeigte ihr, dass auch er bei aller Professionalität nur ein Mann war. Diese verschwand jedoch in dem Moment, als er einen Blick auf ihren Bauch werfen konnte.

»Scheiße«, entfuhr es ihm. »Hast du das schon gesehen?«

Inka rappelte sich auf und stützte sich auf die Ellenbogen. Sie brauchte einen Moment, um zu begreifen. Unterhalb ihres Bauchnabels, dort wo der Bauch von der Schwangerschaft noch leicht gewölbt war, befanden sich unzählige Hautschlitze, zugefügt durch die Rasierklinge, mittlerweile blutvertrocknet. Das hatte sie vorhin schon ertastet. Aber es waren keine willkürlichen Schnitte, sondern mehrfach nachgezogene schmale Buchstaben. Die Punkte der Vokale waren kreisrunde Male – Erfrierungen von einem zu lange angesetzten Strahl des Deosprays. Für sie spiegelverkehrt zu lesen, entzifferte sie Wort für Wort.

ICH TÖTE DICH.

Nackte Angst. Mehr als je zuvor. Jetzt, wo die Bedrohung real war, wo sie nur durch die Gnade ihrer Mörderin vorerst mit dem Leben davongekommen war.

»Und du meinst wirklich, es war eine Frau? Dann muss sie kräftig genug sein, dich die Treppen hinaufzuschleppen. Das ist ein erster Hinweis. Was kannst du mir sonst noch sagen?«

»Der Teddy. Sie hat behauptet, dass er in meinem Nachttisch ist. Jonas' Teddy mit dem aufgeschlitzten Bauch. Vielleicht sind Spuren dran.«

»Ich sehe sofort nach.« Andi holte ihr eine Decke und zog sich Handschuhe an. »Rühr dich nicht von der Stelle«, befahl er.

Inka nickte und schloss die Augen. Wenn er jetzt keinen malträtierten Teddy in ihrem Nachttisch finden würde, musste sie sich in die Psychiatrie einliefern lassen. Sie hörte, wie Andi die Treppe hinaufging.

»Er ist da!«, rief er kurz darauf. »Ich lass ihn drin und verständige sofort meine Kollegen. Hoffentlich lassen sich noch Spuren sichern. Fasern, Hautschuppen, irgendwas. Himmel, die kriegen wir, das schwöre ich dir, Inka!«

Sie atmete auf, aber Erleichterung spürte sie dennoch nicht.

Der Zettel von Brunner war eine erste Warnung gewesen, dann war sie unfreiwillige Teilnehmerin eines perfiden Spiels geworden, hatte an Halluzinationen geglaubt und vielleicht auch welche gehabt – denn genau das schien das Ziel zu sein. Sie an den Rand des Wahnsinns zu treiben, für irgendwelche Zwecke gefügig zu machen, als verlängerten Arm zu missbrauchen, um sie anschließend zu töten.

Inka wartete, bis Andi telefoniert hatte und wieder zu ihr ins Wohnzimmer kam. Sie musste mit ihm über ihre Vermutung sprechen, dass es Evelyn sein könnte. Nur wie hing Peter in der ganzen Sache mit drin? Ihr eigener Mann, den sie doch geliebt hatte! *Hatte* …

Andi setzte sich zu ihr aufs Sofa. »Inka, ich weiß, dass es dir im Moment schlecht geht und du schwach bist, aber versuch dich bitte an so viele Details wie möglich während des Überfalls zu erinnern. Alles kann uns bei der Fahndung helfen.«

»Ich glaube, ich weiß, wer … Ich habe … Vermutung.

Evelyn. Evelyn Brinkhus. Die Schwester von Annabel.« Das Sprechen fiel ihr schwer.

»Wie kommst du darauf?«

»Sie ist Ärztin. Kennt sich mit Narkosen aus. Sie hat … vorhin gesagt, dass sie schuld ist … dass es mir seit Dezember so schlecht geht. Meint sie damit … sie ist schuld am Tod von Jonas? Doktor Brunner, der Vater von Evelyn … hat mich vor ihrem Ehemann, dem Hypnotiseur, gewarnt. Und noch vor einer Person. Nur den zweiten Namen konnte er mir nicht sagen … Sein Wahn hat das nicht zugelassen. Evelyn könnte in der Tatnacht von ihrer Schwester nichts ahnend in die Wohnung gelassen worden sein … Evelyn ist Ärztin, wusste, mit welcher Substanz in der Spritze sie Jannis töten könnte. Ich glaube, Andi, es hängt alles mit der Totgeburt meines Sohnes zusammen … Könnte sein, dass Evelyn einen schweren Fehler gemacht hat und Jannis zu viel wusste. Annabel wollte Jannis nicht töten, sie wollte ihn wahrscheinlich nur daran hindern, irgendwen zu informieren. Vielleicht sogar die Polizei … Evelyn hat die Tat vollendet. Und nun will sie mich töten. Weil ich ihr auf die Spur komme …« Erschöpft schloss sie die Augen.

»Inka, leider ist deine Theorie am Ende nicht plausibel, weil es definitiv nicht Evelyn gewesen sein kann, die dir diese Morddrohung auf den Bauch geritzt hat.«

Inka riss die Augen auf. »Was … warum?«, stotterte sie.

Andi machte eine bedauernde Geste. »Weil Evelyn Brinkhus soeben noch auf dem Revier war, als ich deinem Hilferuf gefolgt bin. Das Ehepaar Brinkhus haben wir bereits im Visier. Deshalb auch die Überwachung eures U-Haft-Besuches. Seit heute Nachmittag spricht sie jedenfalls bei meinen Kollegen vor. Klang zuerscht nach einer guten Bewerbung um den Posten des Mörders, aber nach eingehender

Vernehmung kommt sie wohl doch nicht in Frage. Zeugnisverweigerungsrecht und gegenseitiges Alibi mit ihrem Ehemann machen es aber auch schwierig, sie richtig zu durchleuchten. Der letzte Kontakt zwischen den beiden Schwestern war in der Tatnacht gegen Mitternacht: Evelyn schrieb eine SMS mit der dringenden Bitte, sie wolle Annabel sprechen, und um 0 Uhr 15 folgte ein eingehendes Telefonat. Evelyn Brinkhus gibt an, in dem Gespräch sei es darum gegangen, ob Annabel den Besuch nun bei ihrem Vater in der Klinik am nächsten Tag übernehmen könnte, worum sie auch schon in der ersten SMS am Abend gebeten habe, ohne Antwort zu erhalten. Annabel habe bei dem Telefonat einen ganz normalen Eindruck gemacht, sie habe gesagt, sie sei müde und wollte schlafen gehen.«

»Aber genau das spricht doch dagegen, dass Annabel kurz darauf Jannis umbringt!«

»Und macht Evelyn nicht weniger verdächtig. Doch mit hundertprozentiger Sicherheit hat dich gerade jemand anderes als Evelyn überfallen. Da sie bei den Kollegen war, isch ihr Alibi wasserdicht.«

»Verdammt«, entfuhr es Inka. »Andi, auf meinem Laptop … da gibt es eine Datei mit dem Namen *Jonas*. Darin sind Drohungen gegen mich. In Form einer Spielanleitung …«

Ein übles Gefühl, sich trotz der Warnung an die Polizei zu wenden, verschärft durch den Hintergrund, dass es Peter gewesen sein könnte … Aber die Wahrheit musste ans Licht, wenn sie überleben wollte.

»Wann wurde die Datei erstellt?«

»Am Samstag nach der Mordnacht um kurz vor zwölf Uhr mittags. Ich war nicht zu Hause. Ich habe das nicht geschrieben, Andi.«

»Könnte sich jemand Zugang zur Wohnung verschafft haben?«

»Ja, leider«, gab sie zu. »Die Terrassentür war den ganzen Tag über offen. Aber ich habe ein Passwort für meinen Laptop.«

Andi winkte ab. »Das bringt keinerlei Sicherheit. Dazu braucht man nicht mal großartige Hackerkenntnisse. Ist eine Sache von zwei, drei Minuten. Bei Bedarf findest du dazu Anleitungen im Internet.«

Andi nahm wieder ihre Hand. »Jetzt bleib erst mal ganz ruhig, wir werden deinen Laptop gleich unter die Lupe nehmen. Ich rufe jetzt Hagedorn an. Der sitzt im Schlossgarten und wartet auf mich, weil ich mit ihm dort auf ein Bier verabredet bin. Du hast mich gerade noch im Büro erwischt ….«

Andi griff zu seinem Handy, sprach kurz mit dem Rechtsmediziner, erklärte ihm den Vorfall und nannte ihm die Adresse. Dann sagte er: »Hagedorn wird in fünfzehn Minuten da sein und deine Verletzungen begutachten.«

»Ich bin doch keine Leiche!«, sagte Inka entrüstet.

Andi schmunzelte. »Ein Rechtsmediziner untersucht auch lebende Gewaltopfer und erstellt gerichtstaugliche Dokumentationen. Was die Interpretation von Verletzungen angeht, ist er ein richtig guter Spürhund. Dem fallen Sachen auf, die sonst keiner sieht, und das könnte uns vielleicht auf eine Spur bringen. Du vertraust ihm doch, oder?«

»Spielt das eine Rolle? Ich hatte bei ihm in Tübingen so etwas wie einen Zusammenbruch und musste mich übergeben. Das ist mir ziemlich peinlich.«

»Ich weiß, er hat's mir erzählt. Du warst wohl recht verwirrt.«

»Wenigstens sieht er dann, dass ich mir diesmal nichts

eingebildet habe. Es ist mir im Übrigen egal, wer mich untersucht. Hauptsache ich bin nicht das nächste Opfer, das obduziert werden muss. – Andi, ich habe Angst. Du bleibst doch so lange hier, oder?«

»Natürlich, auf jeden Fall. Ich bleibe bei dir, bis die Spurensicherung abgeschlossen ist und du in ärztliche Hände kommst. Nur wo Peter ist, würd' mich interessieren.«

Peter … Wenn sie ganz ehrlich war, wollte sie sich irgendwo verkriechen, nur um nicht auf ihren Mann zu treffen.

»Ich kann ihn nicht erreichen. Er hat sein Handy ausgeschaltet.«

Über Andis Nasenwurzel bildete sich eine starke Falte. »Ihr habt doch Probleme miteinander!«

Inka war versucht, ihm von ihrem Misstrauen Peter gegenüber zu erzählen. Sie brachte es dann aber doch nicht fertig, ihn ans Messer zu liefern, solange sie sich mit ihrem Verdacht nicht hundertprozentig sicher war.

»Inka«, holte Andi sie mit sanfter Stimme aus ihrer Gedankenwelt zurück. »Alles okay mit dir?«

»Ja, ja. Alles gut. Ich habe nur nachgedacht.«

»Jemand hat dir auf ziemlich üble Weise mit dem Tod gedroht, so viel ist sicher. Und Peter wird nicht immer da sein können und auf dich aufpassen.«

»Du denkst an Personenschutz?«

»Mal sehen, was unser Chef Czarnetzki dazu sagt, aber ich halte es für angebracht.«

»Das heißt, ihr wollt mir einen Polizeiwagen vors Haus stellen oder regelmäßig Streife fahren und nach dem Rechten schauen?«, fragte Inka stirnrunzelnd. Allein die Vorstellung war ihr unheimlich, jetzt, da sie sich tatsächlich eingestand, in Gefahr zu sein.

Es bedeutete aber auch, sich auf Schritt und Tritt kontrollieren zu lassen, wenn sie sich in Sicherheit wägen wollte. Allerdings hatte sie definitiv nicht vor, so handlungsunfähig zu sein wie die letzten Monate. Dafür hatte sie sich nicht aufgerappelt und es sogar so weit gebracht, dass Lindemann ihr wieder einen fundierten Bericht zutraute. Vor allem aber hätte sie keine Chance mehr herauszufinden, wer Jannis tatsächlich umgebracht hatte und was das alles mit ihr zu tun hatte.

»Czarnetzki muss entscheiden, wie wir den Personenschutz bewerkstelligen«, sagte Andi. »Eine Dauerbewachung des Hauses erfordert eine Ablösung der Beamten rund um die Uhr – angesichts der Personalknappheit ist das immer schwierig aufzustellen. Vereinzelte Kontrollfahrten ließen sich da schon leichter umsetzen. Zu bedenken ist aber, dass der Täter uns höchstwahrscheinlich beobachten wird und sich ausrechnen kann, wann wieder für eine Weile Ruhe ums Haus ist. Ich könnte mir eher vorstellen, dich in einem Hotel oder einer Wohnung mit geheimer Adresse unterzubringen. Das hängt alles davon ab, wie lange wir diese Maßnahme fahren müssten. Ich hab' den Eindruck, dass wir es hier mit einem Täter zu tun haben, der einen langen Atem hat und genau seinen nächsten Schritt überlegt. Aber egal wie, wir müssen dich aus der Gefahrenzone bringen.«

Gefahrenzone, hallte das Wort wie ein Echo in ihrem Kopf nach. Das hier war ihre Wohnung, ihr Zuhause, aber wenn sie ganz ehrlich war, hatte sie sich dort schon länger nicht mehr sicher gefühlt. »Ich will in kein Hotel, Andi.«

»Gibt es sonscht einen Ort, wo du in Sicherheit wärst?«

Inka dachte nach. Sie wollte in Stuttgart bleiben. Nur wer hätte genug Platz, sie eine Weile bei sich aufzunehmen? Und wer würde die Verantwortung für sie ein Stück weit übernehmen? Rebecca. Die Einliegerwohnung in der Villa stand schon seit Jahren leer, weil ihre Eltern den Ärger mit den Mietern satthatten und nicht auf eine monatliche Zahlung angewiesen waren. Vielleicht könnte sie dort eine begrenzte Zeit lang unterkommen. Auf dem Grundstück gab es sogar Überwachungskameras.

Als sie Andi ihre Idee mitteilte, verzog er einen Mundwinkel. »Hm, wenn der Täter deine privaten Verhältnisse gut kennt, und davon gehe ich aus, dann ist der Platz natürlich nur bedingt sicher. Andererseits ist die vorhandene Videoüberwachung ein gewichtiges Argument. Mal sehen, was Peter dazu sagt.«

Es klingelte an der Haustür.

»Kann das schon Hagedorn sein?«, fragte Andi und schaute auf die Uhr.

Inkas Herzschlag beschleunigte sich wieder. »Vielleicht ist es Peter. Er hat seinen Hausschlüssel vergessen.«

»Na, vielleicht isch er das tatsächlich aufs Stichwort. Ich geh schon.«

Inka hörte Schritte im Flur. Dann erschien Andi wieder im Wohnzimmer, gefolgt von Hagedorn.

»Guten Tag, Frau Mayer, was ist denn vorgefallen?«, fragte sie der Rechtsmediziner und schob sich seine Brille auf der Nase zurück. »Wie geht es Ihnen jetzt?«

Noch einmal musste Inka alles erzählen, was ihr widerfahren war. Wie bittere Galle schmeckte jedes Wort auf ihrer Zunge. Sie musste häufig schlucken und unterbrach sich dadurch selbst in ihrem Redefluss. Sie fing wieder an zu zittern und wünschte sich nichts sehnlicher, als sich irgendwo in einer warmen Höhle verkriechen zu dürfen. Weit, weit weg. Jeden Morgen beim Duschen, beim Anziehen, bei jedem Toilettengang, wenn ihr Blick auf ihren Körper fiel, würde sie an den Überfall denken müssen, an ihren potenziellen Mörder. Würde sie überhaupt noch eine einzige Minute frei von Angst sein können?

Hagedorn hatte sich ihren Bericht aufmerksam angehört. Dann sagte er: »Die weiteren Untersuchungen lassen sich nicht vor Ort durchführen, aber ich würde mir gerne ein erstes Bild machen, wenn Sie erlauben.«

Ob sich der Aufwand für ihn überhaupt lohnt?, dachte Inka. Er musste sie nach dem Vorfall in seinem Institut für verrückt halten. Und als hätte sie es heraufbeschworen, sagte er: »Möglicherweise hatten Sie neulich eine Halluzination …«

Inka wollte ihm gerade widersprechen und noch einmal betonen, dass sie schließlich verletzt war, doch er hob beschwichtigend die Hand und sprach weiter: »Eine *hypnagoge* Halluzination«, konkretisierte er. »Das sind akustische oder optische Sinnestäuschungen, hervorgerufen durch die Nebenwirkungen eines Narkosemittels im Zustand des Halbschlafes. Das hat keineswegs etwas mit psychischer Krankheit zu tun.«

»Du denkscht also«, sagte Andi an seinen Freund Hagedorn gewandt, »dass der Täter Inka beim Überfall die Betäubung setzte und die halluzigene Nebenwirkung mit einkalkulierte, um erschwert identifizierbar zu sein?«

Hagedorn nickte. »So könnte es gewesen sein. Mit Sicherheit kann ich im Moment nur die Einstichstelle am Hals von Frau Mayer ausmachen, wegen des winzigen Bluttröpfchens, das sich dort gebildet hat. Aufgrund der physischen Nachwirkungen, unter denen Frau Mayer momentan noch leidet, habe ich ein ganz bestimmtes Narkotikum in Verdacht.«

»Wie willst du das ohne Blut abzuzapfen so genau wissen?«, fragte Andi. Er hatte sich einen Stuhl herangezogen, um Hagedorn nicht im Weg zu stehen.

»Übelkeit, Erbrechen und Schwindel sind als Nebenwirkungen für viele gängige Narkotika beschrieben – aber nur Ketamin verursacht dieses Herzrasen. Es wirkt blutdruck- und herzfrequenzsteigernd, eigentlich untypisch für ein Narkosemittel. Und genau diese Eigenschaften macht man sich insbesondere in der Notfallmedizin zunutze, wenn man neben den betäubenden Eigenschaften eine kreislaufstabilisierende Wirkung erzielen muss. Dessen ungeachtet sollten wir Frau Mayer schnellstmöglich Blut abnehmen, denn Ketamin hat eine niedrige Plasmahalbwertszeit, sprich, die Nachweisbarkeit beträgt nur wenige Stunden.«

»Ketamin?«, fragte Inka. »Da hat mal ein Kollege von mir darüber geschrieben. Ist das nicht auch eine Partydroge?«

»Richtig«, sagte Andi anstelle des Rechtsmediziners und seufzte. »Es unterliegt nicht dem Betäubungsmittelgesetz, ist lediglich rezeptpflichtig und in Großbritannien sogar im freien Handel erhältlich. Auf Partys wegen seiner psychotropen Effekte gerne auch als Pulver mit anderen Drogen gemischt.«

»Frau Mayer, ich würde mir jetzt gerne noch die Misshandlung an Ihrem Bauch ansehen, wenn Sie erlauben?«

Wieder wurde ihr das Etuikleid nach oben geschoben, und Hagedorn widmete sich sachlich und mit fachmännischer Miene der Betrachtung ihrer Schnittwunden.

Inka schaute an die Wohnzimmerdecke, bemühte sich um eine ruhige Atmung. Die Verletzung zu begutachten war das eine, aber wer kümmerte sich um ihre Seele?

»Sag mal, Bernd, wie war es eigentlich unserem Täter, oder unserer Täterin, möglich, Inka während der Rangelei an der Tür die Spritze so präzise in die Vene zu setzen?«

»In der Anästhesie verabreicht man Ketamin intravenös oder intramuskulär, man kann die Spritze also auch in den Muskel setzen. Für einen Täter ideal, weil er eben *nicht* die Vene des Opfers treffen muss, das sich in dem Moment des Überfalls ja meist heftig wehrt.«

Inka richtete ihren Blick auf den Rechtsmediziner und stellte ihm die Frage, die Lindemann ihr nicht hatte beantworten können. »Wie konnten Sie eigentlich bei Jannis – bei einer Leiche – die Einstichstelle einer Spritze feststellen?«

Hagedorn runzelte die Stirn und wandte sich an Andi.

Der nickte. »Wir haben die Info an die Presse rausgegeben. Du kannst es ihr ruhig sagen.«

»Nun gut, zum Feierabend also noch ein Kurzseminar in rechtsmedizinischen Fragen … Wenn der Blutkreislauf bei Todeseintritt zum Erliegen kommt, bilden sich Totenflecke, wie allgemein bekannt ist. Diese Hypostase geschieht bei Absinken des Blutes schwerkraftabhängig. Jannis Zioglanidios lag bäuchlings auf dem Sofa, also bildeten sich Totenflecke an seiner Bauchseite. Bei einem Einstich in die Bauchhaut blutet es immer ein bisschen ins Unterhautfettgewebe. Diese Blutung verstärkt sich durch die Hypostase noch. Wenn die Leiche gewendet wird, dann lagern sich zwar die Totenflecke um, nicht aber das kleine Hämatom an der Einstichstelle. Daran hat der Täter offenbar nicht gedacht. Nur daran, dass das Insulin schnell wirkt.«

»Insulin?« Inka hob den Kopf ein wenig an und sah Andi fragend an.

Der verzog den Mund und seufzte. »Okay, das ist jetzt nicht für die Presse bestimmt, ja? Aber es ist richtig, unserem menschlichen Spürhund hier fiel ein signifikant hoher Insulinspiegel im Unterhautgewebe des Opfers auf.«

Inka fühlte sich wie elektrisiert. »An Insulin kommen

doch nur Ärzte und Diabetiker heran und … Jannis war kein Diabetiker! Also doch … Evelyn.«

Andi winkte ab. »Im Grunde kann sich jeder Insulin beschaffen. Es gibt immer wieder Lücken im System. Man muss nur in den entsprechenden Dealerkreisen verkehren oder wissen, wie man ein Rezept fälscht. Denn Evelyn Brinkhus hat ein Alibi, das wir erst einmal gelten lassen müssen, so lange wir keinen Gegenbeweis haben: Ihr Ehemann Doktor Brinkhus sagt aus, sie sei in der Tatnacht zu Hause gewesen.«

Im Gegensatz zu Peter, dachte Inka wie unter Strom. Es prickelte in ihren Adern, und die Angst begann wieder zu fließen. *Dann habe ich mich beim Blick auf den Wecker in der Mordnacht doch nicht verlesen …*

In Sekundenbruchteilen wurde Inka eines klar: Sie musste all ihre Erinnerungen wiederfinden, koste es, was es wolle – andernfalls würde sie mit ihrem Leben bezahlen müssen.

KAPITEL 5

Es ist mein Wunsch, wieder Träume zu erlauben.
Ohne Reue nach vorn in eine Zukunft zu schauen.
Ich denke an so vieles,
seitdem du nicht mehr bist,
denn du hast mir gezeigt,
wie wertvoll das Leben ist.

UNHEILIG, »Geboren um zu leben«

N*icht nachweisbar*, lautete der Befund aus dem Labor. *Negativ. Keine Spuren eines Betäubungsmittels im Blut.* Trotzdem sah es der Arzt im Krankenhaus als erforderlich an, Inka eine Nacht zur Beobachtung dazubehalten. »Um Eigengefährdung auszuschließen«, so seine Begründung. Und er kündigte ihr an, dass am nächsten Vormittag ein Psychiater zum Konsil gebeten würde. Danach könne man über ihre Entlassung sprechen.

Was stellte der sich vor? Dass sie das Krankenhaus verließ und sich vor den nächsten Zug warf? Inka war empört. Sie war angegriffen worden! Verständlicherweise war der Arzt nach dem Ergebnis aus dem Labor von der Version des Tatgeschehens nicht mehr sonderlich überzeugt, und er wollte ihr eine Nacht im Krankenhaus schmackhaft machen, indem er betonte, dass sie dort sicher sei. Tatsächlich wollte er aber in diesem mysteriösen Fall einfach nur Zeit gewinnen, bis er sich durch die Hinzuziehung eines Psychiaters in seiner Beurteilung absichern konnte. Es war pure Absicht ihrer Angreiferin gewesen, ein Narkosemittel mit einem zeitlich derart engen Nachweisfenster zu wählen, um sie vor ihren Mitmenschen als verrückt dastehen zu lassen. War es das Ziel, sie genauso wie Doktor Brunner in die Psychiatrie zu bringen? Sie auf diese Weise auszuschalten und mundtot zu machen?

Ich töte dich. Wie viele Menschen hatten sich den Schriftzug auf ihrem Bauch in den letzten Stunden angesehen? Ärzte, Pfleger, Schwestern, sogar zwei Studenten hatten eingehend die Schnitte begutachtet. Fotos aus allen Blickwinkeln wurden angefertigt. Inka hatte sich wie ein Ausstellungsstück gefühlt. Nun waren die Wunden desinfiziert und verbunden, und sie wollte nach Hause. Bloß keine Nacht in einem Krankenhaus bleiben.

Früher hatte sie keine Panik vor Kliniken gehabt, aber jetzt wollte sie mit allen Mitteln verhindern, auf Station gebracht zu werden. Rational begründen konnte sie diesen Widerwillen nicht. Ihre Furcht nährte sich jedoch aus der unmittelbaren Vergangenheit, das konnte sie spüren.

Ihre einzige Rettung sah sie in Andi, auch in menschlicher Hinsicht. Der Kriminalhauptkommissar glaubte, was sie erlebt hatte und er hatte sie zu allen Untersuchungen begleitet.

Inka bat den behandelnden Arzt, mit Andi, der vor der Tür wartete, sprechen zu dürfen.

»Einen Moment bitte«, sagte der Arzt und ging hinaus. Inka blieb allein in dem gekachelten Raum zurück. Sicher würde Andi in ihrem Sinne argumentieren, denn auch ihm war nicht entgangen, welche Panik sie in Bezug auf Krankenhäuser überfiel, und was sie jetzt brauchte, war vor allem innere Ruhe.

Fliesen, wieder dieser geflieste Raum …

Es dauerte nicht lange, bis die Tür wieder aufging, und der Weißkittel zurückkam. Es war allerdings ein anderer Arzt, gefolgt von einem Tross an Leuten. Eine Schwester mit Mundschutz und zwei Personen in ziviler Kleidung, ein Paar offensichtlich, das sich an der Hand hielt.

Nur Andi war nicht dabei.

»Was …? Wo …?«, fragte sie den Arzt und erkannte erst jetzt, dass es Doktor Brunner war.

»Wir werden das Kind jetzt holen müssen«, sagte er.

Das war eine Erinnerung. Eindeutig!

»Nein«, schrie sie trotzdem.

»Es muss ein Kaiserschnitt gemacht werden«, sagte die Schwester, und es war eindeutig Evelyns Stimme. Evelyn kam dicht an sie heran, sodass sie ihr Parfüm riechen konnte.

»Bitte…«, wehrte sich Inka, »keinen Kaiserschnitt! Ich will mein Baby auf natürlichem Weg zur Welt bringen!«

»Sei doch vernünftig, Inka«, flehte sie die blonde Frau an der Seite des Mannes an. »Die Geburt geht seit Stunden nicht vorwärts. Der Muttermund öffnet sich nicht. Dem Baby geht es nicht gut, die Herztöne werden schwächer. Es muss schnell gehandelt werden.« Annabel. Es war Annabel, die gesprochen hatte. Neben ihr stand Jannis.

»Du hast leider keine Wahl, Inka«, sagte er nun. »Es geht um das Leben des Kindes und nicht mehr darum, was *du* willst. Sie werden das Kind jetzt holen.«

»Keine Angst, du bekommst eine Narkose«, sagte Evelyn.

»Nein!«, schrie Inka noch einmal.

Die Tür ging auf, und der behandelnde Arzt kam in Begleitung von Andi herein.

»Haben Sie gerufen?«, fragte der Weißkittel.

Inka schüttelte wie benebelt den Kopf. Eine Erinnerung. Der Ansatz einer Erklärung! Sie war zur Geburt gar nicht zu Hause gewesen, sondern in einem Krankenhaus. Nein, so ähnlich. Es musste in Evelyns Praxis gewesen sein! Wie sonst hätten Evelyn und ihr Vater, Doktor Brunner, anwesend sein können? Das muss kurz vor seiner Erkrankung gewesen sein. – Annabel und Jannis hatten sie in Evelyns Praxis gefahren, als die Fruchtblase geplatzt war, weil Peter arbeiten musste. Nein, weil er nicht erreichbar gewesen war. Dieses Erinnerungsstück stand ihr jetzt glasklar vor Augen. *Peter war nicht erreichbar gewesen.* Nur was war danach geschehen?

Hatte sie durch ihre mangelnde Kooperation, durch die überflüssige Diskussion, wertvolle Zeit verstreichen lassen? Sekunden, die vielleicht das Leben ihres Sohnes gerettet hätten? Nur, wer wünschte *ihr* jetzt den Tod? Evelyn, weil sie um ihren Ruf fürchtete, da ein Neugeborenes unter ihren Händen gestorben war? Hatte Jannis in den folgenden Minuten etwas mitbekommen, was er besser nicht gesehen oder gehört hätte? Und musste er deshalb sterben? Und sollte auch sie sich besser nicht daran erinnern?

Unvermittelt durchfuhr Inka wieder der Gedanke: Was, wenn ihr Sohn tatsächlich gar *nicht* gestorben war? Wenn er noch lebte?

Das war ein Wunschgedanke. Inka konnte sich sehr wohl an die Beerdigung erinnern. Lückenhaft zwar, was bei ihrem damaligen seelischen Zustand nicht verwunderlich war, aber das offene Grab mit dem kleinen Sarg konnte sie deutlich vor sich sehen. Nur warum hatte sie die ganze Zeit geglaubt, und das auch unter Hypnose, die Geburt hätte in ihrem Wohnzimmer stattgefunden? Peter hatte ihr nie widersprochen. Um die Regeln dieses grausamen Spiels endlich zu verstehen, musste sie auf der Stelle raus hier.

»Sie möchten also auf eigenen Wunsch entlassen werden?«

Inka versicherte dem Arzt noch einmal, dass sie stabil genug sei und auf eigenen Wunsch die Klinik verlassen wolle. Inka ließ sich darauf ein, eine Überweisung zum Psychiater entgegenzunehmen und unterschrieb den Zettel. Dann setzte sie ihre Füße auf den Boden …

Erst als Inka auf dem schmalen Beifahrersitz in Andis Auto saß, einem roten NSU Prinz 4, und sie unter dem hell ratternden Motorgeräusch aus der Tiefgarage des Krankenhauses fuhren, entspannte sie sich etwas. Sie hatte gar nicht gewusst, dass er auch einen Oldtimer fuhr und noch dazu vom selben schwäbischen Hersteller wie ihre Quickly.

»Baujahr 1971, so alt wie ich«, hatte er ihr beim Einsteigen ins Auto gesagt, »hat sich aber besser gehalten.«

Privat wusste Inka kaum etwas über ihn, nur die wenigen Dinge, die Peter ihr erzählt hatte. Andi hatte seine Verlobte Yvonne bei einem Verkehrsunfall verloren, er war selbst am Steuer gesessen und hatte schwer verletzt überlebt. Daher auch seine sichtbaren Narben an der Stirn und den Unterarmen. Der Wagen, mit dem sie in voller Wucht kollidierten, war bei Rot in die Kreuzung eingebogen. Als sich ihr Auto überschlug, war Yvonne aus dem Auto geschleudert und tödlich verletzt worden. Das musste jetzt zehn Jahre her sein. Seither hatte Andi keine Freundin mehr gehabt, zumindest jedenfalls keine nennenswerte Beziehung.

Schweigsam fuhren sie aus der Stadtmitte in südöstliche Richtung die kurvige Neue Weinsteige hinauf in die

Abenddämmerung. Der Gedanke, dass ihr Kind womöglich noch lebte, ging Inka nicht mehr aus dem Kopf. War die Beerdigung eventuell eine Inszenierung gewesen? Oder hatte sie nur in ihrem Kopf stattgefunden? Wie oft hatte sie sich nach dem traumatischen Erlebnis gewünscht, Jonas würde noch leben! Mühsam und unter grausamen seelischen Schmerzen hatte sie jedoch die Realität anerkannt, um selbst weiter existieren zu können. Ja, anfangs war es wirklich nur ein reines Dahinvegetieren gewesen, bis ihre Kraft nach und nach zurückgekehrt war. Und wäre der Mord an Jannis nicht geschehen, wäre sie wohl immer noch auf dem Weg der Besserung, und es würde keinen Mörder geben, der es auf sie abgesehen hätte.

Unausgesprochen hing in der Enge des Wagens die Frage in der Luft, wann Peter sich endlich melden würde. Erreichbar war er nämlich noch immer nicht. Der Plan war, dass sie kurz zu Andi in die Wohnung fuhren, um seinen Kater zu füttern, dann weiter in ihr Haus am Botnanger Sattel. Notfalls wollte er die Nacht über bei ihr bleiben, falls Peter erst am nächsten Tag wieder auftauchen würde. Andi kannte nicht den Grund, weshalb sie sich gestritten hatten, aber er war sich sicher, dass sein Kollege erst mal eine Auszeit brauchte und womöglich im Hotel übernachtete.

»Morgen früh sieht die Welt schon anders aus, wirst sehen«, tröstete Andi. »Ist besser so.«

Aber da war Inka sich nicht so sicher.

Andi verließ den Stuttgarter Kessel und bog zum Asemwald ab. Als Kind hatte Inka sich unter dieser Adresse immer Hexenhäuschen verstreut im Wald vorgestellt – in Wahrheit handelte es sich um drei weithin sichtbare, gigantische Hochhausblöcke inmitten einer idyllischen Landschaft aus Wiesen und Wäldern auf der Filderhochebene. Mit diversen Kindergärten, einer Kirchengemeinde, Freizeiteinrichtungen und Ladengeschäften hatte sich der Asemwald in den letzten vierzig Jahren allen Unkenrufen und harscher Pressekritik zum Trotz zu einem exklusiven Wohnkosmos für knapp zweitausend Menschen entwickelt. Und in einer dieser modernisierten und begehrten Hochhauswohnungen lebte Andi.

Inka hasste es, mit dem Aufzug zu fahren. Es erschien ihr jedoch als das kleinere Übel, als in der Tiefgarage im Auto zu warten. Nach langen Sekunden stiegen sie im neunzehnten Stockwerk aus.

Als Inka die große Zweieinhalbzimmerwohnung betrat, entschuldigte sich Andi unentwegt, weil nicht aufgeräumt sei, und beförderte einen Turnschuh, den sich der Kater offensichtlich als Spielzeug geschnappt hatte, mit einem Kick von der Mitte des Flurs zurück an den Garderobenplatz. Dort stand der mit schwarzem Samt bezogene Korpus einer Schaufensterpuppe, der Andi seine Jeansjacke übergehängt hatte.

»Das einzig Weibliche in dieser Wohnung«, sagte Andi, als er Inkas Blick bemerkte, »und genauso kopflos wie ich manchmal.«

Inka lächelte und folgte ihm ins Wohnzimmer. *Gemütlich altmodisch*, war ihr erster Gedanke, als sie über die Schwelle trat. Kiefernholzmöbel, wie in ihrer Jugend- und Studienzeit. Und Teppichboden. Wie lange hatte sie schon keinen flauschig weichen Teppichboden mehr unter den Füßen gehabt? Wenn Andi diese Wohnung »unordentlich« nannte, dann hatte er noch nicht das Chaos gesehen, das Peter hinterlassen konnte.

Vor der breiten Fensterfront stand ein weinroter Ohrensessel mit Leselampe, in greifbarer Nähe ein Regal voller

Bücher. An der Wand gegenüber des Röhrenfernsehers stand eine Couch mit rotem Stoffüberwurf, in deren Polstern man versinken konnte. Auf der Fensterbank entdeckte sie eines dieser kleinen Glashäuser, die sie früher auch besessen hatte. Darin war ein Kaktus mit üppiger roter Blüte. Sie liebte Kakteen. Etwas anderes als Wüstenpflanzen gediehen bei ihrem nachlässigen Gießverhalten ohnehin nicht. Die weißen Vorhänge an dicken Holzstangen rundeten das etwas altmodische, aber sehr heimelige Bild ab. Der Ausblick auf die in der letzten Dämmerung daliegende Filderhochebene war gigantisch.

Dennoch, ein komisches Gefühl machte sich in ihr breit, als sie sich umsah. Sie war nicht ängstlich, ihr war eher merkwürdig zumute. Warum nur? Die Einrichtung gefiel ihr. Alles vertraute Gegenstände aus den Achtzigern. *Geh der Sache auf den Grund*, sagte ihr das merkwürdige Gefühl, und ihr Blick fiel vom Glashaus auf der Fensterbank zu dem Bild über dem Fernseher. Die Treppenstufen von M.C. Escher, einer ihrer Lieblingskünstler. Diesen Druck mit gelungenen optischen Täuschungen hatte sie auch einmal besessen, selbst der silberne Rahmen sah so ähnlich aus wie der, den sie einst auf dem Flohmarkt für ihre Studentenbude erstanden hatte. Oder war es etwa dasselbe Bild?

»Andi, ich habe da mal eine seltsame Frage. Kann es sein, dass ein Teil dieser Sachen hier früher mir gehört hat?«

Er wurde verlegen. »Ähm … ja. Ich … Du weißt ja, dass mir alte Sachen gefallen. Und Peter wollte so einiges bei eurer Renovierung auf den Sperrmüll werfen. Es tut mir leid, ich hätte dich ja gefragt, ob du nichts dagegen hast, aber du lagst nur im Schlafzimmer und hast an die Decke gestarrt. Dir war alles egal, was um dich herum passierte.

Und ich … Na ja, mir war es nicht egal, dass die Sachen auf dem Sperrmüll landen, auch weil ich wusste, wie sehr du im Grunde daran hängst.«

Es wurde ihr warm ums Herz. Andi war doch wirklich ein lieber Kerl. Aber vielleicht stimmte es auch, was Peter einmal im Streit zu ihr gesagt hatte: dass er ein kleines bisschen verliebt in sie war. Wenn dies stimmte, dann war sie sich allerdings sicher, dass er sich nicht deswegen mit ihren Sachen umgab, da die Liebe unerfüllt blieb, sondern weil die Sachen einfach auch seinen Geschmack trafen.

»Ich freue mich, Andi, dass die Sachen bei dir gelandet sind, und ich muss zugeben, ich fühle mich bei dir fast wohler als momentan in meiner eigenen Wohnung, die mir noch immer recht fremd ist.«

Andi wurde tatsächlich ein bisschen rot. »Setz dich doch«, sagte er schnell, um vom Thema abzulenken, und nahm eilig ein achtlos liegen gelassenes schwarzes T-Shirt vom Sofa weg. Dass es jetzt wie ein rotbrauner Pelz aussah, ließ darauf schließen, dass es sich der Kater den Tag über darauf bequem gemacht hatte. Und der stolzierte jetzt, soweit ihm diese elegante Gangart bei seinem Gewicht noch möglich war, mit einem vorwurfsvollen Maunzen in die Küche zu seinem Fressnapf.

»Garfield steckt, glaub ich, im falschen Körper«, bemerkte Andi und ging seinem Kater in die Küche nach. Inka wollte sich nicht setzen, da sie ja nach der Raubtierfütterung gleich wieder gehen wollten, und lehnte sich an den Türrahmen. In dieser renovierten Küche hätte sie sich auch wohlgefühlt, aber Peter war mehr für klare Linien und nicht für dieses toskanische Flair mit Natursteinfliesen, verspielten Elementen an den weiß gestrichenen Möbeln und allerlei südländischer Deko.

»Vielleicht hat es Garfield auch nicht gutgetan, in einem Hunderudel aufzuwachsen, bis der Besitzer ihn ins Tierheim gab«, erzählte Andi weiter. »Er benimmt sich wie ein Hund, frisst genauso viel, apportiert mir seine Spielsachen und hechelt bei der Hitze, was lustig aussieht, aber nix bringt. So, der Herr, bitte schön, das Fressen ist serviert.« Andi stellte seinem Kater den gefüllten Fressnapf in Nachbildung eines Hundeknochens hin.

»Hast du auch so einen Bärenhunger?«, fragte Andi, während er sich die Hände wusch.

Inka fühlte sich peinlich berührt, weil es bei ihnen zu Hause nichts zu essen im Kühlschrank gab. Daran hatte sie in all der Aufregung nicht gedacht. Noch vor dem Streit wollte Peter ja was beim Chinesen holen.

»Sobald wir bei mir sind, kann ich uns eine Pizza bestellen«, bot sie an.

»So lange überleb ich nicht«, feixte Andi. »Ich koch uns schnell was. Wie wär's mit Pasta in Walnusssahnesauce mit Salbei, Thymian und Muskat? Ist einfach und lecker.«

Inka staunte nicht schlecht, als Andi kurzerhand Töpfe auf den Herd stellte, Nudelwasser aufsetzte und mit einer Schere bewaffnet auf den Balkon hinausging, um Kräuter zu schneiden.

Inka stellte sich zu ihm und war von dem nächtlichen Ausblick überwältigt. Funkelnde Lichterinseln bis zum Rand der Schwäbischen Alb, deren schroffe Erhebung man als Silhouette am Horizont ausmachen konnte. Unzählige Blinklichter vom Flughafen, der kaum einen Steinwurf entfernt zu sein schien.

»Schön, nicht wahr?«, fragte Andi, der ihrem Blick gefolgt war und Salbeiblätter in eine Mörserschüssel legte. »Wir sind fast siebzig Meter hoch. Mir gefällt's. Gibt mir bei Feierabend das Gefühl, wirklich aus dem Mördersumpf da unten rauszukommen.«

»Das kann ich nachvollziehen. Trotzdem wäre mir das zu hoch und zu anonym hier. So viele Menschen auf einem Haufen, und trotzdem kennt man sich nicht.«

»Na ja, so ist das ja auch nicht. Es gibt viele Veranstaltungen und sogar kleine Vereine, um sich kennen zu lernen, wenn man denn will: einen Tennisclub, einen Chor und ein Orchester … Natürlich leben hier aber auch viele Menschen einsam und zurückgezogen. Wie überall. Nur fallen sie hier noch weniger auf.« Andi schnitt noch einen Thymianzweig ab. »Das einzige Grünzeug, das bei mir wächst, sind Kräuter. Wenn ich mal länger nicht da bin, kümmert sich meine Nachbarin um meine Pflanzen. Die gute ältere Dame heißt auch noch Blume mit Nachnamen«, sagte er schmunzelnd und ging an ihr vorbei zurück in die Wohnung. Dann fragte er sie über die Schulter: »Immer noch kein Anruf?«

Inka schaute auf ihr Handy. »Nein, nichts.«

Sie kippte die Balkontür und lehnte sich dann wieder an den Durchgang zur Küche.

»Mal sehen, ob das Wasser schon kocht …«, sagte Andi und hob den Topfdeckel an. »Meine Güte, das war ein Tag heut! Ich bin wirklich gespannt, wie mein Chef über den Personenschutz für dich denkt. Bis dahin regeln wir das auf dem Kleinen Dienstweg, okay?« Er zwinkerte Inka zu. »Und wir warten einfach ab, bis Peter sich meldet … Setz dich doch rüber und ruh dich ein bisschen aus«, bot er ihr noch einmal an.

Inka schüttelte den Kopf und beobachtete interessiert, wie Andi Walnüsse hackte, vier sorgsam ausgewählte Hälften davon zum Garnieren beiseitelegte und nebenbei die bunten Spiralnudeln ins kochende Wasser schüttete. In den Soßentopf gab er zu den Walnüssen Sahne und streckte sie mit Milch und Weißwein, würzte mit Salz und Pfeffer aus der Mühle, gab frischen Thymian und Salbei dazu und rieb noch etwas Muskat hinein.

»Parmesan?«, fragte er und holte die Reibe aus dem Küchenschrank.

Sie nickte lächelnd. Es tat gut, einfach nur dazustehen und sich bekochen zu lassen. Andi hatte recht: Die Höhenlage dieser Wohnung half tatsächlich, Abstand zu gewinnen.

Derweil tapste der satt gefressene und sich das Maul schleckende Kater an ihr vorbei und setzte sich vor die Balkontür.

»Garfield will noch ein bisschen unter Palmen in der warmen Blumentopferde chillen«, übersetzte Andi. »Lass ihn ruhig raus! – Wein oder Sprudel?«

»Wasser ist gut, alles andere würde mich jetzt umhauen.«

»Okay, ich muss ja auch noch fahren.«

Inka öffnete den Balkon, und tatsächlich ging der Kater, ohne sie eines Blickes zu würdigen, zielstrebig zur großen Palme in der Nische. Dort machte er es sich im Topf bequem und schleckte sich die Pfote.

Sie schmunzelte noch über ihn, als sie neben der Balkontür ein kleines Bild an dem schmalen Wandstreifen entdeckte. Die gerahmte Fotographie einer jungen Frau, die lachend auf einer Wippe saß. Den Auslöser hatte wahrscheinlich Andi gedrückt, als er auf der anderen Seite saß und sie da oben versauern lassen wollte … Zeigte das Bild seine verstorbene Verlobte?

Andi kam ins Wohnzimmer, um den Tisch zu decken. »Das war meine Freundin«, sagte er unaufgefordert, als er ihren Blick bemerkte. »Ich hab das Foto nach ihrem Tod neben die Balkontür gehängt, damit sie mich davon abhält zu springen. Yvonne würd' mich mit einem Tritt in den Hintern wieder auf die Erde befördern, wenn ich mir erlauben würde, vorzeitig auf ihrer Wolke aufzutauchen. Hat ja auch recht. Das habe ich in den letzten zehn Jahren begriffen, trotzdem hängt das Bild noch an derselben Stelle. Selbst wenn mir der Stress im Job manchmal zu viel wird – mir den irdischen Wahnsinn von da oben aus anschauen zu müssen und nicht mitmischen zu können, würd' mir auf Dauer auch zu langweilig werden. Trotzdem vermisse ich meine beiden Engel natürlich.«

Inka schaute sich das Foto noch einmal genau an. Die Frau war ein ganz anderer Typ als sie. Dunkle lange Haare, Pferdeschwanz. Über ihr sportliches blaues Oberteil trug sie ein luftiges Tuch wie einen Schal geknotet.

Dann erst begriff sie, was Andi soeben gesagt hatte. »Wie meinst du das, deine *beiden*?«

»Yvonne war schwanger. Der Typ, der die rote Ampel überfahren hat und in uns reingerast ist, hat nicht nur meine Freundin, sondern auch unser Baby umgebracht.«

Ein heißer Schmerz durchfuhr sie. *Ich verstehe dich,* dachte sie, *ich kann es dir so gut nachfühlen.* Trotzdem rang sie um Worte. Doch Andi schien zu wissen, dass es dafür keine wirklich passenden gab.

»Du musst nix sagen, Inka. Wir wissen beide, wie es ist. Ich hatte mein Kind zwar nicht im Bauch so wie du, aber ich habe es auch verloren, bevor ich es nur einmal in die Arme schließen durfte. Und nicht nur das. Wir waren zu einem Restaurant unterwegs, um letzte Absprachen zu treffen. Am nächsten Tag wäre unser Termin für die standesamtliche Hochzeit gewesen.«

Was für ein Schicksal, dachte sie, die Verlobte und das ungeborene Kind von einem Moment auf den anderen zu verlieren. Aus dem Leben gerissen von einem Menschen, der eine Sekunde lang unachtsam gewesen war.

»Was war mit dem Fahrer, der den Unfall verursachte? Hat er überlebt?«

»Ja. Und er ist sogar mit geringen Verletzungen davongekommen.«

»Ist er verurteilt worden?«

Andi schüttelte den Kopf. »Nein. Dieses Raser-Arschloch hat den demolierten Wagen einfach stehen gelassen und ist zu Fuß geflüchtet. Es war dunkel, aber im Licht der Kreuzung habe ich ihn noch gesehen, als ich mich aus dem Auto befreit habe. Helle Haare, eine Kopfwunde, eher der schmächtige Typ. Danach bin ich durch den Schock zusammengeklappt. Meine Beschreibung hat nicht ausgereicht, den Typen zu kriegen. Das Auto war gestohlen, falsches Kennzeichen, und er ist in keinem Krankenhaus aufgetaucht. Im Traum habe ich ihn oft vor mir gesehen und mir vorgestellt, wie ich ihn eiskalt umlege. Vielleicht besser so, dass ich ihm nie begegnet bin, denn das hätte Yvonne und mein Baby auch nicht wieder lebendig gemacht …«

Nach einem Moment des Schweigens fragte Inka: »Gehst du manchmal an ihr Grab?«

»Nach der Beerdigung habe ich es bestimmt ein halbes Jahr lang nicht fertiggebracht. Die Jahre darauf bin ich jede Woche auf den Pragfriedhof gegangen. Mittlerweile tue ich das nur noch zu besonderen Anlässen. Das heißt aber nicht, dass ich sie weniger vermissen würde, meine Art zu trauern ist nur eine andere geworden.«

»Auf dem Pragfriedhof liegt auch Jonas begraben. Auch

ich war seit seiner Beerdigung nicht mehr an seinem Grab. Peter ist noch nicht bereit dazu, mit mir dorthin zu gehen …«

»Wenn du da hingehen möchtest und jemanden an deiner Seite brauchst, der deine Trauer versteht, dann frag einfach mich.«

»Das würdest du für mich tun, Andi?«

»Klar, ich weiß doch, wie dir zumute isch.« Er ging mit einem aufmunternden Lächeln an ihr vorbei in die Küche. »Essen ist gleich fertig«, rief er von dort. »Rekordzeit fünfzehn Minuten, schneller als jeder Lieferdienst!«

Inka konnte nicht anders, sie musste wieder schmunzeln. Andi war nicht leichtfertig, er hatte vielmehr die Gabe, sein Schicksal anzunehmen und das Leben nicht *so* schwer zu nehmen, dass er unterging. Von ihm konnte sie nur lernen.

»Voilà! Guten Appetit wünsche ich!« Andi stellte die beiden dampfenden Teller auf dem kleinen Kiefernholzesstisch ab und zündete ein Teelicht an.

»Danke. Das ist ja ein richtiges Candle-Light-Dinner!«

Andi winkte verlegen ab und schob sich genussvoll die erste Gabel in den Mund. »Nur schnell was gekocht.«

»Mhmm, ist das lecker«, sagte Inka. Das kam sogar nahe an ihr Lieblingsgericht vom Italiener ran, erst recht, weil es nicht in einer Aluschale geliefert worden war, sondern von Andi liebevoll gekocht und hübsch mit Walnusshälften und einem Thymianzweig garniert war. Außerdem hatte sie keine guten Erinnerungen an die zuletzt genossenen *Rigatoni Arleccino* …

»Deine neue Frisur gefällt mir«, sagte er. »Nur deine Augenringe gefallen mir offen gestanden gar nicht. Du brauchst dringend Schlaf, Inka.«

»Ich weiß. Und es heißt nicht, dass es mir nicht schmeckt, aber ich muss langsam essen, in den letzten Tagen macht mein Magen nicht so richtig mit«, entschuldigte sie sich.

»Das ist ja auch nicht verwunderlich. Lass dir Zeit, es hetzt uns niemand. Ich hätte weniger Sahne dranmachen sollen, dann wäre es bekömmlicher. Eigentlich bin ich ja dabei, ein bisschen abzunehmen. Das Joggen übernimmt zwar im Moment noch mein innerer Schweinehund, und die Turnschuhe dienen Garfield als Spielzeug, aber vier Kilo habe ich trotzdem schon runter.«

»Wow! Aber wirklich nötig hast du das nicht«, sagte Inka und meinte es ehrlich. Andi hatte zwar längst nicht Peters durchtrainierte Figur, aber der Bauchansatz war durchaus akzeptabel und passte zu ihm. Aber auch sonst bemerkte sie, dass er immer seltener in sein breites Schwäbisch verfiel und er allgemein in einer Phase der Veränderung schien.

»Na ja, noch mal vier Kilo sollten schon noch runter, dann ist der Kummerspeck weg, den ich mir in den letzten Jahren angefuttert habe. *Schokoriegel-Goodbye* heißt meine Diät. Bei diesem Brinkhus werde ich sicher nicht zur Hypnose gehen. Der ist mir nicht ganz koscher. Du bist doch auch nicht mehr bei ihm in Behandlung, oder?«

»Doch, ich habe noch Termine bei ihm. Und ich habe das Gefühl, wenn ich meine Behandlung jetzt abbreche, mache ich alles nur noch schlimmer. Er mag ein Alibi haben, aber ich will ihm nicht zeigen, dass ich ihm nicht mehr ganz traue.«

»Inka, du begibst dich da auf gefährliches Terrain. Und die schmerzhafte Botschaft auf deinem Bauch sollte dir wirklich Warnung genug sein.«

Augenblicklich schnürte sich Inkas Magen zusammen, und sie ließ die Gabel sinken.

»Du hast recht, Andi. Es ist gefährlich, weiterhin zu Brinkhus in Behandlung zu gehen. Ich sollte aufhören, die Heldin zu spielen.«

Andi legte sein Besteck ebenfalls beiseite. Er schlug die Hände zum Gebet zusammen und schaute gen Himmel. »Gott sei Dank, das Mädchen wird vernünftig!«

»Ich habe nicht gesagt, dass ich die Hände in den Schoß lege. Ich werde meinen nächsten Termin absagen. Testhalber. Ich will wissen, wie er reagiert. Wie wichtig es ihm ist, dass ich die Behandlung bei ihm fortsetze.«

Andi seufzte. »Du bist aus ganz schön hartem Holz geschnitzt. Weißt du das?« Er nahm seine Gabel wieder auf.

»Ja, aber Holz schwimmt«, entgegnete sie. »Ich mache keine Alleingänge, versprochen. Ich will nur die Unschuld meiner Freundin beweisen und mein eigenes Leben retten.«

»Ich wäre sehr erleichtert, wenn wir dich unter Polizeischutz stellen könnten«, seufzte Andi.

»Ja, aber ich würde mich eingesperrt fühlen. Und ich weiß nicht, ob ich diesen Zustand ertragen kann, auch wenn ich mein Leben gefährde, sobald ich aus dem Haus gehe. Ihr könnt auch nicht jede Minute auf mich aufpassen. In Gefahr werde ich immer sein, egal, wo ich mich aufhalte.«

Besonders, wenn sie mit ihren Verdächtigungen Peter gegenüber recht behielt. Nur wie sollte sie die Wahrheit herausfinden?

Nachdem sie beide schweigend aufgegessen hatten, räusperte sich Inka. »Andi, darf ich dich was fragen?«

»Nur zu.« Er legte seine Serviette beiseite.«

»Wie stehst du allgemein, von Brinkhus mal abgesehen, zu Hypnose?«

Andi zuckte mit den Schultern. »Hm, ich weiß nicht viel darüber, aber therapeutisch ist es grundsätzlich sicher eine wirkungsvolle Heilmethode. Worauf willst du hinaus?«

»Könntest du dir vorstellen, dich hypnotisieren zu lassen?«

Andi sog hörbar die Luft ein. »Ich weiß nicht, ob ich da genug Vertrauen hätte.«

»Aber vielleicht zu mir schon?«

»Zu dir? Ja schon, aber …«

»Ich würde gerne ausprobieren, ob Hypnose für einen Laien wirklich so leicht durchzuführen ist, wie das in Fachbüchern gesagt wird. Dafür bräuchte ich allerdings …«

»… ein Versuchskaninchen. Ich hab's verstanden!« Andi lachte. »Und was versprichst du dir davon?«

Inka wollte ihm im Moment nicht erklären, dass es für sie eine Möglichkeit wäre herauszufinden, was Peter vorhatte. Natürlich setzte das voraus, dass sie in der Lage wäre, zunächst seinen Kollegen Andi zu hypnotisieren. »Ich möchte es einfach ausprobieren, wäre das okay?«

»Ich glaube zwar nicht, dass es funktioniert, aber meinetwegen, dir vertraue ich. Du musst aber auch der Kripo vertrauen, dass wir unsere Ermittlungsarbeit gut machen. Der Fall ist undurchsichtig, allerdings nicht unlösbar. Aussagen unter Hypnose bringen uns nicht weiter.«

»So weit denke ich gar nicht.«

»Also gut. Willst du jetzt gleich loslegen? Soll ich mich aufs Sofa legen?«

»Nein, ich möchte eine Schnellhypnose an dir durchführen.« Sie schob ihren Stuhl zurück und stand vom Tisch auf. »Kannst du dich bitte nah vor mich hinstellen? Ja, so ist es gut. Und jetzt schau mich an.«

In seinen grünbraunen Augen konnte Inka sehen, dass ihm mulmig zumute war, und dieses Gefühl kannte sie aus eigener Erfahrung nur zu gut. Ihr selbst schlug das Herz bis zum Hals, als sie Andis Blick fixierte und ihm den Zeigefinger vor die Augen hob. Danach musste alles in Sekundenschnelle passieren. Sie stellte sich leicht schräg versetzt zu ihm und umfasste mit einer Hand seinen Nacken, um ihn aufzufangen, wenn er nach hinten fiel. Inka berührte seine Stirn zwischen den Augenbrauen und sagte: »Schlaf! Schlaf tief und fest, immer tiefer in die Entspannung.«

Sofort schlossen sich seine Lider und seine Gesichtszüge entspannten sich. Gütiger Himmel, es funktionierte tatsächlich! Sein Atem ging ruhig und regelmäßig. Ihre Aufregung fuhr Achterbahn in ihr. Mit leicht wackeliger Stimme redete sie weiter auf Andi ein, wie es das Lehrbuch vorgab. »So ist es gut. Tief und fest. Immer tiefer in die Entspannung. Du hörst meine Stimme und bist bereit, mit mir zu sprechen.«

Unvermittelt machte Andi die Augen auf und schaute sie verständnislos an. »Ja, aber müsst ich nicht vorher noch umfallen?«

Ihre Euphorie sackte schneller in den Keller als ein abstürzender Aufzug. »Verdammt! Aber okay, ich dachte mir schon, dass das nicht so einfach ist.«

»Sollen wir noch mal anfangen?«

»Nein, ist schon okay. War ja auch eine Schnapsidee.«

»Apropos Schnaps, möchtest du vielleicht einen?«

»Nein, aber einen Espresso vielleicht, wenn du einen hast.«

»Na klar.« Andi verschwand in der Küche, eine Maschine ratterte und bald darauf balancierte er ein Tablett mit zwei kleinen Tassen und Wassergläsern durchs Wohnzimmer und stellte es mit der übertrieben schwungvollen Geste eines Kellners auf dem Tisch ab.

»Danke, Andi! Für den Espresso und … für alles.« Sie umarmte ihn und gab ihm einen Kuss auf die Wange, was ihn augenblicklich wieder zum Erröten brachte.

»Komm, setzen wir uns wieder«, sagte er verlegen und stellte die Tassen vom Tablett. Ganz offensichtlich suchte er nach einem anderen Thema. »Warst du eigentlich mal im letzten halben Jahr bei Annabel zu Besuch?«

»Nein, warum?«, fragte sie und trank einen Schluck.

»Es hätte ja sein können, dass dir irgendwas in der Wohnung aufgefallen wäre. Veränderte Gewohnheiten, anderer Lebensstil, neue Gegenstände. Selbst wenn ein Mord plötzlich geschieht, so wirft er doch seine Schatten.«

»Leider habe ich mich nach der Geburt komplett zurückgezogen, auch von meinen Freunden. Annabel ging es auch nicht sonderlich gut in der Zeit. Rebecca hat mir erzählt, dass sie sich auch ganz schön rar gemacht hätte. Kann ich verstehen, nachdem sie ihren Job verloren hatte.«

»Verloren?«

»Das Reisebüro, in dem sie gearbeitet hat, musste Insolvenz anmelden. Das war im Oktober letztes Jahr. Mir war das natürlich so gesehen ganz recht, weil Annabel plötzlich viel Zeit für mich hatte, mich zum Schluss jeden zweiten Tag zu den lästigen CTG-Untersuchungen in Evelyns Praxis fuhr, mit mir sämtliche Einkäufe erledigte, stundenlang mit mir Vornamenbücher wälzte … Sie schien sich wirklich mit mir auf das Baby zu freuen.«

»Und Peter nicht?«

»Doch, schon auch. Ein bisschen zumindest. Männer sind so, habe ich mir sagen lassen. Die freuen sich erst, wenn sie mit dem Zwerg spielen können.«

»Na ja, bei mir war das anders. Ich war von dem Tag an,

als ich erfahren habe, dass ich Vater werde, in dieses kleine Würmchen auf dem Ultraschallbild verliebt. Aber schön, dass sich wenigstens deine Freundin mit dir gefreut hat.«

»Ja, obwohl das bestimmt auch nicht immer leicht für Annabel war. Sie wollte doch selbst so gerne ein Kind und die Arbeitslosigkeit schlug ihr aufs Gemüt.«

»Warum wollte Annabel nach Griechenland auswandern?«

»Keine Ahnung. Aber einen Dickschädel hatte sie schon immer, und wenn sie sich etwas in den Kopf gesetzt hatte, konnte sie es auch durchsetzen. Das hat sie von ihrem Vater. Annabel hatte auch das Talent, alles und jeden zu überzeugen. Deshalb machte sie ihren Job im Reisebüro ja auch so gut. Jannis hätte eigentlich nichts dagegen gehabt, in Deutschland zu bleiben. Das hat er mir bei unserer kleinen Party noch erzählt. Er hatte hier seine Freunde, war zufrieden und verdiente gut. Neben den Angeboten auf seiner Homepage bot er seine Wandertouren auch über ein griechisches Reisebüro in der Olgastraße an.«

»Das wissen wir. Er hat dort wenige Stunden vor seinem Tod, gegen 22 Uhr, eine Nachricht aufs Band gesprochen und um Stornierung der Flüge gebeten, die er privat für sich und Annabel gebucht hatte, um vor Ort alles für die Hochzeit zu klären.«

»Was? Das … das wusste ich ja gar nicht …«, stotterte Inka. »Das würde bedeuten, er hat Annabel hinsichtlich ihrer Pläne einen Korb gegeben und die Hochzeit annulliert! Und das kaum zwei Stunden, nachdem sie ihre Verlobung bekannt gegeben haben!«

»Wir nehmen an, dass er das zu Hause angekommen auch gleich Annabel mitgeteilt hat.«

»Kein Wunder, dass sie ausgerastet ist! Dann hatte Jannis womöglich doch eine Geliebte … Unfassbar! Ich kann mich doch nicht so in ihm getäuscht haben!« Inka schüttelte den Kopf und konnte sich gar nicht mehr beruhigen. »Was ist mit dem Teilgeständnis von Annabel? Wenn es einen zweiten Täter gab, der die tödliche Spritze setzte, warum sagt Annabel dann nichts über diese Person? Warum belastete sie den wahren Mörder nicht?«

»Da gibt es mehrere Möglichkeiten. Erstens, Annabel ist allein schuldig. Sie hat dem Opfer zuerst die Weinflasche über den Kopf gezogen, und dann, als sie gesehen hat, dass er noch lebte, die Spritze gesetzt. Ist allerdings merkwürdig, denn bislang können wir nicht von einer geplanten Tat ausgehen und im Haushalt des Opfers gab es weder Insulin noch Spritzbesteck. Zweitens ist eine Person denkbar, die von Annabel entweder wirklich nicht gesehen wurde, weil sie sich versteckt hielt, oder, was auch möglich ist, sich in der Wohnung mit ihrem Wissen aufhielt, aber von Annabel als unverdächtig angesehen wurde. – Wenn es dieses verdammte Alibi nicht geben würde, käme nur Evelyn für mich in Frage«, sagte Andi und drückte die Zigarette im Aschenbecher aus.

Oder Peter, dachte Inka. Denn er hat *kein* Alibi.

»Andi, ich glaube, mir ist nicht gut.«

»Oh weh, war die Sauce doch zu fettig? Komm, leg dich auf die Couch. Ich mach dir einen Tee. Möchtest du vielleicht eine Wärmflasche?«

»Danke … nein. Vielleicht einfach nur kurz hinlegen.«

Andi begleitete sie zum Sofa und schaute auf die Uhr. Es war kurz vor halb zehn. Was für ein langer Tag …

»Ich glaube nicht, dass Peter sich jetzt noch mal bei dir meldet. Der wird tatsächlich im Hotel übernachten. Blöd, dass er sein Handy ausgeschaltet hat, aber das beste Zeichen dafür, dass er einfach seine Ruhe haben will. Und Ruhe und Schlaf ist jetzt genau das, was wir alle brauchen. Lass uns hierbleiben, wenn das für dich in Ordnung ist. Einverstanden?«

Inka nickte erleichtert und schaute noch einmal auf ihr Handy. Kein Anruf.

»Ich bringe dir ein frisches T-Shirt zum Schlafen und gehe schnell rüber zu Frau Blume, um dir was für deinen Magen zu holen. Meine gute alte Nachbarin schläft um die Zeit noch nicht, und sie hat immer irgendwelche tollen Hausmittelchen parat.«

Bevor Andi zurückkam, war Inka in einen traumlosen Schlaf gefallen.

*

Ein Zischen und Brodeln weckte sie. Ein Geräusch, das aus der Küche kam. Dann ein Klicken. *Der Wasserkocher*, dachte Inka, als sie das Wasser in eine Tasse plätschern hörte.

Draußen war es hell. Ein Blick auf die Uhr schräg über dem Fernseher sagte ihr, dass es halb zehn war. Sie hatte fast zwölf Stunden geschlafen!

Andi erschien mit einer Tasse Tee im Wohnzimmer. Als er sich auf den Fußhocker neben sie setzte, wehte Kräuterduft zu ihr herüber.

»Guten Morgen, Inka. Na, wie geht's dir? Wie hast du geschlafen? Hier, für deinen Magen. Brauchst du jetzt Frau Blumes Wundertropfen?«

Inka richtete sich auf und nahm die Tasse dankbar entgegen. »Danke, mir geht's so weit gut.«

Sie erinnerte sich an den Moment, als Peter gestern Morgen mit dem Frühstückstablett an ihrem Bett gesessen hatte, und sie ernsthafte Zweifel an seiner Ehrlichkeit bekommen hatte. Zweifel, ob er nicht sogar tiefer im Geschehen steckte, als sie wahrhaben wollte. Dass sie sich nach dreizehn Jahren an seiner Seite so in ihm getäuscht haben sollte, wollte ihr Herz am wenigsten verstehen.

»Hast du was von Peter gehört?«, fragte sie.

Andi schüttelte den Kopf. »Er hat um zehn Uhr Dienstantritt. Erst wenn er dann nicht im Büro erreichbar ist, mache ich mir Sorgen. Gut, ich bringe dann die Tropfen zurück zu Frau Blume. Du kannst so lange ins Bad gehen.«

Nachdem Andi die Wohnung verlassen hatte, griff sie als Erstes zu ihrem Handy und sagte bei der Sekretärin von Brinkhus ihren Termin für morgen ab. Erst dann ging sie ins Bad.

Ihr verknittertes Etuikleid, das sie gestern Abend auf dem Hocker im Bad abgelegt hatte, war von Andi auf einen Kleiderbügel an die Duschwand gehängt worden. Unschlüssig blieb sie davor stehen. War das wirklich erst gestern gewesen, dass sie sich so sehr gefreut hatte, sich für das Rendezvous schick zu machen? Jetzt war das Kleid in ihren Augen ein stummer Zeuge des Überfalls, und Inka mochte es nicht wieder anziehen. Aber sie hatte nichts anderes.

Als sie Andis T-Shirt auszog und den weißen Klebeverband auf ihrem Bauch sah, kamen alle Ängste und Schmerzen von gestern wieder in ihr hoch. Sie hatte das Gefühl, daran ersticken zu müssen und es in ihrer eigenen Haut nicht mehr auszuhalten.

Keuchend ging sie zum Waschbecken und ließ kaltes Wasser über ihre Handgelenke laufen.

»Ich krieg dich«, flüsterte Inka. »Ich krieg dich, bevor du

mir noch mehr antun kannst. Wer immer du bist, und wie gut du dich versteckst.«

Erst jetzt sah sie auf dem hölzernen Hocker neben dem Waschbecken die ordentlich gefalteten Kleidungsstücke. Darauf lag ein Zettel. *Wenn du möchtest, zieh diese Sachen an. Die Jeans passt hoffentlich.*

Inka lächelte. Andi war wirklich ein Meister des Einfühlungsvermögens. Kein Wunder, dass die Kollegen mit all ihren Sorgen und Problemen zu ihm kamen. Wenn sie nur Peter genauso vertrauen könnte! Der Blick auf ihr Handy zeigte ihr, dass niemand versucht hatte, sie zu erreichen.

Sie wusch sich und zog das neue weiße T-Shirt und die Jeans an. Sie passte. Sie war zwar ein kleines bisschen zu weit an der Hüfte, aber ohne Gürtel tragbar. Die Hose musste noch aus Zeiten stammen, als Andi zehn Kilo weniger gewogen hatte. Er trug sich wohl wirklich mit dem festen Vorsatz, da wieder reinzupassen, sonst hätte er sie längst ausgemustert.

Kaum dass Inka fertig angezogen das Bad verließ, klingelte ihr Handy.

»Peter, na endlich!«, rief sie laut aus.

»Himmel, Inka, wo steckst du bloß?«

Nach dieser vorwurfsvollen Begrüßung musste Inka erst einmal Luft holen. »Das fragst du mich? Du bist seit gestern Abend spurlos verschwunden!«

»Kaum dass wir uns streiten, verbringst du die Nacht in fremden Betten.«

»Ich bin bei Andi! Verdammt, Peter, du hast keine Ahnung, was mir gestern passiert ist.«

»Oh doch, das weiß ich. Ich bin jetzt auf der Dienststelle, nachdem ich die Nacht vor unserem Haus im Auto verbracht habe!«

»Und du fragst nicht einmal, wie es mir geht?«

»Bei Andi geht es dir bestimmt gut. Er umsorgt dich, kocht dir was zu essen und liest dir sicher jeden Wunsch von den Lippen ab. So ist es doch, oder?«

Inka blieb im Wohnzimmer stehen und betrachtete das schwarz-weiße Bild der vielen Treppen. »Sag mal, Peter, geht es dir noch gut? Natürlich hat sich Andi um mich gekümmert! Aber er hat nichts Verwerfliches getan! Weißt du überhaupt, in welchem Zustand ich gestern war?«

»Verliebte Männer benehmen sich eben fürsorglich. Hast du nun endlich gemerkt, dass mein Kollege ein Auge auf dich geworfen hat? Nur hätte ich nicht gedacht, dass du gleich die Nacht bei ihm verbringst.«

»Ach, hör doch mit deiner Eifersucht auf, Peter! Du überschüttest mich mit Vorwürfen, dabei bist *du* aus dem Haus gerannt, und *du* warst nicht erreichbar.«

»Ich konnte nicht anrufen, weil mein Akku leer war.«

»Verkauf mich nicht für dumm, Peter. Du bist in letzter Zeit überhaupt nicht mehr übers Handy erreichbar. Hast immer neue Ausreden. Da stimmt doch was nicht. Sei endlich ehrlich zu mir!«

»Ich soll ehrlich sein? Gut. Dann sage ich dir, dass du dich in die Psychiatrie einweisen lassen solltest. Mit deinen Halluzinationen bist du dringend behandlungsbedürftig!«

»Diesmal hatte ich aber keine Halluzination! Der Rechtsmediziner hat die Einstichstelle an meinem Hals bestätigt, mir wurde ein Narkotikum gespritzt und eine Morddrohung mit der Rasierklinge in den Bauch geritzt! So etwas halluziniert man nicht!«

»Es konnten aber keine fremden Spuren sichergestellt werden. Weder an deinem Körper noch an den beschriebenen Tatgegenständen. Kein Nachweis eines Narkosemittels also. Wenn so etwas noch einmal vorkommt, dann werde ich dich zwangseinweisen lassen müssen, Inka. Zu deinem eigenen Schutz. Und du weißt, was eine Zwangseinweisung bedeutet.«

Inka glaubte schier durchzudrehen, dass sie in einer solchen Situation so wenig Rückhalt von ihrem eigenen Mann bekam.

»Willst du mir drohen?« Ihre Stimme schnappte fast über.

»Nein, ich will dir helfen.«

Einen Moment lang herrschte Schweigen in der Leitung.

Inka starrte zur Beruhigung auf das Bild über dem Fernseher. Führten die Treppen nun hinauf oder hinunter, und wie waren sie miteinander verbunden? Bei jedem neuen Betrachtungsansatz kam sie zu einem anderen Ergebnis. Eine gelungene optische Täuschung.

Sie holte tief Luft: »Peter, sag mir, wer an meinem Laptop eine Datei hinterlegt hat, in der Bedrohungen an mich geschrieben stehen. Genau die, die ich auch ausgedruckt gefunden habe! Nur du kennst das Passwort!«

»Hör auf, mich zu verdächtigen. Du hast selbst zu Protokoll gegeben, dass sich jemand durch die Terrassentür ins Haus hätte schleichen können, während du an dem Vormittag unterwegs warst. Und für ein Benutzer-Passwort braucht es übrigens keine besonderen Hackerkenntnisse. Das bekommt selbst ein Anfänger hin, und für das Passwort *Jonas2212* braucht es ohnehin nicht viel Fantasie. Viel eher glaube ich, dass du die Zettel in deinem Wahn selbst geschrieben hast. Entschuldige bitte, wenn ich das so deutlich formuliere, aber es geht hier auch um mich. – Und jetzt gib mir bitte Andi«, sagte Peter fordernd. »Er soll dich hierherbringen, und dann fahre ich dich zum Arzt.«

Inka war sprachlos. Sie sollte die Drohungen selbst geschrieben haben? Diese Anschuldigung war ungeheuerlich. »Ich bin alt genug selbst zu entscheiden, ob ich einen Arzt brauche!«, herrschte sie ihn an. »Und Andi ist drüben bei der Nachbarin.«

»Ganz wie du willst, Igelchen …«, versuchte Peter sie zu beschwichtigen.

»Hör auf, mich so zu nennen! – Nur eines möchte ich jetzt noch von dir wissen: Wer hat dir zu Jonas' Geburt zehntausend Euro überwiesen?«

Einen Augenblick blieb es still in der Leitung. »Du hast in meinen Kontoauszügen geschnüffelt? Inka, wir hatten eine Vereinbarung!«

»Sag es mir! War es Evelyn? Weil sie meinen Sohn umgebracht hat, oder weil … weil Jonas gar nicht tot ist? Glaube ich das nur, weil es mir unter Hypnose suggeriert wurde?«

»Inka! Schluss jetzt mit deinem Wahn! Das Geld habe ich rechtmäßig bekommen, aber ich kann und will dir jetzt nicht sagen, von wem. Heute wird es noch mal spät, bis ich nach Hause komme, aber dann reden wir.«

»Warum erst heute Abend? Peter, ich will jetzt wissen, was los ist. Ich kann nicht zu Hause sitzen und stundenlang auf dich warten. Ich komme zu dir auf die Dienststelle!«

»Inka, ich kann hier nicht reden. Fahr nach Hause und leg mir den Schlüssel in den Blumentopf am Hauseingang.«

»Und wenn mich jemand dabei beobachtet?«

Peter seufzte. »So kann es nicht weitergehen. Anfangs habe ich die Warnung von Doktor Brunner ernst genommen, mittlerweile bin ich der Meinung, dass die Botschaft dieses Irren dich selbst verrückt gemacht hat. Er hat Ängste bei dir ausgelöst, die sich verselbstständigt haben und so schlimm geworden sind, dass du damit ohne professionelle Hilfe nicht mehr klarkommst. Und damit meine ich nicht die Hypnosestunden! Sei vernünftig, bitte. Wenn du willst, können wir uns in meiner Mittagspause im *Graciosa del Mundo* treffen und reden.«

»Peter, verstehst du mich denn nicht? Ich habe Angst, alleine auf die Straße zu gehen.«

Ein weiterer Seufzer in der Leitung. »Dann gib Andi den Schlüssel mit, wenn er zum Dienst fährt.«

»Ich möchte, dass *du* zum Asemwald kommst, damit wir hier in der Wohnung reden können. Bitte.«

Nach einem Moment sagte Peter: »Einverstanden. Ich bin gegen zwölf Uhr da.«

»Versprochen?«

»Falls etwas dazwischenkommt, rufe ich dich an.«

»Peter, kann ich mich darauf verlassen? Ich … ich habe echte Probleme, dir noch zu vertrauen.«

»Dann lass es doch einfach bleiben!«

Peter hatte aufgelegt. Einfach aufgelegt! Seine eiskalten Worte froren in ihr fest.

Als Andi wieder in die Wohnung zurückkam, saß sie unbeweglich auf dem roten Sofa. War es Peter tatsächlich gleichgültig, ob sie ihm noch vertrauen konnte?

»Sorry«, sagte Andi, »hat etwas länger gedauert. Die gute Frau Blume hat immer so ein Redebedürfnis. Ihr vor zwanzig Jahren verstorbener Mann war auch bei der Polizei. Deshalb muss ich mir immer alte Verbrechergeschichten anhören. Und als alleinstehender Mann scheine ich ohnehin ihr bevorzugtes Opfer zu sein … Inka, was ist los mit dir?«

»Peter hat angerufen.«

»Na siehst du. Hab ich dir doch gleich gesagt, dass ihm nix passiert isch. Aber warum so einsilbig? Immer noch Streit?«

»Mehr als zuvor. Ich möchte aber nicht darüber reden.«

»Musst du auch nicht. Dann fahren wir jetzt auf die Dienststelle.«

»Nein.«

»Das kann ich verstehen, Inka, aber wir müssen in Erfahrung bringen, was mein Chef sagt.«

»Nicht nötig. Peter hat mir bereits die Ergebnisse durchgegeben. Keine Hinweise auf eine fremde Person. So als hätte ich tatsächlich eine Halluzination gehabt.«

»Und was ist mit der Morddrohung auf deinem Bauch? … Das müssen die Kollegen doch ernst nehmen!«

»Ich habe Peter gebeten, in seiner Mittagspause hierherzukommen. Kannst du bitte alleine aufs Revier fahren? Sprich du mit deinem Chef.«

»Na schön. Du kannst auch noch eine Nacht hier schlafen, wenn du willst, aber eine Dauerlösung ist das keine. – So, ich fahre jetzt los ins Büro. Du kommst wirklich alleine klar? Hier oben bist du jedenfalls sicher. Und wenn es klingelt, betätigst du die Gegensprechanlage. Oder möchtest du, dass ich bei dem Gespräch dabei bin, um zwischen euch zu vermitteln?«

»Nein, danke«, sagte sie schnell. Peter könnte das in seiner Eifersucht nur missverstehen und glauben, sie würden ihn unbedingt davon überzeugen wollen, dass in der vergangenen Nacht nichts zwischen ihnen vorgefallen sei.

»Hast recht, ist besser, wenn ihr alleine miteinander redet.«

Nein, das wollte sie auch nicht. Sie würde Rebecca bitten vorbeizukommen. Heute war Sonntag, da sollte sie eigentlich Zeit haben.

Andi verabschiedete sich, und nachdem er gegangen war, blieb Inka gedankenverloren im Wohnzimmer sitzen. Die altmodische Einrichtung erinnerte Inka an frühere schönere Zeiten, in denen das Leben irgendwie einfacher gewesen war – zumindest aus heutiger Perspektive.

Sie griff nach ihrem Handy, und bevor sie die Kurzwahl ihrer Freundin drückte, dachte Inka an die unzähligen Gespräche, die sie nächtelang miteinander geführt hatten, und rief ihre Freundin an.

Nachdem Rebecca in Kurzfassung gehört hatte, was passiert war, versprach sie sofort, zu ihr in den Asemwald zu kommen. So hörte sich niemand an, der etwas zu verbergen hatte, da war sich Inka sicher.

*

Eine halbe Stunde später klingelte wieder ihr Handy. Ein Anruf mit unterdrückter Nummer.

»Spreche ich mit Frau Inka Mayer?«

Eine männliche Stimme, die ihr bekannt vorkam. Inka löste sich von der Aussicht auf den Flughafen und konzentrierte sich auf den Anrufer.

»Ja, wer spricht da?«, fragte sie.

»Doktor Brinkhus hier. Sie haben die Stunde für morgen abgesagt? Meine Sekretärin hat mir Ihre Nachricht zukommen lassen.«

Inka sah, wie Garfield es sich auf dem Hocker bequem machte. »Ich … ähm … Ja, das habe ich.« Brinkhus war tatsächlich am Sonntag in der Klinik und kümmerte sich selbst um die Termine seiner ambulanten Patienten. Zumindest wohl um ihren Termin. Damit schien sie auf der richtigen Fährte zu sein. Er wollte sie nicht aufgeben.

»Sie haben keinen neuen Terminwunsch genannt. Wann möchten Sie stattdessen kommen, Frau Mayer?«

»Ich … Vielen Dank, aber ich möchte keine Hypnosestunde mehr vereinbaren.«

Es wurde still in der Leitung. Garfield schleckte sich die Pfote und behielt sie, die fremde Person in seinem Revier, fest im Blick.

Inka hörte Doktor Brinkhus tief einatmen, dann fragte er: »Möchten Sie mir Ihre Gründe dafür nennen?«

Irgendetwas blockierte in ihr, und sie konnte keine Antwort geben.

»Darf ich raten?«, fragte Doktor Brinkhus und wartete gar nicht erst, bis sie darauf reagierte. »Ich kann mir schon denken, woher der Wind weht. Von meiner Frau weiß ich, dass sie meinen Schwiegervater in der Psychiatrie besucht haben. Und er hat garantiert kein gutes Haar an mir gelassen. Richtig?« Er ließ eine kleine Pause entstehen.

»Frau Mayer, ich habe eine wichtige Information für Sie, aber das möchte ich nicht am Telefon mit Ihnen besprechen. Kommen Sie gleich morgen früh um acht, da hat noch jemand abgesagt. Es ist sehr wichtig für Sie.«

*

Kaum hatte Inka das Telefonat beendet, klingelte es unten an der Haustür. Rebecca meldete sich über die Gegensprechanlage, und kurz darauf standen sie sich in Andis Wohnung gegenüber. Rebecca sah sie mit betroffenem Blick an und breitete wortlos die Arme aus. Inka legte den

Kopf auf die Schulter ihrer Freundin. Für einen Moment konnte sie tief durchatmen und sich fallen lassen, aber dann war die Anspannung wieder da.

Als sie sich nebeneinander auf die Couch setzten, kam Garfield dazu und beschnupperte interessiert Rebeccas weiß-grün gestreiftes Kleid, anstatt auf die zweite Fremde ebenfalls mit Argwohn zu reagieren. Nach nur wenigen Streicheleinheiten tretelte er auf der Stelle und ließ sich schließlich schnurrend neben ihr nieder.

Es dauerte lange, bis Inka ihrer Freundin die Geschehnisse des gestrigen Tages im Detail erzählt hatte: zuerst der Schock beim Blick auf die Konten, die überwiesene Riesensumme für Jonas, der Streit mit Peter, der Überfall und schließlich der gemeinsame Abend mit Andi.

Rebecca reagierte entsetzt, beinahe schon panisch, als sie die eingeritzten Buchstaben *ICH TÖTE DICH* auf dem Bauch ihrer Freundin sah. Sie schlug sich die Hand vor den Mund. »Wer war das?«

Der Kater schreckte auf und sprang von der Couch.

Hilflos zuckte Inka mit den Schultern. »Wenn ich das wüsste, Rebecca … Der Stimme nach dachte ich zuerst, es wäre Evelyn gewesen.«

»Was?«

»Ja, aber die wurde zu diesem Zeitpunkt von der Kripo befragt. Verdammt, das kann also gar nicht sein! Die Frau war nicht zu erkennen durch die Spurensicherungskleidung! Aber wo soll sie die denn herhaben?«

»Du meinst … von Peter?«

»Ich weiß bald gar nicht mehr, was ich denken soll. Das Schlimmste aber ist, ich habe das Gefühl, ganz tief in mir kenne ich alle Zusammenhänge. Ich komme nur nicht an diese Erinnerungen dran. Nur über die Hypnose …«

Rebecca verschränkte die Arme. »Inka, das ist gefährlich, nach allem, was du mir erzählt hast. Annabels Vater, so verrückt er auch sein mag, hat dich vor deinem Hypnosetherapeuten gewarnt. Ich meine, die beiden haben jahrelang zusammengearbeitet …«

Inka zog ihre Beine an und umschlang ihre Knie, ließ es aber dann gleich wieder sein, weil die Wunde am Bauch schmerzte. »Ich muss morgen früh zu Brinkhus gehen. Ich *muss.* Er hat eine wichtige Information für mich, die er mir nicht am Telefon mitteilen wollte. Das ist vielleicht meine letzte Chance, dem Mörder einen Schritt voraus zu sein.«

»Oder das Opfer von Brinkhus zu werden … Inka, das kann genauso gut eine Falle sein! Du hast Andi versprochen, keine Alleingänge zu machen und damit hat er verdammt noch mal recht.«

Inka nickte und streckte vorsichtig ihre Beine wieder aus. Die beiden hatten sicherlich recht, doch keiner von ihnen konnte die Panik spüren, die sich mit jedem Rasierklingenschnitt in ihren Körper gefressen hatte. Unter Hypnose könnten sich ihr Zusammenhänge erschließen, die sie verdrängt hatte, sie könnte Teile ihrer Erinnerung sehen, die ihre Rettung bedeutete. Sofern Brinkhus ihr helfen wollte … Nichts zu riskieren würde allerdings bedeuten, untätig auf die nächste Attacke des Mörders zu warten.

Es war schon nach ein Uhr, und Rebecca drängte darauf, Peter anzurufen, um in Erfahrung zu bringen, wo er bliebe. Doch das kam für Inka nach dem erneuten Streitgespräch vorhin am Telefon gar nicht in Frage. Entweder er kam von sich aus, oder er ließ es bleiben.

Rebecca bot an, Peter von ihrem Handy aus anzurufen, um mit einer belanglosen Frage herauszufinden, wo er gerade war.

Dass Peters Mailbox ansprang, überraschte lediglich sie selbst, und Rebecca setzte zu einer Schimpftirade an, da sie es gar nicht glauben konnte, wie Inkas Mann sich in letzter Zeit verhielt. *Scheißkerl* war noch so ziemlich das Freundlichste, was ihr dazu einfiel.

Inka beschloss, Andi anzurufen und ihn zu fragen, ob Peter seine Mittagspause vielleicht hatte verschieben müssen.

»Nicht, dass ich wüsste«, sagte er, und Inka sah ihn am Telefon förmlich die Stirn runzeln. »Peter ist abgehauen, kaum dass ich im Büro war. Er meinte, ihm sei nicht gut, und er würde ein paar Überstunden abfeiern, um die Mittagspause zu verlängern, damit er sich noch ein bisschen hinlegen könne. Er wollte aber vorher noch zu mir nach Hause fahren und den Hausschlüssel bei dir abholen.«

Inka rieb sich die Nasenwurzel. »Peter ist nicht gekommen. Meine Freundin Rebecca ist hier bei mir – ich wollte nicht allein in deiner Wohnung sein.«

»Du solltest doch außer Peter niemand in die Wohnung lassen! Aber ich nehme an, du vertraust Rebecca. Jedenfalls waren Alibi und Aussagen bei deiner Freundin für die Tatnacht sauber. Versuch weiter, Peter zu erreichen, und ich probiere es auch. Ich kann im Moment nicht weg hier. Meldet euch spätestens in zwei Stunden, wenn er bis dahin nicht aufgetaucht ist.«

Nachdem Inka aufgelegt hatte, kam ihr eine Idee. »Ich weiß vielleicht, wo Peter stecken könnte.«

»Raus damit!«

Noch während sie Rebecca beschrieb, in welchem Viertel Peter gestern ihr Moped abgestellt hatte, desto sicherer vermutete sie, heute das Auto dort geparkt zu sehen.

Gedankenverloren zwirbelte Rebecca an einer ihrer Locken. »Und was macht er da zwischen Imbissbuden und

Spielhallen?« Sie hielt inne. »Moment mal, eine Spielhalle würde zu den vielen Geldabhebungen passen, von denen du erzählt hast. Und zu seinem unzuverlässigen Verhalten, dem ausgeschalteten Handy.«

»Du meinst, Peter spielt an Automaten? So was würde er doch nicht machen – ich meine, er ist doch intelligent genug zu wissen, dass man da nur ausgenommen wird.«

»Kann sein, dass er das weiß. Diese Dinger bringen aber Thrill und Ablenkung. Genau richtig, wenn man viel Stress hat, so wie Peter. Und nach geraumer Zeit wird man spielsüchtig, und dann hilft jedes bessere Wissen nichts mehr. Ich weiß, wovon ich rede. Mein Onkel war Spieler.«

»Meine Güte, wenn das wirklich so ist, warum ist mir dann nicht schon früher etwas aufgefallen?«

Rebecca machte eine bedauernde Geste. »Ein süchtiger Spieler ist vor allem eines: ein perfekter Schauspieler, dem es über lange Zeit gelingt, sein Umfeld zu täuschen. Meiner Tante ist erst etwas aufgefallen, als das Haus verkauft werden musste. Spieler versetzen Haus und Hof für den großen Gewinn, und wenn sie alles verloren haben, setzen sie noch mal so viel, in der neuen Hoffnung auf den großen Gewinn. Ein ewiger Teufelskreislauf.«

»Und in dem soll Peter auch drinstecken? Das kann ich nicht glauben – das *will* ich nicht glauben.«

»Was denkst du dann? Dass er das Geld in eine Prostituierte investiert?«

Der Gedanke wucherte wie eine Schlingpflanze durch ihren Kopf, und sie schlug die Hände vors Gesicht. »Rebecca, bitte hilf mir, Peter zu finden.«

»Ich weiß nicht, ob es so eine gute Idee ist, wenn du den

Schutz der Wohnung aufgibst. Nein, das ist nichts, du bleibst hier. *Ich* gehe ihn suchen. Komm her, Süße, lass dich umarmen. Der Kerl ist keine Träne wert, wenn er eine andere hat.«

*

Nein, Peter hatte keine andere. Seine Passion galt einzig dem Spielautomaten vor sich. Hoch konzentriert und mit voller Aufmerksamkeit widmete er sich dem elektronischen Gerät und klopfte wie wild auf den Start-Button, wenn wieder eine Runde zu seinen Ungunsten verstrichen war.

Rebecca war schon im zweiten Spielsalon fündig geworden. Obwohl sie das Phänomen der Spielsucht aus ihrer Familie kannte, wunderte sie sich, wie viele Menschen um die Mittagszeit hier ihr Geld aufs Spiel setzten. Peter saß in einem abgedunkelten Bereich auf einem Barhocker vor einem blinkenden und leuchtenden Gerät, das in regelmäßigen Abständen allerlei Melodien spielte. Zehn Minuten lang beobachtete sie den breitschultrigen Mann, der schräg mit dem Rücken zu ihr saß und wie gebannt auf die sich stets neu mischenden Bilderreihen starrte. Er war wie verwandelt. Nichts erinnerte mehr an Inkas liebevollen und aufmerksamen Ehemann, wie Rebecca ihn einst kennen gelernt und noch vor Kurzem erlebt hatte. Es schien, als hätte alles um ihn herum an Bedeutung verloren, als sei nur das elektronische Gerät vor ihm von Interesse, als seien alle Hoffnungen und Sehnsüchte der Welt darin konzentriert.

Wie viel Zeit, wie viel Geld er wohl schon in eine solche Kiste investiert hatte? Es war typisch für Spieler, ihre Sucht vor Familienangehörigen geheim zu halten und ein enormes Arbeitspensum vorzuschieben. Kein Wunder, dass Inka ihrem Mann nicht früher auf die Schliche gekommen war.

Ein paar Meter weiter schepperten die Münzen im Ausgabefach, und ein junger Mann jubelte laut auf. Peter sah verärgert zu ihm hinüber und murmelte kopfschüttelnd vor sich hin. Er kramte in seiner Hosentasche, steckte rechts und links in die freien Automaten neben ihm ein paar Münzen und ging dann zur Theke.

Rebecca beobachtete, wie er einen Fünfzigeuroschein wechseln und sich einen kostenlosen Kaffee einschenken ließ. Jetzt hatte sie genug gesehen. Sobald Peter wieder bei seinem Automaten war, würde sie ihn zur Rede stellen.

»Peter?«

Er fuhr herum, sichtlich erstaunt, dass ihn jemand mit Namen ansprach.

Nach dem ersten Schrecken musterte er sie in ihrem dünnen Sommerkleidchen. »Hey, Rebecca, seit wann zockst du?«

Rebecca merkte auf einmal, dass der Salon klimatisiert war, und ein Schauder zog ihr über den Rücken. »Du wolltest doch zu Inka fahren. Sie wartet auf dich.«

Peter ließ genervt die Luft entweichen und wandte sich wieder dem Spielautomaten zu. »Du siehst doch, dass ich beschäftigt bin!«, sagte er. »Hast du den Schlüssel mitgebracht?«

»Was ist nur in dich gefahren? Wir haben uns Sorgen gemacht. Wir dachten schon, dir wäre was passiert! Aber Inka hatte eine Vermutung, dass ich dich in diesem Viertel finden könnte. Nachdem kein Geld mehr auf dem Konto ist …«

»Ach, das hat sie dir also auch erzählt. Na, meine Frau

kann ja nichts für sich behalten! Und wenn sie schon eine Ahnung hatte, wo ich bin, warum kommt sie dann nicht selbst her? *Sie* ist es doch, die mit *mir* reden will.«

»Weil sie Angst hat, überhaupt raus auf die Straße zu gehen!«

»Dann muss sie leider warten, bis ich hier fertig bin, und das kann dauern …« Peter warf wieder neue Münzen in den Automaten. »Man muss so eine Kiste nur oft und lange genug beobachten. Es weiß ja jeder, dass die Dinger programmiert sind, aber es gibt kein System, das ich nicht durchschauen könnte. Die Kleine hier ist heute reif. Sie ziert sich noch ein bisschen, aber ich habe Geduld – und dann mache ich die Kiste leer! Inka muss sich also auch noch ein wenig gedulden, bis …«

»Das ist nicht dein Ernst, Peter! Wie kannst du dir hier die Zeit vertreiben, wenn deine Frau Todesängste aussteht?«

»Was denn, ich habe nichts verbrochen! Ich arbeite wie verrückt, dazu Spät- und Wochenendschichten, und zwischen Inka und mir klappt es nicht mehr. Ich habe mich wirklich viel um sie gekümmert im letzten halben Jahr, Rebecca! Aber ganz ehrlich, ich fühle mich wie ihr Mülleimer! Wir haben nicht mal mehr Sex, aber das hat sie dir bestimmt auch schon in aller Ausführlichkeit erzählt.«

»Liebst du Inka noch?«

Es kamen drei gleiche Bilder zum Stehen.

»Wow, Freispiele! Schau dir das mal an, Rebecca!«

»Peter, bitte …«

Er drehte sich zu ihr. »Du weißt doch selber, dass Inka krank ist. Und von mir lässt sie sich nicht helfen. Das bringt alles nichts mehr!«

»Komm jetzt bitte mit, Peter. Ihr müsst miteinander reden, sonst geht eure Ehe wirklich noch kaputt …«

»Yes!«, brüllte Peter unvermittelt und zog damit die Aufmerksamkeit aller Spieler auf sich. Er sprang von seinem Hocker auf und drückte Rebecca enthusiastisch an sich. »Siebenhundertfünfzig Euro, das ist meine Glückssträhne, ich spüre es! Und gleich noch einmal Freispiele hinterher! Jetzt läuft die Sache! Mann, ist das ein irres Gefühl …«

»Ja, das ist richtig viel Geld«, sagte Rebecca und befreite sich aus seinen Armen. »Nimm es raus und dann lass uns hier verschwinden. Komm bitte mit!«

Missmutig sah Peter sie an. »Der Automat fängt nach fünf Stunden endlich an zu reden, die Sache ist verdammt heiß, und du meinst allen Ernstes, dass ich jetzt gehen soll? *Niemals.*«

»Peter, ich werde jetzt Inka anrufen und ihr sagen, dass ich dich gefunden habe.«

»Tu was du nicht lassen kannst.«

»Ist dir das wirklich alles egal?«

»Natürlich ist mir das nicht egal, aber ihr legt es ja darauf an, wenn ihr nicht abwarten könnt.«

»Du gibst uns hier allen Ernstes die Schuld für …«

»Geil, noch mal Freispiele, schau dir das mal an!«

Peter reagierte nicht mehr, so sehr hatte er sich wieder in das laufende Spiel vertieft.

Rebecca griff nach ihrem Handy, um ihrer Freundin Bescheid zu geben, und als sie wieder zu ihm trat, fragte er: »Ach, wollte Inka nicht mit mir reden?«

»Nein, sie will, dass du zu ihr kommst. Andernfalls wird sie heute Nacht noch einmal bei Andi übernachten. Peter, sie wird dir *nicht* hinterherlaufen …«

»Muss sie auch nicht. Ich kann mich jetzt aber auch nicht um sie kümmern.«

»Wie lange geht das hier eigentlich schon?«

»Ein Jahr? Oder eineinhalb? Was weiß ich! Ist das denn so wichtig? In den ersten drei Wochen habe ich hier so viel Geld rausgeholt, wie ich in einem halben Jahr verdiene. Glaubst du, ich hätte den Wegfall von Inkas Verdienst mal so eben mit links aufgefangen? Die Komplettrenovierung hat Unmengen an Geld verschlungen, und der Hauskredit läuft immerhin auf meinen Namen ...«

»Und jetzt ist kein Geld mehr da. Alles, was ihr hattet, steckt in diesen Dingern da drin.«

»Na und? Wartet nur ab, ich hol das Doppelte, ach was, das Dreifache wieder raus! Alles nur eine Frage der Zeit. Das war doch jetzt kein schlechter Stundenlohn! Und wie ich mein Geld verdiene, ist schließlich meine Sache.«

»Und was ist mit den zehntausend Euro, die für Jonas auf dein Konto überwiesen wurden?«

»Das geht dich nichts an.«

»Von wem kam das Geld, Peter? Inka hat ein Recht darauf, das zu erfahren.«

»Dann soll *sie* mich fragen ... Gleich gibt's noch mehr Freispiele, du wirst schon sehen ...«

»Das interessiert mich nicht. Ich möchte, dass du jetzt mit mir zu deiner Frau fährst.«

»Bisher hat es euch auch nicht interessiert, ob ich mitten in der Nacht irgendwelche Leichenteile von den Bahnschienen sammeln muss oder durch Blutlachen wate und auf Kinderleichen stoße. Also haltet euch bitte auch hier raus. Mir geht es gut, besser als all die Jahre davor. Und wenn Inka etwas von mir will, dann soll *sie* kommen.«

»Und was ist mit dem Hausschlüssel? Brauchst du den nicht?«

»Ich kann auch noch mal im Auto schlafen, so schlimm ist das nicht.«

»Peter, ich erkenne dich überhaupt nicht wieder!«

»Ich will einfach keinen Stress mehr, ist das so schwer zu verstehen? Hier kann ich mich wenigstens entspannen und alle Sorgen vergessen.«

»Sei bitte vernünftig und denk noch einmal nach.«

Er schwieg, versank wieder in totale Abwesenheit.

»Okay, dann gehe ich jetzt.«

Rebecca sah noch, wie er weitere Münzen aus der Hosentasche nahm und mit einer Hand auf dem Bildschirm eine Bilderreihe abdeckte, um den Nervenkitzel zu erhöhen.

KAPITEL 6

Ich bin bereit,
denn es ist Zeit für unser'n Pakt über die Ewigkeit
Du bist schon da, ganz nah, ich kann dich spür'n. (...)
Muss ich denn sterben, um zu leben?

Falco, »Out of the Dark«

Nachts passierte kaum mal etwas auf der geschlossenen Station in der Psychiatrischen Klinik. Die Kranken bekamen zum Abendessen ihre Tranquilizer in Tabletten- oder Tropfenform serviert und wurden vor dem Schlafengehen noch einmal vom Personal kontrolliert.

Brunner galt mittlerweile als mustergültiger und kooperativer Patient, er war bei den Schwestern wegen seiner höflichen und zuvorkommenden Art sogar richtig beliebt. Deshalb rechnete die Dienst habende Nachtschwester gerade bei diesem liebenswürdigen älteren Herrn trotz dessen diagnostizierter Schizophrenie nicht mit einem Übergriff. Brunner nannte sie wegen ihrer wallenden blonden Haare und ihrer zierlichen Statur stets »Engelchen«.

Als Schwester Marianne in sein Zimmer gerufen wurde, wunderte sie sich, dass es dunkel war und tastete nach dem Lichtschalter. Als die Neonröhren aufflackerten, sah sie den Patienten ordentlich gekämmt und in Straßenkleidung neben seinem Bett stehen. Seine gepackte Tasche zu seinen Füßen.

Jetzt rächte sich der Umstand, dass sich ihre Kollegin kurz nach Beginn der Nachtschicht mit üblen Dickdarmkrämpfen vom Dienst abgemeldet hatte und nach Hause gefahren war. Die Stationsleitung konnte bei einer so plötzlichen Krankmeldung nicht so schnell für Ersatz sorgen, denn es herrschte Personalknappheit, und so fand sich Schwester Marianne zu später Stunde allein auf der Station wieder.

»Schön, dass Sie kommen, mein Engelchen«, begrüßte er sie. »Ich möchte mich gerne von Ihnen verabschieden. Ich gehe nach Hause.«

»Herr Brunner«, sagte sie und ließ sich ihre Überraschung nicht anmerken, »das ist aber nett, dass Sie mir noch auf Wiedersehen sagen wollen. Aber es ist schon dunkel draußen, und wir hatten gar nicht mehr die Gelegenheit, uns zu unterhalten. Vielleicht setzen wir uns noch ein bisschen und reden miteinander. Und morgen früh sage ich dem behandelnden Arzt, dass Sie gerne gehen möchten.«

»Tut mir leid, Schwester Marianne, ich möchte *jetzt* gehen. Auf Wiedersehen.« Brunner machte einen Schritt auf sie zu und hielt ihr die Hand zum Abschied entgegen. Reflexartig reichte ihm Marianne ihre Hand. Sie folgte den psychologischen Gesetzen erlernter Verhaltensweisen.

Was jetzt passierte, geschah in Sekundenbruchteilen. Anstatt einzuschlagen, zog er seine Hand blitzschnell zurück und formte sie zu einer Schale. Einen Moment lang war Schwester Marianne irritiert, und diesen Moment nutzte Brunner, um in ihr Bewusstsein vorzudringen. Mit der Methode des hypnotischen Handschlags nach Milton Erickson gelang ihm diese Schnellhypnose. Er ergriff ihre ausgestreckte Hand und führte sie ihr vor Augen. »Schau auf deine Hand, und jetzt schlaf, schlaf tief und fest«, befahl er ihr. »Du schläfst tief und fest, dein Atem ist ruhig und regelmäßig, und du genießt die Entspannung während der Arbeitszeit. Du legst dich hier in mein Bett. Du hast dir Entspannung verdient, nachdem du heute Nacht alleine die Verantwortung für alle Patienten auf der Station hast. Deine Kollegin musste ich mit Natriumpicosulfat arbeitsunfähig machen. Ein geradezu poetischer Name für die süßlich schmeckenden Abführtropfen, die ich ihr in Überdosis in den Kaffee geschüttet habe, als sie sich zu Beginn ihrer Schicht ihrer Angewohnheit folgend mit ihrem Kaffee ein paar Minuten zu mir ins Zimmer setzte, weil ich mich wieder so schrecklich einsam fühlte. Meine Erfindung des Liliputaners im Kleiderschrank war schlicht und ergreifend genial, das hat mich in meiner Rolle erst so richtig glaubhaft gemacht. Ich bat deine Kollegin wie so oft, nach ihm zu sehen – und schwups, war das Mittel in ihrem Kaffee. Ihr Fehler, die Tasse so unbeaufsichtigt rumstehen zu lassen. Soll man unter uns Irren nicht machen – goldene Regel. Aber von einem bemitleidenswerten Alten befürchtet man ja keine krummen Dinger …«

Brunner holte einen Knebel unter seinem Kopfkissen hervor, den er aus dem Bezug gerissen hatte, drehte ihn eng und zwang ihn ihr in den Mund. Hinter ihrem Kopf knüpfte er einen harten Knoten. »Es stört dich auch gar nicht, dass du dich nicht äußern kannst, der Knebel in deinem Mund fühlt sich angenehm weich an, wie wenn er dorthin gehört. Wir wollen uns jetzt auf einen gemeinsamen Spaziergang begeben, und du erzählst mir etwas über die Landschaft, die du siehst. Berge, Täler, Wüsten, Wälder – geh dorthin, wo es dir am besten gefällt, Engelchen.«

Brunner verließ für einen Moment sein Zimmer, sah rechts und links den Gang entlang, auf dem alles ruhig war. Ein paar Schritte entfernt stand ein zweites Bett, das mit Lederschlaufen und Schnallen ausgestattet und für Patienten vorgesehen war, die ruhiggestellt werden mussten.

»Es hat sich gelohnt, den Irren zu spielen«, murmelte er vor sich hin, als er die Bremsen des Bettes löste und es ins Zimmer schob. »Ich habe die Rolle perfekt gespielt, wie in einem inszenierten Theaterstück, und es hat mir Spaß gemacht. Nicht nur meine Töchter und die Schwestern hier, sogar der Chefarzt ist darauf hereingefallen …« Er bettete Schwester Marianne um und fixierte ihr Schultern, Arme und Beine. »Im Leben läuft nicht alles nach Drehplan, mein Engelchen. Aber wir müssen uns mit neuen Situationen zurechtfinden … Auch ich musste einen anderen Lebensplan schmieden, nachdem mein Schwiegersohn Walter diesen leidigen Fehler in der Urkunde entdeckt hatte. Jetzt geht es konsequent weiter in der Umsetzung meines Racheplans.«

Brunner legte sämtliche Schlaufen und Gurte an und verschloss dann mit dem von ihm eingeschleusten handelsüblichen Magnetknopf die Verriegelungen, sodass sich die Nachtschwester keinen Millimeter mehr rühren konnte. Die Abführtropfen und den Magneten hatte er bei seiner Einlieferung in der Unterhose eingeschleust, weil zwar seine Taschen nach gefährlichen Gegenständen wie Rasierklingen und Fingernagelscheren durchsucht wurden, er im Schritt jedoch nicht angefasst werden durfte.

»Engelchen, du gehst weiter in deiner schönen Welt spazieren, und du fühlst dich wohl dabei. Du kannst noch sechs Stunden schlafen. Du wirst es gar nicht hören, wenn ein Patient klingelt, und du hast auch gar kein Bedürfnis aufzustehen. Und wenn der Schichtwechsel kommt, wirst du dich beim Aufwachen an nichts erinnern.«

Brunner nahm ihr vom Hosenbund die Schlüssel am Karabinerhaken ab, schulterte seine Reisetasche und sah sich noch ein letztes Mal in dem Zimmer um, in dem er die letzten vier Wochen verbracht hatte. Die nachlässige Körperhygiene war der unangenehme Teil seiner Schauspielerei gewesen.

»Mach's gut, mein Engelchen. Ich muss jetzt los. Mich werdet ihr nicht finden. Aber *ich* werde Inka finden.«

*

Inkas Atem flatterte, und sie glaubte, das schnelle Klopfen ihrer Halsschlagader müsse für Doktor Brinkhus unübersehbar sein, als er sie um Punkt acht Uhr aus dem Wartezimmer in den Therapieraum bat.

Ein Wunder, dass sie mit ihren Panikattacken überhaupt hier angelangt war. Da ihre Quickly zu Hause stand, war sie von Andis Wohnung mit öffentlichen Verkehrsmitteln hergefahren. Einerseits hatte ihr diese Öffentlichkeit einen gewissen Schutz geboten, aber dennoch war sie auf der Hut, um nicht zu sagen, vollkommen überängstlich. Sie hielt jede Person für gefährlich, die sie etwas länger angeschaut hatte, jeden, der etwas zu nah an ihr vorbeiging. Die Panik war übermächtig, und Inka war ihr komplett ausgeliefert. Ihr Darm war völlig verkrampft, ihr Magen rebellierte. Die Morddrohung war nicht auf die leichte Schulter zu nehmen, sie ließ sich nicht verdrängen, so wie sie Brunners Zettel mit der Warnung weggeworfen hatte. Die schmerzhaften Spuren waren ab jetzt immer da.

Andi hatte heute schon gegen sechs Uhr morgens das Haus verlassen, und sie war nach einer weitgehend schlaflosen Nacht um sieben Uhr aufgestanden. Eine Schüssel Joghurt mit Müsli und Früchten stand fertig zubereitet in der Küche, und sie hatte sich über diese fürsorgliche Geste gefreut, auch wenn sie um diese Unzeit nur zwei Löffel hinuntergebracht und ihr der Sinn eher nach einem Liter Kaffee gestanden hatte. Zuerst hatte Inka doch noch kurz überlegt, den Termin bei Doktor Brinkhus verstreichen zu lassen, und eine Weile versucht, sich Garfield anzunähern und ihn zu streicheln, aber Andis Kater hatte es nicht zugelassen. Dann hatte sie sich entschieden, aktiv zu werden. Sie musste an die Information kommen, die Brinkhus ihr gestern am Telefon versprochen hatte.

Mehrmals war sie versucht gewesen, Rebecca um Beistand zu bitten und sie zur Therapiestunde zu begleiten. Noch gestern Abend hatte ihr die Freundin unmissverständlich ins Gewissen geredet, Andis Wohnung unter keinen Umständen zu verlassen. Inka hatte atemlos Rebeccas schonungslosem Bericht über ihr Zusammentreffen in der Spielhalle gelauscht, und war dadurch in ihrer Entscheidung noch einmal bestätigt worden, Peter nicht hinterherzulaufen. Seinen Anblick mit entrücktem und starrem Blick vor blinkenden Automaten wollte sie sich ersparen. Der Gedanke, dass ihr eigener Mann ein kompromissloser Spieler war, traf sie hart genug.

Dieses Thema ließ Inka jedoch Andi gegenüber aus, als er am späten Nachmittag vom Dienst gekommen war und Rebecca sich verabschiedet hatte. Ihm genügte die Information, dass Peter sich gemeldet hatte, er jedoch zu keiner

Auseinandersetzung bereit war und den Schlüssel erst später abholen wollte.

Natürlich war Peter nicht in der Wohnung aufgetaucht, und dieses Fernbleiben machte Inka fertig. Sie war wütend auf sich selbst, weil sie so lange nichts von seinem Treiben gemerkt hatte und sie noch immer nicht wusste, ob *er* die Botschaft auf ihrem Laptop geschrieben hatte oder gar für den grausamen Überfall auf sie mit verantwortlich war. Im Grunde ihres Herzens liebte sie Peter noch, zumindest jenen Mann, den sie mal zu kennen geglaubt hatte. Wenn aber seine Spielsucht hinter seinem merkwürdigen Verhalten steckte und er mit den Angriffen auf sie nichts zu tun hatte, dann würde sie weiterhin für ihn da sein wollen und ihm helfen, sich davon zu befreien. Allerdings müsste er dazu bereit sein. Und wie schwierig dieser Schritt war, wusste sie aus eigener leidvoller Erfahrung. *Hilf dir selbst, sonst hilft dir keiner.*

Kurz vor ihrem Aufbruch klingelte Inka noch bei Frau Blume und gab ihr Bescheid, dass sie zu einem Termin am Killesberg müsse, aber in gut zwei Stunden wieder zurück sein würde. Und sie bat die Nachbarin, ihr später wieder zu öffnen und sie in Andis Wohnung zu lassen, weil er vergessen hatte, ihr einen Schlüssel dazulassen. Das verschmitzte Lächeln von Frau Blume ließ sie ahnen, wie froh diese darüber war, dass der ewige Junggeselle offensichtlich wieder eine Freundin gefunden hatte, und Inka hätte der Nachbarin wohl jede Bitte abringen können. Frau Blume war tatsächlich sehr redselig, und nur weil Inka einen Vortrag über die Wirkung homöopathischer Mittel gerade noch abbiegen konnte, schaffte sie es mit Bus und Bahn rechtzeitig zur Klinik.

Doktor Brinkhus setzte sich ihr gegenüber in den Sessel, führte die Fingerspitzen über dem üppigen Bauch zusammen und lächelte sie aufmunternd und offenherzig an. Sie merkte, wie sie diesem Verhalten mittlerweile voller Skepsis begegnete.

»Schön, dass Sie den Alternativtermin wahrnehmen konnten«, sagte er und schloss die übliche Frage nach ihrem Befinden an.

»Ich bin froh hier zu sein«, gab Inka vage zurück. Im Turmzimmer war es trotz der morgendlichen Uhrzeit stickig. *Ist heute überhaupt schon gelüftet worden?,* fragte sie sich.

Das Telefon auf dem Schreibtisch klingelte, aber Doktor Brinkhus ignorierte es.

»Frau Mayer, ich möchte Ihnen ohne weitere Umschweife die wichtige Information geben, von der ich gestern gesprochen habe.« Er griff nach seinem Wasserglas, nippte daran und stellte es wieder zurück. »Mein Schwiegervater … Er ist ein Hochstapler. Vor gut einem halben Jahr bin ich ihm durch einen Zufall auf die Schliche gekommen.«

Das Telefon hörte auf zu klingeln.

»Bitte was?«, fragte Inka. Der ehrenwerte und aufrichtige Mann, das Vateridol ihrer Kindheit? Was bezweckte Brinkhus mit solch einer Geschichte? Wollte er sich selbst dadurch reinwaschen?

»Das erstaunt mich sehr«, sagte sie.

»Das glaube ich Ihnen gerne. Aber es ist so, wie ich Ihnen sage. Keines seiner Zeugnisse ist echt, der Doktortitel ist gefälscht. Sein ganzes Leben ist seit dem Tod seiner Frau ein einziges Lügengebäude. Er hat das sehr clever angestellt, fast genial. Herausgekommen ist alles, als ich die Idee hatte, anlässlich des zehnjährigen Bestehens seiner

Klinik eine kleine Festschrift herauszugeben. Dazu wollte ich Fotos und Dokumente aus der Anfangszeit sichten, und mein Schwiegervater gab mir einen Ordner, in dem er die Belege seines beruflichen Lebens aufbewahrte. Neben säuberlich abgehefteten Zeitungsartikeln befanden sich darin auch alle seine Ehrungen und Zeugnisse. Eine Promotionsurkunde aus Oxford, Facharzturkunde, Approbationsurkunde, Klinikzeugnisse, alles vorhanden und stets *zur vollsten Zufriedenheit* und mit Bestnoten ausgestellt. Ich wusste bislang gar nicht, dass er zur Promotion in Oxford gewesen war und hielt es zunächst für sein typisches *understatement*, dass er das mir gegenüber nie erwähnt hatte.

Ich habe natürlich alles mit Interesse gelesen, um seinen Lebenslauf für die Festschrift korrekt nachzuzeichnen. Und dann dachte ich, ich traue meinen Augen nicht: Auf der Urkunde aus Oxford hieß es eben nicht Doctor mit ›c‹, sondern die deutsche Schreibweise mit ›k‹ im ansonsten englischen Text. Das war zuvor offensichtlich niemandem seiner Arbeitgeber aufgefallen. Ich habe ihn darauf angesprochen, und zu meiner großen Überraschung hat er mir sofort die Fälschungen gestanden.«

Inka war sprachlos und griff zu ihrem Wasserglas. Dann sagte sie: »Das … das glaube ich jetzt nicht. Das ist nicht *der* Doktor Brunner, den ich kenne.«

»Mein Schwiegervater schien sich seiner Sache sehr sicher, sonst hätte er mir den Ordner nicht zur Durchsicht überlassen. All die Jahre war niemandem etwas aufgefallen, und er spielte seine Rolle perfekt. Zugegeben, er war bestimmt ein guter Facharzt für Psychiatrie und therapeutisch in der Hypnose erfolgreich, aber er hatte in Wahrheit nur zwei Semester Medizin in Tübingen studiert. Alles Weitere, all seine Abschlüsse, waren Lug und Trug.«

Inka blieb skeptisch. »Mir war auch nicht bekannt, dass er in Oxford studiert hätte ... Aber wenn er über so viele Jahre gelogen und ein falsches Leben geführt hat und ihm das so gut gelungen ist, weshalb hätte er Ihnen gegenüber sofort alles zugeben sollen? Sozusagen freiwillig? Ich meine, er hätte sich auf einen Schreibfehler berufen können. Dann hätten Sie ihm erst einmal das Gegenteil nachweisen müssen. Warum hat er so schnell aufgegeben?«

»Das ist für einen Hochstapler nicht ungewöhnlich, wenn Sie es von der psychologischen Seite her betrachten. Mein Schwiegervater war regelrecht erleichtert, endlich jemandem die Wahrheit sagen zu können und den Druck loszuwerden. Er knickte regelrecht ein. Eben wie ein lang gesuchter Schwerverbrecher, der froh ist, die allgegenwärtige Angst vor Entdeckung endlich los zu sein. Hochstapler stehen unter einer enormen psychischen Anspannung, Stunde um Stunde ihres Lebens. Das über Jahre oder gar Jahrzehnte hin durchzuhalten, ist schon ein Kunststück für sich.«

»Aber wie konnte aus Herrn Brunner, *dem* Herrn Brunner, den ich kenne, überhaupt ein Hochstapler werden?«

»Dies ist allgemein schwer zu beantworten. Meist fängt es schon im eigenen Elternhaus an. Eine gefühlsarme Umgebung, wenig eigenes Selbstbewusstsein. Liebe und Anerkennung erfahren diese Kinder nur bei sehr guten Leistungen. Wenn das Kind aber nicht in der Lage ist, diese zu erbringen, dann bleiben verschiedene Wege der Kompensation. Natürlich führt das nicht zwangsläufig in die Hochstapelei. Es fängt mit kleinen Lügen an, die wir alle kennen und die unentdeckt bleiben. Und schon verbucht das Gehirn das als Erfolg. Das Abgleiten in die Hochstapelei verläuft schleichend, wobei mein Schwiegervater es wohl noch immer als *Aufstieg* bezeichnen würde. Sein Leben verlief zunächst normal, könnte man sagen.

Seine Frau Margitta Brunner, die ich ja nie kennengelernt habe, hat ihren Mann geliebt und war zufrieden mit dem Geld, das er als Handelsvertreter verdiente – so viel erzählte mir Evelyn zumindest. Na ja, reden und überzeugen konnte er schon immer gut. Aber sein gesteigertes Geltungsbedürfnis lässt im Rückblick schon erste Züge der Hochstapelei sichtbar werden: So bekam er bereits nach einem kurzen Gespräch mit dem Sachbearbeiter der Bank einen hohen Kredit zu sehr günstigen Konditionen, von dem er den Hausbau in bester Randlage von Stuttgart finanzierte, anstatt das Geld in das dem Sachbearbeiter vorgegaukelte berufliche Existenzgründungsprojekt zu stecken. Dann fing er an zu fälschen. Hier und da ein paar teure Eintrittskarten, wenn das eigene Geld knapp war, Unterlagen fürs Finanzamt, aber so richtig fing es erst mit dem Tod seiner Frau an. Das war im Jahr 1981.«

»Zu mir sagte er, dass er danach eine unglaubliche Lebenskraft entwickelt hätte. Daran erinnere ich mich genau.«

»Ja, er wollte es allen beweisen. *Allen.* Seine Eltern und seine Kinder sollten stolz auf ihn sein. Und weil er als Handelsvertreter viel auf Reisen war, plötzlich aber zwei halbwüchsige Töchter allein zu versorgen hatte, musste er sich etwas einfallen lassen. Arzt – ein hoch angesehener, respektierter, hilfsbereiter und gut verdienender Weißkittel –, das wollte er werden. Ein Abiturzeugnis, ein echtes, hatte er ja. Doch an der Uni merkte er wohl nach zwei Semestern Medizin, dass er das aufwändige Studium mit zwei Kindern zu Hause nicht schafft. Also griff er wieder auf Lügen und Fälschungen zurück und trieb seine Hochstapelei schließlich zur Perfektion.«

Inka merkte, wie sich die Informationen, die so unerwartet auf sie einströmten, als unverdaulicher Klumpen in ihrem Magen sammelten. »Aber das ist doch alles strafbar, was er gemacht hat!«

»Natürlich. Ich habe ihm auch gedroht, ihn ungeachtet unserer Verwandtschaft anzuzeigen, wenn er es nicht selbst tue. Ohne echte ärztliche Zulassung hat er sich über einen sehr langen Tatzeitraum hin wegen mehrfacher Körperverletzung strafbar gemacht! Ich war nicht bereit, ihn zu decken – auch wenn augenscheinlich alles gut ging. Aber wer kann das bei Patienten mit gebrochener Seele schon so genau sagen? Jedenfalls hat Brunner den Zusammenbruch seiner Scheinwelt, den drohenden Gesichtsverlust vor seinen Töchtern, die er übrigens immer zu Leistung und absoluter Ehrlichkeit gemahnt hatte, psychisch nicht verkraftet. Es bleibt fraglich, ob man seine Schizophrenie so weit in den Griff bekommt, dass er irgendwann überhaupt wieder arbeitsfähig wäre.

Meine Frau weiß bislang nichts davon, und ich möchte Sie bitten, Evelyn nichts davon zu erzählen. Die Krankheit ihres Vaters ist für sie schon belastend genug. Zu erfahren, dass ihr Vater ein Hochstapler ist, würde sie nicht verkraften. Deshalb habe ich von einer Anzeige zunächst auch wieder Abstand genommen. Wie ihre Schwester war Evelyn ein absolutes Papa-Kind, noch heute steht ihr Vater für sie auf einem hohen Sockel, an ihm hat sie sich orientiert und ihr Leben aufgebaut. Wenn diese Säule mitsamt dem Lügengebäude einstürzt, würde das meine Frau sehr schwer treffen. Ihnen musste ich diese Sache jetzt allerdings anvertrauen, um meine Position wieder ins rechte Licht zu rücken. Ich hoffe, Sie sind nun wieder bereit, mir zu vertrauen und mit mir therapeutisch zu arbeiten.«

Inka zögerte. Ihr Blick wurde unscharf, und sie rief sich das Gespräch mit Brunner im Patientenzimmer der Psychiatrie ins Gedächtnis. Ihr ging noch einmal durch den Kopf, dass er sie ausdrücklich vor Brinkhus gewarnt hatte. Wie kam Brunner dazu, seinem Schwiegersohn die Durchführung von Experimenten zu unterstellen, wenn das nicht der Wahrheit entsprach?

Inka richtete ihren Fokus wieder auf den Therapeuten. »Halten Sie es für möglich, dass Ihr Schwiegervater sich an Ihnen rächen will, weil Sie seinen Schwindel aufgedeckt haben?«

»Rächen ist bei seinem Krankheitsbild das falsche Wort. Aber es findet eine Form der Verarbeitung statt, wenn er mich nun als böse hinstellt und mir unterstellt, ich würde Menschen unter Hypnose zu einem Mord anstiften.«

Inka stutzte und zog fragend die Stirn in Falten.

»Ich weiß das von meiner Frau«, sagte er, als er ihren Blick bemerkte. »Es stimmt, ich mache im Dienste der Wissenschaft Untersuchungen – oder wie *er* es wahrscheinlich nennt, *Experimente* – zur Trancetiefe meiner Patienten, um festzustellen, weshalb sich manche Patienten leichter in Hypnose versetzen lassen als andere und was die Ursache für eine besonders tiefe Trance ist. Allerdings mit dem Einverständnis meiner Patienten! Schon in meiner Doktorarbeit habe ich mich mit der Willensbeeinflussung durch posthypnotische Suggestionen beschäftigt. Ein spannendes wissenschaftliches Feld und Grundlage meiner therapeutischen Arbeit. Aber, und das müssen Sie mir glauben, ich würde niemals einen Menschen unter Hypnose zu einem Mord anstiften!

Ich bringe beispielsweise höchstens meine Patienten dazu, einen Arm unwillkürlich zu heben und zu senken, ich arbeite mit Amnesien und natürlich auch mit posthypnotischen Suggestionen. Schließlich *muss* ich Angstpatienten Befehle und Handlungsaufforderungen für den Alltag erteilen – anders könnte ich ihnen wohl kaum die Rückkehr in ein geregeltes Leben ebnen. Ich bin Therapeut – kein Auftragskiller«, sagte er mit einem souveränen Lächeln. »Frau Mayer, es ist wichtig, dass Sie weiter in Behandlung bleiben. Sie haben durch den Verlust Ihres Babys ein schweres Trauma erlitten, und dieses müssen Sie verarbeiten. Ein Trauma setzt einen Prozess in Gang, der das Gehirn sozusagen in die Klemme bringt und die Seele nötigt, auf besondere Weise damit umzugehen. Die Frage, die sich dem Betroffenen stellt, ist: zu fliehen oder zu kämpfen.«

»Natürlich will ich kämpfen ...«, sagte Inka kleinlaut.

»Das weiß ich. Aber Ihre Seele ist geflohen. Das konnte ich in der letzten Sitzung feststellen, als ich Sie bat, sich nach der Totgeburt in Ihrem Wohnzimmer umzusehen. Ihre Wahrnehmung war eingeschränkt, das Noradrenalin sorgt als Hormon für den Fluchtreflex und ist für den Tunnelblick zuständig. Anschließend kam es zur Fragmentierung des Ereignisses.«

»Was meinen Sie damit?«

»In der letzten Stunde konnten Sie sich unter Hypnose nicht zusammenhängend an die Vorfälle erinnern. Diese Fragmentierung Ihrer Seele müssen Sie sich wie einen zersplitterten Spiegel vorstellen. Sie sehen die Scherben am Boden und wissen, dass etwas passiert ist, aber Sie können sich nicht erklären, *was* genau passiert ist. Sie müssen die einzelnen Scherben suchen und wieder zusammenfügen. Und ich will Ihnen helfen, diese dissoziative Störung, die Amnesie, zu überwinden. – Deshalb möchte ich mit Ihnen heute wieder zum entscheidenden Tag, dem 22. Dezember, zurückgehen, und wir wollen uns in Anknüpfung an die letzte Sitzung die Todesumstände Ihres Babys noch einmal vor Augen führen, wenn Sie denn damit einverstanden sind.«

Inka hielt den Atem an. Es war ein Gefühl, als würde ein innerlicher Sog sie kleinmachen, sie auf ihrem Sessel zusammenpressen. Sie setzte sich auf.

»Nein«, sagte sie entschieden. »Ich möchte das nicht.«

Weshalb war sie unter großer Gefahr nur hierhergefahren? Warum saß sie überhaupt noch hier? Schwiegersohn und Schwiegervater warnten sich gegenseitig voreinander. Was hatte dieses Verwirrspiel zu bedeuten? Brinkhus' Version klang einleuchtend, wenn sie ihr auch zu glatt erschien. Konnte sie ihm noch vertrauen?

Doch Inka stand nicht auf. Eine Hoffnung hielt sie zurück, und diese war so stark, dass sie sich fühlte, als sei sie auf dem Ledersessel festgewachsen. Es war der Gedanke, nur durch die Hypnose an ein Wissen heranzukommen, das durch ihr Bewusstsein in Schach gehalten wurde.

»Frau Mayer, ich kann Ihren Widerstand gut verstehen. Nichts fällt schwerer, als sich den eigenen Ängsten zu stellen. Eine Dissoziation wird uns jetzt helfen, den traumatischen Moment mit Abstand zu betrachten und Sie werden mir von Dingen berichten können, die Ihnen vorher unsäglich erschienen.«

Inka schüttelte den Kopf und schwieg. Es ging ihr nicht mehr allein darum, sich den schmerzhaften Erinnerungen stellen zu müssen, es übermannte sie schlicht die Panik davor, sich von ihrem Therapeuten ein weiteres Mal hypnotisieren zu lassen. Es war allerdings ihre einzige Chance rechtzeitig herauszufinden, wer sie töten wollte … Doch was, wenn Doktor Brinkhus sich die Geschichte mit den gefälschten Zeugnissen nur ausgedacht hatte, um sie ins Boot zu holen und ihr Vertrauen wiederzugewinnen? Zugegeben, er hatte Details erzählt, die das Ganze glaubhaft schienen ließen, aber womöglich diente der Aufwand nur, um von sich selbst abzulenken.

»Frau Mayer, wenn Sie nicht zu einer Hypnose bereit sind, brechen wir die Sitzung auf Ihren Wunsch hin gerne ab.«

Inka schluckte. Wie konnte sie nur über Brinkhus mehr herausfinden? Er musste mehr von *sich* preisgeben und nicht nur ihr versteckte Informationen entlocken. Wer war er? *Wie* war er wirklich?

Inka wollte bis zu seinem verborgenen Kern vordringen. Das bedeutet in Phase eins: ihm Honig ums Maul zu schmieren.

»Dürfte ich Ihnen eine Frage stellen, Doktor?«

»Bitte.« Brinkhus lehnte sich zurück.

»Ich schätze Sie als geradlinigen und offenen Menschen mit Prinzipien. Und ich möchte nicht an Ihrem Wort zweifeln. Aber Sie verstehen sicher, dass es für mich schwer zu begreifen ist, dass Doktor Brunner ein Hochstapler ist. Er war so etwas wie ein Ziehvater für mich, ich habe in meiner Schulzeit viel Zeit im Hause Brunner verbracht. Hatten Sie denn vor dieser Entdeckung ein gutes Verhältnis zu Ihrem Schwiegervater?«

Doktor Brinkhus zögerte kurz. »Als Ihr Therapeut spielt meine private Person keine Rolle, aber ich möchte Ihnen diese Frage dennoch beantworten. Wir hatten einen freundschaftlichen Umgang miteinander und haben uns fachlich gegenseitig respektiert. Seine Tochter habe ich in

München kennen gelernt, als sie noch Medizinstudentin war, aber Sie dürfen mir glauben, dass ich Evelyn nicht deshalb geheiratet habe, weil ihr Vater Leiter einer Privatklinik war, und schon gar nicht hatte ich im Sinn, an seinem Stuhl zu sägen. Ich bin ehrgeizig, ja, aber ich gehe nicht über Leichen, was mir mein Schwiegervater in seinem schizophrenen Wahn unterstellt hat.«

Inka musterte ihn eingehend. Brinkhus schaute ihr geradewegs in die Augen, sein Oberkörper war ihr zugewandt und leicht nach vorn gebeugt, seine Handflächen zeigten nach oben. Allerdings wusste er allemal so viel über Körpersprache wie sie und konnte deren Deutung sicherlich zu seinen Gunsten beeinflussen. Wenn er ein Spiel spielte, dann machte er es richtig gut.

»Wissen Sie, Frau Mayer, ich möchte dieses Thema jetzt nicht weiter vertiefen. Ich war mehr als zehn Jahre der Stellvertreter meines Schwiegervaters in der Klinik, und Sie können gewiss sein, dass ich mir selbst genug Vorwürfe mache, nicht schon früher sein Wesen als Hochstapler durchschaut zu haben. Da zweifelt man schon mal an seiner eigenen Kompetenz als Psychiater, wenn ich an dieser Stelle so ehrlich sein darf.«

Aus Hohn hätte sie beinahe aufgelacht. Meinte er wirklich, dass sie an seine Ehrlichkeit glaubte und ihn nicht im Geringsten verdächtigte?

»Ich danke Ihnen für Ihre Offenheit, Doktor Brinkhus. Wie kam es, dass Sie sein Stellvertreter wurden? Sie hätten doch auch an eine andere psychiatrische Klinik gehen können, um familiären Zwistigkeiten zu entgehen.«

»Nun spricht aber die Journalistin aus Ihnen! Wo soll der Artikel denn gedruckt werden? Wenn Sie mich interviewen möchten, vereinbaren Sie bitte einen gesonderten

Termin bei meiner Sekretärin. Dafür habe ich Ihnen die Therapiestunde nicht zur Verfügung gestellt.«

Verdammt, Brinkhus mauerte. Andere Taktik, dachte sie.

»Wissen Sie, Doktor Brinkhus, ich will das Thema auch nicht weiter ausbauen, aber ich möchte ebenfalls ehrlich zu Ihnen sein. Ihr Schwiegervater erzählte mir tatsächlich von Experimenten im vorigen Jahrhundert, die in Frankreich durchgeführt wurden und nach denen es möglich sein soll, einen Menschen unter Hypnose zu einem Mord anzustiften. Das hat mich geschockt und zwangsläufig habe ich einen Bezug zu dem ungeklärten Mordfall hergestellt.«

»Das ist geradezu verständlich. Selbst die Polizei ist schon so weit, eine hypnotische Beeinflussung von Annabel in Betracht zu ziehen, wie man den Fragen, die man mir beim Verhör gestellt hat, unschwer entnehmen konnte. Allerdings kann auch ich mir das Verhalten meiner Schwägerin nicht erklären. Weder mir selbst noch den Ermittlungsbeamten. Und da sie ihre Schuld eingestanden hat, haben wir das als eine Tatsache hinzunehmen – wenn auch für uns Außenstehende schwer zu begreifen. Aber ein Geständnis ist ein Geständnis.«

Nun zu Phase zwei: Informationen herausgeben, und das Gegenüber dadurch zum scheinbar Verbündeten machen.

»Genauer gesagt ein Teilgeständnis, wie jetzt in der Presse zu lesen war. Ist Ihnen bekannt, dass die Polizei nach einem zweiten Täter fahndet?«

Brinkhus erstarrte. Es waren nur zwei, drei Sekunden, in denen sich seine Augen weiteten, dann hatte er sich wieder im Griff. »Nein, das ist mir neu. Wie kommt die Polizei darauf?«

»Jannis starb nicht an der Kopfverletzung, die Annabel ihm mit der Weinflasche zugefügt hat, sondern durch eine Spritze, wie die Rechtsmedizin mitteilte. Über die tödliche Substanz wurde jedoch nichts an die Öffentlichkeit gegeben.«

Inka konzentrierte sich auf die kleinste Reaktion von ihm, der Raum um sie herum existierte nicht mehr. Aber da war kein Zittern seiner Hände, kein nervöses Zupfen am Ohrläppchen, nicht das leiseste Beben in seiner Stimme, als er darauf einging.

»Kein Wunder, dass mich die Ermittler derart in die Mangel genommen haben. Der Täter müsste ja nach allem, was bekannt ist, aus Annabels Umfeld stammen. Meine Frau haben sie gleich über mehrere Stunden verhört. Aber was sollen wir denen anderes sagen, als dass wir in der Tatnacht zu Hause in unseren Betten lagen.«

Das mag schon stimmen, dachte Inka. *Du lagst im Bett und hast schlaflos vor Aufregung abgewartet, ob dein Experiment gelingen wird. Deine Schwägerin hat nicht so funktioniert, wie du wolltest, weil du schon länger keinen Einfluss mehr durch Hypnose auf sie nehmen konntest – auf deine Frau dafür umso mehr. Natürlich warst du clever genug, mit Netz und doppeltem Boden zu arbeiten. Was hast du Evelyn gesagt? Welchen Trigger hast du ihr gesetzt? Wie lange missbrauchst du sie schon für deine Zwecke? Deine Frau hat mir gegenüber nie erwähnt, bei dir in Behandlung zu sein, was auch unter Ehepartnern im psychologischen Bereich absolut nicht üblich wäre, oder dass sie dir bewusst als Versuchskaninchen für irgendwelche Studien dient. Aber die freiwillige Teilnahme ist in deinem Spiel gar nicht vorgesehen. Schnellhypnose und posthypnotische Suggestion heißen deine Machtworte. Hast du erst einen Menschen auf dem Gewissen oder sind es schon mehr? Hast du den Beweis erbracht oder war das nur ein Testballon und du bist mit deiner Versuchsreihe noch gar nicht fertig?*

»Frau Mayer? Möchten Sie mich nicht an Ihren Gedanken teilhaben lassen? Mir scheint, Sie wissen mehr, als Sie preisgeben wollen.«

»Bitte? Wie kommen Sie darauf?«

»Ich beobachte Ihre Körperhaltung. Nicht zuletzt Ihre Arme, die Sie seit Anbeginn unseres Gesprächs schützend vor Ihrem Körper verschränken, sind ein Zeichen dafür, dass Sie ein Geheimnis haben oder ganz einfach Ihre Angst verdecken. Wovor schützen Sie sich? Ich habe fast den Eindruck, Sie können Ihr Misstrauen mir gegenüber nicht ablegen.«

»Sollte ich einen Anlass für Misstrauen haben?«, fragte sie kühl.

»Natürlich nicht. Für unsere therapeutische Beziehung ist es aber wichtig, dass Sie mit mir über etwaige Misstrauensempfindungen sprechen. Und mit der Polizei, wenn Sie mehr über diesen zweiten Täter wissen, dies bislang aber nicht gesagt haben.«

Inka zögerte.

»Wenn Sie etwas gehört oder gesehen haben, müssen Sie das den Ermittlungsbeamten mitteilen. Oder gibt es etwas in dieser Hinsicht, worüber Sie mit mir sprechen wollen?«

Weil sie ihm immer noch eine Antwort schuldig blieb, fügte er hinzu: »Wenn es Ihnen im Moment schwerfällt, sich zu äußern, müssen Sie das nicht tun. Es wird sich im Verlauf der Sitzung ergeben, sobald Sie dazu bereit sind. – Ich möchte Sie jetzt bitten, sich einen Fernseher vorzustellen, vor dem Sie sitzen. Sie betrachten sich von außen, sehen von sich selbst nur Ihren Hinterkopf, ich stehe neben

Ihnen und habe meine Hand auf Ihre Schulter gelegt. Und diese Inka sieht in dem Bildschirm noch einen weiteren Fernseher, darin noch einen und noch einen, bis sie ungefähr zehn Bildschirme erkennt, ein Fernseher im anderen, der hinterste so klein wie eine Zündholzschachtel. Kann diese Inka das sehen?«

Sie nickte.

*

Doktor Brinkhus hob die Hand. »Und jetzt schlaf! Schlaf tief und fest! Tief, immer tiefer in die Entspannung. Tief, tief, tief! So ist es gut. Sie befinden sich gerne in dieser Entspannung, weil Sie wissen, dass es Ihnen guttut und Sie mehr über sich und Ihre unmittelbare Vergangenheit erfahren können. Genau das wollen Sie, und deshalb nähern Sie sich bitte dieser Inka, die gemütlich vor dem Fernseher sitzt und die Sie nur von hinten sehen. Konzentrieren Sie sich auf den kleinsten Fernseher, sein Bild ist schwarz-weiß, leicht unscharf. Wenn Sie sich erinnern *wollen*, wird das Bild deutlicher, die Umrisse werden schärfer, und es bilden sich Farben. Konzentrieren Sie Ihre gesamte Wahrnehmung auf den Bildschirm. Was sehen Sie?«

»Ein körniges schwarz-weiß Bild. Darin pulsiert etwas.«

»Stellen Sie sich Ihre Augen als Kamera vor. Verändern Sie die Einstellung, bis das Bild scharf wird.«

»Es ist ein Ultraschallmonitor, wo ein winziges pulsierendes Etwas, so groß wie eine Bohne, zu erkennen ist.«

»Ist es Ihr Baby?«

»Ja. Ich bin zur Untersuchung bei Evelyn. Ich heule und lache gleichzeitig. Ich wollte nie unbedingt eigene Kinder haben, ich bin nicht wirklich der Mutter-Typ, und nun bin ich doch schwanger. Evelyn nimmt sich Zeit für mich und redet mit mir. Doch schon als ich aus der Praxis gehe, spüre ich so etwas wie eine kleine Vorfreude.«

»Gut, Sie verlassen also die Praxis. Bitte halten Sie den Film für einen Moment an und achten Sie auf das Praxisschild. Was steht darauf?«

»Es verschwimmt vor meinen Augen.«

»Konzentrieren Sie sich, verändern Sie die Einstellung. Nun sind es glasklare Bilder.«

»Ja, jetzt kann ich es deutlich lesen: *Praxis Doktor Evelyn Brinkhus & Doktor Konrad Bader, Frauenärzte, Gynäkologische Endokrinologie und Reproduktionsmedizin.* Das Schild habe ich bisher nie richtig wahrgenommen. Evelyn war meine Frauenärztin, das war alles. Mit künstlicher Befruchtung musste ich mich zum Glück nie beschäftigen. Ich habe schon vor gut fünf Jahren zu Evelyn gewechselt, nachdem ich mit meinem Frauenarzt unzufrieden war, und Annabel mir die Praxis empfohlen hat.«

»Lassen Sie den Film vorwärtslaufen, und erzählen Sie mir von Besonderheiten während Ihrer Schwangerschaft.«

»Ich … ich sehe, wie ich arbeite. Ich habe keine Beschwerden. Mit meinem Laptop sitze ich in meinem Umstandskleid draußen im *Graciosa del Mundo* unterm Sonnenschirm. Im Frühjahr war mir noch oft schlecht, und ich bin manchmal zu Hause geblieben. Ich musste mich auch erst langsam an den Gedanken gewöhnen, schwanger zu sein. Dann aber habe ich immer mehr für das Baby empfunden. Zu beobachten, wie mein Bauch wächst und er sich an manchen Stellen ausbeult, wenn das Kleine strampelt, tastend zu erraten, ob es nun der Po, das Knie oder die Ferse ist … Jetzt kommt eine neue Szene in dem

Film. Ich bin zu Hause, mein Mann weigert sich, seine Hand auf meinen Bauch zu legen, um die Bewegungen des Kindes zu fühlen.«

»Warum will er das nicht?«

»Ich weiß es nicht. Er bleibt die gesamte Schwangerschaft über reserviert gegenüber dem, was da in mir passiert. Aber Annabel beruhigt mich immer wieder damit, dass manche Männer eben so sind und nicht recht mit einer schwangeren Frau umzugehen wissen, es dabei aber gar nicht böse meinen. Annabel hat sich sehr mit mir gefreut, sie wollte ja selbst so gerne ein Kind …«

»Schauen Sie weiter in den Fernseher hinein. Der Film läuft bis zum 22. Dezember. Wann sehen Sie Annabel zum ersten Mal an diesem Tag?«

»Annabel wohnt seit einer Woche bei mir. Wir hatten das so abgemacht, weil Peter viel arbeiten muss und ich mich durch die Vorwehen verunsichert fühle. Wir backen Käsekuchen mit Mandarinen, um uns die Zeit zu vertreiben, und ich mache Kaffee. Es klingelt. Jannis kommt, und wir setzen uns ins Wohnzimmer. Da spüre ich auf einmal Wasser zwischen den Beinen, meine Fruchtblase ist geplatzt …«

»Annabel und Jannis sind also da und stehen Ihnen zur Seite. Sie sehen die beiden vor sich und können sich erinnern, was gesprochen wurde.«

»Ich wollte unbedingt eine Hausgeburt, aber sie wollen das Risiko nicht eingehen.«

»Aber die Art der Geburt ist doch zunächst Ihre Entscheidung, so lange medizinisch nichts dagegenspricht und etwas auf ein Risiko hindeutet?«

»Was ich sage, zählt nicht. Meine Schmerzen sind viel zu groß, als dass ich mich durchsetzen könnte. Sie wollen nicht, dass ich mich hinlege, und bringen mich in ihrem Kombi zu Evelyn. Die Fahrt ist schrecklich, bei jeder Bodenwelle habe ich unerträgliche Schmerzen. Die Wehen werden immer stärker und kommen in kürzeren Abständen.«

»Sie werden die Schmerzen nicht noch einmal durchleben müssen, auch wenn sich das Geschehen ganz real und nah anfühlt. Es ist nur ein Film, der im hintersten Fernseher abläuft. Sehen Sie sich die Bilder an.«

»Ich bin wieder in Evelyns Praxis, in einem weiß gefliesten Raum mit einem gynäkologischen Stuhl. Ich befinde mich auf einer Liege, und Evelyn sagt, dass wir das Kind sofort holen müssen, weil es nicht vorangeht und das Kind schon im Geburtskanal feststeckt. Ich schreie, weil ich keinen Kaiserschnitt will.«

»Warum wehren Sie sich? Was war der Grund dafür? Haben Sie Angst vor dem Eingriff?«

»Nein, Angst eigentlich nicht. Ich weiß, Evelyn ist dafür ausgebildet, auch wenn sie jetzt überwiegend in der Reproduktionsmedizin arbeitet, und die Voraussetzungen wären da, weil es einen kleinen OP-Raum gibt, in dem halbwegs sterile Bedingungen herrschen. Ich will natürlich, dass mein Baby gesund auf die Welt kommt und es ihm gut geht …«

»Lassen Sie Ihre Tränen zu, das Bild im Fernseher darf verschwimmen, aber lassen Sie den Film weiterlaufen. Was geschieht als Nächstes?«

»Evelyn kommt mit einer Spritze und sagt, dass ich nun gleich eine Narkose bekommen würde, damit sie den Kaiserschnitt einleiten könne. Aber ich will das nicht! Jannis und Annabel halten mich fest, während Doktor Brunner auf mich einredet.«

»Doktor Brunner ist auch da? Was sagt er zu Ihnen?«

»Dass ich mich entspannen soll und dass ich gleich schlafen werde. Ich winde mich, bin aber zu schwach, um etwas ausrichten zu können.«

»Das müssen Sie im Moment auch nicht mehr. Es ist nur ein Film. Lassen Sie die Spritze zu, und Ihr Körper schläft vom Hals an abwärts ein, ganz tief und fest, und nun entfernen Sie sich langsam aus dieser Person, Sie schlüpfen in die Rolle des Beobachters und schauen von oben auf die Liege herab. Suchen Sie sich eine Position, die geeignet ist, alles genau zu beobachten.«

»Evelyn entscheidet sich unvermittelt, dass wir es doch noch einmal auf natürlichem Weg versuchen. Sie ist sehr nervös und befiehlt Annabel, sich mit ihrem ganzen Gewicht auf meinen Oberbauch zu legen und das Baby mit ihrem Unterarm nach unten zu schieben. Ich bin kaum mehr bei Sinnen, spüre nur den wahnsinnigen Druck von Annabels Gewicht auf mir. Ich höre, wie sie mich anfeuern, und ich bringe noch einmal alle Kraft auf zu pressen. Nach weiteren drei Wehen kann Evelyn das Baby aus mir herausziehen … Mein Baby ist auf der Welt, mein Jonas! Er schreit, er ist da! Aber bevor ich ihn halten kann, nimmt Annabel ihn mir weg. Auf meine Bitte hin schüttelt sie mit einer bedauernden Geste den Kopf. Sie wickelt Jonas in ein Handtuch und geht mit ihm hinaus.«

»Konzentrieren Sie sich weiter auf den Film.«

»Ich … ich versuche es, aber die Bilder wackeln, haben Aussetzer … Jetzt wird alles unscharf, ich sehe nichts mehr. Warum sehe ich nichts mehr? Der Bildschirm ist schwarz! Aber ich muss doch wissen, wo Annabel mit Jonas hingeht!«

»Warum ist das so wichtig? Ihr Baby ist doch tot.«

»Nein … nein, Jonas ist nicht tot. Mein Baby lebt. Ich weiß es – *JONAS LEBT!*«

Für einen Moment war es still im Turmzimmer.

Inka hörte nur ihren eigenen schnellen Atem und dann Doktor Brinkhus' Stimme: »Sie haben das Stichwort genannt. *Jonas lebt.* Sie sind angekommen. Sie werden nun bald Ihre seelische Ruhe wiederfinden, weil sie *diese Inka* in sich getötet haben, die Ihnen die ganze Zeit glauben gemacht hat, Ihr Sohn würde nicht mehr leben.«

»Wo ist Jonas? Lassen Sie mich zu ihm!«

»Bleiben Sie ruhig. Ganz ruhig. Sie befinden sich in tiefer Entspannung. Ganz tief. Die Antwort liegt in Ihnen. Ich kann sie Ihnen nicht geben. Ein Teil in Ihnen wusste immer, dass Jonas lebt. Könnte es sein, dass es zwischen Ihnen und Annabel eine Abmachung gab? Dass Sie Ihr Baby Annabel nach der Geburt geben mussten? Führen Sie sich noch einmal den Film vor Augen.«

»Ich sehe nichts! Der Bildschirm ist schwarz!«

»Bleiben Sie ganz ruhig. Atmen Sie ruhig und regelmäßig. Sie befinden sich in Ihrem Wohnzimmer. Sie suchen nach der Hülle der DVD, die Sie gerade eben gesehen haben.«

»Da sind so viele Filme. Mein Mann hat eine ganze Sammlung!«

»Suchen Sie nach einem Cover, auf dem etwas abgebildet ist, was mit Ihrem Leben zu tun hat. Nehmen Sie jede Hülle in die Hand.«

»Nein, diese Filme sagen mir alle nichts … Oh, da bin ja ich auf dem Cover abgebildet! Schwanger. Rechts und links von mir stehen Annabel und Jannis.«

»Das ist gut. Konzentrieren Sie sich auf den Filmtitel.«

»Da sind keine Buchstaben. Es gibt keinen Titel.«

»Schauen Sie genau hin! Nennen Sie mir den Titel!«

»Jetzt … jetzt sehe ich was. Ein Name. *Inka Mayer.* So heiße ich! Es gibt noch mehr Buchstaben, aber sie tanzen vor meinen Augen … L H M T T R S C H F T. Was bedeutet das? Es ergibt keinen Sinn!«

»Schauen Sie noch genauer hin. Lesen Sie den Titel!«

»Jetzt, ja! Noch mehr Buchstaben, Vokale. Ich kann es entziffern: *Die LEIHMUTTERSCHAFT.* Was? Wie ist das gemeint? Das ist doch alles nicht wahr! Ich habe mich dazu bereit erklärt, ein Baby für Jannis und Annabel auszutragen? Warum weiß ich davon nichts? Wo ist Jonas? Er ist doch *mein* Kind! Ich will zu ihm!«

»Bleiben Sie ruhig. Ich zähle nun rückwärts. Wenn ich bei *eins* ankomme, werden Sie wieder ganz da sein, in den normalen Wachzustand zurückkehren. Sie werden sich an alles erinnern können, was ich Ihnen gesagt habe, Sie erinnern sich wieder an Ihren vollständigen Namen und an das, was mit Ihnen geschehen ist. Und sobald Sie die Augen geöffnet haben, werden Sie nur noch das Ziel kennen, Jonas zu finden.«

Bei eins blinzelte Inka. Dann riss sie die Augen auf. »Jonas lebt! Wo ist er? Sagen Sie mir doch, wo er ist!«

Zum ersten Mal seit sie bei Brinkhus in Behandlung war, erlebte sie ihren Therapeuten hilflos. Er zuckte ratlos mit den Schultern und löste damit ein inneres Erdbeben in ihr aus.

»Jemand muss doch wissen, wo er ist!«, rief sie aufgebracht. Tränen liefen ihr über die Wangen.

»Es tut mir leid, ich weiß es wirklich nicht. Ich komme den Zusammenhängen auch erst durch das, was Sie mir erzählen, auf die Spur. Ihre Persönlichkeit hat sich aufgespaltet. So als ob Sie zwei Gedächtnisse besitzen würden, aber nur auf die Erinnerungen zugreifen können, die zu der Person gehören, die die Oberhand besitzt. Die Schutzperson hatte die Führung übernommen und Ihr Baby für tot erklärt, damit Ihre Seele überlebt. So funktionieren die Schutzmechanismen unserer Psyche. Um wieder gesund zu werden, war es Ihre Aufgabe, die Spaltung Ihrer Persönlichkeit zu erkennen und diese Inka zu töten ... Es gab einen Moment zu Beginn unserer Sitzungen, wo mir die andere Inka erlaubte, mit dem schwer traumatisierten Teil Ihrer Persönlichkeit zu sprechen. Sie hoben den Zeigefinger zum Zeichen, dass Sie das Stichwort kennen, auf das hin Sie bereit sind, diese Inka zu töten. Ich kannte es selbst nicht. Aber Sie wussten, dass Sie sie töten müssen. Es war Ihr fester Wille, und jetzt war die Zeit reif, das Stichwort auszusprechen ... *Jonas lebt*, Frau Mayer. Und tatsächlich deutet alles, was Sie soeben in diesem imaginären Film in Trance gesehen haben, darauf hin, dass Sie als Leihmutter missbraucht wurden.«

»Als Leihmutter missbraucht? Von meiner besten Freundin? Das glaube ich nicht. Ohne mein Wissen? Wie soll denn das gehen?« In ihr drehte sich alles.

Annabels starker Kinderwunsch ... Evelyns Praxis ... die Termine, bei denen Annabel immer mit dabei war ... das stundenlange Wälzen des Vornamenbuches ... das Einkaufen von Babysachen ... die Riesensumme auf Peters Konto ... Doktor Brunner ... seine Hypnosefähigkeiten ...

»Aber ... was ist mit den Halluzinationen, die ich hatte? Ich habe geglaubt, meine Freundin Rebecca würde mich in der Küche mit dem Messer angreifen, obwohl sie bei meinem Mann im Auto saß, und ich habe Geräusche im Haus gehört, als wenn jemand da wäre; ich hatte, als ich die Leiche von Jannis sehen wollte, ein albtraumhaftes Erlebnis in der Rechtsmedizin, wo ich dachte, Jannis würde in dem gekachelten Raum lebendig vor mir stehen und mir drohen, den Bauch aufzuschneiden und mich zwischen Leichen in das Kühlfach zu sperren …« Sie schluchzte bei all den Erinnerungen auf.

»Das sind in der Tat Selbstheilungsversuche Ihrer Seele. Verschlüsselte Flashbacks sozusagen, weil die reine Verarbeitung des Erlebten nicht möglich ist. Der geflieste Raum und der Käsekuchen haben Erinnerungen ausgelöst.«

»Und was ist mit den realen Bedrohungen?«, fragte sie und dachte an die Person, die sie in der Bibliothek und im Garten aufgesucht hatte, als sie mit Rebecca zusammen war. »Doktor Brinkhus, ich habe einen Zettel in einem Buch über Hypnose gefunden, das angeblich ich ausgeliehen hatte. Das war eine perfide Spielanleitung für einen Wettstreit um mein Leben. Und noch ein zweiter Zettel am Teddy von Jonas. Den Teddy hatte ich im Gartenschuppen gefunden mit einem Messer in der Brust. Auf dem Zettel stand, ich müsste noch tiefer graben, um die Wahrheit herauszufinden. Rebecca war dabei!«

»Was hat sie gesehen?«

»Die Spielanleitung und einen Schatten im Garten.«

»Waren diese Zettel von Hand geschrieben?«

»Nein, das waren Ausdrucke. Als wir daraufhin nachts in das Magazin der Landesbibliothek eingestiegen sind, haben wir anhand des verschlüsselten Hinweises in der Spielanleitung ein Vornamenbuch gefunden, das ich tatsächlich einmal ausgeliehen hatte. Direkt danach wurde ich von einer Frau angefallen. Sie hat sich mit ihrem ganzen Gewicht auf mich geworfen, und mir dabei fast sämtliche Rippen gebrochen. Ich spürte ein wollenes Tuch auf dem Gesicht, ich habe ihr Parfüm gerochen und schließlich Annabels Tattoo an ihrem Handgelenk erkannt! Ich weiß, das kann nicht sein, aber Rebecca hat mitgekriegt, dass ich überfallen wurde!«

»Hat Ihre Freundin die Frau auch *gesehen*?«

Inka fühlte sich in die Enge getrieben. Die Lehne in ihrem Rücken drückte sie plötzlich und hinderte sie daran zurückzuweichen.

»Rebecca hat Geräusche gehört, und als sie mich so aufgelöst am Aufzug gesehen hat – da hinein hatte sich die Frau gerettet –, hat sie vermutet, dass ich überfallen wurde.«

»Ist der Aufzug nach oben gefahren? Hat er sich überhaupt bewegt?«

Sie schluckte. Ihre Kehle war wie ausgedörrt. Angestrengt versuchte sie sich zu erinnern. Sie hatte die Frau im Aufzug verschwinden sehen, hatte gegen das Metall gehämmert, aber der Aufzug hatte sich nicht bewegt. Er war schon in dem Moment, als sie unten im Magazin ankamen, wieder nach oben zu seinem Ruhepunkt gefahren, das fiel ihr jetzt wieder ein.

»Nein, er hat sich nicht bewegt«, gab sie zu. »Aber warum hat Rebecca dann gesagt, sie hätte einen Schatten gesehen?«

»Eine typische Konfabulation. Das Gehirn hat immer das Bedürfnis, sich die Dinge zu erklären. Das geschieht im Alltag genauso wie unter Angsteinwirkung oder in seelischen Ausnahmesituationen. Tritt eine Erklärungslücke auf, versucht unser Verstand sie wie unter Zwang zu schließen. Unser Gehirn erfindet für uns Dinge, die wir für wahr halten, weil wir eine Erklärung brauchen. Dazu genügen Geräusche, ein Schatten oder die Beeinflussung durch Informationen Dritter. Ganz oft erlebt man das bei

Zeugenaussagen. Keine böse Absicht, sondern die unbewusste Arbeit unseres Gehirns. Wenn jemand in den Aufzug steigt, fährt er auch damit. Eine logische Folge, über die wir nicht länger nachdenken. Und was die Zettel angeht, die Sie erhalten haben, so vermute ich, dass Sie, wenn Sie auf Ihrem Laptop oder PC zu Hause nachsehen, Dateien mit dem Inhalt dieser Zettel finden.«

Ihr wurde heiß und kalt zugleich und das unangenehme Prickeln lief ihr bis in die Fingerspitzen. »Ich habe die Dateien bereits gefunden.« Aus dem Prickeln wurde eine Welle des Schuldgefühls, weil sie ihren Mann in dieser Hinsicht zu Unrecht verdächtigt hatte.

Doktor Brinkhus nickte. »Es sind Ihre eigenen Hilferufe. Methoden Ihrer Seele, sich selbst zu heilen. Ein Trauma wird verarbeitet, indem man es auf gewisse Weise wieder und wieder erlebt. Auf spielerische und gleichzeitig brutale Weise hat ein Teil Ihrer gespaltenen Seele Sie dazu gezwungen, Stellen der Wiedererinnerung aufzusuchen. Durch den Anblick des Vornamenbuches haben Sie den Moment der Geburt wiedererlebt. Verstehen Sie, der vermeintliche Überfall im Magazin der Bibliothek war der Moment, als Annabel sich bei der Geburt mit vollem Gewicht auf Sie gestützt hat. Sie hatten vor Anstrengung die Augen geschlossen, konnten nur Annabels Parfüm riechen und was Sie als Wolltuch auf Ihrem Gesicht beschreiben, war vermutlich Annabels Pullover. Dass Annabel weggelaufen ist und Ihnen mit dem Aufzug entkommen ist, steht symbolisch für den Moment, als sie Ihnen das Baby weggenommen hat.«

Inka schüttelte eine ganze Weile irritiert den Kopf. Am schlimmsten war, dass das alles ganz einleuchtend in ihren Ohren klang. Sie sollte den körperlichen Übergriff in Erinnerung an das Geburtsszenario frei erfunden haben? Doch dann fiel ihr etwas ein, ein Gegenargument. Das würde Brinkhus davon überzeugen, dass sie es mit einem wahrhaftigen Gegner zu tun hatte.

Inka schob das weiße T-Shirt hoch und machte ihren Bauch frei, wobei sie selbst den Anblick darauf vermied. »Und wie erklären Sie sich das hier?«, stieß sie hervor.

An der Art, wie Doktor Brinkhus auf die rot verkrusteten Buchstaben starrte, sah sie, dass er beinahe seine Fasson als Therapeut verlor. »Hat sich ein Arzt das angeschaut?«

»Sogar mehrere Ärzte im Krankenhaus. Ebenso ein Rechtsmediziner. Blut und Urin wurden auch untersucht, weil ich durch eine Spritze betäubt wurde. Für den Arzt eindeutig mit Ketamin, und obwohl ich sofort ins Krankenhaus gebracht wurde, ließ sich der Wirkstoff schon nicht mehr nachweisen.«

»Das ist ungewöhnlich. Im Blut liegt die Nachweisbarkeit bei rund vierundzwanzig Stunden, im Urin noch länger. Und was sind das für rotbraune Flecken, die als Punkte auf den Buchstaben gesetzt wurden? Auf dem ö und dem i? Das sieht fast nach Verbrennungen aus.«

»So ähnlich, ja. Hervorgerufen durch ein Deospray, das man zu dicht und zu lange an eine Hautstelle hält.«

Brinkhus stutzte.

»Sind Sie Rechtshänderin?«, fragte er dann.

»Ja – warum?«

»Ich weiß, es fällt Ihnen schwer, aber schauen Sie sich die Buchstaben auf Ihrem Bauch noch einmal bitte genau an.«

Inka verdeckte ihren Bauch mit dem T-Shirt. Sie konnte es nicht. Schon allein bei der Vorstellung daran wurde ihr schlecht. Sie nahm ihr Glas und trank es in einem Zug aus.

»Ich will Ihnen etwas sagen, Frau Mayer. Jeder Großbuchstabe weist von mir aus gesehen einen deutlichen Linksdrall auf. Wenn ich Ihnen mit einem Kuli beispielsweise die Buchstaben auf den Bauch schreiben würde, hätten die Striche allerdings die für Rechtshänder typische Linienführung mit einem leichten Rechtsdrall von oben rechts nach unten links. Frau Mayer, die Verletzung hat Ihnen niemand *angetan*. Sie haben sie sich selbst zugefügt! Das müssten auch die Ärzte im Krankenhaus, in jedem Fall aber der Rechtsmediziner, erkannt haben. Das sogenannte Ritzen oder auch die missbräuchliche Verwendung eines Deosprays ist eine häufig benutzte Methode von psychisch kranken Patienten, Schmerz zu spüren.«

»Ich … ich soll mir selbst … diese Morddrohung … eingeritzt haben?« Inka hatte den Eindruck, die Gegenstände um sie herum würden verschwimmen. »Sie wollen mir wirklich erzählen, ich hätte mich eigenhändig so zugerichtet? Und was ist mit der Einstichstelle einer Nadel an meinem Hals? Mein Kopf wurde auf die Fliesen geschlagen! Und ich habe wieder ganz deutlich eine weibliche Stimme gehört!«

Bedauernd schüttelte ihr Therapeut den Kopf. »Das gehört alles zum Programm. Wenn Sie sich an die Minuten erinnern, die dem vermeintlichen Überfall vorangingen, haben Sie wahrscheinlich einen unglaublichen inneren Gefühlsdruck verspürt, so als wäre es in Ihrem Körper plötzlich zu eng, so als ob man eine Flasche mit Mineralwasser zu lange schüttelt. Das erging Ihnen so, weil Ihre Emotionen aus irgendeinem Grund überkochten. Ein gesunder Mensch hat für solche Situationen andere Ventile. Sie hatten nur die Selbstverletzung als Möglichkeit sich auszudrücken. Ihren Hilferuf haben Sie in Spiegelschrift auf Ihren Bauch geschrieben, damit ihn jeder Außenstehende lesen kann. Es ist eine gut erreichbare Körperstelle und das Zentrum Ihrer Angst und der Platz, wo Sie Ihr Baby unter dem Herzen trugen. Eigentlich ein bewundernswerter Schachzug der menschlichen Seele, wenn ich das so sagen darf.«

»Selbstverletzung … Davon müsste ich doch wissen! Menschen, die so etwas tun, wissen davon!«

»Richtig. Normalerweise schon. Ihre Persönlichkeit hatte sich jedoch aufgespaltet.«

Inka hielt es kaum mehr in ihrem Sessel aus. Die in der letzten Stunde auf sie eingestürzten Informationen hatten sie aufgerüttelt. Besonders die wichtigste Meldung hallte in ihren Ohren nach …

»Wo ist Jonas, bei wem ist er? Verdammt, ich will sofort zu ihm! *Sofort!*«

»Das kann uns im Moment wohl nur noch eine Person sagen: meine Frau. Evelyn muss wissen, wo Jonas ist. Sie sollten nur vorsichtig sein, wenn Sie sie damit konfrontieren, *was* Sie wissen. Leihmutterschaft ist in Deutschland strafbar. – Jetzt verstehe ich auch, warum mir Evelyn dauernd ausgewichen ist, als ich sie nach den Umständen zur Geburt befragt habe, besonders nachdem sich während unserer Hypnosesitzungen mein Verdacht erhärtete, dass Jonas gar nicht tot ist. Wissen Sie, ein Arzt, der die befruchtete Eizelle in eine fremde Gebärmutter einsetzt, handelt gegen das bestehende Recht. Die Auftrag gebenden Eltern und die Leihmutter selbst begehen dabei keinen Rechtsbruch. So merkwürdig sind die Gesetze. – Und es gibt noch etwas, das Sie wissen sollten: So lange Sie keiner Adoption zugestimmt haben, sind *Sie* die Mutter des Kindes, auch wenn das Baby aus einer fremden befruchteten Eizelle stammt und somit nicht Ihre Gene trägt. In Deutschland gilt der Grundsatz: *Mater semper est* – die Mutter ist immer sicher. Nach Recht und Gesetz ist Mutter des Kindes, wer das Baby auf die Welt gebracht hat.«

Nun hielt Inka nichts mehr. Sie sprang auf. »Ich muss Jonas finden! Ich rufe Evelyn an, nein, besser noch ich fahre zu ihr. Ist sie zu Hause?«

»Es wäre besser, wenn wir gemeinsam mit meiner Frau sprechen würden.« Doktor Brinkhus war ebenfalls aufgestanden, holte sein Jackett vom Garderobenhaken und ging zurück zu seinem Schreibtisch. Er griff zum Telefon, wartete einen Augenblick und sagte dann: »Frau Rothfuß, bitte sagen Sie alle meine Termine für heute ab.« Er schwieg einen Moment. »Wie … meine Frau wartet unten auf mich? In Ordnung, sie soll hochkommen.« Doktor Brinkhus legte auf. »Sie kommt wie gerufen. Mal sehen, was Evelyn zu sagen hat. Bitte gehen Sie noch einmal einen Augenblick ins Wartezimmer, Frau Mayer. Ich rufe Sie dann dazu.«

»Sie glauben doch nicht, dass ich jetzt den Raum verlasse? Jetzt, wo ich so nahe an Informationen über den Verbleib meines Kindes bin! Evelyn wird mir alles sagen, und wenn ich es aus ihr herauspressen muss!«

»Ich habe Evelyn mehrmals auf die Geburt angesprochen, aber sie hat stets ausweichend reagiert und das Berufsgeheimnis vorgeschoben. Sie wollte mich sogar davon abhalten, die Hypnotherapie mit Ihnen fortzusetzen. Jetzt wird mir einiges klar … Frau Mayer, es ist besser, wenn ich mit meiner Frau zunächst ein ruhiges Gespräch unter vier

Augen führe.« Doktor Brinkhus bat sie mit einer freundlichen Geste aus dem Raum.

»Nein, ich bleibe hier!«, beharrte sie.

»Verstehen Sie mich nicht? Das Gespräch wird in Trance stattfinden. Und dazu muss ich allein sein. In fünf Minuten, sobald ich meine Frau in Hypnose versetzt habe, werde ich Sie wieder dazuholen. Ich bin auf Ihrer Seite, haben Sie doch Vertrauen! Und ich verspreche Ihnen, wir werden alle Informationen bekommen. *Alle*. Bitte seien Sie vernünftig und gehen Sie jetzt ins Wartezimmer.« Er wiederholte seine Geste.

»Auch über den Mord an Jannis?«

»Glauben Sie mir, es wird ihr ein Bedürfnis sein, sich im geschützten Rahmen einer Trance alles von der Seele zu reden. Bitte gehen Sie jetzt hinaus!«

Inka lenkte ein und leistete seiner Aufforderung Folge. An der Tür drehte sie sich noch einmal um. »Dass mich jemand umbringen will, entspricht also nicht der Realität?«

Brinkhus schüttelte den Kopf. »Diesbezüglich müssen Sie sich keine Sorgen mehr machen.«

»Und es war wirklich nicht Evelyn, die mich bedroht hat? Die Frau existiert nur in meinem Kopf?«

»Richtig. Ihre Seele war in Not. Ihr Leben ist nicht in Gefahr. Das halte ich nach allem, was wir heute in Erfahrung gebracht haben, für ausgeschlossen.«

✶

Die fünf Minuten in dem stickigen Wartezimmer wurden die längsten ihres Lebens. Es gab keine Uhr an der Wand, deshalb starrte sie wie gebannt auf ihr Handy. Vor sechs Minuten hatte sie gehört, wie Doktor Brinkhus seine Frau auf dem Flur begrüßte und die Tür zum Behandlungsraum geschlossen hatte. Inka rechnete jeden Moment damit, dass ihr Therapeut sie aus dem Wartezimmer abholen würde. Ein paar Atemzüge noch, dann würde sie wissen, wo ihr Baby war. So lange gingen ihr die wildesten Gedanken durch den Kopf, auch schreckliche Szenarien, die schlimmste aller Möglichkeiten …

Inka hatte das Gefühl zu ersticken und ging zum Fenster, um es weit zu öffnen. In sich gekehrt nahm sie die Aussicht auf Stuttgart als verschwommene Silhouette von Fabrikschornsteinen, Kirchtürmen und großen Häuserblöcken wahr.

Wo war Jonas? Hatten Annabel und Jannis ihn an sich genommen und in ihrer Wohnung untergebracht? Was war in der Mordnacht dann mit ihm passiert? Und wohin war er nach Annabels Verhaftung gebracht worden? Fragen über Fragen.

Acht Minuten.

Andi hatte ihr gegenüber nie erwähnt, dass man ein Kleinkind am Tatort gefunden hatte. Es sei denn, Jonas wäre an einen anderen Ort gebracht worden, bevor die Beamten morgens eingetroffen waren. Angesichts der geplanten Auswanderung hatte Annabel bestimmt kein aufwändiges Kinderzimmer für Jonas eingerichtet oder gar die Wände blau gestrichen. In wenigen Stunden könnte man alle Spuren beseitigen, die auf ein Baby in der Wohnung hingedeutet hätten.

Zehn Minuten.

Hatte in der Tatnacht womöglich doch nicht Peters Diensthandy, sondern sein privates Handy geklingelt?

Inka horchte kurz nach, ob Schritte darauf hinwiesen, dass sie gleich dazugeholt wurde, doch als es ruhig blieb, löste sie die Tastensperre ihres Handys. Leihmutterschaft … zehntausend Euro … Jonas lebt! Am liebsten hätte sie Peter alles entgegengeschrien, aber sie wusste, sie musste sich zusammenreißen und alles daransetzen, mit ihm ein Treffen zu vereinbaren. Und dort musste sie Peter zum Reden bringen. Egal mit welchen Mitteln.

Die Mailbox sprang an.

»Du mieses Schwein!«, schrie sie die Tonbandstimme an. Aus ihrem anfänglichen Mitleid wurde Wut. Blanker Zorn. Sie stellte sich vor, wie Peter vor diesem Automaten saß, auf die bunten Bilderchen starrte und auf sein großes Glück hoffte.

Zwölf Minuten.

Verdammt, wo blieb Doktor Brinkhus? Sie stand auf und ging im Wartezimmer auf und ab.

Ich muss Rebecca anrufen, fiel ihr ein. Sie hatte versprochen, sich heute Vormittag noch bei ihr zu melden. Nach nur wenigen Ruftönen hatte sie ihre Freundin am Telefon.

»Rebecca«, flüsterte sie, »ich bin immer noch bei Brinkhus. Brunner ist ein Hochstapler und … und stell dir vor, Jonas lebt!«

»Geht es dir gut, Inka? Was redest du denn da?«

»Doch, ich sehe auf einmal alles ganz klar! Ich habe unter Hypnose die Zusammenhänge erkannt, Rebecca. Ich wurde von Annabel als Leihmutter missbraucht! Jetzt will Brinkhus aus Evelyn rauskriegen, wo Jonas ist. Wenn es jemand wissen muss, dann Evelyn. Aber das dauert so ewig. Ich warte hier schon seit fünfzehn Minuten. Dabei hat er gesagt, er würde mich nach fünf Minuten wieder in den Behandlungsraum bitten, sobald Evelyn hypnotisiert ist. Ich glaub, ich gehe jetzt da rein …«

»Inka, was redest du da alles? Warte mal, ich fahre

gleich zu dir. Ich muss nur noch meinem Vater beim Anziehen helfen, wenn er gleich aus dem Bad kommt. Ich bin in gut einer halben Stunde da. Rühr dich nicht von der Stelle und warte dort auf mich!«

»Okay«, sagte Inka und legte auf. Dann schaute sie auf den Flur hinaus. Dort war es totenstill, die schallisolierte Tür zum Behandlungsraum war geschlossen.

Vierzehn Minuten.

Fünfzehn Minuten.

Sechzehn Minuten.

Siebzehn Minuten.

Ein untrügliches Gefühl sagte ihr, dass da drin etwas nicht stimmte.

Einen Moment zögerte sie noch, ob sie anklopfen sollte, aber dann entschied sie sich anders und drückte nahezu geräuschlos die Klinke nach unten.

Als Erstes sah sie Evelyns blonden Pagenkopf. Sie stand aufrecht da und starrte mit leerem Gesichtsausdruck auf den Sessel vor ihr, in dem Brinkhus saß. Sein Kopf hing seltsam schräg da, mit dem Kinn auf der Brust. Ein Unbeteiligter würde glauben, der Therapeut sei eingenickt.

Ermordet! Inka riss entsetzt die Augen auf und schlug eine Hand vor den Mund. Einen kleinen Aufschrei konnte sie nicht unterdrücken.

Evelyn sah hoch. Ihr Gesicht war tränenüberströmt.

Sollte sie weglaufen? Um Hilfe schreien? Oder versuchen, Evelyn zu überwältigen? Nein, sie musste Ruhe bewahren. Denn nur so konnte Inka erfahren, wo Jonas war. Evelyn war wohl neben Peter die Einzige, die wusste, wo ihr Sohn war. Entkommen durfte ihr diese Frau jedenfalls nicht mehr.

»Hallo, Evelyn«, sagte Inka, um Fassung bemüht.

Sie reagierte nicht, sie schien unter Schock zu stehen.

Evelyns Regungslosigkeit ließ Inka mutiger werden, und sie ging langsam auf Annabels Schwester zu. Als sie bei ihrem toten Therapeuten war, sah sie eine Spritze in seinem Schoß liegen. Ihr lief es kalt den Rücken hinunter.

Evelyn gegenüber tat sie so, als hätte sie nichts bemerkt und streckte ihr zur Begrüßung die Hand entgegen. »Schön, dich zu sehen.«

Evelyn, die völlig abwesend schien, folgte dem Automatismus und reichte ihr die Hand.

Nur einen Wimpernschlag später zog Inka ihre Hand ein kleines Stück zurück und formte sie zu einer Schale. Es musste einfach funktionieren! Sie wusste, es war riskant, aber sie hatte genau diese einzige Chance, mit Evelyn in Kontakt zu treten.

Inka stellte sich an Evelyns Seite, um sie aufzufangen, wenn sie nach hinten fiel, und hob ihr die Hand vor Augen. Aus Angst, ihre Stimme könnte zittern, legte Inka so viel Kraft hinein, dass es wie ein Befehl klang.

»Schlaf! Schlaf tief und fest! Tief, tief, tief!«

Evelyn fiel prompt nach hinten. Inka fing sie auf und legte sie auf dem Boden ab. Sie war fassungslos über die gelungene Hypnoseeinleitung! Mitgeholfen hatte die Tatsache, dass Evelyn der Situation entfliehen wollte und somit besonders zugänglich für eine Trance war.

Jetzt musste Inka all ihre Konzentration für die Hypnoseformeln, die sie dem Buch entnommen und auswendig gelernt hatte, aufbringen. *Große* Güte, dachte Inka, *das war unheimlich und faszinierend zugleich.*

»Evelyn, du bist an einem Ort angelangt, wo du dich wohlfühlst. Dort bist du frei, du hast kein Unrecht getan, und deshalb bist du gerne dort. Es bestraft dich niemand für das, was du jetzt sagst. Du weißt viel, und es ist dir ein Bedürfnis, dein Wissen mit mir zu teilen. Danach wirst du dich noch besser fühlen. Dein Gewissen wird erleichtert sein. Wenn du diesen Ort gefunden hast, dann hebst du zum Zeichen deinen rechten Zeigefinger.

Evelyns Zeigefinger hob sich zögernd an.

Inka hielt die Luft an. Es funktionierte tatsächlich! Obwohl es so leicht ging, konnte noch jede Menge schiefgehen. Sie musste auf der Hut sein und Ruhe ausstrahlen. Kein Flattern in ihrer Stimme durfte Evelyn irritieren. Souveränität und Entschiedenheit zu demonstrieren, war jetzt das Wichtigste.

»Es ist gut, dass du diesen sicheren Ort gefunden hast. Du willst dort bleiben und fühlst dich dort wohl. Du entspannst dich mehr und mehr, und mit jedem Atemzug dringst du noch tiefer in die Entspannung. Du kannst mir den Ort beschreiben, den du dir ausgesucht hast.«

»Ich bin in meinem Elternhaus, und obwohl es Sommer ist, sitze ich im Wohnzimmer am Kachelofen, weil ich Wärme brauche.«

Gut so, weiter so, spornte Inka sich selbst an. »Du sitzt also am Kachelofen, spürst die Wärme in deinem Rücken, es ist behaglich und du fühlst dich geborgen. In Gedanken unternimmst du einen Spaziergang. Du hörst nur meine Stimme, du weißt nicht mehr, wer ich bin. Ich bin deine namenlose Begleiterin, aber du empfindest Vertrauen zu mir. Du hast das Bedürfnis, *Jonas* zu besuchen. Du weißt, wo er ist, und wenn du ihn vor dir siehst, hebst du deinen rechten Zeigefinger.«

Evelyns Augäpfel rollten wild unter den geschlossenen

Lidern hin und her. Ihre Hand blieb reglos auf ihrem Oberschenkel liegen.

Verdammt, das war zu übereilt gewesen. Damit Evelyn bereit war zu reden, musste sie sich behutsamer an die Informationen herantasten.

»Du sitzt am Ofen, es geht dir gut, und du erinnerst dich daran, wie du vor sechs Monaten einem gesunden Baby auf die Welt geholfen hast, und zum Zeichen, dass du dieses Neugeborene vor dir siehst, hebst du deinen rechten Zeigefinger.«

Inka starrte auf Evelyns bewegungslose Hand. Zuerst machte sich Ratlosigkeit in ihr breit, dann kam Panik hinzu. Was hatte das zu bedeuten? *Gottverdammt, Evelyn, beweg deinen Finger,* hätte sie am liebsten geschrien, aber sie musste sich zusammenreißen.

»Evelyn, es geht dir gut«, setzte sie erneut an, »du fühlst dich wohl, und es fällt dir leicht, dich an Jonas zu erinnern. Du weißt, wo er ist.«

Keine Reaktion. Nur Evelyns Augäpfel glitten immer noch suchend unter den Lidern umher. Ihr Brustkorb hob und senkte sich gleichmäßig. Dann öffnete sie die Lippen.

»Ich weiß nichts von einem Jonas«, sagte Evelyn.

Was? Wie konnte das sein? Mit allem hatte Inka gerechnet, nur damit nicht. Ihre Gedanken rotierten. Wollte Brinkhus seine Frau deshalb zuerst alleine sprechen? Sollte es möglich sein, dass Evelyn auf einen hypnotischen Befehl hin alles vergessen hatte? Hatte Brinkhus sein Wissen mit ins Grab genommen? Inkas Blick fiel auf die Leiche, und sie glaubte, keine Luft mehr zu bekommen.

In diesem Augenblick zuckte Evelyns Stirn, zog sich wieder und wieder in Falten, und Inka befürchtete, dass sie kurz davor war, aus der Hypnose zu erwachen.

Wahrscheinlich war es doch das Beste, die Polizei zu holen. Inka zog ihr Handy hervor und drückte mit zitternden Fingern Andis Nummer.

Da setzte Evelyn unvermittelt wieder zu reden an: »Ich weiß nichts von einem Jonas«, wiederholte sie. »Aber ich erinnere mich, dass Inka das Baby so nennen wollte, das sie für meine Schwester auf die Welt gebracht hat.«

Das Handy an ihrem Ohr läutete.

»Meine Schwester wollte unbedingt, dass das Baby einen griechischen Namen bekommt«, sagte Evelyn, »Annabel hat ihn … Leander genannt.«

Inka hielt den inneren Druck kaum mehr aus. Sie war so dicht dran. »Wo ist das Baby jetzt? Du weißt es, und es kommt dir ganz leicht über die Lippen.«

»Es ist in Sicherheit. Dort, wo es niemand vermutet.«

Wut und Ohnmacht sammelten sich in ihren Augen zu einem Meer aus Tränen. In diesem Moment ging Andi ans Telefon.

»Andi«, flüsterte sie hinter vorgehaltener Hand, »komm sofort zur Klinik am Killesberg. Brinkhus ist tot. Evelyn hat ihren Mann umgebracht.«

»Was ist los? Ist sie flüchtig? Bist du am Tatort?«

»Ja, ich bin hier. Ich habe Evelyn hypnotisiert …«

»Was redest du da? Du solltest doch … Egal … Kannst du die Hypnose aufrechterhalten, bis wir da sind?«

»Können? Verdammt, Andi, ich versuche es! Hör zu, Jonas lebt! Aber ich weiß noch nicht, wo …«

»Vielleicht weiß es dieser Brunner, er ist nämlich aus der Psychiatrie ausgebrochen. Den suchen meine Kollegen gerade. Aber mach dir keine Sorgen, solche Schizophrenen haben wir meistens ziemlich schnell wieder einkassiert. Die meisten fahren einfach dahin, wo sie sich am sichersten fühlen. Wir müssen eigentlich nur warten, bis er zu Hause auftaucht. Eine Streife ist schon auf dem Weg dorthin.«

»Bitte, Andi, ihr müsst Jonas finden! Ich habe Angst, dass Brunner ihm etwas antut!«

»Bleib ruhig, Inka. Halte du Evelyn in Schach, bis wir da sind.«

Inka ließ ihr Handy sinken und betrachtete Evelyn, die zum Glück noch nicht aufgewacht war. So sah also eine zweifache Mörderin aus: grauer Hosenanzug, Pumps, Pagenschnitt mit Fönwelle, modische Brille und perfekt geschminkt wie von der Kosmetikerin. Jetzt verstand Inka, was Peter gemeint hatte, als er mal sagte, dass man einen Mörder nur in den Hollywood-Studios am Aussehen erkannte.

Evelyn zuckte mit den Augenlidern, und es war Inka kaum noch möglich, geordnet zu denken. Jonas stand ihr die ganze Zeit vor Augen, jetzt als ein Kleinkind von über sechs Monaten – seinetwegen musste sie durchhalten.

So, Evelyn, dachte sie bitter, *das ist deine Gelegenheit mir alles zu erzählen. Alles. Du wirst dir die Wahrheit von der Seele reden, für jeden, den du auf dem Gewissen hast. Für deinen Mann, für Jannis und für jeden, den du beinahe in den Abgrund gerissen hättest. Deine Schwester, mich und nicht zuletzt mein Baby. Du wirst mir sagen, wo Jonas ist …*

*

Inka gab ihrer Stimme wieder einen monotonen Klang: »Evelyn, es interessiert dich nicht, was ich gerade am Telefon gesagt habe, und du weißt es auch nicht. Du fühlst dich wohl an deinem sicheren Ort und willst dort bleiben. Der Kaminofen ist ein gemütlicher Platz, wo man sich Geschichten erzählt. Und du trägst ein Geheimnis mit dir, das dich alleine viel zu sehr belastet. Es belastet dich so sehr, dass du es loswerden willst. In dieser geschützten Umgebung kannst du jetzt die Wahrheit sagen.«

Das klang gut, lobte sie sich selbst. Und alles, was jetzt folgte, würde sie mit ihrem Handy aufzeichnen. Zum guten Glück war ihr diese Funktion bei der Auswahl ihres Telefons neben dem anderen überflüssigen Techniksschnickschnack immer wichtig gewesen. Selbst wenn fraglich war, ob diese Aufnahme vor Gericht als Beweismittel verwertbar sein würde, könnte Evelyn außerhalb ihres Trancezustands mit ihren eigenen Aussagen konfrontiert werden, um sie zu einem vollumfänglichen Geständnis zu bewegen.

Doch Evelyn blieb schweigsam.

»Du kannst mir die Wahrheit sagen«, sagte Inka. »Und ich werde dir zuhören. Von Anfang bis Ende. Jedes Wort werde ich dir glauben.«

»Ich darf nicht«, sagte Evelyn unvermittelt und mit der Stimme eines kleinen Kindes.

»Du darfst nicht?«, hakte Inka nach. »Warum nicht?«

»Weil es mir mein Papa verboten hat.«

Die Stimme klang echt, nicht verstellt. Und es gab noch etwas, das Inka stutzig machte. Sie erinnerte sich, dass Evelyn damals bei dem Besuch in der Psychiatrie zu keinem Zeitpunkt Papa zu ihrem Vater gesagt hatte. Wer war diese Person, die da aus ihr sprach?

»Magst du mir sagen, wie du heißt?«

»Papa sagt Evi zu mir.«

Evelyn hatte sich in sich selbst zurückgezogen, denn in diesem Augenblick war sie wieder ein Kind. Also musste Inka sich auf dieses Kind einlassen, wenn sie irgendetwas erfahren wollte. Ihr kam eine Idee.

»Evi, hast du vielleicht Lust, mit mir Fernsehen zu schauen? Ich verrate nachher auch niemandem, dass wir das heimlich gemacht haben.«

»Au ja, gern!«

Inka fühlte sich wie elektrisiert. Es kribbelte bis hinein in ihr Gehirn, so sehr musste sie sich konzentrieren, die Rolle ihres Therapeuten bei der letzten Sitzung nachzuahmen.

»Gut, dann steh jetzt vom Kachelofen auf und setz dich vor den Fernseher. Du siehst nur deinen Hinterkopf, und meine Hand liegt auf deiner Schulter. In dem Fernseher ist noch ein anderer Fernseher, darin noch einer, ganz viele, mindestens zehn Stück. Kannst du das sehen?«

»Ja, das ist cool!«, sagte Evelyn mit einer Mädchenstimme, die jetzt nach einem Teenager klang.

»Das Bild in dem kleinsten Fernseher ist schwarz-weiß, leicht unscharf. Aber wenn du erzählst, werden die Umrisse deutlicher, und Farben kommen hinzu.«

»Dann erzähle ich dir von dem Tag, an dem ich verschwinden musste«, sagte Evelyn.

»Was ist an dem Tag passiert? Warum musstest du verschwinden?«

»Die Sonne scheint, es ist August. Wir grillen mit meinen Freundinnen Würstchen im Garten, ich feiere meinen 14. Geburtstag … Wow«, unterbrach sie sich selbst, »das ist ja abgefahren: Die Bilder im Fernseher werden immer farbiger!«

»Erzähl mir weiter, dann bewegen sie sich auch wieder.«

»Mama sitzt mit dickem Bauch im Schatten auf der Terrasse, sie hat ihre Füße hochgelegt, weil sie Schmerzen in den Beinen hat. Und schlimme Kopfschmerzen hat sie auch. Den ganzen Tag hat sie im Bett gelegen, aber jetzt will sie wenigstens bei uns sitzen, und sie sagt mir, ich solle mir keine Sorgen um sie machen und meinen Geburtstag genießen. Ich bitte sie, kurz aufzustehen, damit alle meine Freundinnen sehen können, wie groß der Bauch schon ist. Das Baby kann jeden Moment kommen. Mama steht auf, lächelt und dann fällt sie einfach um. Sie ist bewusstlos!« Evelyn schluchzte aufgebracht auf. Dann redete sie weiter.

»Papa ruft den Notarzt, und man bringt sie ins Krankenhaus. Am Abend kommt er alleine nach Hause. Ohne Mama und ohne einen kleinen Bruder. Papa sagt nicht viel. Ein paar Tage später habe ich verstanden, dass Mama nie mehr zurückkommt. Annabel ist erst vier Jahre alt und begreift das Ganze noch nicht so richtig, aber ich erfahre, dass meine Mutter an einer Schwangerschaftsvergiftung gestorben ist. Für mich stand von dem Tag an fest, dass ich wie Papa später Medizin studieren will. Ich möchte Frauenärztin werden, um für andere Frauen da zu sein, wenn ich schon meiner Mutter nicht helfen konnte. Es ist der Tag, an dem ich, Evi, verschwinden musste, um für *Evelyn* Platz zu machen …« Sie machte eine Pause.

Inka hoffte inständig, dass jedes ihrer Worte sie näher zu Jonas führte. »Und was geschah dann?«, fragte sie behutsam.

»Es war der unsinnige und irgendwie auch kindische Versuch«, sagte Evelyn nun mit der Stimme einer Erwachsenen, »meine Mutter wieder lebendig zu machen. Oder mich wenigstens von meinen Schuldgefühlen zu befreien, indem ich unzählige andere Menschenleben rettete. Nichts davon funktionierte. Nach sieben Jahren als Gynäkologin an der Klinik starb die erste Mutter unter meinen Händen – das Baby konnte ich retten. Ich begriff, ganz gleich, wie perfekt ich arbeitete – auch meine Hände würden den Tod nicht verhindern können.«

Evelyn hörte auf zu erzählen. Wieder erkannte Inka an Evelyns raschen Augenbewegungen, dass sie nach etwas suchte.

»Ich bin da«, sagte Inka, »du bist nicht allein, und ich höre dir genau zu. Auch wenn ich schweige, kannst du dich darauf verlassen, dass ich hier bin.«

Evelyn wusste nicht, mit wem sie es zu tun hatte. Was sie suchte, war jemand, der ihr zuhörte. Jemanden, dem sie sich im wahrsten Sinne des Wortes blind anvertrauen konnte, so wie sie das noch bei keinem Gegenüber ohne Trance gekonnt hatte. Allein deshalb war Inka die Hypnose gelungen, weil es Evelyns Unterbewusstsein so *wollte*. Andi war viel zu skeptisch gewesen, sein Kopf nicht bereit für eine Trance – damit war er für sie als Anfängerin eine viel zu harte Nuss gewesen.

Evelyn sprach weiter: »Ich bekam zunehmend Angst vor Komplikationen. Zuerst nahm ich Beruhigungsmittel, um meine Dienstzeiten zu überstehen, dann kam der Alkohol dazu. Meinem Mann habe ich es zu verdanken, dass er mir aus dieser Abwärtsspirale geholfen hat. Wir haben viel miteinander gesprochen, und ich orientierte mich beruflich weiter. Ich tat einen spannenden Schritt in den Bereich der Reproduktionsmedizin. Schließlich hatten mein Kollege Konrad und ich viel Erfolg mit unserer Praxis, wir konnten unzähligen Frauen ihren sehnsüchtigsten Wunsch erfüllen – *meine* Erfüllung, mein Ideal, habe ich aber nicht gefunden. Vor eineinhalb Jahren, mit fünfundvierzig Jahren, bahnte sich meine zweite psychische Krise an. Wieder musste ich einen neuen Weg gehen. Ausgerechnet zu diesem Zeitpunkt kam meine Schwester mit einem Vorschlag an, der mir schließlich zum Verhängnis wurde.«

Die Leihmutterschaft, dachte Inka. *Verflucht, mir wurde kein Vorschlag gemacht, ich wurde von Annabel skrupellos als Gebärmaschine missbraucht.*

Niemals hätte sie das ihrer besten Freundin zugetraut, ganz gleich wie stark ihr Kinderwunsch und ihre Verzweiflung gewesen sein mochten.

*

Liebe Inka,
man hat mir Papier und Bleistift gegeben, und ich darf dir einen Brief schreiben. Ich weiß aber nicht, ob du ihn jemals erhalten wirst. Wenn ich den Brief abschicke, geht er durch eine Ausgangskontrolle und wird von den Justizbeamten gelesen. Aber was habe ich noch zu verlieren? Man wird mir lebenslänglich geben. Lebenslänglich, weil ich den Lebenstraum hatte, Mutter zu sein. Aus mir wurde eine Mörderin.
Ich will den Versuch einer Erklärung machen, auch wenn es diese für dich vielleicht in keiner Form geben wird.
Zwei Jahre lang haben Jannis und ich versucht, auf natürlichem Weg ein Kind zu bekommen. Dann bekam ich von meiner Schwester Hormone zur Eizellreifung verschrieben. Nach sieben Tagen musste ich zum Ultraschall, und nachdem die Follikel die richtige Größe hatten, wurde der Eisprung mit einer Spritze ausgelöst. Spätestens zweiunddreißig Stunden danach mussten wir miteinander schlafen, aber es kam bei allen Versuchen zu keiner Befruchtung. Also musste Jannis bei Evelyn in der Praxis seinen Samen abgeben, der anschließend aufbereitet wurde und mir mit einem kleinen Schlauch in die Gebärmutter eingeführt wurde. Ich wurde nicht schwanger.

Jannis wollte nicht, dass wir jemand von diesen künstlichen Versuchen erzählen – er fühlte sich ohnehin in seiner Männlichkeit verraten.
Danach begannen wir mit einer In-vitro-Fertilisation. Wieder Tage zählen und Termine beachten. Spritzenbehandlung, nach vierzehn Tagen musste ich zur Kontrolle der Größe der Eizellen. Alle zwei Tage Blutabnahmen und Ultraschall. Dann endlich durfte ich selbst mit einer Spritze den Eisprung auslösen. Die Eizelle wurde entnommen, und Jannis musste wieder seinen Samen abgeben. Zwei Tage später setzte Evelyn mir die befruchtete Eizelle ein. Nach vierzehn Tagen nahm mir meine Schwester Blut ab, und der Schwangerschaftstest war positiv! Ich bin ausgeflippt vor Freude.
Vier Wochen später war alles vorbei. Nach der dritten Ausschabung war ich psychisch am Ende. Die vierte künstliche Befruchtung war eine einzige Achterbahnfahrt, und ich war in der Zeit kaum mehr arbeitsfähig. Nach dem nächsten positiven Test war meine Freude verhalten, und tatsächlich musste ich wieder Abschied nehmen.
Es war die Hölle für mich, als meine Schwester mir eröffnete, dass sie aus medizinischen Gründen weitere künstliche Befruchtungen nicht mehr vertreten könnte. Wir weinten beide, wobei selbst meine Schwester meine Verzweiflung nur erahnen konnte. Das kann nur eine Frau, die sich von ganzem Herzen Kinder wünscht. Während ich schon als Jugendliche später unbedingt Kinder haben wollte, hatte Evelyn durch den frühen Verlust unserer Mutter immer Angst vor einer eigenen Schwangerschaft.
Einen Adoptionsantrag zu stellen war für uns nahezu aussichtslos. Es gibt zu viele jüngere kinderlose Paare, und Jannis war schließlich so weit, unseren Kinderwunsch aufzugeben. Das Jahr hatte ihn zu viel Kraft gekostet, wir haben oft gestritten. Er

wollte nicht mehr in Stunden, Tagen und Befruchtungszeiträumen rechnen und Sex nach Kalender mit mir haben. Jannis konnte meine hormonellen Stimmungsschwankungen nicht mehr ertragen, er wollte mich auch nicht mehr leiden sehen. Ich wollte aber nicht aufgeben …

»Annabel ist nicht der Typ, der sich mit den Dingen abfindet«, sagte Evelyn. »Das wusste ich in dem Moment, als sie vor mir stand und sagte, sie hätte eine Leihmutter in Deutschland gefunden.«

Ja, dachte Inka. *Mich.* Es fiel ihr schwer, nicht vor Schmerz zu schreien. Sie rang um Beherrschung, als sie sagte: »Warum nicht in Amerika oder Russland, sogar in Griechenland ist eine Leihmutterschaft nicht verboten. Es gibt Agenturen, die Paare und Leihmütter zusammenbringen.«

»Annabel wollte nicht irgendeine Frau, die ihr Kind austrägt, keine Fremde, die anonym vermittelt wurde. Nein, meine Schwester hatte ihre beste Freundin gefragt, Inka.«

Gefragt? Inka musste sich räuspern, weil ihre Kehle wie zugeschnürt war. »Und was hat diese Inka gesagt?«

»Inka Mayer hat zugestimmt.«

»Zugestimmt?«, echote Inka. *Und warum weiß ich dann von all dem nichts mehr? Hypnose*, dachte sie. *Es musste unter Hypnose geschehen sein.*

… Erinnerst du dich noch an den Nachmittag, Inka, als ich dir die Seiten der Agenturen im Internet gezeigt habe? Du fandest es ungeheuerlich, eine wildfremde Frau dafür zu bezahlen, ein Baby auszutragen. Wenn schon, dann sollte es jemand sein, den ich kenne und dem ich vertraue. Ich solle mir das noch mal überlegen, hast du gesagt. Was wäre, wenn es sich die Leihmutter in letzter Sekunde anders überlegte und das Kind doch behalten

wollte? Denn erst, wenn die Frau nach der Geburt des Babys mit ihrer Unterschrift auf ihre Mutterschaft verzichtet, könnten Papiere auf uns, die genetischen Eltern, ausgestellt werden. Bis zu diesem Zeitpunkt gilt noch die Leihmutter als Mutter des Babys, weil sie es geboren hat. Und überhaupt, wie ich mir die Zeit der Schwangerschaft vorstellen würde, hast du gefragt. Zwei, drei Ultraschallbilder per Mail aus Russland oder den USA? Nicht zu wissen, ob vielleicht etwas passiert war, wenn sich die Leihmutter mal nicht wie verabredet meldete. Du hattest recht, ich wäre durchgedreht. Außerdem wollte ich die Schwangerschaft nicht per Videochat und Mail erleben, sondern hautnah, wenn das Baby schon nicht in meinem Bauch wachsen würde.

Und dann habe ich so vor mich hingesagt, dass du eigentlich die perfekte Leihmutter für mich wärest. Stimmt, hast du lachend gesagt, du seiest gesund, und dein eigener Kinderwunsch hielte sich in Grenzen. Du seiest eben nicht so der Mutter-Typ, eigene Kinder würden nicht in euer Leben passen … Zuerst hielt ich das alles noch für einen Spaß. Eine Woche später hast du jedoch nach Gesprächen mit deinem Mann und Jannis entschieden, mir, deiner besten Freundin, meinen größten Wunsch zu erfüllen. Ohne einen Cent dafür zu erwarten, haben wir einen Vertrag gemacht …«

»Ja, Inka hatte zugestimmt und mit Annabel einen Vertrag geschlossen. Die Rechnung hatten die beiden allerdings ohne mich gemacht. Ich habe mich nämlich geweigert, weil ich mich nicht strafbar machen wollte. Leihmutterschaft ist in Deutschland aus gutem Grund verboten, weil die psychischen Folgen bei der Leihmutter kaum einschätzbar sind. Besonders die Hormonausschüttungen während der Geburt und in den Tagen danach sind von der Natur so eingerichtet, Muttergefühle zu wecken. Und diese Gefühle sind nun mal die stärksten unter allen Emotionen. Einer Frau in dieser Situation das Kind wegzunehmen, auch wenn das vorher vertraglich so bestimmt worden war, kann schwere seelische Schäden bei der Leihmutter verursachen.«

Ja, dachte Inka voller Hass, *das ist euch gelungen. Ihr habt meine Seele zerstört.* Sie musste einen Moment innehalten, bevor sie den Rapport zu Evelyn wieder aufnehmen konnte.

»Dein Atem geht ruhig und regelmäßig«, sagte sie. »Du fühlst dich wohl und verspürst ein enormes Redebedürfnis, um dich von aller Last zu befreien. Du hast dich also geweigert, an einer Leihmutterschaft mitzuwirken, aber du musst Gründe gehabt haben, schließlich doch das Gesetz zu übertreten. Was hat dich dazu bewogen?«

Es kostete Inka unbeschreibliche Kraft, die Rolle eines Hypnotiseurs nachzuahmen. Sie umklammerte ihr Handy und hielt es bei jeder Antwort in die Nähe von Evelyns Mund.

»Vater war eingeweiht, und er beschwor mich, meiner Schwester diesen Gefallen zu tun. Den Verlust unserer Mutter bei der Geburt ihres dritten Kindes hatte er nie verkraftet, und seine Angst war viel zu groß, dass auch bei Annabel irgendwelche Komplikationen auftreten könnten. Damit hatte er mich am Wickel. Vater vertrat den Standpunkt, dass eine Leihmutterschaft grundsätzlich kein Verbrechen sei, und nur in einigen Ländern wie Deutschland wegen moralischer Gesichtspunkte unter Strafe stand. Inka würde nicht einmal Geld haben wollen, sie war topfit und wie geschaffen für eine Schwangerschaft, und auch ihr Ehemann Peter zeigte sich nach ein paar Gesprächen einverstanden.«

… Allerdings hast du plötzlich doch eine Bedingung gestellt: Du wolltest zwar kein Geld, dafür jedoch mit dem Thema Leihmutterschaft journalistisch offen umgehen, einen großen Artikel darüber schreiben und Aufklärung betreiben. Natürlich ohne Namen von Beteiligten zu nennen oder dich selbst als Leihmutter zu bezeichnen. Doch was hast du gedacht, wie lange es dauern würde, bis sich irgendein windiger Kollege die Frage stellt, ob du nicht aus eigener Betroffenheit an diesem Thema arbeitest und er sich an deine Fersen heftet? Dann wäre es ein Kinderspiel, den Zusammenhängen auf die Spur zu kommen. Im Zweifelsfall für dich und mich rechtlich ohne Folgen, auch wenn wir die Titelstorys in den Zeitungen sicher hätten. Meine Schwester riskierte damit jedoch ihre Zulassung. Ich war so verzweifelt, weil du nicht von deiner Bedingung abrücken wolltest und Evelyn sich unter dieser Voraussetzung erst recht weigerte. Ich fiel ins Bodenlose …

»Ich fühlte mich zerrissen, weil ich Annabel ihren sehnlichsten Wunsch erfüllen wollte, damit aber das Gesetz übertreten und meine Approbation als Ärztin riskieren würde. Vater hatte jedoch einen Plan, in den ich schließlich meiner Schwester *und* meinem Vater zuliebe einwilligte.«

… Ohne meinen Vater wäre der große Tag nicht gekommen. Evelyn war einverstanden, dass er dich in ihrer Praxis in Hypnose versetzt, unter dem Vorwand, dass du dich besser entspannen könntest, während sie dir die befruchtete Eizelle in deine Gebärmutter einsetzt. Vater suggerierte dir allerdings, die künstliche Befruchtung zu vergessen und die Praxis unter dem Eindruck zu verlassen, du hättest eine routinemäßige gynäkologische Untersuchung hinter dich gebracht.

»Wie gut der Plan meines Vaters funktionierte, erlebten wir beim nächsten Termin, als Inka über ihre – für sie nunmehr ganz unerwartete – Schwangerschaft aus dem Häuschen geriet, und Vater, der sicherheitshalber gekommen war, musste nicht durch eine zweite Hypnose eingreifen. Das würde erst wieder zur Geburt der Fall sein, damit Inka suggeriert werden konnte, dass sie eine schlechte Mutter sei und nicht in der Lage wäre, für ihr Baby zu sorgen und es nur überleben würde, wenn es bei Annabel aufwachsen könnte. Solche Suggestionen sind wie selbst erfüllende Prophezeiungen, und am Ende hätte Inka sich zwar als Versagerin gefühlt, ihr Baby aber freiwillig abgegeben.«

Inka blieb der Mund offen stehen. Am liebsten hätte sie Evelyn an den Schultern gepackt und sie angeschrien, sie gefragt, was sie sich nur dabei gedacht hatte. Es fiel ihr unendlich schwer, ihre angestauten Gefühle zu unterdrücken, doch genau das musste sie tun, wenn sie noch mehr erfahren wollte. Und sie wollte alles wissen. Alles, was die Menschen, denen sie vertraut hatte, mit ihr gemacht hatten.

»Ich war mir die ganze Zeit über des Risikos bewusst«, sagte Evelyn. »Falls Inka vorzeitig in eine Klinik gemusst hätte, wäre es nicht möglich gewesen, dass ich die Geburt begleite und eine falsche Geburtsbescheinigung auf Annabel und Jannis als Eltern ausstellen könnte. Ich habe all dem zugestimmt, weil ich nie gelernt hatte, mich meinem Vater zu widersetzen. Und noch schlimmer: Ich wäre meines Lebens nicht mehr froh geworden, wenn Annabel doch schwanger geworden wäre und ihr bei der Geburt des Kindes etwas zugestoßen wäre. Ich hielt es für Fügung, dass sich bei Annabel selbst durch künstliche Methoden kein Erfolg einstellte. Und unser Plan mit der Hypnose schien ja zunächst aufzugehen.«

... Du hast eine so unbeschwerte Schwangerschaft erlebt, und ich war, so oft es nur ging, bei dir und konnte die Freude mit dir teilen. Weißt du noch, wie wir eine ganze Nacht lang das Vornamenbuch gewälzt haben? Ich wollte dich ja da schon gerne dazu bewegen, einen griechisch klingenden Namen auszuwählen. Mit Bleistift habe ich dir meine Favoriten vorne ins Buch geschrieben, aber du konntest dich einfach nicht mit den Namen Elena oder Leander anfreunden. Doch ganz gleich, wie es später heißen sollte. Hauptsache, ich hatte bald ein Baby. Es war ein so zauberhafter Moment, als ich zum ersten Mal gefühlt habe, wie das Kleine in deinem Bauch strampelt. So unbeschreiblich schön, dass mir jetzt wieder die Tränen kommen. Natürlich hatte ich dir gegenüber Skrupel, natürlich wäre es mir lieber gewesen, du hättest die Schwangerschaft im Bewusstsein einer Leihmutter erlebt, so wie wir das ursprünglich abgemacht hatten. Warum nur wolltest du unbedingt einen brisanten Artikel über das Thema schreiben? Aber die Schuld liegt bei mir, das weiß ich. Ich kann dich nur um Verzeihung bitten, wobei ich glaube, dass du mir niemals verzeihen kannst, was ich dir, meiner beste Freundin, angetan habe. Ja, ich war brutal egoistisch. Weil mein Kinderwunsch so übermächtig war, dass ich das Gefühl hatte, mein Leben hinge davon ab, ein Baby zu haben. Ich habe nur noch an die Erfüllung meines Traumes gedacht und mir eingeredet, dass schon alles gut gehen würde.

Ich trieb die Auswanderungspläne nach Griechenland voran und kündigte zum Ende deiner Schwangerschaft hin meinen Job im Reisebüro, um ganz für dich da zu sein und nach der Geburt natürlich für mein Baby. Jannis bekam immer größere moralische Zweifel dir gegenüber, aber ich redete ihm ein, dass es nur zu deinem und unserem Besten ist, wenn du nichts mehr von der Leihmutterschaft weißt. Niemand wusste etwas davon, außer uns Beteiligten. Auch nicht von unseren Auswanderungsplänen, und alle in meinem Umfeld dachten, mir sei wegen Insolvenz gekündigt worden. Eingeweiht in alles war lediglich noch Peter …

»Inkas Ehemann machte uns zunehmend Probleme. Ich hatte den Eindruck, er sei in Geldnot, weil er zum Ende der Schwangerschaft hin doch plötzlich mit Geldforderungen auf mich zukam, mit dem Argument, du hättest ja sonst gar keine Gegenleistung für deinen Einsatz bekommen. Ich schmetterte ihn aber ab, betonte, dass Inka nie Geld von ihrer Freundin gewollt habe, der Vertrag bestand, und das musste er einsehen.«

… Es wäre alles gut gegangen, wenn du die Geburt in tiefer Trance erlebt hättest. Aber da du unbedingt eine Hausgeburt wolltest, mussten Jannis und ich, als die Fruchtblase platzte, dich überreden, zu Evelyn in die Praxis zu fahren, weil es dort, allein schon durch den Ultraschall, bessere medizinische Bedingungen gab. Es war Wochenende, und Vater traf gleichzeitig mit uns in der Praxis ein. Evelyn wartete schon auf uns, wir hatten sie verständigt. Vater war bereit für seine Suggestionen. Aber du warst wegen der Schmerzen schon zu sehr auf die Geburt konzentriert und nicht mehr empfänglich für eine tiefe Hypnose.
Dann gab es Komplikationen, und wir standen kurz vor einem Kaiserschnitt. Das wäre unter den Bedingungen in Evelyns Klinik wohl durchführbar gewesen, aber mit hohem Risiko für dich und mein Baby verbunden. Ich war kurz davor durchzudrehen. Auf Evelyns Kommando hin musste ich mich mit meinem ganzen Gewicht auf deinen Oberbauch legen und unter ihrer Anleitung mit dem Unterarm das Baby nach unten drücken.

Mit der dritten Wehe konnte Evelyn den Kleinen herausziehen. Leander war geboren!
Gott, was war das für ein Moment, als Evelyn ihn mir nach einer kurzen Untersuchung in ein Handtuch gewickelt auf den Arm gab. Glaub mir, ich wusste nicht, wie ich mich in dieser überwältigenden Situation dir gegenüber verhalten sollte.
Aus psychologischer Sicht schärfte mir Vater ein, dir das Baby keinesfalls zu geben. Deshalb zuckte ich nur hilflos mit den Schultern und ging mit Leander hinaus …

»Nach der Geburt entglitt mir die Kontrolle. Als Annabel mit dem Neugeborenen aus dem Raum ging, begann Inka zu schreien. Mehr noch als in den Stunden zuvor, in denen sie die Wehen plagten. So habe ich noch nie einen Menschen schreien gehört … Ich versuchte, sie zu beruhigen, aber Vater gab mir zu verstehen, dass das bei einer so extremen Reaktion vergeblich sein würde. Nachdem Annabel wortlos mit dem Baby hinausgegangen war, ohne es Inka wenigstens einmal gezeigt zu haben, hatte sich Inkas Verstand für eine einzig mögliche Erklärung entschieden: Ihr Baby war tot.

Wir brachten Inka wegen ihres starken seelischen Traumas in die Psychiatrie, und hofften, sie würde sich unter medikamentöser Behandlung schnell erholen. Das war allerdings nicht der Fall. Inka war zwar nach einigen Tagen so weit stabilisiert, dass man sie nach Hause entließ, aber sie war im wahrsten Sinne des Wortes nicht mehr sie selbst. Sie verkroch sich zu Hause, gab ihren Job auf und ließ nur noch ihren Mann in ihre Nähe. Sie entwarf eine eigene innere Welt, in der sie gedanklich eine Beerdigung inszenierte. Wir einigten uns in Rücksprache mit meinem Vater darauf, Inkas Universum zu akzeptieren, weil sie sich komplett der Außenwelt versperrte, sobald jemand an ihrer Wahrheit zu rütteln versuchte oder den wunden Punkt berührte – sei es nur, dass man sie zu einem Arzt bringen wollte. Deshalb fügte sich Peter dem Wunsch seiner Frau, eine Erinnerungskiste im Garten zu vergraben. Für ihn begann eine schwere Zeit, und irgendwann war er mit den Nerven so fertig, dass er drohte, mich anzuzeigen, wenn ich ihm nicht zehntausend Euro Entschädigung geben würde. Vater gab mir das Geld und sagte mir, dass es ein geringer Preis dafür wäre, einen Enkel und Stammhalter bekommen zu haben. Gleichzeitig eröffnete er mir, dass er sich zur vorzeitigen Übergabe der Klinik an Walter entschlossen hatte, um endlich seinen wohlverdienten Ruhestand unter der Sonne Kretas zu genießen. Er wollte nur noch als Großvater für Leander da sein, wie für seinen eigenen Sohn, den er nicht hatte haben können.«

Inka schloss ihre Augen und presste die Zeigefinger auf die Tränenkanäle. *Zehntausend Euro, die Peter eingefordert und verspielt hatte.* Und sie hatte ihren Mann für den Vater ihres Kindes gehalten, für einen Vater, der zu ihr stand und sich auf sein Kind, wenn auch verhalten, freute …

Für mich, das muss ich zugeben, begann das neue Jahr sehr glücklich. Ich habe mein Leben rund um Leander neu organisiert und bin komplett in meiner Rolle als Mutter aufgegangen. Plötzlich fiel mir auch das Abnehmen leicht, und ich lief mit einem Lächeln durch den Tag. Nur draußen durfte ich mich nicht mit meinem Baby sehen lassen, meine Freude konnte ich mit fast niemandem teilen. Ich habe Jannis, Peter, Vater und Evelyn eingeschärft, dass du niemals erfahren dürftest, dass dein tot geglaubter Sohn lebt. Denn ich wusste, dann würden deine Muttergefühle ausbrechen und übermächtig werden. Ich kenne

dich. Ich weiß, von diesem Moment an hättest du bis aufs Blut um dein Baby gekämpft. Damit auch unsere Freundin Rebecca nichts von der Leihmutterschaft erfuhr, habe ich mich auch von ihr zurückgezogen, was aber nicht schwer war, weil sie seit dem Schlaganfall ihres Vaters eigene familiäre Probleme hatte.
Als du uns zu der Party eingeladen hast und wir uns seit einem halben Jahr das erste Mal wiedersahen, war ich ehrlich gesagt froh, denn es bedeutete, dass es dir besser geht. Jannis und ich nahmen für den Abend einen Babysitter. Natürlich sind wir mit sehr gemischten Gefühlen zu dir gefahren. Glaub mir, ich wollte nie, dass du so leiden musst! Ich dachte, die Hypnose wäre der richtige Weg. Aber es war falsch. Alles, was ich getan habe, war falsch.

»Doch dann passierte, was ich nie für möglich gehalten hätte. Meine Schwester …«

Evelyns Augenlider zuckten, so als blinzelte sie mit geschlossenen Augen. Inka musste sich erst aus ihrer atemlosen Erstarrung lösen und begreifen, dass Evelyn nun dabei war aufzuwachen. Wo Andi mit seinen Leuten nur blieb? Er musste doch längst hier sein! Wenn sie Glück hatte, konnte sie Evelyn noch ein, zwei Minuten in Trance halten, um zu erfahren, was sich in der Mordnacht in der Olgastraße zugetragen hatte.

»Dein Atem ist ruhig und regelmäßig, und du spürst, wie ich deine Hand nehme. Ich nehme jetzt deine Hand, Evelyn, wir gehen zusammen zu Annabel, und du weißt, dass ich bei dir bin und mit jedem Schritt, den wir zusammen gehen, gehst du noch tiefer in die Entspannung. Du siehst Annabel jetzt vor dir im Gefängnis, es geht ihr schlecht, und es ist dir ein Bedürfnis, deiner kleinen Schwester zu helfen. Du bist allein mit ihr in diesem geschützten Raum, ich warte draußen auf dich. Du darfst sie in den Arm nehmen, und du darfst ihr alles erzählen.«

»Meine Annabel … meine kleine Schwester, ich liebe dich. Ich wollte dir nur helfen, ich wollte doch nicht, dass alles so kommt. Bis kurz vor Mitternacht habe ich auf deinen Rückruf gewartet, ob du Vater am nächsten Tag besuchen kannst, und dann bin ich ins Bett gegangen. Walter und ich haben schon geschlafen, als du angerufen hast und mir heulend erzähltest, dass du dich mit Jannis gestritten hast. Ich habe mich mit dem Handy aus dem Schlafzimmer geschlichen …«

… Unter Tränen habe ich Evelyn am Telefon erzählt, dass Jannis noch von deiner Party aus bei seinem Reisebüro aufs Band gesprochen hat, um die Flüge zu stornieren. Die Auswanderung, die Hochzeit – einfach alles abgesagt! Er hatte sich wohl in der Küche mit dir unterhalten und war nun der Meinung, dass es dir keineswegs so gut ging, wie du vorgabst und wie wir alle in den letzten Wochen glauben wollten. Er konnte es nicht ertragen, unter diesen Umständen mit dem Baby nach Griechenland zu flüchten. Er wollte dir die Wahrheit sagen. Du solltest das Baby, das du ausgetragen hast, dessen Mutter du gesetzlich bist, aufwachsen sehen. Der Streit war kurz davor zu eskalieren, Jannis wollte mitten in der Nacht noch mit Leander zu dir fahren. Ich habe meine Schwester am Telefon angefleht, zu kommen und mir beizustehen …

»Mir war klar, dass ich Jannis unter allen Umständen daran hindern musste, mit dem Baby zu Inka zu gehen. Eine so plötzliche Konfrontation würde traumatisch sein und könnte dazu führen, dass sie entweder ihr Kind sogar ablehnte oder mich anzeigte und meiner Schwester das Baby wegnehmen würde. Ich war wie in Trance, als ich losfuhr. Und ich hatte plötzlich einen Plan. Ich kann gar nicht sagen, warum, es war, als würde mein Auto ferngesteuert, als ich auf meinem Weg zu Annabel zu unserem Elternhaus abbog. Unsere Haushälterin schlief im ersten Stock und bekam nichts davon mit, dass ich das Insulin meines Vaters aus dem Kühlschrank nahm, das dort immer noch lagerte, seit er in die Klinik eingewiesen worden war. In diesem Moment schlug die Standuhr im Wohnzimmer Viertel nach eins, und es war, als würde ich aus einer Trance aufwachen. Ich merkte, wie viel Zeit ich vergeudet hatte … Ich suchte Peters Nummer aus meinem Handy heraus und rief ihn vom Festnetztelefon aus an. Den Anschluss meines Vaters würde die Polizei später nicht kontrollieren. Ich musste Peter warnen und ihn um Hilfe bitten. Ich bin aber noch vor ihm in der Olgastraße angekommen.«

… Mir laufen wieder die Tränen über die Wangen, wenn ich daran denke, wie ich Evelyn die Tür aufgemacht und auf Jannis gezeigt habe, der da bäuchlings auf dem Sofa lag. Mein Gott, ich kann kaum darüber schreiben … Ich weiß immer noch nicht, wie das passieren konnte. Irgendetwas ist in mich gefahren, ich war wie in Trance, als Jannis unser Baby vom Sofa hochnehmen wollte. Ich hatte Leander dorthin gebettet, nachdem der Streit ihn wohl geweckt hatte. Alles, was ich wollte, war, dass er Leander nicht zu dir bringt! Es war doch mein Baby! Ich habe hinter seinem Rücken kurzerhand nach dem nächstbesten Gegenstand gegriffen und Jannis die halb volle Weinflasche auf den Kopf geschlagen. Er kippte aufs Sofa. Wegen des verschütteten Weins sah es aus, als läge Jannis in einer riesigen Blutlache. Ich wollte ihn doch nicht töten – ich habe Jannis geliebt, das müsst ihr mir glauben!

»Annabel war blut- oder weinbespritzt, ich weiß es nicht, und klammerte sich an ihr schreiendes Baby. Ich sagte ihr, dass sie es um Himmels willen beruhigen soll, bevor die Nachbarn wach werden. Die Wohnung ist zwar nicht hellhörig, aber es musste ja nicht ausgerechnet jetzt jemand etwas mitbekommen. Ich schickte Annabel hinaus und wandte mich Jannis zu. Ich kniete mich an seine Seite und stellte an seinem schwachen Puls fest, dass er noch lebte. Keiner sah, was ich dann getan habe. Ich konnte nicht anders, es war wie ein Zwang. Ich verabreichte Jannis mit einer Spritze eine tödliche Dosis Insulin. Er zuckte, Schweiß bildete sich auf seiner Stirn, und als Peter an der Tür klingelte, war Jannis wirklich tot. Aber ich wollte das nicht, das musst du mir glauben. Ich wollte immer nur das Beste für Annabel, so wie Vater auch. Ich wünschte mir in diesem Moment so sehr, dass er für uns da sein könnte. Wenigstens kam Peter in diesem Augenblick und übernahm die Regie.«

Ich glaube, ich war von einer höheren Macht beeinflusst. Wie ein Gottvater, der übermächtig ist und die Dinge lenkt. Ich weiß, das klingt verrückt, und deshalb wird mir auch kein Richter glauben, aber es ist das, was ich fühle. Meine Strafe werde ich bekommen, lebenslänglich, und ich kann nur auf himmlische Gerechtigkeit hoffen. Nachdem Evelyn den Tod meines geliebten Jannis festgestellt hatte, erklärte Peter mir, dass er seine Kollegen verständigen muss und man mich verhaften wird. Ich brach zusammen. Alles, nur das nicht …

»Annabel will nicht, dass ihr Baby zu Inka gebracht wird, und ich denke fieberhaft über eine andere Lösung nach. Peter ist jedoch noch eine andere Sache wichtig: Spuren zu verwischen, die auf ein Baby hindeuten. Das sei das Beste für alle Beteiligten, meinte er. Die nächsten Stunden verbringen wir unter seiner Anweisung damit, die Wohnung so herzurichten, als ob hier nie ein Baby gewesen wäre. Ein Kinderzimmer hatte es ohnehin nie gegeben. Peter wollte das Babybett, das im Schlafzimmer stand, die Kommode und ein paar Kartons mit zu sich nehmen und die Dinge zum Sperrmüll bringen. Ich nahm die Wiege aus dem Wohnzimmer, die restliche Kleidung, sämtliche Pflegeutensilien, das übrige Spielzeug und das Baby selbst an mich. Ich habe geweint und geweint, aber ich wusste, ich habe es für Annabel getan. Eines Tages würde meine Schwester wieder bei ihrem Baby sein können.

Ich kann mir nicht erklären, wie ich es fertiggebracht habe, Jannis zu töten. Es war ein Gefühl, als ob meine Hand gelenkt worden wäre. Aber das würde mir natürlich nie jemand glauben.

Ich habe nie darüber gesprochen, aber ich halte es für möglich, dass mein eigener Ehemann mich ohne mein Wissen für seine wissenschaftlichen Zwecke missbraucht und unter Hypnose beeinflusst hat. Auch meine Schwester war bei ihm in Behandlung. Nach außen hin war er immer sehr korrekt, und er verlangte dasselbe auch von mir in meinem Beruf. Mit ihm konnte ich nicht über die Leihmutterschaft sprechen, und deshalb blieb mir auch nichts anders übrig, als ihn mehrfach erfolglos zu bitten, die Hypnosetherapie bei Inka nicht weiter durchzuführen. Die Gefahr, dass er etwas herausbekam, war einfach zu groß!

Heute bin ich in die Klinik gekommen, um Walter damit zu konfrontieren, dass ich einen Verdacht hinsichtlich seiner Experimente hege – und er mich tatsächlich hypnotisieren wollte. Aber ich war darauf gefasst, und es gelang ihm nicht, mich in Trance zu versetzen, weil ich nicht dazu bereit war. Dafür sagte er mir auf den Kopf zu, dass ich mich durch die Herbeiführung einer Leihmutterschaft strafbar gemacht hatte und er mich anzeigen würde, wenn ich ihm nicht sofort sagen würde, wo das Kind sei. Die Spritze mit dem Insulin hatte ich eigentlich nur zu meiner Verteidigung dabei, aber in dem Moment war es wieder so weit. Ich konnte nicht anders. Ich musste zustechen …«

Evelyn und Peter haben mir versprochen, einen Platz für Leander zu finden. Mein Sohn hat keinen Vater mehr, und seine Mutter ist eine Mörderin. Ist er bei dir, Inka? Mittlerweile hoffe ich es, obwohl ich den Gedanken nicht ertragen kann. Ich habe noch eine letzte Bitte an dich:
Versprich mir, auf ihn aufzupassen und ihm eine gute Mutter zu sein. Er ist jetzt wieder dein Sohn.

Hinter ihrem Rücken hörte Inka die Tür aufgehen. Endlich!

*

Es war Brunner, der in Brinkhus' Behandlungszimmer kam und die Tür hinter sich schloss. Er war ordentlich frisiert, trug einen schwarzen Anzug und ein frisches weißes Hemd.

»Was starrst du mich so an?«, fragte er. »Hast du noch nichts davon gehört, dass ich aus der Psychiatrie geflüchtet bin?«

»Doch, aber …?« Scheiße, und jetzt?

Er kam langsam auf sie zu. *Wo um Himmels willen war Andi?*, dachte Inka.

Brunner sichtete kurz die Situation und kam dann langsam auf sie zu. »Damit hast du nicht gerechnet, dass ich hier auftauche, was? Ein Fehler. Schizophrene gehen immer an den Ort, wo sie sich am sichersten fühlen. Diese Klinik war zehn Jahre lang mein Zuhause.«

Inka wich zurück und schob ihr Handy, das sie zur Aufzeichnung nahe an Evelyns Kopf gehalten hatte, unauffällig unter deren Haare. Sie hoffte, dass Brunner es nicht bemerkte.

»Ich weiß mehr über Sie, als Ihnen lieb ist, Herr Brunner. Und die Polizei wird gleich hier sein …«

Ungerührt verschränkte er die Hände hinter dem Rücken und beugte sich interessiert über seine Tochter, als sei sie eine zu Anatomiezwecken freigegebene Versuchsperson.

»Hallo, Evi«, sagte er zu ihr, »dein Papa ist da. Schlaf schön weiter.« Dann trat er lächelnd zu seinem toten Schwiegersohn. »Sehr gut gemacht, meine kleine Evi, sehr gut. Dein Papa ist stolz auf dich. Da hat mein Kind ganze Arbeit geleistet. Sie ist ein gehorsames Mädchen, hört darauf, was ihr Papa sagt, so habe ich sie erzogen.«

Brunner beugte sich hinunter und griff dem Toten in die Innentasche seines Sakkos. »Walter, ich nehme an, du brauchst deinen Porsche Cayenne nicht mehr, oder?« Er steckte sich den Schlüsselring über den Zeigefinger und winkte damit in ihre Richtung. »Komm, meine Inka.«

»Keinen Meter gehe ich mit Ihnen!«

Brunner ließ den Arm sinken und lächelte. »Immer noch die kleine bockige Inka …«

»Sie sind doch verrückt! Vollkommen irre!«

»Oh ja.« Seine Augen blitzten förmlich auf. »Ich bin wahnsinnig. Nach Macht und Perfektion. Meine Perfektion als Hochstapler hat mich und meine Kinder ein Leben lang vortrefflich ernährt. Bis mir mein Schwiegersohn auf die Schliche gekommen ist. Aber mich stürzt niemand ungestraft vom Thron und beraubt mich meiner Macht! Will ich in ständiger Angst leben müssen, von ihm angezeigt zu werden? Niemals wird es so weit kommen, dass ich auch noch mein Gesicht vor meinen Kindern verliere. Niemals werden sie erfahren, dass ihr Vater ein Hochstapler war. *Niemals.* Und deshalb musste Walter leider sterben. Natürlich wollte ich mir dabei nicht selbst die Finger schmutzig machen. Mein Rachedurst ist gestillt. Jetzt beginnt mein neues Leben. Komm, mein Mädchen, wir gehen. Und zwar so wie ich gekommen bin: Still und auf leisen Sohlen. Wir fahren von hier oben aus direkt mit dem Aufzug in die Tiefgarage hinunter.«

»Nein, lassen Sie mich! Die Polizei wird jede Sekunde hier sein!«

Er lachte auf. »Auf den ersten Streifenwagen musste ich ganz schön lange vor meiner Klink warten. Eine Schande, dass sie einen bedeutenden Mann wie mich nicht mal kannten! Ich habe sie in den Killesberg-Park geschickt, weil die Mörderin dorthin geflüchtet sei. Und weil ich so aufgeregt war und so wild gestikulierte, haben sie mir geglaubt. Ein Fehler.«

»Damit kommen Sie nicht durch! Es sind noch mehr Beamte hierher unterwegs!«

»Du glaubst, das kümmert mich? Ich werde dich als Geisel nehmen.«

Inka klammerte sich an den Gedanken, dass ihr Handy den Wortwechsel aufzeichnete. Gleichzeitig rechnete sie sich ihre Fluchtchancen aus. Brunner versperrte ihr den Weg, aber er war ein alter Mann, sie könnte sich gegen ihn durchsetzen.

»Es ist stickig hier«, sagte Brunner. »Wir gehen jetzt frische Luft schnappen und machen eine kleine Spazierfahrt.«

Inka fällte die Entscheidung in Sekundenschnelle. Der Raum war groß genug, ihm auszuweichen und es bis zur Tür hinauszuschaffen. Dachte sie.

Als sie auf gleicher Höhe waren, packte Brunner sie am Handgelenk, riss sie grob zu sich herum und noch in derselben Bewegung führte er ihr die Hand vor Augen. Sie hörte, wie er mit fester Stimme sagte: »Schlaf, schlaf tief und fest!«

Inka konnte nichts dagegen unternehmen, die Beine sackten ihr weg, und sie fiel unsanft zu Boden. Mit aller Anstrengung versuchte sie, die Augen zu öffnen, aber es gelang ihr nicht. *Nein*, dachte sie schwach, *ich will jetzt nicht schlafen …*

Da hörte sie Brunners Stimme ein paar Schritte von ihr entfernt. »Schlaf du auch weiter, meine Evelyn. Du wirst hinter alten Klostermauern wieder aufwachen. Im Gefängnis bei Annabel wird es dir gefallen. Ihr beiden Mädchen werdet dort lebenslang gut versorgt sein, und ich muss mir keine Sorgen um euch machen, wenn ich untertauche. Ich habe eurer Mutter vor ihrem Tod versprochen, dass ich immer gut auf euch aufpassen werde. Und ich halte meine Versprechen. Ach ja, und dieses Handy hier brauchst du dort nicht.«

Inka hörte ein widerlichen Knirschen und Knacken. *Verdammt,* dachte sie, *er hat es mit dem Fuß zertreten.* Nach dieser Wahrnehmung und dem Gedanken wurde ihr klar, dass sie nicht tief genug in Hypnose war, wie Brunner es vermutete.

Dennoch konnte sie sich weder bewegen noch die Augen

öffnen. Aber sie wusste, dass es einen Weg gab, der sie aus der Trance führte. Und so konzentrierte sie sich mit aller Willenskraft auf ihr einziges Ziel: *den Weg zu ihrem Baby. Ich will zu Jonas, dachte sie. Ich will zu ihm.*

Inka schlug die Augen auf und blieb eine Weile reglos liegen. Ihr Wille gegen die Hypnose war stark genug gewesen. Sie sah Brunner, wie er tief hinuntergebeugt neben der Tür einen Aktenschrank durchsuchte und sie nicht beachtete.

Ihr Blick fiel zum Schreibtisch auf das Telefon und sie hoffte, dass es einen Direktwahlknopf zur Zentrale geben würde. Brinkhus' Sekretärin war ihre einzige Rettung.

Inka machte sich bereit, spannte ihre Muskeln an und mit einem Satz war sie auf den Beinen.

Brunner hatte die Bewegung nicht wahrgenommen. Er war auf einen Ordner konzentriert, den er aus dem Schrank gezogen hatte. »Mein ganzes Leben«, hörte sie ihn murmeln.

Inka hechtete zum Telefon, bekam den Hörer zu fassen und drückte auf den erstbesten Knopf in der Hoffnung, dass es der richtige war. Den ersten Rufton konnte sie noch hören, dann war die Leitung tot.

Brunner hatte den Stecker aus der Wand gezogen und sah sie nun abschätzig an. »Na, na, na«, schimpfte er mit erhobenem Zeigefinger. »Wer mag denn hier keinen Mittagsschlaf machen?«

Wie von Sinnen rannte sie zur Tür, doch Brunner war darauf vorbereitet. Noch bevor sie die Türklinke zu fassen bekam, war er bei ihr und zwang sie in den Schwitzkasten. Unglaublich, welche Kräfte dieser zähe Mann freisetzte.

»Warum denn auf einmal so eilig, meine Kleine? Wir gehen ja schon. Ich muss nur noch ein paar Unterlagen entsorgen. Ein falsch ausgestelltes Zeugnis gehört nun wirklich vernichtet. Und jetzt kommst du schön brav mit deinem Onkel Brunner mit. Vielleicht erlaube ich dir dann, deinen Sohn zu sehen. Ich weiß doch, dass das dein letzter Wunsch ist.«

KAPITEL 7

Jetzt hör ich sie.
Sie kommen. Sie kommen, um dich zu holen!
Sie werden dich nicht finden,
niemand wird dich finden,
du bist bei mir!

FALCO, »Out of the Dark«

Dein guter Onkel Brunner ist doch kein Unmensch«, sagte er über sich selbst, als er Inka am anderen Ende von Stuttgart beim Aussteigen aus dem Porsche half. Mit eisernem Griff um ihr linkes Handgelenk zog er sie über die ruhige Nebenstraße im Ortsteil Sillenbuch auf das Herrenhaus vor ihnen zu. Steinerne Löwen vor den geschwungenen Treppenstufen bewachten den Eingang, rechts und links blühten üppige Hortensien in Steintrögen. Sie waren in Annabels Elternhaus angekommen, und in ihrer Kindheit hatte Inka immer viel Respekt vor den Löwen gehabt. Aber das gehörte zu den nachmittäglichen Abenteuern bei Brunners, die die Mädchen bis in den hintersten Winkel des Dachbodens und den großen Obst- und Gemüsegarten hinterm Haus ausweiteten. Heute war Inka weit von einem Spiel entfernt.

Fieberhaft dachte sie darüber nach, wie sie sich losreißen könnte. Wegzulaufen würde aber auch bedeuten, Jonas vielleicht nie mehr lebend zu sehen. Allein der Gedanke daran war so schmerzlich, dass sie sich nahezu ohne

Gegenwehr über den Kieselsteinweg führen ließ. Sie würde alles dafür tun, dass ihr Sohn nicht in die Hände dieses Mannes geriet, dem sie von Kindesbeinen an blind vertraut hatte und von dem sie jetzt so enttäuscht war. Vielleicht könnte sie der Haushälterin durch irgendwelche Zeichen die Lage begreiflich machen, dann hätte sie eine Verbündete. Aber das war ein Plan mit zu vielen Unbekannten und barg nicht zuletzt das Risiko, dass Herta nach über zwanzig Jahren treuem Amt sich nicht gegen ihren Dienstherrn stellen würde. Hertas Autoritätshörigkeit hatte sie als Kind zwar noch nicht als solche erkannt, aber sie hatte sie stets als pflichtbewusste Person der alten Schule erlebt.

Es gab nur eine Hoffnung, dachte Inka, als sie von Brunner unsanft an den Löwen vorbei die Treppen hinaufgeschoben wurde: Dass Streifenbeamte im Haus auf Brunner warteten, um ihn festzunehmen und zurück in die Psychiatrie zu bringen. So wie Andi es ihr am Telefon gesagt hatte. Andi, warum nur war er aufgehalten worden?

Nur einen Augenblick später musste sie erkennen, dass Brunner ihnen in seiner Genialität wieder einmal einen Schritt voraus war.

»Das nenne ich eine blendende Idee«, lobte er sich selbst und rieb seine Schuhsohlen über den weißen Lappen, der um den Fußabstreifer gewickelt war. »Schon von der Straße aus gut für mich erkennbar, das weiße Ding. Ich habe Herta heute Morgen gebeten, das Tuch wegzunehmen, falls irgendwelche Gäste kommen und im Haus auf mich warten sollten. Die Gesetzeshüter suchen zwar fleißig, wenn einer aus der Psychiatrischen ausbricht, haben aber nicht die notwendige Personalstärke, irgendwo zu warten, obwohl sie genau wissen, dass ein Schizophrener immer den sicheren Hafen aufsucht. Da keinem dieser Streifenhörnchen in den Sinn käme, mich als gemeingefährlich einzustufen, werden sie es wohl dabei belassen haben, Herta auf der Türschwelle eine Visitenkarte zu überreichen und ihr einzuschärfen, sich bei ihnen zu melden, falls ich auftauchen sollte.«

Während Brunner seine selbstsichere Rede geschwungen hatte, war ihr Blick auf etwas metallisch Blinkendes gefallen, das ihre und Jonas' Rettung bedeuten könnte. Hinter dem rechten Blumentrog mit den blauen Hortensien stand eine Kehrschaufel, aber eben nicht aus Plastik, sondern aus solidem Material, wie es sich für diesen gutbürgerlichen Haushalt gehörte.

»Na, dann wollen wir mal, oder?«, fragte Brunner und steckte mit der linken Hand den Schlüssel ins Schloss. Doch bevor er ihn umdrehen konnte, rief Inka: »Oh nein, mir wird schlecht … die ganze Aufregung …«

Sie machte einen ausholenden Schritt zur Seite, wie wenn sie sich übergeben müsste, und brachte Brunner damit aus dem Gleichgewicht. Inka griff mit ihrer rechten freien Hand nach der Kehrschaufel, schnellte zu ihm herum und traf ihn seitlich am Kopf. Vor dem satten, dumpfen Geräusch erschrak sie selbst.

Brunner schrie nicht einmal mehr auf, sondern sackte einfach zusammen. Blut sickerte aus der Platzwunde an seiner Schläfe und färbte seine weißen Haare.

Inka kniete neben ihn nieder, um seinen Puls zu fühlen. Da war nichts mehr. »Neeiiin!«, rief sie völlig außer sich. Sie wollte ihn doch nicht umbringen! »Du solltest im Gefängnis vegetieren, nicht durch meine Hand sterben!«, schrie sie ihn an.

Verzweifelt überlegte sie, was sie jetzt tun sollte. Dann

sprang sie auf und drehte den Haustürschlüssel herum. »Herta?«, rief sie ins Haus hinein. »Sind Sie da?«

Keine Antwort.

Inka betrat den Flur, der trotz des Sonnenlichts düster war. Zielsicher fand sie das Telefon, ein altmodisches Modell mit Wählscheibe aus ihrer Kindheit, das noch immer auf dem Garderobentischchen mit den elegant geschwungenen Füßen stand.

Inka nahm ab, um die 110 zu wählen, aber die Leitung war tot. Zitternd verfolgte sie das Kabel, um zu sehen, ob es richtig eingesteckt war, bis sie ein loses Ende in der Hand hielt. Das Kabel war sauber durchschnitten.

Mit weichen Knien machte Inka ein paar Schritte den Flur entlang über die braunen Steinfliesen, auf denen sie früher Murmeln um die Wette gerollt hatten. Der Verlierer musste eine Mutprobe absolvieren, die darin bestand, Bonbons aus der Küchenschublade zu stibitzen. Keine leichte Aufgabe, weil die Haushälterin sich fast nur in der Küche aufhielt …

Inka blickte hinein, doch von Herta keine Spur. Alles war aufgeräumt, blitzblank, und es sah aus wie vor fünfundzwanzig Jahren. Die glattweißen Küchenfronten und selbst die orangerote Thermoskanne auf dem Tisch vor der Eckbank schien die Jahrzehnte überdauert zu haben. Das gute Stück hatte am Wochenende immer von morgens an auf der Wachstischdecke gestanden, damit dem Herrn des Hauses zu jeder ihm beliebigen Zeit heißer Kaffee serviert werden konnte. An der Wand hing noch die gerahmte Fotografie, ein Bild, das Margitta Brunner in ihrem letzten Urlaub auf Kreta zeigte, mit einem deutlichen Babybauch. Sie saß auf einem Felsen, um sie herum schäumte das Meer. Mittlerweile waren die Farben unecht geworden.

»Herta?«, rief sie noch einmal in die gespenstische Stille.

Inka schlich sich ins Esszimmer, und von dort aus ins Wohnzimmer, wo sie ebenfalls die Einrichtung wiedererkannte. Der Kachelofen, die Einbauschränke aus Eiche rustikal und eine Replik des Ölgemäldes *Der Mann mit dem Goldhelm* über dem dunkelgrünen Sofa, wo Brunner immer seine Mittagsruhe abgehalten hatte.

Nachdem Inka auch noch Speisekammer und Gästetoilette kontrolliert hatte, wurde ihr mulmig zumute.

War Herta mit Jonas im oberen Stockwerk und hörte sie deshalb nicht rufen? Vormittags, so lange Ruhe im Haus war, hatte Herta früher immer die Betten gelüftet und die Zimmer sauber gemacht. Vielleicht hatte sie diese Angewohnheit beibehalten, auch nachdem die Mädchen längst ausgezogen waren.

Um ein Stockwerk höher zu gelangen, musste Inka durch den Flur zum Eingangsbereich zurück. Als sie den leblosen Brunner an der Haustür liegen sah, drehte sich ihr fast der Magen um. Sie hatte ihn doch nicht töten wollen! So musste auch Annabel gedacht haben, nachdem sie Jannis die Weinflasche auf den Kopf geschlagen hatte.

Plötzlich wurde sich Inka des Ausmaßes ihrer Tat bewusst. *Gefängnis. Des Totschlags schuldig.* Es sei denn, sie könnte dem Richter begreiflich machen, dass es sich um Notwehr gehandelt hatte. *Vielleicht wäre es besser, mit Jonas zu fliehen und irgendwo neu anzufangen*, dachte sie in einem Anflug von Panik. Aber sie hatte keine Papiere für ihn, sie hatte gar nichts – sie hatte ihren Sohn ja noch nicht einmal in den Armen gehalten.

Inka musste sich am hölzernen Treppengeländer festhalten, so sehr zitterten ihre Knie, als sie die Stufen in den ersten Stock erklomm. »Herta?«, rief sie. Alle fünf Zimmertüren waren geschlossen.

Als sich immer noch nichts rührte, zog Inka eine grausame Möglichkeit in Betracht: Herta konnte nicht mehr antworten. Jonas und die Haushälterin hinter einer dieser Türen tot vorzufinden, war eine Horrorvorstellung, die niemals Wirklichkeit werden durfte …

Inka riss die Türen der Reihe nach auf. Bad. Die Mädchenzimmer. Ausgeblichene Poster von David Hasselhoff und Tom Cruise in *Top Gun*-Uniform an der Wand bei Annabel, das Bett frisch bezogen, als würde jeden Augenblick ihre Rückkehr erwartet werden. In Evelyns Zimmer stand der Schminktisch voller Utensilien, jahrzehntealte Schminke in abenteuerlichen Farbtönen, die seither niemand angerührt hatte. Wenn man diese Andenkenstätten sah, könnte man glauben, Brunners Töchter seien verstorben und nicht zum Studium ausgezogen und längst mit ihren Männern im Erwachsenenleben angekommen.

Die nächste Tür führte zu Hertas Zimmer. Niemand. Halt, hier hatte sich etwas verändert. Ihr Blick fiel auf den Wickeltisch und die Wiege. Es war genau die Wiege, die sie zusammen mit Annabel für Jonas ausgesucht hatte! Inka trat heran und nahm das dünne Kopfkissen heraus. Ein unbeschreiblicher Geruch stieg ihr in die Nase. So roch nur ein Baby. *Ihr* Baby. Sie presste das Kissen mit beiden Händen auf ihr Gesicht, um ihre Tränen aufzufangen.

»Jonas«, sagte sie tränenerstickt. »Wo bist du? Deine Mama ist da …« Jeden Winkel des Hauses würde sie durchsuchen, bis sie endlich fündig wurde.

Sie verließ das Zimmer der Haushälterin und schickte ein Stoßgebet zum Himmel, als sie die letzte Tür auf dem Stockwerk öffnete. Brunners Schlafzimmer.

Drinnen war es überraschend stickig. Inka behielt die Türklinke in der Hand und stutzte. Brunners Hälfte des Doppelbettes war nicht gemacht, und auf der Matratze lagen ein großer brauner Glattlederkoffer und eine Herrenhandtasche. Auf der anderen Bettseite, auf der glatt gestrichenen dunklen Tagesdecke, war ein Brautkleid so drapiert, als hätte sich die Braut dorthin gelegt. Es war keinesfalls ein Kleid nach der neuesten Mode, die üppige Rüschenverzierung deutete eher auf ein Modell aus den Achtzigerjahren hin. Es könnte das Kleid sein, das Brunners Frau Margitta zur Hochzeit tragen wollte, dachte Inka. Eine Hochzeit, die wegen Margittas plötzlichem Tod nie stattgefunden hatte.

Was hatte Brunner vorgehabt? Inka ging näher und hob den Kofferdeckel an. Männerhemden und -hosen, Damenkleidung in Farben, die heute so langsam wieder modern wurden, ein Kulturbeutel und – Babykleidung. Blaue Strampler, Jäckchen und Söckchen … Inka zog die Luft ein. An der Seite im Koffer eingeklemmt steckten längliche Blechschilder. Autokennzeichen. Inka ließ den Deckel fallen und durchwühlte die Herrenhandtasche. Sie zog einen Reisepass mit Brunners Foto heraus – unverkennbar die silbergrauen Haare mit den buschig weißen Augenbrauen und dem eindringlichen Blick. Nur stand da ein anderer Name: Doktor *Friedhelm* Brunner anstelle von Gottfried Brunner. Falsche Adresse, falsches Geburtsdatum. Brunners Werk, als Hochstapler auch ein Meister der Fälschungskunst.

Inka durchsuchte die restlichen Fächer und stieß auf einen zweiten Reisepass. Als sie ihn aufklappte, fiel ihr ein Papier entgegen. Sie faltete es auf. Eine mit Stempel versehene Geburtsurkunde. *Leander Brunner, geboren am 22. De-*

zember. Eltern: Margitta Brunner und Doktor Friedhelm Brunner. Das war ja unfassbar! Der Pass zeigte das biometrische Foto einer Frau, die ihr verblüffend ähnlich sah, ausgestellt auf den Namen Margitta und mit ihrem Geburtsdatum! Das sollte ihr Pass sein! Er wollte mit ihr fliehen …

Brunner musste das alles vorbereitet haben, bevor er sich selbst zum Irren deklarierte und in die Psychiatrie einweisen ließ. Dort war er sich sicher, von seinen Töchtern regelmäßig besucht zu werden, um sie hypnotisch beeinflussen zu können. Für den Fall, dass das Experiment mit Annabel schiefgegangen wäre, hätte sicherlich niemand gegen ihn Verdacht geschöpft – nicht gegen einen alten Mann, der sich mit akuter Schizophrenie auf der geschlossenen Abteilung befand. So wurde Jannis zum Bauernopfer und Brunner gewann Selbstsicherheit bei seinem nächsten Schachzug gegen Brinkhus.

Inka wurde siedendheiß bei dem Gedanken, wie knapp sie Brunner entkommen war, und durchwühlte die Herrenhandtasche, bis sie auf einen dritten Pass stieß, einen Kinderausweis. Das Foto darin zeigte einen sechs Monate alten Jungen mit unfokussiertem Blick in Richtung Kamera. Leander Brunner. Er hatte viele dunkle Haare, als Augenfarbe war blau angegeben.

»Jonas«, flüsterte sie und strich mit dem Zeigefinger über das Bild. »Wo bist du nur?« Sie verlor sich in dem Anblick, er war so hübsch. Tränen rollten ihr über die Wangen.

Plötzlich ertönte unten der Schrei einer Frau. Inka zuckte zusammen. War das Herta gewesen?

Hastig steckte sie die drei Pässe in ihre Gesäßtasche und schlich vorsichtig zum Treppenabsatz.

Auf den Bodenfliesen vor der Eingangstüre lag eine rote

Plastikschüssel und rundherum verteilt frisch gepflückte Bohnen.

»Herrgott, warum tutet dieses Telefon nicht!«, hörte sie Herta rufen. »Lieber Heiland, steh mir bei.«

Inka lief die Stufen hinunter.

Die Haushälterin stand in hellblauem Kleid und geblümter Kittelschürze am Garderobenschränkchen und hämmerte unentwegt auf die Telefongabel, um endlich ein Freizeichen zu bekommen.

»Bitte erschrick nicht, Herta. Ich bin es, Inka.«

Doch die Haushälterin stand so unter Schock, dass sie sie gar nicht wahrnahm. »Er ist gestürzt, er braucht einen Arzt, sofort einen Arzt!«, schrie sie ins Telefon.

Inka ging auf die kleine, stämmige Frau zu und berührte sie am Oberarm.

Die Haushälterin riss den Mund auf. »Inka«, hauchte sie dann und fasste sich ans Herz. »Du?«

Wenn sie jetzt nicht aufpasste, klappte sie ihr womöglich zusammen. Schnell nahm sie Herta den Hörer aus der Hand und schob sie stützend Richtung Küche.

»Aber ich muss einen Arzt rufen!«, protestierte Herta.

»Das Telefon funktioniert im Moment nicht«, sagte Inka und drückte Herta auf die Küchenbank. Als sie ihr ein Glas Wasser hinstellte, hatte ihr Gesicht schon wieder etwas Farbe angenommen.

»Für Herrn Brunner würde leider jede Hilfe zu spät kommen«, sagte Inka.

»Was meinst du, zu spät? Ist er tot? Um Himmels willen – wäre ich nicht im Garten gewesen, hätte ich ihn rechtzeitig gefunden. Was machst du hier überhaupt, Inka? Ich habe dich ja ewig nicht gesehen … Ich darf doch du sagen?«

»Ja, ja … ich …«, stotterte Inka.

»Ach, *das* war also die Überraschung, von der der Doktor heute beim Frühstück gesprochen hat! Als ich ihn früh am Morgen in der Küche vorgefunden habe, war ich ganz perplex. Aber solche Entlassungen geschehen ja manchmal ganz unvermittelt. Er hatte sich sogar schon selbst Kaffee gekocht, das war mir dann ganz peinlich, weil ich mit dem Baby so lange geschlafen hatte. Ich habe ihm dann ganz schnell Frühstück gemacht, und er sagte, wir bekommen heute einen Gast. Im Schlafzimmer hätte er auch etwas vorbereitet, dort sollte ich keinesfalls hineingehen. Zum Mittag wünschte er sich sein Lieblingsessen. Rindfleisch mit Kartoffeln und Bohnen. Er wollte etwas feiern, stellte sogar noch einen Sekt kalt. Er war wirklich wieder ganz der Alte. Ich habe mich so für ihn gefreut … Und jetzt das … So ein Unglück!«, jammerte sie. »So bös ist er gefallen, dass ihn der Herrgott zu sich genommen hat. Er musste doch nicht lange leiden, oder? Was mache ich denn jetzt?« Sie schlug die Hände vors Gesicht und verharrte in dieser Haltung.

»Herta, welche Nachbarn sind im Moment zu Hause, damit wir dort ein Telefon benutzen können? Wir sollten die Polizei verständigen, dann wird alles Weitere seinen Gang gehen.«

»Warum denn das? Was ist heute bloß los? Die Polizei war vorhin schon einmal da, gerade als ich dem Baby die Flasche geben wollte. Ein Beamter wollte mir weismachen, dass Herr Brunner aus der Psychiatrie geflohen sei, aber ich habe ihm gesagt, dass das ein Irrtum sein muss, weil Doktor Brunner als gesund entlassen wurde. Ich habe ihm vorgeschlagen, hier im Haus zu warten, denn um zwölf Uhr wollte der Doktor zum Mittagessen wieder da sein.

Doch er hat mir nur seine Visitenkarte gegeben und gesagt, ich solle ihn anrufen, sobald der Patient zu Hause auftauchen würde. Was für ein ausgemachter Unsinn! Entflohen! Mein Herr Doktor Brunner war immer korrekt, und er weiß doch als Psychiater selbst, wie wichtig solche Behandlungen sind.«

»Ich werde jetzt die Polizei verständigen gehen.« Inka musste den Beamten ihre Notwehr erklären. Aber egal, wie es ausging: Sie hatte einen Menschen umgebracht. Das fühlte sich so unwirklich und gleichzeitig unumstößlich an.

»Bei der ganzen Aufregung brauche ich jetzt einen Schnaps«, sagte Herta. »Möchtest du auch einen?«

»Nein, danke.« Ihr Blick streifte die Thermoskanne auf dem Küchentisch. »Aber einen Kaffee, wenn Sie noch einen haben.«

Herta nickte und holte eine Tasse aus dem Küchenschrank, für sich den Schnaps. Inka umfing mit ihren Fingern die warme Tasse und hielt sich daran fest.

Die Haushälterin kippte den Schnaps hinunter und schüttelte sich. »Das tut gut. So ein Elend aber auch …«

»Herta«, setzte Inka vorsichtig an, »ich habe dich vorhin im oberen Stockwerk gesucht und auch einen Blick in dein Zimmer geworfen. Dort steht eine Wiege und …«

»Ja, von Leander! Ein süßes kleines Kerlchen. Evelyn hat ihn mir vor zehn Tagen gebracht, seine Mutter ist schwer krank und kann den Buben im Moment nicht versorgen. Ich habe das von Herzen gern gemacht, und Doktor Brunner hat ihn auch gleich gemocht. Heute Morgen hat er Leander zum ersten Mal gesehen. Es war fast, als hätte er einen Enkel bekommen.« Hertas angespannter Gesichtsausdruck verklärte sich. »Leander ist ein ganz liebes Kind, und was er mit seinen sechseinhalb Monaten schon alles kann … Er dreht sich vom Rücken auf den Bauch und wenn er sich mit den Händchen abstützt, schaut er ganz interessiert durch die Gegend. Jetzt liegt er gerade im alten Kinderwagen von Annabel und macht im Garten unter dem Obstbaum sein Vormittagsschläfchen … Was ist denn, Inka? Du hast ja Tränen in den Augen und starrst mich so an …«

Inka wischte sich über die Augen und hustete. »Schon gut, Herta. Schon gut. Ich … ich wäre nur auch so gerne Mutter.«

»Du bekommst bestimmt auch eines Tages ein Kind.«

Inka nickte und versuchte, den Kloß im Hals mit dem Kaffee hinunterzuspülen. Herta wusste gar nicht, wie recht sie mit ihrer Prophezeiung hatte. Sie konnte es kaum erwarten, Jonas im Arm zu halten. »Lass uns doch in den Garten gehen und nach ihm sehen.«

»Himmel, da fällt mir was ein«, sagte Herta plötzlich und zog die Tischschublade auf, wo früher immer die Bonbons gelegen hatten. Mit verschämtem Blick holte sie ein Handy heraus. »Das habe ich in der ersten Aufregung ganz vergessen. Doktor Brunner durfte nicht wissen, dass ich ein Handy habe – er hält nichts von diesem neumodischen Zeug. Ich weiß nicht mal, ob es geladen ist …« Sie schaltete es ein, und tatsächlich leuchtete das Display auf.

Ein Geräusch am Eingang ließ sie beide aufhorchen.

Herta stand von der Eckbank auf. »Kommt da noch mal die Polizei?«

Hoffentlich, dachte Inka. Skeptisch runzelte sie die Stirn, weil sie weder Türklingeln noch ein Rufen gehört hatte. Doch im Flur waren deutlich langsame Schritte zu hören.

»Allmächtiger! Doktor Brunner!«, stieß Herta aus, kaum

dass sie in den Flur geschaut hatte, und taumelte zurück in die Küche.

Inka erstarrte auf der Eckbank.

In diesem Augenblick wurde ihr klar, dass ihr ihr Unterbewusstsein Brunners Tod lediglich suggeriert hatte. Sie hatte seinen schwachen Puls nicht richtig ertastet, weil sie ihn nicht richtig tasten *wollte*, denn sein Tod wäre bei aller Schuld, die sie damit auf sich geladen hätte, ihre Befreiung gewesen. Nur in diesem Glauben hatte sie sich mit Herta in der Küche niedergelassen, um sich einen Moment lang zu sammeln.

Brunner hielt sich stoßweise atmend am Türrahmen fest, ein wenig Blut lief ihm aus der Wunde an der Schläfe über die rechte Gesichtshälfte. An seinem Augenausdruck jedoch erkannte Inka die enorme Kraft, die er noch in sich hatte, eine Kraft, die er aus seinem eisernen Willen zog. Er machte an Herta vorbei ein paar Schritte in die Küche hinein und hievte eine abnehmbare ausgebleichte Kinderwagentragetasche auf die Arbeitsplatte.

Noch nie seit der Geburt war Inka Jonas so nah gewesen, und doch war er so unerreichbar für sie. Aus ihrem Blickfeld konnte sie nur ein klein wenig von seinem Gesicht sehen. Unter dem Mützchen ragten ein paar schwarze Haare hervor. Die dichten dunklen Wimpern an den geschlossenen Augen und der deutliche Augenbrauenansatz waren der griechische Einschlag, die vollen Lippen hatte er von Annabel, stellte Inka fest. Doch es war ihr Baby, sie war die rechtmäßige Mutter, und so fühlte sie auch.

Doch wie sollte sie jetzt am schnellsten aus der Enge hinter der Eckbank hervorkommen? Und dann? Sollte sie zuerst Jonas schnappen oder mit einem greifbaren Küchengegenstand auf den Alten losgehen?

In Brunners Blick spiegelte sich der blanke Wahnsinn, als er den Arm ausstreckte und die Küchenschublade aufzog. Inka ahnte, was er dort holen würde. Ein Messer.

Als er ihr den Rücken zukehrte, nutzte sie die Gunst des Augenblicks und hechtete hinter der Eckbank hervor. Sie sprang ihm an den Hals und drückte mit beiden Händen zu. Ein erstickter Laut entkam seiner Kehle. Inka drückte noch fester zu. Erschreckenderweise war es ihr jetzt gleichgültig, ob sie ihn umbringen würde. Ihr Blick galt Jonas, der nur zwei Armlängen entfernt von ihr lag.

Aus dem Augenwinkel sah Inka, wie Herta taumelte und sich am Fenstersims festhielt. Inka war dadurch nur kurz abgelenkt, aber es reichte, dass sie den Druck auf Brunners Hals verminderte und sein Ellenbogen sie im Magen traf. Der Schlag war so heftig, dass Inka keine Luft mehr bekam. Sie war wie gelähmt, dadurch hatte Brunner leichtes Spiel und setzte ihr das Fleischermesser an den Hals.

Inka begriff endgültig, dass es einen ehrenwerten, vorbildhaften Brunner nie gegeben hatte. Sie hatte immer nur das Bild des Menschen gesehen, das er für seine Umwelt geschaffen hatte. In seine Seele aber hatte er nie jemanden blicken lassen. Er war schon immer ein Chamäleon gewesen – Brinkhus hatte recht gehabt –, ein Hochstapler, ein Kranker, ein Irrer.

»Deck den Tisch«, befahl Brunner seiner Haushälterin, »und trag das Essen auf.«

»Es ist … nicht fertig. Die Bohnen … zu früh … Entschuldigung …«, stammelte die kreidebleiche Herta und versenkte ihre Hände in den Taschen der Kittelschürze.

»Dein Fehler! Dann nimm welche aus der Dose. Und schenk den Sekt ein! Wir haben etwas zu feiern. Bis du das

Essen auf dem Tisch hast, gehe ich mit Inka nach oben. – Komm schon, Inka, ich habe eine Überraschung für dich. Komm mit!«

Inka wollte keinesfalls Jonas aus den Augen lassen und bewegte sich keinen Zentimeter von der Stelle. Die Klinge an ihrem Hals drückte ihr ins Fleisch.

»Du wirst dich freuen. Ehrlich.«

Ihr blieb keine Wahl. Mit der Messerklinge im Rücken zwang Brunner sie die Treppen hinauf. Im Schlafzimmer schloss er die Türe hinter ihnen ab und steckte den Schlüssel in die Innentasche seines Anzugs.

Mit vorgehaltenem Messer dirigierte er sie Richtung Bett. Sie folgte seinem Blick auf das Brautkleid.

»Du hast Margittas schmale Figur«, sagte Brunner. »Es sollte dir passen.«

»Ich … ich soll das Kleid anziehen?«

»Meine Margitta und ich …«, sagte Brunner versonnen, »wir haben uns in den Achtundsechzigern kennen gelernt und lebten ohne Trauschein zusammen. Doch als sie mit unserem dritten Kind, unserem Sohn, schwanger war, habe ich ihr einen Heiratsantrag gemacht. Margitta hatte das Kleid schon für die kirchliche Hochzeit, die nach der Geburt sein sollte, ausgesucht. Sie konnte es nur nie tragen.«

»Soll … soll ich etwa ihren Platz einnehmen?« Inka war völlig perplex. »Kommen Sie zur Vernunft! Und mal ganz abgesehen davon bin ich bereits verheiratet …«

»Es wird keinen Antrag geben, und du wirst mitmachen«, sagte er. »Es gibt keine andere Antwort als Ja. Ich meine es absolut ernst. Du siehst meiner Margitta so ähnlich. Meine Kinder kommen mehr nach mir, aber als ich dich nach Jahren in der Klinik das erste Mal wiedergesehen habe, ist mir das aufgefallen. Schon als Kind warst du wie eine dritte Tochter für mich, ich habe dich immer so behandelt – und jetzt wirst du meine Frau. Seit Margittas Tod hatte ich keine andere Frau. Nun werde ich wieder eine Familie haben und endlich auch einen Sohn. Durch dich ist er auf die Welt gekommen, und du lebst. Und jetzt werden wir glücklich miteinander.«

Ekel stieg in ihr auf. Es war ein solcher Widerwillen gegen die Bedrängnis, dass ihr regelrecht schlecht wurde. Und sie bekam Angst vor seinem Irrsinn, mehr noch als durch die Bedrohung mit dem Messer. »Hören Sie auf damit! Ich lasse mich nicht zwingen …«

Brunner stach ein wenig mit dem Messer zwischen ihre Rippen, dass sie aufschrie. Mit sanfter Stimme flüsterte er ihr ins Ohr: »Wer hat dir deinen Sohn zurückgebracht? Du solltest ein bisschen dankbarer sein.«

»Sie sind doch krank!«

»Oh nein«, sagte er. »Ich bin so gesund, wie man nur sein kann in meinem Alter, und voller Pläne. Ich habe Walter umbringen lassen, auch Jannis' Tod geht auf mein Konto. Das wolltest du doch wissen, nicht wahr?«

»Sie haben Ihre Töchter zu Verbrechen gezwungen! Zu Morden!« Die Worte schossen nur so aus ihr heraus, auch wenn sie kaum daran glaubte, Brunner zu einer inneren Einsicht bewegen zu können.

Tatsächlich jedoch bewies er mit einem herablassenden Lächeln nur seine Egozentrik. »Irrtum, meine Schöne. Ich habe niemanden gezwungen. Ich habe Annabel lediglich unter Hypnose das mögliche Szenario vor Augen geführt, dass Jannis dir das Baby zurückgeben will und sie wieder ohne Kind sein wird. Annabel hätte niemals zugelassen, dass man ihr das Baby wieder wegnimmt. *Nur über meine*

Leiche, hat sie unter Hypnose gesagt. Und ich habe ihr eingeimpft, dass sie sich bis aufs Blut verteidigen soll. Aus der Zeitung habe ich dann erfahren, dass mein erstes Experiment geglückt ist. Nur dass der Schlag mit der Weinflasche für meinen Schwiegersohn in spe nicht mit voller Kraft geschah und damit nicht tödlich war, beweist, wie sehr meine kleine Annabel ihren Jannis geliebt hat. Aber dazu sind Experimente schließlich da – und jetzt nimm das Kleid und zieh es endlich an! Herta wartet mit dem Festessen auf uns.«

Inka dachte nicht daran, sich auch nur vom Fleck zu rühren. Es galt Zeit zu gewinnen. Zeit, bis die Polizei kam, die Herta hoffentlich zwischenzeitlich über das Handy alarmiert hatte. Auf Andi brauchte sie so schnell nicht zu hoffen. Der stand jetzt wahrscheinlich in der Klinik am Killesberg und fragte sich, wohin sie verschwunden war. Würde er schnell genug einen Zusammenhang mit Brunner herstellen? Besser noch, Herta wäre mit Jonas aus dem Haus gelaufen, um ihn in Sicherheit zu bringen …

Brunner jedenfalls fühlte sich sicher, und das war sein Fehler.

»Heißt das, Sie haben Jannis zum Bauernopfer gemacht – nur um die Rache an Ihrem Schwiegersohn vorzubereiten?«

Inka hatte versucht, ihre Stimme ruhig zu halten, und bewusst die Frageform gewählt, um ihn weiterreden zu lassen. Auch wenn sie ihn am liebsten damit konfrontiert hätte, was das für eine kranke Rache war, nachdem er über Jahrzehnte hinweg Menschen belogen, betrogen und schließlich sogar Patienten, die ihm ihre Seele anvertraut hatten, falsch behandelt hatte.«

»Natürlich brauchte es dieses Bauernopfer, ein hübscher Ausdruck, den du da gefunden hast. Bei Walter musste sofort alles glatt laufen, denn falls er den Mordanschlag überlebt hätte, wäre seine Tätervermutung sicher sofort in meine Richtung gegangen. Ich hätte die Kripo schneller zu Besuch gehabt, als mir lieb gewesen wäre. Aber Evelyn ist ein gutes Kind und hat auf ihren Papa gehört.«

»Was haben Sie Evelyn erzählt?«

»Wie gut ich den Willen meiner großen Tochter beeinflussen kann, war mir spätestens in dem Moment klar, als es in der Zeitung hieß, es werde nach einem zweiten Täter gefahndet, der den Tod letztlich durch eine Spritze herbeiführte. Das konnte nur meine brave Tochter Evelyn gewesen sein, obwohl ich diese Tötungsart mit der Insulinspritze eigentlich für ihren Ehemann vorgesehen hatte. Natürlich habe ich sie unter Hypnose immer wieder mit ihrer Angst konfrontiert, dass sie wegen der Leihmutterschaft angezeigt werden könnte. Ich habe ihr gesagt, dass sie diese bittere Pille nicht schlucken muss. Es gäbe auch Spritzen, wenn man ein Übel loswerden wolle. – Nachdem sie in jener Nacht erfahren hat, dass Jannis das Baby zu dir zurückbringen wollte, und damit alles ans Licht gekommen wäre, kann ich Evelyns Handeln nur zu gut verstehen. Ich hätte auch nicht zugelassen, dass jemand mein Leben ruiniert.

Ich habe meine Töchter zu nichts gezwungen, das musst du mir glauben. Der Wille eines Menschen ist auch unter Hypnose nicht steuerbar. Selbstverständlich aber lässt sich jeder Mensch beeinflussen und lenken. Vor allem durch Respekt, aber auch durch Abhängigkeit. Oder wenn man, so wie ich, seine Kinder zur Hörigkeit erzieht.«

Brunner lächelte. »Eine Frau. Ein Sohn. Der Brunnersche Stammhalter! Wieder eine Familie. Jetzt geht mein Wunsch in Erfüllung. Und du wirst auch glücklich werden. Mit deinem Mann Peter war das nicht das Richtige, das musst du zugeben. Du brauchst eine starke Hand – das hast du doch schon als Kind vermisst, stimmt's?«

»Aber ich will doch keine Familie mit Ihnen! Das können Sie doch über meinen Kopf hinweg nicht beschließen!«

»Warum nicht?«, entgegnete er. »Manche Menschen muss man zu ihrem Glück zwingen, und es sieht ganz danach aus, als würdest du dazugehören. Auf dem Papier sind wir längst verheiratet und Eltern eines bezaubernden kleinen Jungen. Was für ein Glück ich doch habe, noch einmal in späten Jahren Vater zu werden! – Zieh jetzt das Hochzeitskleid an. Ich möchte es endlich an dir sehen.«

Total verrückt, dachte sie, als er sie mit an den Hals gehaltener Messerspitze zwang, sich T-Shirt und Jeans auszuziehen und in das Brautkleid zu schlüpfen. Inka hoffte inständig, er würde nicht noch hier im Schlafzimmer die Ausübung ehelicher Pflichten von ihr verlangen …

»Margitta«, sprach er sie an, nachdem sie im Rüschen besetzten Kleid vor ihm stand. Er nahm ihre Hand und ging einen Schritt auf Abstand, um sie zu begutachten, aber sie sah, dass sein Blick durch sie hindurchglitt. »So also hättest du ausgesehen …«

Inka versuchte verzweifelt, über einen Fluchtplan nachzudenken.

»Komm mit in die Küche«, forderte er sie auf. »Es wird Zeit, dass wir unsere Hochzeitsfeier nachholen, mein Schatz. Es gibt Rindfleisch mit Bohnen und Kartoffeln, so wie du es für unser Hochzeitsmenu gerne gewollt hättest.«

Das bedeutet, dachte Inka, dass er zum Essen das Fleischermesser aus der Hand legen muss. Dafür würde sie auch zwei Bissen im Hochzeitskleid runterwürgen und ihm dann die Gabel ins Auge stechen.

»Keine Tricks«, sagte Brunner, wie wenn er ihre Gedanken ahnen würde, und bugsierte sie mit dem Messer im Rücken um das Bett herum.

Inka nickte einsichtig und warf noch einen letzten Blick auf die sorgfältig zusammengefaltete Jeans auf dem Bett, in deren Tasche sich die Pässe befanden. Weit würde er im Zweifelsfall nicht kommen …

Ein stechender Schmerz an ihrem Hals stoppte ihre Gedanken. Brunner deutete auf den Koffer, und Inka wusste zunächst nicht, was er meinte. Bis er ihren Kopf nach unten drückte und sie auf einen dunklen Nähfaden auf der hellen Bettwäsche aufmerksam machte.

»Ich wollte sehen, ob Herta nicht noch auf ihre alten Tage hin neugierig wird und den Koffer aufmacht. Der Faden lag ursprünglich *auf* dem Kofferdeckel. Eine reine Vorsichtsmaßname. Ganz offensichtlich spioniert hier aber noch jemand im Haus.«

»Ich … Ich war das nicht!«, log Inka.

»Und was ist das hier?« Mit einem schnellen Griff riss er ihre Jeans auseinander und zog die Dokumente aus der Gesäßtasche. »Hältst du deinen zukünftigen Mann tatsächlich für so dumm?«

Ihr wurde siedendheiß. Sie durfte sich nicht weiter einschüchtern lassen. »Herta hat bestimmt die Polizei angerufen, die Männer werden jeden Augenblick hier sein.«

Brunner lachte auf. »Diesen Scherz habe ich heute schon einmal von dir gehört, und ich mag es nicht, wenn man mir Witze zweimal erzählt. Dadurch werden sie nicht besser. Du solltest wissen, dass ich dir immer einen Schritt voraus bin.« Er zog Hertas Handy aus der Hosentasche und ließ es an spitzen Fingern vor ihr baumeln.

»Du hattest vorhin leider nur Augen für deinen Sohn, sonst hättest du bemerkt, dass ich es vom Küchentisch genommen und eingesteckt habe. Dein Fehler ist, nicht kooperativ zu sein, aber auch für diesen Fall bin ich in meinem Koffer gerüstet. Ich weiß ja, was für ein widerspenstiger Wildfang du bist.«

Die Hände mit Handschellen auf den Rücken gefesselt, führte Brunner sie in die Küche.

Das Wachstischtuch hatte Herta durch eine gestärkte weiße Tischdecke ersetzt und feierlich mit Sektgläsern eingedeckt. Trotz des Sonnenlichts brannte eine Kerze. In den beiden Tellern war das dampfende Essen bereits aufgetragen.

Jonas lag in der Kinderwagentragetasche auf der Eckbankseite am Fenster, dort wo vorhin Herta gesessen hatte. Verdammt, die Haushälterin hatte nicht den Mut gefunden, mit Jonas zu fliehen, so sehr stand sie unter Brunners Fuchtel. Ob er immer noch schlief? Man hörte gar nichts von ihm.

»Allmächtiger hilf!«, stöhnte Herta, als Inka im Brautkleid und in Handschellen gefesselt hereinkam. Die Haushälterin machte einen Schritt auf den Herd zu, doch dann gaben ihre Beine nach, und sie fiel zu Boden.

Ungerührt dirigierte Brunner Inka zum Tisch weiter. »Setz dich. Lass uns auf unsere Verlobung anstoßen. Das Essen ist serviert.«

»Nein, Herta braucht Hilfe! Was ist, wenn sie einen Herzinfarkt hat?«

»Unsinn, sie hat nur einen instabilen Kreislauf. Die wacht von selbst wieder auf. Setz dich endlich.« Sein Befehlston, unterstrichen von dem drohend gehaltenen Messer, war unmissverständlich.

Inka ruckelte bei dem Versuch, sich mit gefesselten Händen und im Hochzeitskleid hinter den Tisch zu klemmen, an der Eckbank. Diese Bewegung störte Jonas im Schlaf, und er fuchtelte mit seinen Ärmchen. Sie reckte den Kopf – nur einen Meter von ihr entfernt lag ihr Kind, und sie konnte es nicht mal herausheben!

Das Essen roch ganz gut – ihre letzte warme Mahlzeit bei Andi war eine Weile her, und das Frühstück hatte sie ausgelassen –, und dennoch war ihr entsetzlich übel.

Brunner nahm auf dem Armlehnstuhl Platz, mit dem Rücken zur Tür. Von der Stirnseite des Tisches aus, seinem Stammplatz, hatte er Herta und ebenso die Kindertragetasche im Blick und konnte notfalls sofort eingreifen.

»Lass uns anstoßen«, sagte Brunner.

»Wollen Sie mir nicht zum Essen die Handschellen abnehmen?«

Er lachte auf. »Sag mal, für wie blöd hältst du mich eigentlich?« Er hob sein Sektglas und tippte damit leicht gegen ihr Glas. Das feine Klirren verursachte ihr eine Gänsehaut. »Auf uns, mein Schatz …«

Unvermittelt stand er auf und nahm die gerahmte Fotografie hinter ihr von der Wand, auf der die schwangere Margitta lachend auf dem Felsen saß. Brunner stellte das Bild neben sich auf den Tisch, dass der Eindruck entstand, seine verstorbene Frau würde bei ihnen sitzen. »Und auf dich, Margitta. Darauf, dass du durch Inka zurückgekommen bist und ich jetzt wieder eine Frau und einen Sohn habe.« Er trank einen Schluck, griff danach zu seinem Besteck und hielt ihr ein Stück Fleisch vor den Mund.

Inka kniff die Lippen zusammen.

»Komm schon. Einen Bissen für Mama, einen für Papa und einen für Jonas.«

Angewidert schüttelte sie den Kopf.

»Du willst nicht?«, fragte Brunner und hob eine seiner weißen Augenbrauen an.

»Nein!«, stieß sie hervor.

»Das ist schade. Aber gut, ich will dich nicht zwingen.«

»Dann machen Sie mich bitte von den Handschellen ab.«

Er beugte sich zu ihr hinüber, und sein warmer Atem traf ihr Gesicht. »Ich habe gesagt, ich will dich nicht zwingen. Weil ich dich *überzeugen* werde – mit allen Mitteln.«

Verdammt. Er wollte das tatsächlich durchziehen. Andi … wo bist du? Er war der Einzige, der die Puzzleteile vielleicht noch rechtzeitig zusammensetzen könnte, um sie hier rauszuholen. Eigentlich standen ihre Chancen nicht schlecht. Eigentlich.

»Ich habe noch eine Überraschung für dich, Inka. Wir machen zusammen eine schöne Reise nach Kreta, und wer weiß, wenn es uns gefällt, bleiben wir für immer da. Gleich nach dem Essen geht es los. Zweieinhalbtausend Kilometer, durch ganz Italien, eine wunderschöne Strecke an der Küste entlang, und dann bei Brindisi mit der Fähre hinüber nach Griechenland. Wieder schön an der Küste entlang, wir besichtigen Athen, und von dort noch mal weiter mit der Fähre bis Kreta. Die Insel war Margitta und mein zweites Zuhause. Und während ich fahre, kann Jonas die Nacht über schlafen.«

»Ich werde nicht so eine wahnsinnige Strecke mit meinem Baby fahren!«

»Ach, da mach dir keine Gedanken. Kleine Kinder stecken so etwas viel besser weg als wir mit unseren alten

Knochen. In gut vierundzwanzig Stunden sind wir da. Margitta und ich hatten das damals als Hochzeitsreise geplant. Wenn das kein gutes Omen ist … Und ich habe noch etwas für dich.«

Brunner ließ sie nicht aus den Augen, als er in sein Jackett griff und eine grüne Schatulle hervorholte. Sie fühlte sich von seinem Blick regelrecht festgehalten.

Er zeigte ihr die schlichten goldenen Ringe. »Wir hatten sie schon ausgesucht und mit unseren Namen gravieren lassen.« Mit einer feierlichen Geste nahm er den größeren von beiden heraus und steckte ihn sich selbst an den Finger. »Mit diesem Ring nehme ich dich, liebe Margitta, zu meiner Frau. Ich werde dich lieben, achten und ehren, in Gesundheit und Krankheit, in Reichtum und Armut, bis dass der Tod uns scheidet. Willst du mich lieben, achten und ehren, in Gesundheit und Krankheit, in Reichtum und Armut, bis dass der Tod uns scheidet, so antworte mit Ja.«

Sie zögerte. Wohl einen Moment zu lange.

Wortlos stand Brunner auf und kniete sich neben seine Haushälterin, die immer noch bewusstlos am Boden lag. Er tastete nach ihrem Puls. Sein Tun kam unvermittelt, aber es hatte etwas Rührendes, sodass Inka der Hoffnung verfiel, das Blatt könnte sich noch wenden.

»Lebt sie?«, fragte Inka vorsichtig.

»Natürlich«, sagte er. »Sie ist nur ohnmächtig. Aber das ist auch besser so für sie.«

Brunner nahm das Fleischermesser, legte Hertas Hand flach auf den Fliesenfußboden und spreizte ihr in aller Gemütsruhe die Finger. Dann setzte er die Klinge am Daumen an.

»Niiicht!«, schrie Inka und sprang auf, aber da war es schon zu spät.

Brunner hatte seiner Haushälterin die Daumenkuppe abgetrennt. Herta zuckte. Weil Inka vor Schock wie gelähmt war, hatte Brunner ein leichtes Spiel, ihr das blutige Messer an den Hals zu setzen und sie mit einer Geste aufzufordern, aufzustehen und sich neben Herta zu knien.

»Schau genau hin, Inka. Das ist wie in dem Märchen vom Struwwelpeter, das ich euch immer vorgelesen habe.« Mit der Messerspitze an ihrem Hals dirigierte er ihren Blick auf das abgetrennte Fingerglied und die Blutlache, die sich um Hertas Hand langsam vergrößerte.

»Sie sind krank!«, keuchte Inka und würgte an ihrer Galle.

»Jede Minute, die vergeht, ehe du mit Ja antwortest, verliert Herta einen weiteren Finger. Als Haushälterin kann ich sie so sowieso nicht mehr gebrauchen. Außerdem ist sie mir zu alt mittlerweile. Also, was ist?«

»Ja!«, rief sie, und versuchte sich vor Augen zu halten, dass diese Zeremonie, nüchtern betrachtet, ohnehin keine Gültigkeit besaß. Und im Moment war das probateste Mittel eben Kooperation.

Herta brauchte einen Notarzt, auch wenn sie durch die eine abgetrennte Fingerkuppe nicht Gefahr lief zu verbluten.

In ihr reifte ein Plan. Er war riskant, aber sie musste es wenigstens versuchen. Sie musste ihn anders packen.

Sie schenkte ihrem Sohn, der jetzt vor sich hin wimmerte, einen kurzen zärtlichen Blick. *Nicht mehr lange, dann sind wir hier raus*, versprach sie ihm stumm. *Das schwöre ich dir bei meinem Leben.*

»Ich möchte den Ring ohne Handschellen bekommen«, bat Inka und lächelte Brunner an.

Einige Sekunden überlegte er. »Ich weiß nicht, was du

vorhast, aber ich kann dir nicht trauen. Das hier wird deine Pläne durchkreuzen.« Er machte sich an den Handschellen zu schaffen, gab ihr die rechte Hand frei und kettete sie mit der linken an Hertas Handgelenk, sodass Inka in der Hocke bleiben musste. Sie schloss die Augen, während Brunner ihr den Ring überstreifte, und vermied danach den Blick auf ihre Hand.

»Wir sollten anstoßen«, sagte sie.

»Natürlich, du hast recht.« Brunner nahm eilig die Sektgläser vom Tisch. »Und wir sollten zum gegenseitigen Du übergehen.«

»Liebst du deine Margitta wirklich so sehr? Aus tiefstem Herzen?«, fragte sie um ein persönliches Gespräch bemüht. Auch das Du fiel ihr sehr schwer.

»Mehr als alles auf der Welt, mehr sogar als mich selbst. Für sie würde ich alles tun.«

Genau das wollte sie hören. »Auf uns also!«, sagte Inka. Und dabei dachte sie nicht an Brunner, sondern an ihren Sohn, dem sie vorhin ein Versprechen gegeben hatte.

Die Gläser klirrten, doch anstatt ihres zum Mund zu führen, schlug Inka ihr Glas auf den Fliesenboden.

»Was soll das?«, fragte Brunner, dem die Gesichtszüge augenblicklich entglitten.

Wortlos nahm Inka eine der Glasscherben vom Boden und setzte die Spitze an ihr linkes Handgelenk an, mit dem sie an Herta festgekettet war. Sie wusste genau, was sie tun musste. Vor einem halben Jahr hatte Inka sich mit dem Thema Selbstmord beschäftigt. Ein langer gerader Schnitt entlang der Innenseite der Speiche. Das Blut quoll aus ihrem Arm, den sie Brunner nun entgegenhielt.

»Ruf den Notarzt an!«, rief sie und biss danach die Zähne zusammen. Keiner hatte ihr gesagt, wie sehr das schmerzte. Sie wusste nur, dass sie langsam ausbluten würde, wenn Brunner jetzt nicht sofort das Handy nahm und die 112 wählte.

Doch er zeigte keine Reaktion.

Das Adrenalin schoss ihr durch den Körper, sie musste gegen die aufkommende Panik ankämpfen und den Selbsterhaltungstrieb unterdrücken, der ihr befahl, irgendetwas zu tun, damit sie hier nicht qualvoll auf dem Küchenfußboden verreckte.

Brunner verschränkte die Arme vor der Brust. »Ich wusste, dass ich dir nicht trauen kann. Glaubst du, damit machst du mir Angst? Ich binde deinen Arm ab, und dann hat sich die Sache erledigt. Du kannst von Glück reden, wenn du durch diese fixe Idee nicht für immer Nervenschädigungen im Arm zurückbehältst. Ich weiß nicht, warum sich dieser hartnäckige Irrglaube hält, sich durch Aufschneiden der Pulsadern umbringen zu können. Das gelingt wirklich nur den allerwenigsten Lebensmüden. Du hast wahrscheinlich zu viele billige Hollywoodfilme gesehen.«

Er legt es wirklich darauf an, dachte sie schon leicht benebelt. *Er zwingt mich zu einem weiteren Schnitt in eine große oberflächlich verlaufende Arterie. Dann kann mir nur noch der Notarzt helfen …*

Inka fuhr mit der Glasscherbe in der Hand unter die Röcke des Hochzeitskleides. Noch hielt sich ihr Kreislauf aufrecht, aber bis zur Ohnmacht würde es nicht mehr lange dauern. Entschlossen tastete sie nach ihrem Leistenband und setzte den tiefen Schnitt etwas unterhalb davon. Das alles dauerte kaum ein paar Sekunden.

»Und was machst du gegen diese Blutfontäne?«, rief sie.

Brunner starrte auf den Rock, der sich rot verfärbte.

Sie spürte, wie das Blut aus ihrer Oberschenkelarterie an ihrem Bein schwallartig hinablief, und binnen kürzester Zeit hockte sie in ihrer eigenen kleinen Blutlache. Inka begann trotz der Hitze zu frieren und unkontrolliert zu zittern.

»Willst du deiner geliebten Margitta wirklich noch einmal beim Sterben zusehen?« Ein Rauschen legte sich auf ihr Gehör. »Würdest du nicht … alles tun, um sie … zu retten?« Sie legte ihr Kinn auf die Brust und schloss vor Erschöpfung die Augen.

Nimm verdammt noch mal das Handy in die Hand, war ihr letzter klarer Gedanke. *Mir bleiben nur noch ein paar Minuten …*

Sie öffnete noch einmal die Augen und drehte in höchster Anstrengung ihren Kopf in Richtung Eckbank. Es reichte aber nicht mehr, ein deutliches Bild ihres Sohnes zu erhaschen.

*

»Sie ist über den Berg«, hörte sie eine Stimme flüstern.

Inka hob ihre schweren Augenlider. Sie lag in einem Krankenhausbett, so viel konnte sie erkennen. An ihrem linken Arm hatte sie einen Verband und an ihrem kleinen Finger steckte eine Klemme, die den Puls auf einen Monitor übertrug. Von ihrem rechten Arm führte ein Schlauch zu einem Infusionsständer, an dem zwei Beutel hingen.

Sie war gerettet.

Eine Schwester in blauer Kleidung stand an ihrem Bett, warf ein paar gebrauchte Tupfer in eine Nierenschale, stellte die Desinfektionsflasche beiseite und nickte der Frau zu, die mit etwas Abstand zum Bett wartete.

Inka folgte der Blickrichtung. »Rebecca«, krächzte sie.

Zum Glück waren die Zeiten vorbei, dass auf einer Intensivstation grundsätzlich kein Besuch erwünscht war oder höchstens nur von engsten Familienmitgliedern.

Rebecca trat ehrfürchtig näher. »Gott sei Dank, du hast es geschafft!«

»Trotzdem nicht zu lange, bitte, die Patientin braucht noch viel Ruhe«, hörte sie die mahnende Stimme der Schwester. »Frau Mayer, ich schaue in einer halben Stunde noch mal nach Ihnen, um die Infusion auszutauschen.« Sie warf noch einen Blick auf den Monitor hinter dem Bett und verließ das Zimmer.

»Jonas?«, fragte Inka und befeuchtete ihre trockenen Lippen. An ihrem Oberarm pumpte sich eine Blutdruckmanschette automatisch auf. Schmerzen hatte sie keine, die Ungewissheit um ihren Sohn war die schlimmste Qual. Sie spürte nur eine bleierne Müdigkeit, und überall Juckreiz.

Rebecca zog sich einen Stuhl heran. »Ganz ruhig, Süße. Alles ist gut. Jonas wurde zum Durchchecken auf die Säuglingsstation gebracht. Das ist reine Routine, weil er mit am Tatort war. Aber es ist alles in Ordnung mit ihm. Er ist quietschfidel, ich war vorhin bei ihm. So ein süßer Knopf! Die Schwestern kümmern sich rührend um ihn, und du darfst ihn sehen, sobald du von der Intensivstation runterkommst.«

Inka seufzte erleichtert auf.

»Und Brunner?«, fragte sie und versuchte, sich im Ausschnitt, den das Pflegehemd freigab, zu kratzen. Dabei blieb sie an den Elektroden des EKG's hängen und gab auf.

»Er hat … er hat dir das Leben gerettet«, sagte Rebecca zögerlich, »indem er die Arterie so lange notdürftig abgedrückt hat, bis der Notarzt da war. Doch als die Polizisten eintrafen, bedrohte er sie, allen voran Andi, mit einem großen Messer. Brunner war nicht bereit, Jonas herauszugeben, sondern wollte lieber mit ihm zusammen sterben. Andi hat Brunner erschossen. Und Herta geht es den Umständen entsprechend gut.«

Ein Schauer durchrieselte Inka, als sie hörte, was Andi getan hatte. Dann dachte sie an den abgetrennten Finger der Haushälterin. »Rebecca, ich war diejenige, die …«, begann sie, doch sie wusste gar nicht, wo sie die erklärenden Worte hernehmen sollte. Ihr Gehirn schien wie mit Watte ausgefüllt.

»Schscht«, machte Rebecca. »Du darfst dich nicht anstrengen. Du hast gerade eine OP hinter dir, bei der man die Gefäße wieder verschlossen hat. Du hast jede Menge Blut verloren. Nicht kratzen. Der Juckreiz und der Ausschlag sind eine häufige Reaktion auf die HAES-Lösung, von der du schon ein paar Beutel bekommen hast, hat mir die Schwester erklärt … Sag mir nur eines: Hast du den Selbstmordversuch zu deiner Rettung inszeniert?«

Inka nickte. »Das wollte ich dir gerade sagen …«

Die Luft in der Blutdruckmanschette entwich und meldete das Ergebnis mit einem Piepser an den Monitor.

»Dann ist Andis Theorie also richtig«, sagte Rebecca. »Er hatte die Vermutung, dass Brunner in dir seine verstorbene Frau gesehen hat. Die ganzen Utensilien, die er in der Wohnung vorfand – das Bild von Annabels Mutter auf dem Küchentisch, das feierliche Essen, das Hochzeitskleid – sprachen Bände.«

»Peter … Wo ist Peter?«, fragte sie, und ihre widerstreitenden Gefühle für ihren Mann vertieften ihre Schwäche. Sie schloss die Augen.

»Er war vorhin schon da. Jetzt ist er bei Jonas. Er wird sich freuen, wenn er sieht, dass du wach bist – oder willst du ihn gar nicht sehen?«

Inka zuckte mit den Schultern. Sie wusste es im Moment einfach nicht. Peter hatte sie mit dem Festhalten an Jonas' Tod aufs Übelste getäuscht, er hatte außerdem Geld angenommen, das, wenn überhaupt, ihr zugestanden hätte. Wenn er nicht zu einem Paartherapiegespräch und zu einer persönlichen Beratung bereit wäre, um das Ausmaß seiner Spielsucht zu erkennen, dann würde es mit einer gemeinsamen Zukunft schwierig werden. Und vor allem auch, wenn er sich nicht mit einer Art Vaterrolle identifizieren könnte und er Probleme damit hätte, Jonas in ihrer Beziehung zu akzeptieren. Letzteres könnte sie zwar nachvollziehen, aber es würde ihre Trennung von Peter bedeuten. Und wenn sie ganz ehrlich zu sich selbst war, dann ahnte sie, dass es am Ende darauf hinauslaufen würde. Ob er allerdings alleine von diesen Automaten loskommen würde, war fraglich. Und nach den vielen gemeinsamen Jahren fühlte sie sich auch irgendwie dafür verantwortlich, ihm zu helfen. Wäre sie im vergangenen halben Jahr nicht so eine Belastung für ihn gewesen – ja, so musste man das auch sehen –, wäre vielleicht alles ganz anders gekommen.

Da sie nicht antwortete, sagte Rebecca: »Jedenfalls kannst du erst mal eine Weile zu uns in die Einliegerwohnung ziehen, damit du zur Ruhe kommst.«

»Das ist lieb von dir, Rebecca.«

»Ich bin gestern Abend, nachdem wir uns bei Andi verabschiedet hatten, noch einmal in die Stadt gefahren und habe Peter total betrunken in einer Bar neben der Spielhalle gefunden. Widerstandslos ließ er sich zu mir nach Hause fahren, und ich habe ihn in die Einliegerwohnung gebracht. Und als er heute Morgen wieder ansprechbar war, haben wir uns unterhalten.«

»Warum …?«, fragte Inka und Rebecca interpretierte es richtig.

»Ich dir nicht gesagt habe, dass Peter bei mir ist? Als du mich angerufen hast, war Peter noch nicht wach. Ich war von den vielen Neuigkeiten völlig konfus und nur noch damit beschäftigt, das alles zu verdauen. Inka, du als Leihmutter von unserer besten Freundin missbraucht … Ich habe Peter geweckt, ihn mit allen Vorwürfen konfrontiert, die ich erfahren hatte, und dann gab er zu, dass er die zehntausend Euro zum Großteil verspielt hat. Viel schlimmer jedoch empfand ich es allerdings, dass er dich im Glauben gelassen hatte, Jonas wäre tot. Er dachte, das wäre zunächst mal das Beste für alle und dann konnte er nicht mehr zurück … Wir haben geredet, er war ganz klar im Kopf und entschuldigte sich dafür, dass er mich am Vorabend in der Spielhalle so abserviert hatte. Darüber verging natürlich Zeit und ich kam wertvolle Minuten zu spät zur Klinik. Ausgerechnet, wo ich doch sonst immer überpünktlich bin. Aber ich konnte ja nach deinem Anruf aus dem Wartezimmer nicht ahnen, was sich danach abspielen würde, sonst hätte ich mich erst gar nicht mit Peter unterhalten …«

Ein verhaltenes Klopfen an der Tür ließ Rebecca verstummen. Kurz darauf erschien Peter im Krankenzimmer. Von seiner sonst so hünenhaften Wirkung war durch seinen gebeugten Gang kaum noch etwas übrig. Er hatte dunkle Schatten unter den Augen.

Als er bemerkte, dass Inka wach war, überzog ein Lächeln sein Gesicht. Er trat näher, sah dann allerdings unsicher drein. Vorsichtig streichelte er über ihren Haaransatz und hauchte ihr einen Kuss auf die Stirn.

»Meine Kämpferin, mein Igelchen, wie geht es dir? Kannst du mir je verzeihen? Ich habe dir so viel Leid angetan.«

Leid ist der falsche Ausdruck für das, was ich mitgemacht habe, dachte Inka.

»Ich liebe dich, Inka. Ich will immer für dich da sein. In guten wie in schlechten Zeiten, so wie ich es dir versprochen habe – wenn du mich noch liebst. Rebecca ist meine Zeugin.«

Inka schloss wieder ihre Augen.

Damals hatten wir uns geschworen, dass all das Schlimme, das in unser Leben hereingebrochen war, unserer Beziehung keinen Abbruch tun würde. Ich hatte gehofft, dass die Trauer um Jonas uns noch enger zusammenschweißen würde. Für dich gab es nie einen Grund zu trauern. Du hast mich belogen, und das bedauerst du erst jetzt, nachdem die Sache ans Tageslicht gekommen ist.

Vielleicht würden ihre Gefühle für Peter eines Tages wiederkommen. Im Moment empfand sie nur Leere.

»Möchtest du jetzt lieber allein sein?«, fragte Rebecca.

Inka nickte.

»Soll ich auch gehen?«, fragte Peter.

Wieder nickte sie.

Es dauerte eine Weile, bis Peter ihre Hand losließ, aber dann hörte sie die beiden hinausgehen.

Nachdem sich die Türe geschlossen hatte, schlichen sich Tränen in Inkas Augenwinkel, und ihr kam eine Melodie in den Sinn.

Que sera, sera, whatever will be, will be. The future's not ours to see. Que sera, sera. What will be, will be.

*

Zwei Tage später, nachdem sie die Intensivstation verlassen hatte, erhielt sie auf der normalen Station des Krankenhauses Besuch von Andi. Nach einem leisen Klopfen streckte er den Kopf zur Tür herein, und als er sah, dass sie wach war, zog er eine dicke Plüschkatze hinter seinem Rücken hervor, die seinem Kater ziemlich ähnlich sah.

Inka musste lächeln.

Andi setzte den Kater auf ihre Bettdecke. »Blumen zu überreichen, ist nicht so mein Ding«, sagte er. »Und ich dachte mir, jemanden zum Knuddeln kann man immer brauchen. Jonas wird sich bestimmt auch drüber freuen.« Vorsichtig streichelte er ihr über ihre Hand, mit der sie immer noch an der Infusion hing. Die andere Hand war verbunden.

»Danke, Andi. Du hast Jonas und mir das Leben gerettet.«

»Ach, halb so wild, keine Sentimentalitäten, bitte. Es wird Zeit, dass du deinen Sohn endlich wiedersiehst. Ich habe gerade mit einer Schwester gesprochen, die sagte mir, sie wolle ihn jetzt von der Säuglingsstation holen und zu dir bringen.«

Ihr Kopf sank zurück in das Kissen. In ein paar Minuten würde sie ihr Baby im Arm halten und endlich Mutter sein.

In ein paar Minuten wird mein Leben ein anderes sein. Das, was ich in den letzten Monaten nicht einmal zu träumen gewagt habe, geht in Erfüllung.

»Angst?«, fragte Andi, als er sich einen Stuhl zu ihr ans Bett zog. Inka nickte. Wieder einmal schätzte er ihre Gefühle richtig ein.

Noch einmal sah sie den Moment vor sich, als sie kurz vor dem Schnitt die spitzige Glasscherbe auf ihrer Haut unter den Röcken spürte. Danach konnte sie sich an nichts mehr erinnern.

»Woher hattest du die Waffe, um Brunner zu erschießen? Als Kriminaltechniker bist du wie Peter auch an der Waffe ausgebildet, aber du läufst doch nicht mit einer Pistole herum.«

»Weißt du … seit Yvonnes Tod hatte ich immer eine Pistole im Auto, falls mir der Raser, der meine kleine Familie umgebracht hat, eines Tages noch mal irgendwo begegnet. Dieser Zufall ist nie eingetreten, glücklicherweise, aber die Waffe im Auto zu haben, wurde zur Gewohnheit … Und jetzt war sie meine Rettung.«

»Warum bist du nicht in die Klinik gekommen?«

»Ich war da, Inka, und ich konnte mir keinen Reim darauf machen, warum ich dich nicht mehr dort angetroffen habe. Ich stieß im Therapiezimmer auf Brinkhus' Leiche und fand dein zertrümmertes Handy am Boden, daneben die unter Hypnose daliegende Evelyn! Ich verständigte die Kollegen, musste allerdings wegen des Toten auf deren Ankunft warten, und ließ mir Brunners Adresse aushändigen – ein Zusammenhang mit seinem Ausbruch aus der Psychiatrie erschien mir jetzt plausibel. Mit einem Kollegen fuhr ich quer durch die Stadt nach Sillenbuch, aber es dauerte ewig bei dem Verkehr … Endlich dort angekommen klingelte ich an der verschlossenen Haustür Sturm. Keine Reaktion im Inneren des Hauses. Durch die Fenster konnte ich nichts erkennen. In diesem Augenblick hörte ich die nahende Sirene des Notarztes. Als er ein paar Minuten später dicht gefolgt von Rettungshelfern im Laufschritt ankam, blieb mir fast das Herz stehen. Was war passiert? Gerade als wir die Tür aufbrechen wollten, ertönte der Türsummer. Vermutlich hatte Brunner mein

Klingeln so lange ignoriert, bis er das Martinshorn gehört hatte …«

»Da war ich schon fast am Verbluten …«, sagte Inka leise, und Andi streichelte ihr wieder über die Hand.

»Brunner rief aus einiger Entfernung, die Rettungshelfer sollten hereinkommen, aber er würde jeden umbringen, der *ihm* zu nahe käme …«

»Hätte es nicht genügt, nur auf sein Bein zu zielen?«, fragte Inka. »Musstest du ihn gleich erschießen?«

Offenbar klang ihr Einwand wie eine Kritik in seinen Ohren, und er sagte ungewohnt barsch: »Ja, das musste ich.«

Auch wenn sie Brunner keine Träne nachweinte, so fand Inka doch, dass er den Tod nicht verdient hatte. Für seine Taten hätte ihm der Prozess gemacht werden müssen und er lebenslang hinter Gitter gehört. Er hatte zwei Morde in Auftrag gegeben und das Leben seiner Töchter ruiniert. Dafür hätte er büßen müssen.

Andi senkte den Kopf und verharrte so einen Moment, bevor er wieder aufsah und dabei tief Luft holte. »Mir wäre es auch lieber, er säße jetzt im Knast. Mir gehen die entscheidenden Sekunden immer wieder durch den Kopf und ich frage mich, ob ich irgendwie anders hätte reagieren können. Das interessiert nämlich auch noch höhere Stellen. Gegen mich laufen interne Ermittlungen.«

»Was?« Inka war entsetzt. Andi hatte sie aus ihrer misslichen Lage befreien wollen, und die Gefahr der Situation als sehr hoch eingeschätzt.

»Eigentlich eine Routinesache. Die Staatsanwaltschaft schaltet sich bei jedem Schusswaffengebrauch ein. Ich musste meine Dienstwaffe abgeben, Schmauchspuren wurden gesichert, und meine Ergebnisse vom Schießtraining werden nun untersucht. Das volle Programm eben. Der Staatsanwalt will wissen, wie es zu der Notsituation kam. Ihm gefällt nicht, dass es eine ungleiche Situation war von wegen Messer gegen Schusswaffe. Noch dazu wäre ich Brunner körperlich überlegen gewesen, sagt er.«

»Und wozu diese Ergebnisse vom Schießtraining?«

»Vom Können her wäre ich in der Lage gewesen, auch sein Bein oder den Arm zu treffen. Und das wird mir jetzt zum Vorwurf gemacht. Aber ich stand unter Stress. Ich habe ihn mehrfach aufgefordert, das Messer wegzulegen und sich von dem Baby zu entfernen. Stattdessen kam er unvermindert auf mich zu. In seinen Augen habe ich gesehen, dass er zu allem entschlossen war. Er hat mich regelrecht zu einem Duell herausgefordert. Es dauerte noch einen Atemzug lang, dann habe ich geschossen. Dreimal. In die Herzgegend. Verdammt, dabei wollte ich das gar nicht …« Andi fasste sich an die Nasenwurzel und kniff die Augen zusammen.

»Brunner hat dich provoziert. Er *wollte*, dass du schießt. Er wollte sterben, hätte es aber nicht fertiggebracht, sich selbst umzubringen. Dann hätte er sich eingestehen müssen, in seinem Leben versagt zu haben.«

Andi wollte etwas erwidern, verstummte aber beim Klopfen an der Tür. Eine Schwester kam herein, mit einem schlafenden Baby auf dem Arm. In seiner Mini-Jeans, dem gestreiften T-Shirt und mit den vielen dunklen Haaren sah Jonas schon aus wie ein kleiner Junge.

»Dein Sohn«, sagte Andi und machte der Schwester Platz.

Inka schossen die Tränen in die Augen. So heftig, dass sie kaum mehr etwas sehen konnte. Sie blinzelte und streckte ihre Arme nach Jonas aus. Kurz darauf spürte sie sein unerwartet schweres Gewicht auf ihrem Körper.

»Er ist schon so groß«, flüsterte sie erstickt, und dennoch hielt sie ihn so vorsichtig, als wäre er zerbrechlich.

Andi fing mit einem Taschentuch ihre Tränen auf, weil sie selbst keine Hand mehr frei hatte. »Ihr habt die ersten sechs Monate miteinander verpasst«, sagte er, »aber jetzt beginnt eure Zeit.« Auch seine Stimme klang brüchig.

Die Schwester stellte Flaschenwärmer und Fläschchen auf den Tisch und wies auf die Klingel hin, falls etwas vonnöten sei, und verließ lächelnd das Zimmer.

Die Neugierde auf ihren Sohn ließ langsam die Tränen der Wiedersehensfreude versiegen, und Inka betrachtete verliebt seine entspannten Gesichtszüge. Sie konnte es kaum erwarten, bis Jonas aufwachte und sie in seine Augen sehen konnte. Und wie mochte sich seine Stimme anhören, wenn er vor sich hin brabbelte?

Inka riss ihren Blick los. »Andi, ich mache mir Vorwürfe, dass du jetzt solche Schwierigkeiten hast.«

Erstaunlich ungerührt zuckte Andi mit den Schultern und streichelte Jonas' Händchen. Der öffnete reflexartig die Fingerchen und umschloss mit seiner Faust Andis Zeigefinger. »Ich musste dieses kleine Menschlein unter allen Umständen retten. Ja, es kann mich meinen Job kosten, falls Staatsanwaltschaft und Richter die Schüsse in die Herzgegend nicht als Notwehr auslegen. Wenn ich schuldig gesprochen werde, würde mich sogar eine jahrelange Freiheitsstrafe erwarten. Selbst wenn das im ersten Moment nicht fair klingt, aber so sind Recht und Gesetz, die auch für mich als Polizist gelten. Aber ich würde jedes Mal wieder so handeln. Auch wenn ich seither jede Nacht von dem Schuss träume. Ich gehe mit den Bildern schlafen und wache davon wieder auf. Die Traurigkeit kommt erst jetzt.«

Ja, dachte Inka. *Ich kann dich gut verstehen. Auch ich wäre beinahe in der gleichen Lage gewesen, wenn ich Brunner mit der Kehrschaufel tatsächlich umgebracht hätte.* Sie hoffte inständig, dass das Verfahren gegen Andi gar nicht erst eröffnet werden würde und sie war sich sicher, nun endlich, da sie Jonas in Armen hielt, körperlich und seelisch wieder ganz gesund zu werden.

Jonas bewegte sich, löste seinen Griff um Andis Finger und wachte auf. Mit großen Augen schaute er zu ihr hoch. Die Iris war hellblau, genau wie die von Jannis. Er war unglaublich hübsch.

»Hallo … mein Schatz.« Sie streichelte zutiefst gerührt seine Wange. »Ich bin deine Mama.«

Jonas' Augen verengten sich, seine Lippen zitterten, und er begann zu brüllen.

Oh je, wo war ihr Mutterinstinkt, der besagte, was jetzt zu tun war? Sie veränderte Jonas' Position, redete mit Engelszungen auf ihn ein, aber das machte es nicht besser.

Hilfe suchend wandte sie sich an Andi. »Was hat er denn? Meinst du, er hat Angst vor mir? Wäre ja kein Wunder, nach so vielen wechselnden Bezugspersonen …«

»Ach was«, sagte Andi und winkte ab. »Ich denke, der kleine Kerl hat Hunger. Schau mal, hier steht doch alles. Warte, ich mache das. Behalte du Jonas auf dem Arm.«

Andi ließ sich durch das Geschrei nicht aus der Ruhe bringen und bereitete mit einer imponierenden Selbstsicherheit die Mahlzeit zu. Nachdem er die Temperatur der Milch an seinem Handgelenk überprüft hatte, reichte er ihr das fertige Fläschchen.

»Du bist wirklich der geborene Papa«, sagte sie, während sie umständlich nach der für sie richtigen Sitzposition suchte, damit Jonas in Ruhe trinken konnte. *Mein Sohn,* musste sie sich immer wieder in Gedanken sagen. *Ich habe wirklich ein Kind.*

Inka stimmte leise die Melodie von *Que sera* an, weil sie, als Jonas noch in ihrem Bauch gewesen war, dieses Lied immer gesungen hatte, und tatsächlich entspannte er sich zunehmend und seine Augen wurden schläfrig klein, während er an der Flasche saugte.

»Glaubst du, ich werde eine gute Mutter werden?«, fragte sie Andi nach einer Weile.

»Das glaube ich nicht nur, das weiß ich. Jetzt wird alles gut für dich. Es tat mir so leid zu sehen, wie schlecht es dir monatelang ging. Dass an der Totgeburt etwas nicht stimmen könnte, ist mir erst nach und nach klar geworden. Ins Grübeln gekommen bin ich tatsächlich, als Annabel bei eurem Besuch in der JVA so schweigsam war und dann doch noch eine Sache von ihrer Schwester wissen wollte: Ob *er* bei ihr ist. Damit hat sie nicht ihren Verlobten Jannis gemeint, der eine Geliebte hatte, sie wollte schlichtweg wissen, ob Jonas bei *dir* ist … Natürlich habe ich das zunächst auch so verstanden, dass Annabel befürchtete, ihr Verlobter könne fremdgehen. Auf der Suche nach einem Hinweis auf seine Zweigleisigkeit, und damit nach einem Motiv für die Tat, fanden wir gut versteckt in der Wohnung eine Speicherkarte mit Bildern, die wir allerdings erst in den richtigen Zusammenhang bringen mussten.

Die Bilder zeigten Annabel und Jannis mit einem Baby von der Geburt bis kurz vor der Tat. Ausschließlich in der Wohnung der beiden aufgenommen. Wir dachten erst an ein Patenkind, das regelmäßig zu Besuch käme, denn in ihrer Wohnung wies nicht die geringste Spur auf ein Kind hin, aber die Häufigkeit der Bilder ließ uns dann doch zweifeln. Auch wusste niemand etwas von einem Baby der beiden. Nachbarn, ehemalige Kollegen, Freunde. Annabel schwieg beharrlich, auch Evelyn haben wir mehrmals in die Mangel genommen, aber sie rückte nicht von ihrer negativen Aussage ab – selbst als wir sie mit den Fotos konfrontierten und stundenlang verhörten.

Du hast mir nur von Annabels unerfülltem Kinderwunsch erzählt, doch die intensive Art, mit der sie dich durch die Schwangerschaft begleitet hat, um an allen wichtigen Entscheidungen teilzuhaben, haben mich doch stutzig gemacht. Dazu die ehrgeizig vorangetriebenen Auswanderungspläne und ihr Rückzug in die eigenen vier Wände im vergangenen halben Jahr und nicht zuletzt auch solche Details wie der ›Alle meine Entchen-Klingelton‹ ihres Handys, das wir bei der Verhaftung sichergestellt haben, ließen für mich den Schluss zu, dass dein Schicksal mit Annabel zusammenhängt und Jonas lebt. Nur wo er ist, konnte ich so schnell nicht herausfinden. Den entscheidenden Hinweis hast du mir schließlich geliefert.«

Vor ihrem inneren Auge lief noch einmal der Film ab, wie sie Evelyn hypnotisiert hatte.

»Wie geht es Evelyn?«, fragte sie und wusste dabei nicht recht, welche Antwort sie hören wollte. Einerseits hasste sie Evelyn als zweifache Mörderin und dafür, was sie ihr mit der Leihmutterschaft angetan hatte, andererseits war sie nicht nur Täterin, sondern eben auch das Opfer ihres Vaters gewesen. Genau wie Annabel.

»Evelyn wurde von einem Polizeipsychologen betreut und ist erst einmal in U-Haft gekommen.«

»Habt ihr das kaputte Handy? Das war nämlich meines. Sie hat mir unter Hypnose alles erzählt, und ich habe es aufgezeichnet.«

»Das Handy haben wir, die Speicherkarte wird nicht beschädigt sein. Unsere Spezialisten kümmern sich drum. Ob der Richter das als Beweismittel einstuft, bleibt abzuwarten.«

»Kommt Annabel jetzt frei?« Sie wusste nicht, ob sie dies hoffen sollte. Unter die Augen treten wollte sie ihrer ehemals besten Freundin jedenfalls so schnell erst mal nicht.

»Annabel ist schon frei. Sozusagen für immer.« Andi schaute auf Jonas, wie er an der Flasche nuckelte.

»Was?« Sie starrte ihn an. »Was willst du damit sagen? Doch nicht etwa …«

Andi nickte. »Doch. Annabel hat sich umgebracht.«

»In U-Haft? Wann?«

»Vor zwei Tagen. Man hat einen Abschiedsbrief bei ihr gefunden.«

»Oh Gott, nein. Wie konnte Annabel sich denn im Gefängnis umbringen? Womit?«

»Willst du das wirklich wissen?«

»Ich denke schon«, sagte sie.

Andi sah zum Fenster. »Nachdem Annabel den Abschiedsbrief geschrieben hatte, hat sie sich den angespitzten Bleistift ins Ohr gesteckt und den Kopf seitlich geneigt auf die Tischplatte gerammt.«

Inka wurde so schlecht, dass sie glaubte, sie müsse sich übergeben. *Atmen*, sagte sie sich. *Ruhig und gleichmäßig atmen.*

»Soll ich nach der Schwester klingeln?«, fragte Andi. »Du bist ganz bleich. Ich hätte es dir doch nicht gleich erzählen sollen.«

»Es geht schon halbwegs. Meine Güte, wie verzweifelt muss sie gewesen sein?« *Wegen Jonas,* dachte Inka. *Und jetzt fühle ich mich schuldig.* »Weißt du, was in dem Abschiedsbrief steht?«

»Ich habe ihn noch nicht gesehen. Aber er kommt zu den Akten. Ich weiß nur, dass sie dich am Ende darum bittet, für Jonas eine gute Mutter zu sein und auf ihn aufzupassen.«

»Das will ich ihr versprechen«, sagte sie, dann war sie wieder von Jonas abgelenkt. Er hatte fertig getrunken, und Inka nahm ihn hoch, klopfte ein bisschen seinen Rücken, damit er aufstoßen konnte. Andi hatte sofort ein Tuch parat.

Sie hatten wohl beide das Klopfen an der Türe überhört, denn plötzlich stand Inkas Chef von der *Stuttgart aktuell* mit einem riesengroßen Rosenstrauß im Zimmer.

»Entschuldigung, ich störe wohl. Ich warte dann draußen.«

Inka lächelte. »Nein, Herr Lindemann, kommen Sie nur. Das ist Andreas Dormann, ein Kollege meines Mannes.«

Lindemann nickte ihm zur Begrüßung kurz zu, dann war er auf Jonas fixiert.

»Ist das ein süßer Junge!«, rief ihr Chef aus, als er in gebührendem Abstand zum Bett stehen blieb.

»Du lieber Himmel, Frau Mayer, was ist denn nur alles passiert? Wie geht es Ihnen? Das ist ja schrecklich, was Sie da mitmachen mussten. Von Ihrem Mann habe ich nur Bruchteile gehört, und mir fehlen trotzdem die richtigen Worte. Kein Wunder, dass ich nichts mehr von Ihnen gehört habe …«

Er legte den Rosenstrauß neben Andis Kater auf das Fußende ihres Bettes. Die Schwestern würden ihre liebe Mühe haben, für die Blumen eine ausreichend große Vase zu finden.

»Ich werde sicherlich Narben behalten«, sagte Inka, »viele sogar, die mich bis an mein Lebensende an diese schreckliche Zeit des Ungewissen erinnern werden. Aber ich habe etwas dafür bekommen, dass ich durch die Hölle gehen musste: meinen Sohn. Wenn ich entlassen werde, ziehe ich mit Jonas erst mal zu meiner Freundin Rebecca, bis ich klarer sehe. Und dabei hilft mir hoffentlich auch mein neuer Freund ...«

Lindemann blieb der Mund offen stehen. »Entschuldigen Sie, wenn ich über Ihre privaten Verhältnisse nicht ganz informiert bin ...«

»Sie kennen ihn nicht. Er heißt Garfield und lebt im falschen Körper.«

Es machte ihr einen Höllenspaß, ihren Chef aufs Korn zu nehmen. Allein über seine Mimik hätte sie sich vor Lachen ausschütten können, wenn sie dazu schon die Kraft gehabt hätte. Mit dem Kinn deutete sie auf das Plüschtier zu ihren Füßen. »Garfield hält sich für einen Hund, dabei ist er die egoistischste Katze auf der ganzen Welt und das hier ist sein Double.«

Lindemann fiel in ihr Lachen ein. »Das dauert nicht mehr lange, bis Sie wieder auf den Beinen sind, Frau Mayer, das sehe ich schon. Ihren Humor jedenfalls haben Sie schon wieder.«

»Na ja, ein paar Wochen wird es schon noch dauern, bis ich wieder ganz fit bin. So einen hohen Blutverlust steckt man nicht so schnell weg. Und außerdem müssen wir beide jetzt unser Leben ganz neu organisieren.« Sie gab Jonas einen Kuss auf die Stirn.

»Und Sie, Urlaub, nachdem der Fall beendet ist?«, fragte Lindemann Andi.

»Zwangsurlaub. Aber das ist eine andere Geschichte, die hoffentlich auch noch ein gutes Ende nimmt.«

Lindemann fragte nicht weiter, auch wenn Inka ihm an

der Nasenspitze ansah, dass seine berufsmäßige Neugierde entflammt war.

Inka hob ihre verbundene Hand. »Außerdem wird der versprochene Artikel leider noch etwas länger auf sich warten, bis ich wieder tippen kann.«

»Frau Mayer, machen Sie sich doch darum keine Gedanken! Sie bekommen in jedem Fall das Honorar, auch wenn Sie nie einen Artikel darüber schreiben sollten. Sicher dauert es noch eine Zeit, bis Sie wieder einsatzfähig sind. Sie müssen ihre seelischen Verletzungen verarbeiten. Außerdem, Brunner durch einen Selbstmordversuch aus der Reserve zu locken, war ziemlich riskant. Sie hätten sterben können.«

»Ich weiß. Aber ich wusste auch, ich kann mich auf ihn verlassen. Immerhin hat er in mir seine verstorbene Frau gesehen. Margitta war die Liebe seines Lebens, und er hatte sie durch tragische Umstände verloren. Er hätte es nicht fertiggebracht, untätig zu bleiben und mich sterben zu lassen.«

Erschöpft lehnte sie sich zurück und suchte Kraft beim Blick auf ihren Sohn.

»Mein Besuch strengt Sie zu sehr an, Frau Mayer, das wollte ich nicht. Ich hätte nicht so lange bleiben sollen.«

Inka lächelte. »Das ist schon in Ordnung. Nur leider ist mein Hb-Wert immer noch im Keller, deshalb strengt mich alles so an.«

Nachdenklich sah sie aus dem Fenster, draußen herrschte strahlender Sonnenschein. Ein schöner Tag – und es war der erste Tag in ihrem neuen Leben. Die Welt war eine andere geworden. Mit jedem Atemzug von Jonas bekam sie mehr Kraft und Mut, ihr Leben neu in die Hand zu nehmen und zu gestalten.

Inka sah wieder zu Lindemann. »Es tut gut, darüber zu reden. Und genau darum muss ich meine Geschichte erzählen. Es könnte sogar ein ganzer Roman daraus werden … Ich bezweifle allerdings, dass ich als Artikelschreiberin so etwas kann.«

»Frau Mayer, ich kenne da eine Ghostwriterin. Vielleicht möchten Sie sich mal mit ihr unterhalten.«

✶

NACHWORT UND DANKSAGUNG

Oft bin ich gefragt worden, ob ich selbst schon in Hypnose versetzt wurde. Ja, mehrmals sogar. Aber keine Sorge, ich bin bei meiner Recherche nicht mit dem Strafgesetzbuch in Konflikt gekommen. Glaube ich. Denke ich. Ehrlich gesagt weiß ich es nicht mehr. Diese posthypnotischen Amnesien sind beunruhigend. Wenn Sie nach dem Lesen dieses Thrillers beschlossen haben, sich niemals in Hypnose versetzen zu lassen, dann habe ich mein Ziel als Autorin erreicht. Allerdings würden Sie allen seriösen Hypnotherapeuten und ausgewiesenen Fachleuten wie Dr. Clemens Krause, Dr. Burkhard Peter und Prof. Dirk Revenstorf unrecht tun, die mit Hypnotherapie bei Patienten große Erfolge erzielen. Zwischen zwei Buchdeckeln sind immer mehr Dinge möglich, als sie in der realen Welt zwischen Himmel und Erde existieren würden.

Ich danke:

Michael Böhm: Als Kriminaloberkommissar hat er mich in den Knast gebracht, mich mit Mordmethoden vertraut gemacht und mich auf die Folter gespannt. Nur mit einem hat er nicht gerechnet: dass eine Autorin so viele Fragen haben kann. Und sag du jetzt nicht, ich hätte dich nicht gewarnt.

Jürgen Willmann: Mordfuchs, nach eigener Aussage. Von ihm halten Sie sich besser fern. Dieser nette Kriminalhauptkommissar beantwortet nämlich neugierigen Autorinnen seitenlang ihre auch noch so abstrusen Fragen aus einem Erfahrungsschatz von vierundzwanzig Jahren als Todesermittler bei der Mordkommission. Und deshalb gehört er mir. Exklusiv.

Dr. Marco B. Fiorini: Vor diesem Psychiater und Anästhesisten am anderen Ende der Welt muss ich Sie warnen. Mit einem eiskalten Lächeln schleicht er sich mitten in der Nacht an mein Manuskript und schmeißt den Plot um. Mehrfach. Vorsätzlich. Du bleibst trotzdem mein bester Freund. Und ich danke dir von Herzen.

Den Büchereulen und meinen Testlesern Ayasha, Beowulf, Bouquineur, Nachtgedanken und Schnatterinchen. Für die ausführlichen Kommentare zum Manuskript und der Selbstlosigkeit, mit der ihr euch Zeit genommen habt. Das nette Völkchen der Spezies Büchereulen kann man auf www.buechereule.de kennenlernen. Die Leserunden dort sind für mich spannender als jeder Thriller. Schauen Sie mal rein.

Sarita und Marianne für ihre Insider-Infos. Und Annette für die juristische Beratung. Nie mehr Strafrecht, versprochen. Vertrau mir.

Meiner Lektorin Anne Tente für die vier historischen Romane, die wir bereits zusammen gemacht haben und ihr absolutes Vertrauen beim Genrewechsel sowie Anke Göbel und Eva Philippon, die den Finger gnadenlos auf die Stel-

len im Manuskript legten, wo es am meisten wehtut. Meinem Agenten Thomas Montasser, weil er bei mir immer auf alles gefasst ist.

Meiner Mutter: So oft, wie ich dich während der Entstehung des Romans am Kliff hängen ließ und auf dein Flehen um Erlösung nur mit einem geistesabwesenden »hm, hm« reagiert habe, musst du jetzt Oberarme wie ein Freeclimber haben. Schön, dann wird es dir ja nichts ausmachen, bis zur Fortsetzung dieses Thrillers wieder am Kliff zu hängen.

Meinem Sohn, dass er mich immer wieder in seine heile Welt zwischen Bauklötzen und Baggern entführt hat und seinem Teti, der in der Endphase des Manuskripts meine Vitalfunktionen durch Nachtdienste am Kinderbett und sterneverdächtiger Kochkunst aufrechterhielt.

Allen treuen Lesern und Freunden, die jetzt auch meine dunkle Seite kennen und mich immer noch mögen.

ZITATNACHWEISE

Kapitel/Seite	Song
1/11	Unheilig, »Geboren um zu leben«
	Musik & Text dieses und folgender Zitate von Unheilig: Der Graf, Henning Verlage © Fansation M. Tombuelt & O. Reimann GbR, Universal Music Publ. GmbH/ Universal Music Publishing GmbH/ Edition HVMP
2/66	Unheilig, »Geboren um zu leben«
3/116	Unheilig, »Geboren um zu leben«
4/170	Falco, »Out of the Dark«
	Die Nutzung dieses und folgender Zitate von Falco mit freundlicher Genehmigung der Rechtsvertretung CMS Reich-Rohrwig Hainz Rechtsanwälte GmbH, Wien
5/239	Unheilig, »Geboren um zu leben«
6/281	Falco, »Out of the Dark«
7/351	Falco, »Out of the Dark«